LOCUS

LOCUS

LOCUS

LOCUS

to

fiction

to 092
消失的孩子
Storia della bambina perduta
作者：艾琳娜・斐蘭德（Elena Ferrante）
譯者：李靜宜
責任編輯：翁淑靜　封面設計：林育鋒
內頁排版：洪素貞　校對：陳錦輝
出版者：大塊文化出版股份有限公司
台北市10550南京東路四段25號11樓
www.locuspublishing.com

讀者服務專線：0800-006689
TEL：(02)87123898　FAX：(02)87123897
郵撥帳號：18955675　戶名：大塊文化出版股份有限公司
法律顧問：董安丹律師、顧慕堯律師

總經銷：大和書報圖書股份有限公司
地址：新北市新莊區五工五路2號
TEL：(02) 89902588　FAX：(02) 22901658
初版一刷：2018年1月
定價：新台幣400元
Printed in Taiwan

Storia della bambina perduta

消失的孩子

艾琳娜・斐蘭德（Elena Ferrante）著
李靜宜　譯

登場人物表與前三集情節摘要

瑟魯羅家族（鞋匠家）

費南多・瑟魯羅：鞋匠，莉拉之父。

倫吉雅・瑟魯羅：莉拉之母。和女兒很親，但無力支持她對抗父親。

拉菲葉拉・瑟魯羅：又稱「莉娜」或「莉拉」。出生於一九四四年八月，六十六歲時從那不勒斯消失，沒留下一絲線索。十六歲時嫁給斯岱方諾・卡拉西，但在伊斯基亞島度假時愛上尼諾・薩拉托爾，因而離開丈夫。後來與尼諾關係破裂，生下兒子傑納諾（小名也叫黎諾）之後，莉拉發現斯岱方諾讓艾達・卡普西歐懷孕，便堅決與他斷絕關係。她和恩佐・史坎諾搬到特杜西歐的聖吉瓦尼，但幾年後又和恩佐帶著傑納諾回到街坊。

黎諾・瑟魯羅：莉拉的哥哥，娶了斯岱方諾的妹妹琵露希雅，生了兩個兒子。

其他子女。

格瑞柯家族（門房家）

艾琳娜・格瑞柯：也叫「琳諾希亞」或「小琳」。一九四四年八月出生，是我們目前所讀的這本長篇小說的作者。小學畢業後，艾琳娜繼續升學，成績優異，從比薩的師範大學取得學位，並與同校的彼耶特洛・艾羅塔結婚，搬到佛羅倫斯，生下兩個女兒：小璦和艾莎。但艾琳娜對婚姻生活失望，與她從小暗戀的尼諾．薩拉托爾展開婚外情，最終離開丈夫與女兒。

派普、紀亞尼和艾莉莎：艾琳娜的弟弟妹妹。艾莉莎不顧艾琳娜的反對，與馬歇羅．梭拉朗同居。

父親是市政廳的門房。

母親是家庭主婦。

卡拉西家族（阿基里閣下家）

阿基里．卡拉西閣下：從事黑市買賣，放高利貸。被謀殺身亡。

瑪麗亞．卡拉西：阿基里閣下之妻。斯岱方諾、琵露希雅、埃爾范索之母。斯岱方諾與艾達．卡普西歐的女兒以她命名。

斯岱方諾．卡拉西：阿基里閣下的長子，雜貨店老闆，莉拉之夫。因為和莉拉的婚姻生活波濤不斷，他和艾達．卡普西歐有了婚外情。在艾達懷孕後，兩人同居。他和莉拉有個兒子傑納諾，和艾達則有女兒瑪麗亞。

琵露希雅．卡拉西：阿基里閣下女兒，嫁給莉拉的哥哥黎諾，育有二子。

埃爾范索．卡拉西：阿基里閣下的次子，和瑪麗莎．薩拉托爾訂婚許久之後，被迫成婚。

佩盧索家族（木匠家）

艾佛瑞多．佩盧索：木匠，共產黨員，死於獄中。

姬塞琵娜．佩盧索：艾佛瑞多忠貞的妻子，在丈夫死後，自殺身亡。

帕斯蓋．佩盧索：艾佛瑞多與姬塞琵娜的長子，建築工人，主戰派共產黨員。

卡梅拉．佩盧索：也叫作「卡門」，帕斯蓋的妹妹，與恩佐．史坎納交往多年。她後來嫁給通衢大道的加油站老闆，育有兩個孩子。

其他子女。

卡普西歐家族（瘋寡婦家）

玫利娜：莉拉媽媽的親戚，寡婦。和唐納托．薩拉托爾分手之後，差點發瘋。

玫利娜的丈夫：果菜市場的搬運工，死亡的原因神祕難解。

艾達．卡普西歐：玫利娜的女兒。和帕斯蓋．佩盧索交往多年，後來成為斯岱方諾．卡拉西的情婦，在懷孕後，搬去與他同居。兩人生下一個女兒瑪麗亞。

安東尼奧．卡普西歐：艾達的哥哥，技工，曾是艾琳娜的男朋友。

其他子女。

薩拉托爾家族（鐵路局員工詩人家）

唐納托．薩拉托爾：性好女色，曾是玫利娜．卡普西歐的情人。艾琳娜年紀很輕時，因為尼諾與莉拉的戀情而深感痛苦，在伊斯基亞島的海灘上獻身於他。

麗狄亞・薩拉托爾：唐納托之妻。

尼諾・薩拉托爾：唐納托與麗狄亞五個子女中的長子，與莉拉有過長時間的祕密戀情。他後來娶了伊蓮諾拉，生下亞伯提諾和麗狄亞，但與已婚也有女兒的艾琳娜發生婚外情。

瑪麗莎・薩拉托爾：尼諾的妹妹，嫁給埃爾范索・卡拉西，後來成為米凱爾・梭拉朗的情婦，生了兩個孩子。

皮諾、克蕾莉亞、希洛：唐納托與麗狄亞的另外三個子女。

史坎諾家族（蔬果販子家）

尼寇拉・史坎諾：蔬果販子，死於肺炎。

阿珊塔・史坎諾：尼寇拉之妻，死於癌症。

恩佐・史坎諾：尼寇拉與阿珊塔之子，也是蔬果販子。他曾與卡門・佩魯索交往很長的時間。在莉拉離開斯岱方諾之後，他扛起照顧她和她兒子的責任，三人一起移居特杜西歐的聖吉瓦尼。

其他子女。

梭拉朗家族（梭拉朗酒館糕點店老闆家）

席威歐．梭拉朗：酒館與糕點店老闆。

曼紐拉．梭拉朗：席威歐之妻，放高利貸，年老時在自宅門口遇害。

馬歇羅與米凱爾：席威歐．曼紐拉之子。馬歇羅愛上莉拉卻被拒，多年後與艾琳娜的妹妹艾莉莎同居。米凱爾娶了糕餅師傅的女兒姬俐歐拉，和瑪莉莎．薩拉托爾有婚外情，並生了兩個孩子。然而他還是很迷戀莉拉。

斯帕努羅家族（糕點師傅家）

斯帕努羅先生：梭拉朗酒館糕點店的糕點師傅。

蘿莎．斯帕努羅：糕點師傅之妻。

姬俐歐拉．斯帕努羅：糕點師傅之女，米凱爾．梭拉朗之妻，為他生了兩個孩子。

其他子女。

艾羅塔家族：

吉鐸．艾羅塔：希臘文學教授。

璦黛兒．艾羅塔：他的妻子。

梅麗雅羅莎．艾羅塔：長女，米蘭的藝術史教授。

彼耶特洛．艾羅塔：非常年輕的大學教授，艾琳娜之丈夫，也是小璦與艾莎的父親。

老師

費拉洛老師：小學老師，也管理圖書館。
奧麗維洛老師：小學老師。
澤拉西教授：高中老師。
嘉利亞妮教授：高中老師。

其他角色：

季諾：藥師之子。艾琳娜的第一任男友。
妮拉．因卡多：奧麗維洛老師的表妹。
亞曼多：醫生，嘉利亞尼老師之子，與伊莎貝拉結婚，育有一子，名叫馬可。
娜笛雅：學生，嘉利亞尼老師之女，曾為尼諾女友。在參與激進政治活動時期，與帕斯蓋．佩盧索成為一對。
布魯諾．蘇卡佛：尼諾．薩拉托爾的朋友，繼承一家香腸工廠，後在工廠內遭殺害。
法蘭柯．馬利：是艾琳娜剛上大學時的男朋友，熱情參與政治活動，後來遭法西斯份子痛毆，一眼失明。
西薇亞：也是政治運動參與者。她和尼諾．薩拉托爾有過短暫戀情，生下一子莫寇。

成熟

消失的孩子

1

一九七六年十月到一九七九年，我回到那不勒斯生活的那段期間，躲著不想和莉拉重新建立起穩固的關係。但這很難。她幾乎馬上就想要硬闖進我的生活裡。我不埋她，包容她，忍耐她。儘管她表現得一副只是想在我遇上困難的時候待在我身邊的模樣，但我始終忘不掉她對我的輕蔑態度。

如今回想起來，如果讓我受傷的就只是她的侮辱——你這個大白癡，我在電話裡告訴她尼諾的事情時，她大聲嚷著，她以前從來沒有，從來沒有用這樣的語氣對我講話——我的心情應該很快就會平復。事實上，比這些辱罵更嚴重的，是她提到了小璦和艾莎。想想看你對你女兒造成多大的傷害，她警告我。當時我不以為意，但過了一段時間，她的這些話越來越沉重，不時回到我心頭。莉拉向來沒有對小璦和艾莎表現出絲毫的興趣，肯定也不記得她倆的名字。講電話的時候，如果我提起她們講了什麼有趣的事，她就打斷我，改變話題。第一次在馬歇羅．梭拉朗家見到她們的時候，她也只是漫不經心地瞥她們一眼或隨口敷衍幾句——完全沒注意她們的衣服有多漂亮，她們的頭髮梳得多整齊，雖然年紀小，但表達能力有多好。而且她們是我生的，是我養大的，她們是我的一部分，是我啊，一輩子都是她的好朋友的我：她應該要把這一點列入考慮的——我沒要求她出於真正的愛，但至少可以出於禮貌吧——她應該要尊重我身為母親的驕傲。然而她甚至連慣有的挖苦諷刺都不打算用上，只表現出漠不關心，其餘的一概沒有。直到這時——當然是因為嫉妒，因為我擁有了尼諾——她才想起我的女兒，想要強調我是個可怕的媽媽，強調我自己雖然快樂，卻讓女兒不快樂。一想到這一點，我就很焦慮。莉拉離開斯岱方諾的時候可曾想到傑納諾，她因為去工廠上班，把孩子丟給鄰居照顧，又或者為了怕他礙事，而把他送來和我住的時候，她又何嘗替他想過了呢？啊哈，我是有失責任沒錯，但我肯定是個比她還要好的媽媽。

2

在那幾年裡，這樣的想法成為一種習慣。在此之前只對小璦與艾莎有過一句惡毒評論的莉拉，此時彷彿搖身一變成為這兩個女孩的辯護律師，每一回我忙著自己的事情而忽略女兒的需求，好像就有義務向莉拉證明她錯了。但這只是我自己的不滿所想像出來的聲音，對於我為人母的種種行徑，她究竟有什麼看法，我並不知道。除非她想辦法讓自己介入我這環環相扣的冗長文字鏈裡，修正我的文本，刻意補上部分遺失的環節，移除部分環節使之不出現，說出比我想說的、比我能說的更多的東西來，否則沒有人會知道她心裡的想法。我期待她的介入，從我動筆之初，就期待她的介入，但我必須寫完，才能回頭檢查這些篇章。要是我現在就回頭看，肯定會卡住。我已經寫得太久了，我累了，越來越難在那些年、那些大小風波與各種情緒交雜的混亂波濤裡讓故事保持緊湊不失序。所以，不論我是透過我自己的事情來重現莉拉的故事與她所帶來的種種混亂，或者更等而下之的，是我任由自己被生活裡的一場場風波牽著鼻子走，都只是因為這樣比較容易下筆。然而我必須避免做出這個選擇。我不能走第一條路，因為如此一來我就會把自己撇在一旁，最後就會更找不到莉拉的蹤跡——因為我倆關係的本質就是如此，我只能透過我自己來捕捉到她。事實上，我越是鉅細靡遺地述說我自己的事情，肯定越能討她歡心。快點——她會說——快告訴我們你的人生有了什麼轉折，誰在乎我的人生，承認吧，連你都不感興趣吧。她會下結論：我只是塗鴉裡的一筆潦草塗鴉，對你的書來說完全不適合；忘了吧，小琳，抹滅的故事有什麼好說的。

所以該怎麼辦？再一次承認她是對的？接受事實，承認大人就是可以消失，就是可以學會如何躲藏到不見蹤跡的地步？承認隨著時日消逝，我對莉拉的了解越來越少？

今天早上我壓抑心中的擔憂，再次坐在書桌前。現在我已經寫到我們故事最痛苦的一個部分，我希望能在文字中找到她和我之間的平衡點，而這是在現實生活裡，我連在我和自己之間都找不到的。

3

對於蒙佩利爾的那幾天，我什麼都記得，就是對那個城市毫無印象，彷彿我根本沒去過似的。除了旅館，除了尼諾去參加的那個學術研討會所在的宏偉會議廳之外，如今我只想得起狂風大作的秋天，以及白雲冉冉的藍色天空。然而在我的記憶裡，那個地名——蒙佩利爾——卻有很多理由成為逃避的象徵。之前我曾經出國一次，那次是和法蘭柯一起去巴黎，當時我為自己的膽大妄為感到欣喜若狂。但我也覺得，我的世界似乎就只會永遠留在那不勒斯的街坊裡，其餘的一切就像短暫造訪一個我只能想像、實際上並無法融入其中的特殊環境。然而蒙佩利爾並不一樣，雖然遠遠比不上巴黎刺激，但卻讓我感覺到自己突破了疆界，不斷擴展。光是置身在這裡，就讓我眼睛確確實實看見街坊、那不勒斯、比薩、佛羅倫斯、米蘭，甚至義大利，都只是這世界微不足道的一小部分，我再也不會因為只擁有這殘缺不全的碎片而滿足。在蒙佩利爾，我感覺到自身視野的侷限，感覺到我用以表達自己、用以書寫的文字的極限。在蒙佩利爾，我深刻感覺到三十二歲，為人妻為人母的我，受到多麼大的限制。在那幾個深刻感受到愛的日子裡，我第一次從積累多年的諸多枷鎖裡解放出來——因為出身，因為學業成就，因為我在人生裡所做的種種抉擇，尤其是因為婚姻而帶來的枷鎖。在那裡，我也了解到過去看到我的第一本書翻譯成另一種語言時，我為什麼會那麼開心，而看見義大利以外的讀者那麼少又為什麼會覺得失望。越過國界是很不可思議的經驗：讓自己走進不同的文化裡，發現自己向來視為絕對理所當然的一切其實都不是恆常不變的。莉拉從來沒離開過那不勒斯，就連到特杜西歐的聖吉瓦尼都覺得害怕——當時我認為她的這個選擇很有問題，但她也沒能像往常一樣，將之扭轉為優勢——此時在我看來，都只是心靈的自我設限。我的作法是以其人之道還治其人之身。你看錯我了？不，親愛的，是我，是我看錯你了：你終此一生都只能看著窗外，瞪著大卡車在通衢大道上來來往往。

那幾天時間過得很快。會議主辦單位為尼諾在旅館訂了一間單人房，因為我很晚才決定和他一起來，所以無法臨時換成雙人房。我們分住不同的房間，但每天晚上我洗完澡準備上床睡覺時，就緊張不安地到他的房間。我們一起睡，摟著彼此，彷彿擔心有外力會在我們沉睡時拆散我們。早上我們在床上用早餐，這是我只有在電影裡見過的豪華享受；我們大笑，我們很開心。白天，我陪他一起去會議廳，雖然主講者都言語乏味地唸著沒完沒了的報告，但是能和他在一起就讓我很興奮。我坐在他旁邊，沒打擾他。尼諾很認真聽講，做筆記，不時在我耳邊講幾句挖苦的評論，以及充滿愛意的話語。午餐和晚餐時間，我們和來自世界各地的學者一起用餐。外國名字，外國語言。當然，聲望卓著的大學者自成一桌，我們和一大群年輕學者坐在一起。但尼諾的活躍讓我吃驚，無論是在會場或餐館裡。他和多年前的那個學生多麼不同，甚至和將近十年前在米蘭書店挺身捍衛我的那個年輕人也迥然不同。他不再有那種爭強好辯的語氣，很有技巧地突破學術的藩籬，用認真嚴肅卻也魅力迷人的態度建立關係。一會兒用英文（非常出色的英文），一會兒用法文（非常流利的法文），他的言談聰穎出色，展現了從小就擁有的卓越能力，完美掌握數字與效率。他表現得這麼出眾，我滿心驕傲。不到幾個鐘頭，他就迷倒了每一個人，大家都邀請他到這裡去那裡訪問。

只有一次他陡然變了。那是他預備要在會議上發表報告的前一天晚上。他變得心浮氣躁，粗魯無禮，整個人焦慮得不得了。他開始批評自己準備的那份報告，不停說寫作對他來說不像我那麼容易，還發起脾氣，因為他一直沒時間好好寫。我覺得很內疚——是因為我們複雜的婚外情讓他心有旁騖嗎？我試著想幫忙，擁抱他，親吻他，要他把內容讀給我聽。他唸給我聽，像個害怕的學生似的，那態度讓我很感動。在我看來，他的演說就像我在會議廳裡聽見的那些演講一樣沉悶，但我還是大加讚美，所以他平靜下來。隔天早上，他以練習過的溫暖語調發表演說，獲得掌聲。那天晚上，一位大有來頭的美國學術巨擘邀尼諾坐到他身旁。我覺得孤單，但並不遺憾。尼諾在的時候，我沒和任何人交談，而現在尼諾不在，我就必須強迫自己用結結巴巴的法文開口講話，和一對巴黎來的情侶交上朋友。我喜歡他們，因為我沒花多少功夫就發現他們的情況和我與尼諾的狀況相去不遠。兩人都覺得家庭制度令人窒息，兩人離開配偶與孩子的過程都很痛苦，但兩人似乎也都很快樂。他，奧古斯汀，大約五十歲，有張紅潤的臉，一雙靈活的藍眼睛，留著濃密的淡金色鬍子。她，蔻朗蓓，和我年齡相仿，才三十出頭，頭髮非常之短，一張小臉，眼睛和嘴巴輪廓鮮明，散發出迷人的優雅魅力。我主要是和蔻朗蓓聊。她有個七歲的兒子。

「再過幾個月，」我說，「我的大女兒就要七歲了，但她今年上二年級——她非常聰明。」

「我兒子也很聰明，很有想像力。」

「對於爸媽分手，他的反應還好嗎？」

「很好。」

「他不覺得沮喪？」

「孩子沒那麼嚴格，不像我們這樣。他們很有彈性。」

她詳加描述孩童時期的彈性，這似乎讓她覺得安心。她補上一句：在我們的環境中，爸媽分居是很常見的，所以孩子們會知道有這樣的可能性存在。但是我一提到我認識的朋友裡面只有一個分居時，她語氣陡變，開始抱怨孩子：他是很聰明，但有點怠惰，她說，學校說他不守規矩。她態度的轉變讓我吃驚，那語氣不帶溫情，近乎苦澀，彷彿兒子之所以這麼做是為了惹惱她，這讓我也跟著焦慮不安起來。她的伴侶必定也注意到了，插嘴誇耀他的兩個兒子，說十四歲和十八歲的這兩個年輕人對女人很有吸引力，無論老少都被他們迷住。尼諾回來之後，兩人——特別是奧古斯汀——開始批評主講者。蔻朗蓓裝出興高采烈的樣子立即加入他們的對話。不懷好意的批評讓人更加親密。奧古斯汀一整晚話講個沒完，酒喝個不停，而尼諾只要隨便講一句話，他的伴侶就哈哈笑。他們邀我們和他們一起去巴黎，開他們的車去。

聊起孩子的那一席話，以及我們尚未置可否的巴黎行邀請，讓我回到現實世界。在這之前，小瑷、艾莎和彼耶特洛雖然始終在我心裡，但彷彿懸浮在另一個平行宇宙，一動也不動地坐在佛羅倫斯的餐桌，電視機前面，或在他們床上。突然之間，我的世界與他們的世界合而為一，我意識到蒙佩利爾的日子就要結束了，無可迴避的，尼諾和我都要回到各自的家，面對我們各自的婚姻危機。我在佛羅倫斯，他在那不勒斯。而孩子們的身體也重新和我合而為一，我感覺到那碰撞如此猛烈。我已經五天沒她們的消息了，一想到這一點，我就覺得腸胃翻攪，對她們的思念強烈到無法忍受的程度。我並不害怕廣義而言的未來，那已經被尼諾所占據的未來，但是對即將來臨的這幾個鐘頭，對即將來臨的明天、後天，我卻克制不了心中的衝動，雖然時間已近午夜——有什麼差別呢，我對自己說，反正彼耶特洛始終都醒著——我想要打電話。

費了很大的勁，電話終於打通了。哈囉，我說。哈囉，我又說。我知道彼耶特洛在電話線的另一端，我喊他的名字：彼耶特洛，我是艾琳娜，女孩們都還好嗎。電話切斷。我等了幾分鐘，然後要總機再重新打一次。我決定要耗整個晚上，但這次彼耶特洛開口了。

「你要幹嘛？」

「告訴我孩子們的情況。」

「她們在睡覺。」

「我知道，可是她們還好嗎？」

「這和你有什麼關係。」

「她們是我的孩子。」

「你離開她們，她們不想再當你的孩子。」

「她們告訴你的？」

「她們告訴我媽的。」

「你讓璦黛兒來？」

「是的。」

「告訴她們，我再過幾天就回來。」

「不，別回來。我和孩子，還有我媽，我們都不想再見到你。」

4

我哭了一場，然後平靜下來，去找尼諾。我想告訴他電話的事，我想要他安慰我。但我一敲他的門，就聽見他和人講話的聲音。我遲疑了一下。他在講電話。我聽不見他在說什麼，甚至不知道他講的是什麼語言，但我馬上就覺得他是在和他妻子講電話。這是每天晚上都發生的事嗎？

我回自己房間為夜晚做好準備，而他自己一個人在房間裡，就打電話給伊蓮諾拉？他們是想要找出不吵架和平分手的方法嗎？或者他們已經達成妥協，等蒙佩利爾的事情結束，她就讓他回去？

我決定敲門。尼諾不再講話，沉默，然後繼續講，但壓低嗓音。我緊張起來，再敲一次門，什麼動靜都沒有。敲第三次，他終於來開門了。我立即質問他，罵他背著我和他老婆聯絡，我哭著說我打電話給彼耶特洛，他不讓我見孩子，我的人生全毀了，他卻在和老婆甜言蜜語講電話。那天晚上我們大吵一架，但也想辦法彌補。尼諾想方設法安撫我：他緊張大笑，罵彼耶特洛這樣對我。他親吻我，我推開他，他說我瘋了。但不管我怎麼逼他，他都不肯承認和他老婆講電話，甚至還以兒子發誓，說打從離開那不勒斯之後，他就沒再和她講過話。

「那你打電話給誰？」

「住在這個飯店的同事。」

「三更半夜。」

「三更半夜。」

「騙人。」

「我講的是實話。」

我僵持好長一段時間不肯做愛，我辦不到，我怕他不再愛我了。然後我讓步，為了不讓自己相信這一切都結束了。

隔天早上，相處五天以來第一次，我醒來的時候心情很不好。我們要離開了，會議就要結束了。但我不希望蒙佩利爾就只是一段插曲。我很怕回家，怕尼諾會回家，怕永遠失去我的女兒。

奧古斯汀和蔻朗蓓再次提議要我們搭他們的車一起去巴黎，甚至答應讓我們住他們家，我轉頭看尼諾，希望他也渴望能延長這段時間，延後回家。但他哀傷地搖搖頭，說：不可能，我們必須回義大利，提到航班、機票、火車、錢等等。我心碎了，既失望又怨恨。我猜得沒錯，我心想，他騙我，他沒和老婆徹底決裂。他每天晚上和她講電話，哀求她讓他在會議結束之後回家，他連一兩天都不想耽擱。而我呢？

我想起南特的那家出版社，以及我寫的那本關於男人創造女人的學術性小書。在此之前，我從沒向任何人談起我自己，包括尼諾在內，我始終只是個面帶微笑、靜默無語的女人，和卓越出眾的那不勒斯教授睡在一起，總是黏著他，照顧他的需求，他的想法。但這時我裝出愉悅的語氣說：趕著要回去的是尼諾，我在南特還有事要處理，我的書就快要出版了——說不定已經印好了——是一本半散文半小說的作品。我可以和你們一起走，順道到出版社去。這兩個人看著我，彷彿我這時才真正存在似的，開始問起我的書。我告訴他們，結果，經營那家規模雖小但——我這時才知道——頗有聲望的出版社的女人，竟然和蔻朗蓓很熟。我敞開來談，有點過度快活、甚至太過誇張地談起我的文學生涯。我之所以這麼做，並不見得是因為這兩個法國人，而是因為尼諾。我希望提醒他，我也擁有屬於自己的有意義人生，要是我可以拋下我的女兒和彼耶特洛，當然也可以拋下他，不是再過一個星期，不是再過十天，而是馬上。

他聽我說完，然後正色對蔻朗蓓和奧古斯汀說：好吧，如果不麻煩的話，我們就搭你們的便車。可是一等我們兩人獨處，他就好好說我一頓，語氣焦慮，慷慨陳詞，大意是說我應該要信任他，雖然情況很複雜，但我們一定可以解決，然而，為了要解決眼前的狀況，我們必須回家，不能從蒙佩利爾逃向巴黎或天曉得什麼城市，我們必須面對我們的配偶，一起展開我們的生活。我突然覺得他不只很理性，也很真誠。我開始困惑了，我擁抱他，嘟嘟囔囔同意他的看法。然而我們還是啟程赴巴黎。我只是想要再多幾天。

5

路程漫長。風勢強勁，有時還下雨。地貌是一片慘白，覆蓋著生鏽般的暗紅色，但偶爾藍天會破雲而出，讓一切都變得明亮起來，然後雨又飄了下來。我依偎著尼諾，不時靠在他肩上沉睡。我又開始歡喜地覺得自己超越了極限。我喜歡異國語言在車裡迴蕩的聲音；我很高興自己就要去目睹那本在義大利寫成，卻因為梅麗雅羅莎的促成，要先以外國文字問世的著作。這實在太不尋常了——發生在我身上的這件事多麼不可思議啊。這本小書就像一塊沿著無法預期的軌道飛行的石塊，速度飛快，遠非莉拉和我小時候砸那幫男生的石頭所能相比。

但是旅途並不是一直都很快樂，我有時候會很難過。我不久就覺得，尼諾和蔻朗蓓講話的口吻與和奧古斯汀講話的口氣完全不同，更別提他不時用指尖碰她的肩膀。看著他倆交情越來越好，我的心情也越來越糟。抵達巴黎的時候，他倆們已經成為好朋友，不停聊天。她時常大笑，不經意地摸著頭髮。

奧古斯汀住在聖馬丁運河旁一幢很漂亮的房子，蔻朗蓓不久前才搬進去同住。帶我們看過我們的房間之後，他們還不讓我們睡覺。感覺上他們好像很怕獨處，一直講話講個不停。我很累，神經緊繃。想來巴黎的人是我，但此時的情況卻顯得荒謬：和陌生人待在這個屋子裡，遠離女兒，而尼諾也不太注意我。回到房間之後，我問他：

「你喜歡蔻朗蓓？」

「她人很好。」

「我是問你喜歡她嗎？」

「你想吵架？」

「不是。」

「那就想想看：我既然愛你，又怎麼可能喜歡蔻朗蓓？」

他的語氣變得稍微有點嚴厲，讓我害怕起來。我很怕自己不得不承認我倆之間有些問題行不通。誰對我們好，他就對誰好，我這樣告訴自己，然後睡著了。但我睡得很不安穩。後來我甚至隱隱約約覺得自己是獨自躺在床上。我拚命想醒過來，卻一直被拖回睡夢裡。後來我再次醒來，看見尼諾站在暗處，或者應該說我是這樣覺得的。睡吧，他說，我又再睡著。

隔天，主人載我們去南特。一路上尼諾都和蔻朗蓓談笑風生，講起話來彷彿有弦外之音。我努力想要不注意，如果我整天像這樣監視他，又怎麼能和他生活在一起呢？抵達目的地之後，他對梅麗雅羅莎的朋友，也就是出版社老闆以及她的伙伴——她們一個年約四十，一個大約六十歲——很親切，魅力十足，我如釋重負地呼一口氣。這沒什麼，我想，他對所有的女人都是這樣的。於是我覺得好多了。

這兩位女子熱情歡迎我們，滿口稱讚，問起梅麗雅羅莎。我得知我的書才剛送到書店，但已經有兩篇書評出爐了。年紀較大的那位把書評拿給我看，評價似乎好得讓她不敢置信，所以對蔻朗蓓、奧古斯汀和尼諾一說再說。我看了那兩篇書評，一篇兩行，一篇四行。都是女性寫的——我沒聽過她們的名字，但蔻朗蓓和出版社的人都認識她們——她們極力推崇我這本書。我應該要很高興才對；在這天之前，我都還不由自主地想博得大家的讚美，但如今我已不再需要。我發現自己無法覺得興奮。彷彿因為我愛尼諾，尼諾也愛我，這愛讓所有的好事都會降臨在我身上，而且這些好事都只是愉快的附帶效應而已。我很客氣地表達感激，對出版社的行銷計畫無可無不可地答應。你不久之後就得回來，較年長的那位女子說，至少我們是這樣希望的。年輕的那位又說：梅麗雅羅莎提起你的婚姻危機，我們希望你能少受一點折磨，早點圓滿解決。

就這樣，我發現我和彼耶特洛分手的消息不只傳到璦黛兒耳朵裡，也傳到米蘭，甚至到了法國。這樣最好，我想：這樣比較容易讓我們永遠分手。我對自己說：我會帶走屬於我的，我不能活在可能失去尼諾的恐懼裡，我不能一直擔心小璦和艾莎。我很幸運，他會永遠愛我，我的女兒永遠都是我的女兒，一切都會行得通的。

6

我們回到羅馬。道別的時候，我們對彼此允諾一切。我們什麼都沒做，就光是給彼此承諾。

然後尼諾回那不勒斯，我回佛羅倫斯。

我幾乎是躡手躡腳地回家，相信眼前等待著我的，必定是人生最嚴酷的試煉。但沒有，女兒以略帶憂慮的喜悅迎接我，開始跟著我滿屋子打轉，不只是小璦，連艾莎也是，彷彿怕一沒看見我，我就會消失無蹤。璦黛兒很客氣，完全沒提起讓她必須到我家來的問題。彼耶特洛臉色慘白，只交給我一張名單，是這段期間打電話找我的人（莉拉的名字至少出現四次），喃喃說他得去上班，兩個鐘頭之後就消失得無影無蹤，甚至沒對他媽媽和女兒說再見。

花了幾天的功夫，璦黛兒把她的立場表達清楚。她希望我能恢復理智，回到丈夫身邊。但我花了好幾個星期才讓她相信，我真的不希望這樣。當時她沒拉高嗓音，沒發脾氣，甚至也沒對我常和尼諾講個沒完沒了的電話冷嘲熱諷。她比較有興趣的是南特那兩位女士打來的電話，她們持續知會我書籍出版的進度，以及法國之行的節目安排。法國媒體的正面評價，她並不意外，她相信這本書不久之後也會在義大利得到同樣的矚目。她說在義大利媒體，她有辦法取得更好的評價。更重要的是，她不斷稱讚我的才華，我的學養，我的勇氣，一次也沒有提及她那個始終不見人影的兒子。

我想彼耶特洛並不是真的因為工作而離開佛羅倫斯。我很快就得出結論，他是把我們婚姻危機交給他媽媽解決，自己躲起來去弄他那本了不得的書，這讓我很生氣，也讓我覺得看不起他。有一回我克制不了自己，對璦黛兒說：

「和你兒子在一起生活真的很難。」

「不管和哪個男人一起生活都很難。」

「但是和他，請相信我，是格外的困難。」

「你覺得和尼諾在一起會比較容易？」

「是的。」

「我到處打聽了一下，他在米蘭的風評糟透了。」

「我不需要米蘭的風評。我已經愛他二十年了，你不必告訴我這些八卦。對他，我比別人更了解。」

「你實在太喜歡說你愛他。」

「難道我不該說？」

「你說的沒錯，有什麼不能說的？是我錯了，叫戀愛中的人睜開眼睛是沒有用的。」

自此而後，我們不再談尼諾。我把女兒留給她照顧，匆匆趕回那不勒斯，她連眼睛也不眨一下。我告訴她說等我從那不勒斯回來，還要去法國一個星期，她也同樣不動聲色。她只用稍帶挖苦的語氣問：「你會在回來過聖誕節嗎？你會和孩子們一起過嗎？」

這個問題幾乎讓我火冒三丈，我回答說：

「當然會。」

我行李箱裝的主要是精美的內衣和時髦的洋裝。我告訴小璦和艾莎說我要出門，已經很久沒見到父親、也從來不問父親哪裡去的姊妹倆非常難過。小璦甚至拉高嗓門，嚷著她平常不會講的話：去啊，滾出去，你這個卑鄙的討厭鬼。我瞄了璦黛兒一眼，希望她會帶開女兒，讓她分散注意力。但璦黛兒什麼也沒做。女兒們看見我走到門口，就開始大哭。艾莎先開始，驚聲尖叫：我要和你一起去。小璦抗拒，想表現出她的漠不在乎，甚至是輕蔑，但最後還是受不了，變得比她妹妹還奮不顧身。我得把她倆拉開，她們抓著我的衣服，要我留下行李箱。我一直走到馬路上都還聽見她們的哭聲。

到那不勒斯的路程似乎非常漫長。接近城市的時候，我望著窗外。火車速度慢了下來，緩緩滑進市區，我頓時覺得焦慮，筋疲力盡。我注意到周遭的醜陋景觀，鐵軌兩旁狹小的灰色公寓建築，高壓電塔，交通號誌燈，石砌矮牆。火車進入車站時，我覺得自己不得不來，不得不歸來的那不勒斯，歸根究柢都只是為了尼諾。我知道他現在的情況比我還慘。伊蓮諾拉把他趕出家門，對他來說，一切也都只能將就。有好幾個星期的時間，他住在主教座堂附近的大學同事家裡。他會接我到那裡，但接下來怎麼辦呢？更重要的是，我們到底決定要怎麼做？因為我們完全不知道要如何應付我們目前的處境。我唯一確定的是，我慾火焚身，等不及要見到他。我下火車的時候非常驚恐，很怕有事情攔阻，讓他不能來接我。但他來了：高大的他站在川流不息的旅客裡。

這讓我安心，知道他在莫吉林納的小旅館訂了房間，我更覺安心，因為這表示他不打算把我藏在他朋友家裡。我們愛得瘋狂，時間飛逝。傍晚，我們依偎著在海邊散步，他的手臂攬著我的肩頭，不時俯身吻我。我把握每一次的機會，想說服他陪我一起去法國。他深受吸引，但又退縮，拿大學的工作當藉口。他從沒提起伊蓮諾拉或亞伯提諾，彷彿只要提起他們的名字，就會摧毀我們相聚的喜悅。反而是我提起女兒表現出來的絕望。我說我們必須盡快找出解決方案。我覺得他很緊張：我很敏感，一絲一毫的緊張情緒我都感覺得出來。我隨時隨地都很擔心他會說：我辦不到，我要回家了。但我錯得離譜。吃晚飯的時候，他終於把問題告訴我。他突然變得一本正經，說有個很傷神的問題。

「說來聽聽。」我輕聲說。

「今天早上莉娜打電話給我。」

「啊。」

「她想見我們兩個。」

7

這天晚上徹底毀了。尼諾說是璦黛兒告訴莉拉我在那不勒斯。他的口氣有點尷尬，遣詞用字很小心，強調幾個重點：她沒有我的地址；她問我妹妹要我同事的電話；我正要出門到車站之前接到她的電話；我沒馬上告訴你，是怕你會生氣，毀了我們的一整天。最後他很無奈地說：

「你也知道她那個人是什麼樣子，我從來沒辦法對她說不。她和我們約好明天十一點，她會在阿梅德歐廣場地鐵站的入口等我們。」

我怒不可遏地說：

「你們恢復聯絡多久了？你們一直都有見面？」

「你在說什麼啊？絕對沒有。」

「我不相信你。」

「艾琳娜，我發誓，我打從一九六三年以來，就沒和莉娜講過話，更沒見過面。」

「你知道那孩子不是你的？」

「她今天早上告訴我了。」

「所以你們談了很久，談到你們的私事。」

「是她提起那個孩子的。」

「而你——這麼長的時間以來，你都不好奇，不想多知道一點？」

「這是我的問題，我不覺得有討論的必要。」

「現在你的問題也是我的問題。我們有很多事情要談，而時間很短，我丟下孩子，不是為了要把時間浪費在莉拉身上的。你是怎麼想的，竟然和她約了時間？」

「我以為你會很高興。電話在那裡，你打電話給你的朋友，說我們有很多事要忙，你不能去見她。」

他突然失去耐性。我沉默下來。是啊，我也知道莉拉這個人是什麼樣子。自從我回佛羅倫斯，她就不時打電話，但我有很多事情要思索，所以我不只掛掉她的電話，還請瑷黛兒——萬一她剛好接到的話——說我不在家。然而莉拉並不放棄。所以她很可能從瑷黛兒那裡發現我人在那不勒斯，她很可能理所當然地認為我不會回街坊去，所以想辦法和尼諾取得聯繫。又能造成什麼傷害呢？更重要的是，我又期待什麼呢？我向來都知道他曾經愛過莉拉，莉拉也愛過他。那又怎樣？那已經是很久以前的事了，事到如今還吃什麼醋。我輕輕撫摸他的手，低聲呢喃：好啦，我們明天去阿梅德歐廣場。

我們吃飯，他花了好長的時間談我們的未來。尼諾要我保證，一從法國回來就提出分居。同時他也要我放心，說他已經找了一位律師朋友，儘管情況很複雜，而且伊蓮諾拉和她的親戚肯定會讓他很不好過，但他已經決定放手進行了。你知道的，他說，在那不勒斯事情比較棘手，講到劣根性和逞凶鬥狠，我老婆的親戚和你我的親戚相去不遠，雖然他們有錢，而且也都是社會階級很高的專業人士。然後，彷彿要說明他的重點似的，他開始讚美我夫家的親戚。很遺憾的，他說，我要應付的人不像你面對的人那樣可敬，譬如艾羅塔家的人，他們擁有淵遠流長的文化傳統，值得讚賞的文明教養。

我靜靜聽他說，但此時莉拉已橫亙在我們之間，在我們的餐桌上，我無法推開她。尼諾講話的時候，我想起她曾經為了要和他在一起而麻煩纏身，不管斯岱方諾怎麼對付她，不管她哥哥、米凱爾．梭拉朗怎麼對付她都沒用。提起我們的爸媽，讓我有那麼電光一閃的剎那，回到伊斯基亞島，回到馬隆提沙灘的那個夜晚——莉拉和尼諾在佛利歐，而我和唐納托躺在潮濕的海沙上——我覺得驚恐莫名。我心想，這是我永遠不會告訴他的祕密。相愛的情侶之間，有多少不能言說的話啊，倘若說出口，愛情毀滅的風險又有多高啊。他父親和我，他和莉拉，我甩開心裡的厭惡，我提起彼耶特洛，以及他所承受的痛苦。尼諾激動起來，這會兒輪到他嫉妒了。我想辦法安撫他。他要求我斷然分手，和彼耶特洛老死不相往來，我也這樣要求他，這似乎是我們展開新生活不可或缺的一步。我們討論時間和地點。工作綁住尼諾，他無法離開那不勒斯，孩子綁住我，我離不開佛羅倫斯。

「搬來這裡住。」他突然說，「盡快搬來。」

「不可能，彼耶特洛一定要可以見到女兒。」

「那就輪流：你帶她們去看他，下一次就換他來看她們。」

「他不會同意的。」

「他會同意的。」

那天晚上就這樣過去了。我們越是檢視這個問題，事情似乎就越複雜。我們越是想像共同生活——每日每夜都在一起——我們就越是渴望，而困難也彷彿就這樣消失了。空蕩的餐廳裡，服務生竊竊私語，打哈欠。尼諾買單，我們沿著海岸步道往回走。海邊還是很熱鬧。有那麼一會兒，我望著黑色的海水，聞著海洋的臭味，感覺街坊離我好遠好遠，比我人在比薩、人在佛羅倫斯時更遠。就算是我此時此刻所在的那不勒斯，突然好像也離真正的那不勒斯非常之遠。莉拉離莉拉非常之遠，我覺得我心裡沒有她，只有我自己的煩惱。只有尼諾和我相依相偎，親密非常。我輕聲在他耳邊說：我們上床吧。

8

隔天我一大早就起床，把自己關在浴室裡，洗了很久的澡，仔細擦乾頭髮，擔心旅館風力太強的吹風機會把我的鬈髮吹亂。快到十點的時候，我叫醒尼諾，他還睡意迷濛，滿口稱讚我的衣服。他想拉我躺在他身邊，但我掙脫開來。雖然我假裝一切沒事，但其實很難原諒他。他把原本是我們愛的新生之日，變成屬於莉拉的一天。如今這個日子已經刻痕累累，即將登場的會晤留下了永遠無法磨滅的痕跡。

我拉他去吃早餐，他乖乖跟我走。他沒笑，沒取笑我，用指尖輕撫著我的頭髮說：你今天好漂亮。他顯然也發現我很焦慮。而我的確焦慮，很擔心莉拉會以她最美好的面貌出現。我竭力打扮，但她天生優雅美麗，更何況現在又有錢。只要願意，她就可以像年輕時揮霍斯岱方諾的錢那樣。我不希望尼諾再次被她迷得神魂顛倒。

我們大約十點半出門，迎著冰冷的寒風。我們一點都不急，緩步走向阿梅德歐廣場。我冷得發抖，儘管身穿厚重的外套，還有尼諾摟著我的肩膀。一路上我們沒提起莉拉。尼諾用有點裝腔作勢的語氣談起那不勒斯有了多大的進步，如今市長是共產黨員，然後又開始催我盡快帶孩子們過來和他一起生活。走路的時候，他把我摟得緊緊的，我希望他就這樣一直摟著我走到地鐵站。我希望莉拉站在地鐵站入口，遠遠就看見我們，發現我們很漂亮，不得不想：我們是完美的一對。但是，離會面地點還有幾公尺的距離，他就放開我，抽回手臂，點起一根菸。我本能地拉起他的手，用力捏著，就這樣踏進廣場。

我沒馬上看見莉拉，有那麼一會兒，我很希望她沒來。然後我聽見她喊我，用她慣有的那種頤指氣使的口氣，彷彿從來就沒想過我會聽不見她喊我，會不轉頭，不理會她。她在地鐵隧道口對面的咖啡館門口，身上穿一件難看的褐色外套，手插在口袋裡，比以前瘦，微微有點駝背，原本黑亮的頭髮夾雜著銀絲，紮成馬尾。在我眼中，她似乎是往常的那個莉拉，成年的莉拉，留有工廠經驗痕跡的莉拉：她沒花任何功夫打扮。她緊緊擁抱我，但我沒什麼力氣回抱她，她用力在我兩頰各親了一下，發出滿足的笑聲。而對尼諾，只心不在焉地伸出手。

我們在咖啡館裡坐下，幾乎都是她一個人在講話，而且主要是對著我說，彷彿在場的只有我們兩個人。她一開口就惡狠狠地質問我，但顯然看出我臉色不對，所以露出微笑，換上親暱的口氣。好啦，我錯了，得罪你了，可是好了啦，你現在變得這麼美麗動人，你知道，你身上的一切我都好喜歡，我們別鬧彆扭了啦。

我迴避她，露出半冷不熱的微笑，沒說好，也沒說不好。她坐在尼諾對面，但從頭到尾沒看尼諾一眼，也沒和他講話。她是為我而來的。她一度拉著我的手，但我馬上就抽回來。她希望我們和解，打算重新在我的生命裡取得一席之地，雖然她並不贊同我走的這條路。從她一再提出問題卻不在意回答的講話方式，我就明白了。她迫不及待地想重新霸占所有的空間，所以一個問題還沒談完，就緊接著跳到另一個問題。

「和彼耶特洛？」

「不好。」

「你女兒？」

「她們很好。」

「你們會離婚？」

「是的。」

「你們兩個要住在一起？」

「是的。」

「住哪裡，哪個城市？」

「我不知道。」

「搬回這裡來住吧。」

「情況很複雜。」

「我會幫你找間公寓。」

「如果有需要，我會請你幫忙的。」

「你還在寫作？」

「我剛出版一本書。」

「又一本？」

「是的。」

「沒聽到有人提起啊。」

「目前只出了法文版。」

「在法國？」

「是的。」

「是小說？」

「一個故事，但有個基本的立論。」

「講什麼的？」

我含糊帶過，打斷她的問話。我寧可問起恩佐，問起傑納諾，問起街坊，問起她的工作。提起兒子，她就一臉意興盎然的表情，說我很快就會見到他。他還在學校，但是恩佐會帶他過來，這又是一個驚喜。相反的，對於街坊，她一副漠不關心的樣子。提到曼紐拉．梭拉朗遇害的可怕事件和隨之引發的動盪，她說：這沒什麼，像這樣被殺死，在義大利是稀鬆平常的事。接著很意外的，她提起我媽，讚賞她的活力充沛與人脈廣泛，儘管她知道我們母女之間關係緊張。同樣意外的是，她用很親暱的語氣談起她爸媽，說她花錢買下他們住的那間公寓，好讓他們安心。能這樣做我很高興——她解釋說，彷彿是要為自己的慷慨而道歉似的——我在那裡出生，我和那棟房子有感情，只要恩佐和我努力工作，我們就負擔得起。她一天工作十二小時，不只替米凱爾．梭拉朗工作，也替其他客戶做。我在研究——她說——一部新的機器，三十二號系統，比你們上次到阿卡拉的時候我帶你們看的那部還厲害：白色的盒子，附有六吋顯示螢幕、鍵盤和列印機。她一直聊著未來會有的更先進機器。她消息非常靈通，一如既往，看到新東西就很興奮，但過不了幾天就厭煩了。據她說，新機器很美。太慘了，她說，除了機器之外，其餘的一切都狗屁不通。

這時尼諾插嘴，做了我到此時為止一直沒做的事：給她詳盡的說明。他很興奮地談起我的書，說很快也會在義大利出版，他引述法國讚譽有佳的書評，說我和丈夫、女兒有很多問題，說他和老婆分居，再次說唯一的解決方法就是住在那不勒斯，他甚至鼓勵她去幫我們找房子，還對她和恩佐的工作問了一些專業的問題。

我聽著他說，心裡隱隱有些擔憂。他講話的態度有點疏遠，是為了讓我知道他和莉拉之前沒見過面，其次，也是要讓我覺得她對他再也沒有影響力。而且他也沒用像對蔻朗蓓講話時的那種勾引語氣，雖然那是他對女人講話時自然而然會有的態度。他沒用感性的腔調，也沒直勾勾盯著她看，更沒碰她。只有在讚美我的時候，語氣才稍稍變得溫暖一些。

這沒能讓我忘記在伊斯基亞島西塔拉海濱的事，當時他和莉拉藉著各種不同問題來營造只有他倆能理解的世界，把我排除在外。但在我看來，此時的情況恰相反。他們問彼此問題並回答的時候，無視對方的存在，只對著我講，彷彿我才是他們唯一的對話者。

他們就這樣講了差不多半個鐘頭，沒有對任何事情達成共識。讓我尤其感到意外的是，他們對那不勒斯的看法天南地北。我這時對政治所知有限，忙著照顧女兒，為我寫的那本小說做研究，寫書，更重要的是還要應付我波瀾不斷的生活，所以沒時間看報紙。而他們倆卻是無所不知。尼諾列舉他知之甚詳的那不勒斯共產黨與社會黨人士，非常相信他們。他很推崇目前的執政當局，說他們很正直，因為市長是個可敬的政治人物，和以往的貪污腐敗一點關係都沒有。他的結論是：這至少是在這裡生活工作的好理由，目前機會大好，我們應該要參與其中的。但是莉拉對他講的事情大肆挖苦。她說，那不勒斯很討人厭啊，就和以前一模一樣，那些君主主義、法西斯份子和天主教民主黨員做了那麼惡行昭彰的事情，要是你不譴責他們，要是你當作沒這回事，放任他們去做，那麼要不了多久，小店東——她誇張大笑地說出這個名詞——很快就會奪回這個城市，和城裡的那些官僚、律師、會計師、銀行、以及祕密結社份子一起。我很快就不得不領悟，他們的討論其實是以為我中心的。他們都希望我回那不勒斯，但卻又不想讓我受對方的影響，因為他們想要我回來的理由各有不同：尼諾是帶著希望，相信這裡有好政府；而莉拉則痛恨所有的掠奪者，完全不把共產份子和社會主義份子放在眼裡，一切從零開始。

我一直仔細觀察他們。讓我詫異的是，對話的主題越是複雜，莉拉就越是表現出她向來隱藏不說的流利義大利文，雖然我早就知道她的語文能力，但此時還是覺得驚訝，因為她所講出的每一個字句都非常優雅，和她想表露於外的模樣相去甚遠。至於尼諾，通常聰穎自信的他卻很不安地字斟句酌，有時候還顯得有些怯畏。他們兩人都很不自在，我想。過去他們可以很坦然地表現自我，如今卻羞於這麼做。眼前這是怎麼回事？他們在欺騙我？他們是真的爭相想贏取我，又或者只是拚命想壓抑他們從前的相互吸引？我刻意表現出不耐煩的樣子。莉拉注意到了，她站起來，好像去上洗手間那樣消失了一會兒。我什麼都沒說，怕會忍不住對尼諾發起脾氣，而他也保持沉默。莉拉回來的時候，愉快嚷著：

「來吧，時間到了，我們去看傑納諾吧。」

「我們不行，」我說，「我們還有約。」

「我兒子真的很喜歡你，他會很失望的。」

「替我向他說聲哈囉吧，告訴他說我也愛他。」

「我約在馬提尼廣場，就只要十分鐘，去和埃爾范索打聲招呼，然後你們就可以走了。」

我瞪著她看，她突然瞇起眼睛，彷彿要藏起眼睛似的。她到底在打什麼主意？她想帶尼諾去梭拉朗兄弟的那家鞋店，帶他回到他們倆祕密交往將近一年的那個地方？

我要笑不笑地回答說：不，很抱歉，我們真的得走了。我瞥了尼諾一眼，他立刻招手叫服務生，要求買單。莉拉說：我已經結完帳了，他抗議的時候，她再度轉頭看我，用勸誘的語氣說：

「傑納諾不是自己去的，是恩佐帶他。另外還有一個人也會和他們一起去，拚命想見你的那個人。要是你沒見他就走，那就太慘了。」

那人是安東尼奧．卡普西歐，我少女時期的男朋友。梭拉朗兄弟在母親遇害之後，就急忙從德國召他回來。

9

莉拉告訴我安東尼奧獨自回來參加曼紐拉的葬禮，瘦得簡直認不出是他來。才不到幾天功夫，他就在玫利娜家附近租了一個地方，叫他的德國太太帶三個孩子來。玫利娜現在和斯岱方諾與艾達住在一起。沒錯，安東尼奧結了婚，也有了小孩。人生散落的片段在我腦海裡拼湊起來。在我出身的那個世界裡，安東尼奧是重要的一部分，莉拉談到他，消除了這天早上的沉重負荷。我覺得輕鬆了。我輕聲對尼諾說：就幾分鐘，好嗎？他聳聳肩，我們一起走向馬提尼廣場。

我們沿著米埃爾路和菲蘭吉里路走，莉拉一路霸占我，尼諾跟在我們後面，手插在口袋裡，低著頭，顯然心情很不好，而她卻以一慣安撫的語氣對我講話。她說我應該盡快找機會見見安東尼奧的家人。她靈活靈現地描述他的妻子和小孩。她很漂亮，頭髮比我還金亮，三個孩子也都是金髮，沒有一個遺傳到父親那黑得像阿拉伯人的黑髮。他們一家五口走在通衢大道上的時候，皮膚蒼白、頭髮金亮的妻小，活像安東尼奧在街坊發動戰爭之後擄獲的人質。她笑起來，然後一一列出除了安東尼奧之後，等著迎接我們的人：卡門——她得工作，所以只能和恩佐一起趕來待幾分鐘——當然還有打理梭拉朗鞋店的埃爾范索，以及瑪麗莎和孩子。給他們幾分鐘，她說，這樣可以讓他們開心，他們很愛你的。

聽她這樣說，我心想，見到這些人，就等於把我婚姻結束的消息傳遍街坊，包括我爸媽都會知道。而且我媽還會知道我成了薩拉托爾家兒子的情人。但我發現我一點都不在意，事實上我還很開心，我的朋友會見到我和尼諾在一起，他們會在我背後說：她是個愛怎樣就怎樣的人，她離開丈夫和女兒，她和其他人在一起。讓我自己都很意外的是，我發現自己想要正式和尼諾在一起，我想要其他人看見我和他在一起，我想要抹去艾琳娜—彼耶特洛夫婦的印象，代之以艾琳娜—尼諾情侶的形象。我心情平靜下來，幾乎好整以暇地踏進莉拉為我設下的陷阱裡。

她連珠砲似地一句接一句說個沒完，連稍微停頓一下都沒有，後來，可能是基於舊有的習慣，她挽起我的手臂。對她的這個動作，我毫無感覺。她想要證明我們還是像以前一樣，我對自己說，但事到如今我們該承認彼此的關係已經結束了，她的手臂宛如義肢或幻覺，留下的其實只是很久以前某次接觸的深刻印象。我反而想起幾年之前，有段時間我暗自希望她會生病死掉。當時我想，儘管我們之間的關係活躍而密切，但也因此而痛苦非常。如今一切都改觀了。我所有的熱情——包括曾經投注在那恐怖期望裡的熱情——現在都只投注在我向來所愛的這個男人身上。莉拉以為她還擁有過去所擁有的力量，以為她還能拉著我踏進她希望我去的地方。但是她究竟想籌謀什麼呢？重現苦澀的愛情與青春的熱情？傾刻之前還讓我覺得充滿惡意的意圖，轉瞬已經變得像一座博物館那般無害。無論她喜歡或不喜歡，對我重要的都別有他物。尼諾和我是重要的。尼諾和我，儘管會在街坊的小天地裡掀起一場醜聞，但我們可以被當成一對，還是很值得高興的。我不再感覺到莉拉的存在，她的手臂毫無生氣，我們只是衣服碰著衣服而已。

抵達馬提尼廣場時，我轉頭警告尼諾，她妹妹也帶著小孩在店裡。他生氣地低聲嘟囔幾句。招牌出現了——梭拉朗——我們進到店裡，雖然所有的眼睛都盯著尼諾看，但大家都和我打招呼，彷彿我是自己一個人來似的。只有瑪麗莎和她哥哥講話，但兩人看起來都很不開心。她一開口就責備他，因為她始終沒有他的消息，也沒見過他。她嚷著說，媽媽病了，爸爸讓人受不了，你卻什麼也不在乎。他沒回答，他心不在焉地親吻外甥，面對瑪麗莎的不斷責罵，他說：我也有自己的問題啊，瑪麗莎，放過我吧。我和大家親切打招呼，但目光始終留意著他，不是出於嫉妒，而是擔心他的坐立難安。我不知道他是不是還記得安東尼奧，要是他認得出來，那就會知道只有我才知道的事：我的前男友揍過他。我看見他們打招呼，一點也不熱絡，就只是稍稍點頭，微微一笑，後來恩佐和他，埃爾范索和他，卡門和他，也都是這樣。對尼諾來說，他們全是陌生人，莉拉和我的世界，和他幾乎一點關係都沒有。之後，他抽著菸在店裡走來走去，沒有任何人和他講話，甚至包括他妹妹。他，站在那裡的他，是我拋下丈夫追隨的人。就連莉拉——特別是莉拉——最後也認清這個事實。現在每個人都仔細打量他，我很想盡快拉他離開這裡，要他和我一起走。

10

我待在那裡的半個鐘頭，是往日與今時的混亂碰撞：莉拉設計的鞋子，她的結婚照，開幕的那天晚上與她的流產，她為了自己的目的，把鞋店轉型成沙龍與愛的小窩；以及今天的計謀，我們全都已經年過三十，揣著各自的人生故事、公開的謠言與祕密的心事。

我假裝鎮靜，裝出開心的語氣。我和大家親吻、擁抱，和傑納諾講了幾句話，他如今是個身材過胖的十二歲男孩，上唇一片黑黑的短鬍渣，活脫脫是斯岱方諾少年時期的翻版，彷彿莉拉懷他的時候把自己的遺傳元素全抽走了似的。我覺得自己也有義務對瑪麗莎與瑪麗莎的小孩同樣親近。我的關注讓瑪麗莎很高興，開始旁敲側擊地對我講話，這是了解我生活內情的人才會講的話。她說：現在你會更常回那不勒斯來，一定要來看我們，我們知道你很忙，你是有學問的人，我們不是，但你應該要找出一點時間來的。

她坐在丈夫旁邊，管住一直想跑到外面去的孩子。我想在她臉上找尋和尼諾相仿的痕跡，但徒勞無功，她既不像她哥哥，也不像她媽媽。如今添了體重之後，她看起來反而像唐納托。她也遺傳了他的喋喋不休，拚命想讓我留下好印象，知道她家庭幸福，生活美滿。埃爾范索支持她的論點，頻頻點頭，默默對我微笑，露出一口白亮亮的牙齒。他的模樣讓我有些想不透。他穿得有型有款，黑色的長髮紮成馬尾，襯托出精緻的五官，但他的動作，他的臉，有著某種出乎意料的感覺，我說不上來是什麼，但讓我很不安。在場的人裡面，除了尼諾和我之外，他是唯一一個受過完整教育的人，而在我看來，他的教養並沒有隨著歲月而消褪，反而透過他纖瘦的身材，他精緻的容貌而更加凸顯。他多麼英俊，多麼彬彬有禮啊。瑪麗莎不計任何代價地要他，儘管他當時想溜走。如今看看他們，隨著年歲增加，她臉上有了陽剛之氣，而抗拒男子氣概的他卻變得更陰柔，他們的兩個孩子，據說是米凱爾・梭拉朗的孩子。是啊，埃爾范索輕聲附和妻子的邀請，如果你能到我們家來吃飯，我們會很開心的。瑪麗莎說：你什麼時候要寫新書啊，小琳？我們都在等，可是你一直拖。你的書似乎很色，但不夠色，你看到他們現在寫的那些色情東西嗎？

雖然在場的人看起來都不喜歡尼諾，但也看不出來他們對我的移情別戀有什麼批評之意，就連一個眼神，一個要笑不笑的表情都沒有。相反的，我輪流和他們擁抱和講話的時候，他們都想要讓我知道他們有多喜歡我，有多尊敬我。恩佐的擁抱裡有他認真的力量，雖然他只微笑沒講話，但在我看來，他彷彿在說：不管你決定怎麼做，我都愛你。而卡門則馬上把我拉到牆角——她很緊張，一直看著時鐘——用急促的語氣講起她哥哥，彷彿講著一個很有權威的人，無所不知，也無所不能，不可能踏錯任何一步，減損他頭上的光環。她沒提起她的孩子，她的丈夫，也沒談到她的生活或我的生活。我知道帕斯蓋被當成恐怖份子，讓她背負極重的壓力，但她這麼做，只是為了重塑他的形象。在我們僅僅幾分鐘的交談裡，她不只說她哥哥受到不公平的壓迫，她還想重新為他型塑勇氣和善良。她的眼睛裡閃著堅毅的光芒，她無論如何都會永遠站在他那邊。她說她必須知道在哪裡可以找到我，她想要我的電話號碼和地址。你是重要人物，小琳——她輕聲說——要是帕斯蓋還沒遇害，你一定認識可以救他的人。然後她叫站得遠遠的，離恩佐有幾步之遙的安東尼奧。過來——她溫柔地說——你也告訴她。安東尼奧走過來，低著頭，怯怯講了幾句話，大意是：我知道帕斯蓋信任你，他在做出選擇之前去過你家，所以如果你再見到他，一定要警告他。他必須銷聲匿跡，他最好別在義大利被人看見，因為就像我告訴卡門的，問題不在憲兵，問題在梭拉朗兄弟。他們相信他殺了曼紐拉夫人，要是他們找到他——今天，明天，或幾年之後——我也幫不了他。他用沉重的語氣講這些話的時候，卡門不停插嘴問我：你懂嗎，小琳？她用焦慮的眼神看著我。最後她擁抱我，親吻我，輕聲說：你和莉娜都是我的好姊妹。然後她和恩佐一起離開，他們有事要忙。

所以我和安東尼奧單獨在一起。感覺上我面前的這一個軀殼裡面，住著完全不同的兩個人。他是很久以前在水塘邊緊緊摟著我，極度崇拜我的那個男生，他身上散發出來的濃烈氣味至今還深深印在我的回憶裡，宛如永遠無法真正得到滿足的欲望。但他也是存在於今時今日的男人，身上沒有一絲贅肉，從面無表情的臉一直到套在巨大鞋子裡的腳全都骨架粗大，皮膚緊繃。我有點尷尬地說，我不認識任何可以幫得上帕斯蓋的人，卡門太高估我了。但我馬上就發現，如果我覺得帕斯蓋的妹妹太過抬舉我的地位，那安東尼奧的看法絕對是有過之而無不及。安東尼奧說我像以前一樣謙虛，他看過我的書，還是德文版呢，我在全世界都很有名。雖然他長年住在國外，見識過、也替梭拉朗兄弟做過很多可怕的事情，但他還是當年生活在街坊的那個人，也還繼續想像——也或許他只是為了讓我開心而假裝，誰知道——我有權力，因受人敬重而擁有權力，因為我有學位，因為我講義大利文，我寫書。我笑著說：你是全德國唯一買那本書的人。我問起他的妻子，他的孩子。他都只回答好、是、不是，然後把我拉到外面的廣場上。他親切地問：

「現在你必須承認我是對的。」

「什麼事情？」

「你想要他，你當時騙我。」

「我當時還只是個孩子。」

「不，你已經長大。你比我聰明。你不知道你對我造成的傷害有多大，你害我以為我自己瘋了。」

「別說了。」

他沉默下來，我回到店裡。他跟著我，在門口拉住我。有那麼一會兒，他盯著坐在牆角的尼諾。他低聲說：

「要是他也傷害你，就告訴我。」

我笑起來：「那當然。」

「別笑，我和莉娜談過。她很了解他，她說你不應該相信他。我們尊敬你，而他不是。」

莉拉。她在利用安東尼奧，讓他成為替她傳達噩耗的使者。她到底要怎樣？我看見她在一個角落裡和瑪麗莎的孩子玩，但其實她瞇起眼睛，在觀察我們每一個人。她像過去一樣，控制每一個人：卡門，瑪麗莎，恩佐，安東尼奧，她的兒子和其他人的小孩，甚至包括這家店的老闆。我再次告訴自己，她不能再對我施加權威，那個漫長的階段已經結束了。我說再見，她緊緊擁抱我，彷彿想讓我和她融為一體似的。我一一和他們道再見時，埃爾范索再次讓我一驚，但這一次我知道讓我不安的是什麼了。他身為阿基里閣下與瑪麗亞的兒子，身為斯岱方諾與琵露希雅手足的毫縷痕跡，已經從他臉上消失了。如今，很不可思議的，因為綁成馬尾的那一頭黑髮，他看起來竟然很像莉拉。

11

我回到佛羅倫斯，和彼耶特洛討論分居的事。我們吵得很厲害，瑷黛兒想辦法保護孩子，或許也為了保護自己，帶著兩個女孩關在她的房間裡。後來我們明白，我們做得太過火了，而且就算我們覺得有必要，在女兒面前，就絕對不容我們做得如此過火。所以我們離開家門，繼續在街上吵。彼耶特洛扭頭走開，我不知道他去哪裡——我很生氣，不想再看見他的人，也不想再聽見他的聲音——我逕自回家。孩子們在睡覺。我看見瑷黛兒坐在廚房裡看書。

我說：「你看見他是怎麼對我的吧？」

「那你呢？」

「我？」

「是的，你：你看見你自己是怎麼對他的嗎，你這一向是怎麼對他的？」

我轉身離開，用力摔上門，把自己關在浴室裡。她話裡的輕蔑語氣讓我意外，也傷害了我。這是她第一次這麼坦率的責備我。

我隔天啟程赴法國，心中非常愧疚，因為孩子們的哭鬧，也因為我在旅途中必須看的書。我想辦法集中精神在閱讀上，但一頁頁的文字越來越纏結混亂，夾雜著尼諾、彼耶特洛、我女兒、帕斯蓋妹妹對他的辯護、安東尼奧的話、埃爾范索的蛻變。經過筋疲力竭的火車旅程之後，我抵達巴黎，心中的困惑卻更甚以往。但在火車站，一看見出版社比較年輕的那位女士站在月台上，我的心情就好轉了。我再次找到自我擴展的樂趣，就像上回和尼諾一起到蒙佩利爾時那樣。但這一次沒有旅館房間，沒有紀念演講廳，一切都更簡樸。兩位女士帶我逛了大城市和小村鎮，每一天都是一趟旅程，每一個晚上都是在書店或私人寓所舉行的辯論會。至於餐點和過夜，都是家庭料理，一張小床，有時候甚至就只是一張沙發。

我非常疲累，對自己的外表越來越不在意，也變瘦了。然而我一個晚上接著一個晚上見到的編輯和聽眾卻都很喜歡我。我到處走動，和這個人、那個人用我不熟悉但很快就學會運用的語言討論問題，慢慢地重拾多年前展現的才華，在我出版第一本書時發揮的能力：我天生就有能力把個人的小事轉化成反映眾生的大事。我每天晚上的即興演出都很成功。我從自身經驗出發，談起我生長的那個世界，談起貧窮和齷齪卑鄙，男人與女人的忿怒，談起卡門，她和哥哥的緊密關係，她給自己絕對不會犯的暴力行為賦予正當性。我談起從小在我媽和其他女人身上觀察到的羞辱場面——無論是家庭生活，是身為母親，或是牽涉到男人的問題上。我談到因為愛一個男人，女人可以對其他女人、對孩子做出多麼寡廉鮮恥的事情來。我談起我和佛羅倫斯與米蘭婦女團體之間的緊張關係，突然意識到這一段向來被我低估的經驗其實很重要：在聽眾面前，我發現當時旁觀別人痛苦費力地挖掘自身的經歷，我自己其實學到很多。我談起自己，說我向來渴望在智識上能成為男性——我每天晚上總是劈頭就說，我覺得我是由男性所創造，被他們的想像力所宰制——我談起不久前見到一位童年時期的男性朋友，他費盡心力顛覆自己，從自己身上汲取出女性特質來。

我經常拿待在梭拉朗鞋店的那半個鐘頭當素材，但這是我後來才意識到的，或許是因為我始終都沒想到莉拉的關係。我不知道我為什麼一次也沒提起我們的友誼。很可能是因為在我看來，儘管她把我拉進她自己和我們童年友人洶湧的欲望之海裡，但卻沒有能力解釋她擺在我眼前的一切。例如，她是否看見我在埃爾范索身上看見的那瞬間一閃呢？那是不是她所帶來的影響？我排除這個可能性。她身陷街坊的污泥裡，卻還心滿意足。而待在法國那幾天，我卻覺得自己雖然身處混沌中心，但擁有工具可以釐清法則。這份信心因為我這本書的小小成功而愈益放大，讓我對於未來也沒那麼擔心了，因為說真的，我可以透過書寫與言詞表達出來的一切，在現實生活裡也註定行得通。看吧，我對自己說，婚姻崩潰，家庭崩潰，所有的文化框架崩潰，社會民主所有可能的協調妥協都崩潰了，然而一切卻又試圖呈現在此之前無法想像的另一種形式：尼諾和我，我的女兒加上他的兒子，勞工階級、社會主義和共產主義的和諧相處，更重要的是始料未及的主體：這個女人，也就是我。夜復一夜，我透過理念的宣揚來重新認知自我：一切盡皆解體，但又將重新組合。

在這段期間，我也總是迫不及待地打電話給璦黛兒，和女兒們講話。她倆都只回答是或不是，再不然就像唱著副歌歌詞那樣一次又一次地問：你什麼時候回家？聖誕節即將來臨之時，我想要和我這兩位出版人告別，但如今她們已視我的前途為己任，不想讓我走。她們讀過我的第一本書，也想要出版，所以拖我一起到幾年前出版這本書卻不甚成功的法國出版社。我乖乖地參與討論、協商，仰賴兩位和我不同，極具戰鬥力的女人，她們懂得如何威脅利誘。當然米蘭出版社的介入調停也發揮了部分功效，最後他們達成協議：我的小說隔年可以在新出版社重新出版。

我在電話上告訴尼諾，他似乎很興奮。但話講著講著，他的不快就現形了。

「說不定你已經不需要我了。」他說。

「你在說什麼啊？我迫不及待想擁抱你。」

「你有這麼多事情要關心，根本沒有任何空間可以留給我。」

「你錯了。我能寫出這本書，都要感謝你。因為你，我才能釐清心裡的想法。」

「那我們在那不勒斯見面，或者羅馬。就現在，在聖誕節之前。」

但此時要見面根本不可能。編輯事務占滿了我的時間，而且我必須回到孩子身邊。然而我抗拒不了，最後我們決定要在羅馬碰面，就算只有幾個鐘頭都好。我搭夜車，在十二月二十三日早晨筋疲力竭地抵達首都。我在車站徒然浪費時間：尼諾沒在那裡，我很擔心，覺得孤伶伶的。我正準備要搭車回佛羅倫斯的時候，他出現了，儘管天氣很冷，卻渾身大汗。他一路上波折不斷，碰上無數的難題，他開車來，如果搭火車肯定來不及。我們隨便吃點東西，在車站附近的國家大街找了家旅館，把自己關在房間裡。我打算下午就離開，但又鼓不起勇氣離開他，所以我把啟程的時間延到隔天。我們相擁而眠，開心地醒來：啊，一伸腿，迷迷糊糊從睡夢中醒來，發現他就在床上，在我身邊，是多麼棒的事情啊。那天是聖誕節前夕，我們出門給彼此買禮物。我離去的時間一個鐘頭又一個鐘頭地延後，他也是。一直到下午很晚的時候，我才拖著行李箱到他車旁邊。我無法離開他。最後他發動引擎，開走，消失在車流裡。我費力地穿過共和廣場到車站，但因為拖延太久，火車在幾分鐘之前已經開走。我很絕望，我要到夜深才能回到佛羅倫斯。但是情況就是這樣。我只好打電話回家。彼耶特洛接的電話。

「你在哪裡？」

「在羅馬，火車卡在車站裡，我不知道什麼時候車才會開。」

「喔，是火車的問題啊。我是不是應該告訴女兒說你不會回來吃聖誕大餐？」

「是的，我很可能趕不及。」

他哈哈大笑，掛掉電話。

我搭上一班完全沒人、冷得要命的火車。連列車長都沒來查票。我覺得自己彷彿遺失了一切，正走向虛無，困在蒼涼無望之中，讓內心的罪惡感更加深重。我抵達佛羅倫斯時已經深夜，遍尋不著計程車。我頂著寒風，拖著行李走在空無一人的街道。就連聖誕鈴聲也在很久之前就已經消失在夜色裡了。我用鑰匙開門。公寓裡黑漆漆的，靜得嚇人。我穿過一個個房間，孩子們不在，璦黛兒也不在。我疲累，驚恐，但也生氣，想要至少找出一張字條來，可以讓我知道他們去哪裡了。但什麼都沒有。

屋子井井有條。

12

我心中浮現現可怕的想法。說不定是小璦或艾莎病了，甚至兩人都病了，所以彼耶特洛和他媽媽帶她們去醫院。再不然就是我丈夫住院了，因為做了什麼瘋狂的事。璦黛兒帶孩子去陪他。

我在屋裡走來走去，焦急得不得了，不知道該怎麼辦。後來我想，不管發生什麼事，璦黛兒一定都會告訴梅麗雅羅莎，儘管才凌晨三點，但我決定打電話給她。我大姑終於來接電話，我吵醒她，讓她很不高興。但我從她那裡得知，璦黛兒決定帶孩子回熱內亞——她們兩天前就去了——讓我和彼耶特洛可以放心討論我們的情況，而小璦和艾莎也可以平靜享受聖誕假期。

這個消息一方面讓我安心，但一方面也讓我忿怒。彼耶特洛騙我：我打電話給他的時候，他早就知道沒有什麼聖誕大餐，女兒沒在等我，她們已經和奶奶一起離開了。而璦黛兒呢？她竟敢帶走我的女兒！我對著電話發洩，梅麗雅羅莎靜靜地聽。我問：我什麼都做錯了嗎？這一切都是我罪有應得嗎？她語氣嚴肅但不無激勵，說我有權利擁有自己的生活，也有義務繼續自己的研讀與寫作。然後她提議我帶著孩子去和她一起住，只要碰上麻煩隨時都可以去。

她的話安慰了我，然而我還是睡不著。所有的情緒在心裡翻來攪去：苦惱，忿怒，對尼諾的渴望與怒氣，因為他和家人、亞伯提諾一起過聖誕假期，而我卻孤身一人，在空蕩蕩的屋子裡，沒有人憐愛。早晨九點，我聽見開門的聲音，是彼耶特洛。我立刻挺身面對他，對他大吼大叫：你為什麼沒得到我的同意，就把孩子交給你媽？他披頭散髮，沒刮鬍子，渾身酒氣，但似乎沒喝醉。他聽著我的嘶吼，並沒有反抗，只一再用沮喪的語氣說：我有工作要做，我沒辦法照顧她們，你有你的愛人，也沒時間理她們。

我強迫他坐下，在廚房裡。我努力鎮靜下來，說：

「我們得達成協議。」

「說清楚，哪一種協議。」

「孩子們和我住，你在週末見她們。」

「週末，在哪裡？」

「在我家。」

「你家在哪裡？」

「我不知道，我之後會決定，看是在這裡，在米蘭，或在那不勒斯。」

這幾個字就夠了：那不勒斯。他一聽就跳起來，眼睛睜得大大的，張開嘴巴好像要咬我，舉起拳頭，那凶惡的表情讓我驚恐。這一刻好像長得沒完沒了。水龍頭在滴水，冰箱嗡嗡叫，院子外面有人在笑。彼耶特洛塊頭很大，大大的拳頭用力得全變白了。他以前打過我一次，我知道他現在可能會使勁打我，打到死，所以我猛然舉起雙臂，保護自己。但他突然改變心意，轉身，一次、兩次、三次捶打我用來放掃帚的鐵櫃。他可能會就這樣繼續捶打，如果不是我哭喊：住手，住手，你會弄傷自己的。

這次脾氣爆發的結果就是我回家時擔心的情況真正發生了：我們終於進了醫院。他的手臂打上石膏，回程路上他似乎很開心。我想起這天是聖誕節，弄了一些東西吃。我們坐在餐桌旁，他面無表情地說：

「我昨天打電話給你媽媽。」

我跳起來。

「你到底在想什麼？」

「這個嘛，總得有人告訴她啊。我把你對我做的事情告訴她。」

「應該由我自己來告訴她。」

「為什麼？這樣你才能騙她，像你騙我一樣？」

我的怒火再次升起，但想辦法克制自己，我怕他又會因為怕打斷我的骨頭而打得自己骨折。我看見他平靜地微笑，看著裹石膏的手臂。

「所以我沒辦法開車了。」他喃喃說。

「你要去哪裡？」

「車站。」

我發現我媽在聖誕節這天搭火車來了——她向來認為這一天是以家為重的日子，是她不容推卸的最高責任——而且就快到了。

13

我想要逃走。我想過要去那不勒斯，就在我媽要過來的時候，逃去她所住的城市。我想從尼諾那裡找到一些平靜。但我沒走。雖然我覺得自己變了，但我還是以前那個中規中矩，從來不逃避任何事情的人。我只對自己說，她又能對我怎麼樣呢？我是個成年女人，不是小孩子。她頂多只能帶點好吃的東西來，就像十年前的聖誕節，我生病的時候，她趕到師範大學的宿舍看我一樣。

我和彼耶特洛一起到車站接我媽，我開車。她揚揚得意地下火車，身上穿著新衣服，帶了新皮包，新鞋子，臉上甚至撲了些粉。你看起來很漂亮，我說，你很時髦。她不屑地說，我才不謝謝你咧，然後就不和我講話了。為了補償，她對彼耶特洛很親切，問起他打石膏的事。他含糊其詞，說是撞到門，她開始遲疑地用義大利文說：撞到？我知道是誰讓你去撞的。我想都想得出來，撞到。

我們一到家，她就放下之前假裝的鎮靜態度。她訓了我很長一頓話，拖著瘸腿在客廳走來走去。她用誇張的態度稱讚我丈夫，命令我馬上去請求他的諒解。我不肯，她就自己去懇請他原諒我，以派普、紀亞尼和艾莉莎的名義發誓，說除非我們兩個言歸於好，否則她就不回家。起初她那誇張的言詞看似在開我和我丈夫的玩笑。她列出彼耶特洛的優點，清單長得沒完沒了，但我必須說，她也不吝讚美我。她不停強調，我們兩人的才智與學識旗鼓相當，天造地設。她要我們想想小璦的好——她最愛的孫女是小璦，根本就忘了提艾莎——說那孩子什麼都懂，讓她受苦是不對的。

她講話的時候，我丈夫一副很同意的樣子，還露出面對誇張事情時才會有的不可思議表情。她擁抱他，親吻他，謝謝他的廓然大度，她對著我叫嚷，說我應該為此在他面前下跪。她拚命用力地把我們兩個推到一起，要我們互相擁抱親吻。我往後退，冷漠地避開。我從頭到尾都在想：我受不了她，我受不了像這樣的時刻，當著彼耶特洛的面，但是我又不能不面對事實：我是這個女人的女兒。我想讓自己平靜下來，說：她向來就是會搞這一套，她很快就會累了，上床去睡覺。但是她第一百次拉著我，要我承認自己犯了天大的錯誤時，我再也受不了了，她那雙手讓我火大，我推開她。我說：夠了，媽，沒有用，我不能再和彼耶特洛在一起，我愛上其他人了。

這是個錯誤。我很了解她，她就在等我作出這個小小的挑釁。她接連不斷的哀求突然結束，一切霎時改變。她用力摑我耳光，不停吼叫：閉嘴，你這個賤貨，閉嘴，閉嘴。她想要扯我的頭髮，哭喊著說她再也受不了了，說我不該毀了自己的人生，跟著薩拉托爾家的兒子，那兒子比他爸爸那個爛貨更爛。她甚至哭著說，我本來以為是你那個朋友莉拉帶你走上這條邪惡的道路，但我錯了，是你，無恥的人是你。沒有你在身邊，她變成好人了。我真該死，當初把你生下來的時候就該打斷你的腿。你有個這麼高尚正直的丈夫，讓你在這個美麗的城市裡當個貴婦，他這麼愛你，給了你兩個女兒，結果你卻這樣對待他？你這個賤人，過來，你這條命是我給的，現在我要殺了你。

她欺近我，我覺得她好像真的要殺我。就在這時我突然意識到，在此之前，她始終沒有真正體會到我帶給她的種種失望，沒真正了解到我並沒能成為一個循規蹈矩的女兒來回報她的愛，反而讓她誤以為自己是全街坊最幸福的母親。但在眼前這個情況下，她心裡的失望變成痛恨，她要為我浪費上帝賦予我的天分而懲罰我。所以我推開她，嘶喊得比她更大聲。我這樣做是出於本能，但力道很強，推得她站不穩，跌倒在地。

彼耶特洛嚇壞了。我在他的臉上，在他的眼裡看見了：我的世界與他的世界正面衝撞。他這輩子當然沒見過像這樣的場面，沒聽過這麼刺耳的話，這麼嚇人的反應。我媽撞倒椅子，重重跌在地上。因為瘸腿，她站不起來，一條手臂狂亂揮動，想抓住桌子邊緣，讓自己可以站起來。但她沒有就此打住，她繼續對我威脅咒罵。就連驚恐的彼耶特洛用他沒受傷的手扶她站起來，她還是沒住嘴。她聲音哽咽，忿怒，而且真的很難過，瞪大眼睛，上氣不接下氣地說：你不再是我的女兒了，他才是我的孩子，是他。連你老爸都不想要你了，你的弟弟妹妹也是。薩拉托爾家的那個兒子只會讓你染上梅毒、花柳病。我是做了什麼傷天害理的事，竟然會落到今天這種下場，啊，上帝啊，老天啊，天哪。我真想死啊。我現在就想一頭撞死。她被自己的痛苦壓得無法喘息，竟然哭了出來——簡直不可思議。

我跑開，把自己鎖在臥房裡，不知道該怎麼辦。我從來沒想到分手竟然會扯出這麼多棘手的問題來。我驚恐莫名，徹底崩潰。我內心深處隱隱不安，是什麼樣的念頭，竟然會讓我斷然對自己的母親以暴制暴呢？過了一會兒，彼耶特洛來敲門的時候，我心情已經比較平靜了，他用出乎意料的輕柔語氣說：別開門，我不是要你讓我進去，我只是要對你說，我也不希望看到這樣的情況，這太過分了，就算是你，也不應該受這樣的待遇。

14

我希望我媽會軟化，希望到了早上，她會像以往一樣突然轉變態度，想方設法證明她還是愛我的，還是以我為榮的。但並沒有。我聽見她和彼耶特洛談了一整夜。她對他說盡好話，語氣苦澀，一再說我打從出生就是她的剋星，她嘆氣說，對我必須要有耐心。隔天為了避免再次吵架，我在屋子裡到處晃，再不然就想辦法看書，不加入他們的對話。我心情很不好。昨天推倒她，讓我很愧疚，她和我自己的言行都讓我覺得羞愧，我想道歉，擁抱她，但又怕她會誤會，以為我屈服了。如果她竟然指控我是莉拉背後的惡魔，而不認為莉拉是我的惡魔，那麼她對我就真的是失望到無以復加的地步了。我對自己說，原諒她吧：她向來以街坊為衡量的標準；在她眼裡，那裡的一切都是最好的安排，她覺得因為艾莉莎而和梭拉朗家搭上關係很好，她驕傲地喊馬歇羅女婿，讓兒子替他工作，而她身上的新衣服正足以證明她所享有的榮華富貴。因此，替米凱爾·梭拉朗工作，和恩佐好好安家立業，有錢到可以替自己爸媽買下他們住的那間小公寓的莉拉，在她看來就遠遠比我成功。但是像這樣的爭論只會讓我和她之間的距離更遠。我們之間已經不再有連結了。

她沒再和我講任何一句話就離開了。彼耶特洛和我開車載她去車站，但她一路上把開車的我當空氣，只祝福彼耶特洛一切順利，直到火車就要離站的那一刻，還千叮萬囑要他讓她知道他手臂復原和孩子們的情況。

她一離開，我就有些意外地發現，她的介入反倒產生了她始料未及的效應。我們回家時，前一天晚上在臥房門外輕聲鼓勵我的彼耶特洛更往前踏進一步。和我媽的近距離接觸，想必讓他更加了解我和我的出身環境，遠遠超過我所告訴他的，更遠遠超乎他的想像。他為我覺得難過，我想。他突然恢復理智，和我維持相敬如賓的態度。幾天之後，我們去見律師。律師講了些有的沒的，然後問：

「你們確定不要住在一起了？」

「你怎麼有辦法和已經不愛你的人住在一起？」彼耶特洛回答說。

「你，夫人，你不再想要你丈夫了？」

「這是我的事，」我說，「你要做的就只是把分居的具體細節搞定。」

回到我們住的那條街時，彼耶特洛笑著說：「你和你媽一樣。」

「才不一樣咧。」

「你說的對，是不一樣。如果你媽受過教育，也開始寫小說，就會和你一模一樣。」

「什麼意思？」

「我的意思是你比她更惡劣。」

我很生氣，但並沒有真的很火大。我很高興他盡可能保持理智。我如釋重負地呼一口氣，開始專心處理該做的事。我打電話給尼諾，講了很久，把上次道別之後發生的事情全部告訴他。我們討論我搬到那不勒斯的事。為求慎重，我沒告訴他說我和彼耶特洛又睡在同一個屋簷底下，雖然是在不同的兩個房間裡。更重要的是，我經常和女兒講電話，璦黛兒雖然帶著明顯的敵意，但我告訴她說我會去帶女兒走。

「別擔心，」璦黛兒想讓我放心，「只要需要，她們在這裡留多久都沒問題。」

「小璦要上學。」

「我們可以送她去這附近的學校，所有的事情我都會打理好。」

「不，我需要她們和我在一起。」

「你再好好思考一下吧，你一個離婚的女人，帶著兩個女兒，又有事業心，你得考慮現實，決定自己什麼可以放棄，什麼不能放棄。」

她最後這一句話，讓我困擾不已。

15

我想立刻到熱內亞去，但卻接到法國打來的電話。出版社年齡較長的那位女士要我為一本重要的期刊寫一篇稿子，關於她聽我公開談起的一個論點。我馬上就卡在兩難裡，到底是要去接女兒，還是要開始工作。我延後出發，夜以繼日地投入工作，很擔心無法寫得好。尼諾告訴我說大學開學之前，他有幾天的空檔，迫不及待想要見我時，我還在拚命努力讓我的文章能達到可以接受的程度。但我抗拒不了，我們開車到阿金塔里歐，我完全被愛沖昏了頭。我們在冬天的海邊度過不可思議的幾日，享受著吃吃喝喝、聊天做愛的樂趣，這是連以前和法蘭柯在一起的時候也沒享受過的滋味，更別提和彼耶特洛了。每天黎明破曉時，我就強迫自己起床，開始動筆。

有天晚上在床上，尼諾給了我幾頁他寫的東西，說他很重視我的意見。那是一篇複雜的文章，討論義大利鋼鐵公司的問題。我躺在他身邊讀，他不時喃喃自語地批評自己：我寫得很爛，你想改就改吧，你比我強，你打從中學就比我強。我極力讚美他的文章，建議修改幾處。但他不滿意，逼我進一步修改。最後，彷彿要說服我相信他真的需要我幫忙修改似的，他說他要對我揭露一件可怕的事。他半尷尬，半諷刺地形容這個祕密是：「我這輩子做過最丟臉的事。」他說是和我在高中寫的那篇和宗教老師吵架的文章有關，也就是他拿去請學生雜誌登的那篇。

「你做了什麼？」我笑著問。

「我會告訴你，可是你要記住，我當時還只是個男生。」

我覺得他是真心羞愧，所以開始有點擔心了。他說他看到那篇文章的時候，無法相信有人寫得出這麼聰慧可喜的文章來。這個讚美讓我很滿意，親吻他，回想起當時我和莉拉費盡多少心力才完成的。我用自嘲的口氣對他說，雜誌沒有版面可以刊登，讓我多麼失望，多麼痛苦。

「我是這麼告訴你的？」尼諾很不安地問。

「大概是吧，我現在不太記得了。」

他表情略顯驚慌。

「事實上，版面還多得很。」

「那他們為什麼沒登？」

「因為嫉妒。」

我噗嗤笑出來。

「編輯嫉妒我？」

「不，是我嫉妒你。我讀過你的文章之後，就丟進字紙簍。你寫得這麼好，讓我受不了。」

好一會兒，我什麼話都說不出來。那篇文章當時對我何其重要，讓我何其痛苦。我不敢相信：嘉利亞尼老師最欣賞的學生會嫉妒一個平庸學生寫的文章，嚴重到甚至把它丟掉？我感覺到尼諾在等待我的反應，但我不知道該如何把他這個卑鄙的行為和我少女時代賦予他的光環相提並論。過了好幾秒鐘，我茫茫然地想把這個想法緊緊關在心裡，免得強化了我之前聽過的有關他的惡評：璦黛兒說他在米蘭聲名狼藉，而莉拉和安東尼奧都叫我別信任他。接著我甩開著些念頭，眼前躍現他這個告解的正面意義，我擁抱他。基本上，他並不需要告訴我這件事，做這件事情的惡意已經是極為久遠之前的事了。然而他還是告訴我，因為他要待我以真誠，這遠比他個人的得失更重要，就算要冒著讓自己蒙上陰影的風險也在所不惜。這份用心讓我動容。突然之間，就從這一刻起，我覺得自己可以永遠相信他。

我們那天晚上熱烈相愛，比平常更為熱情激越。醒來時，我意識到，透過對自己罪孽的告白，尼諾也坦承告白，在他眼中，我一直是那個卓越出色的女孩，就算當時他還是娜笛雅・嘉利亞妮的男朋友，就算他後來成為莉拉的情人。啊，我不只為他所愛，也為他所敬重，這感覺讓我非常激動。他把自己的文章付託給我，我幫他修潤得更為出色。在阿金塔里歐的那幾天，我深刻地體驗到我絕對可以擴展自己感覺、理解與表達的能力，我驕傲地想，在他鼓勵下、為取悅他而寫成的那本書，在義大利境外小受歡迎，正足以證明這個事實。在這一刻，我擁有了一切。只有小璦與艾莎還在得失邊緣。

16

我沒對璦黛兒提起尼諾的事。我只告訴她法國期刊的事，說我全心全意投入寫作。同時，即使不情願，我也還是謝謝她願意照顧孫女。

雖然我並不信任璦黛兒，但我了解到她確實指出了一個真正的問題。我要如何養活自己和女兒？當然，我是打算盡快和尼諾到某個地方一起生活，如此一來，我們就可以互相扶持。但在這之前呢？我們要找時間見面，還要兼顧小璦與艾莎、寫作、公開活動，以及來自彼耶特洛的壓力。儘管彼耶特洛已經比以前講理，但一定還是會給我壓力的。這一切要如何平衡呢？更別提金錢的問題。我自己的錢已經所剩無幾，而新書能賺多少，我也還不知道。眼前我根本不可能付得起房租、電話費，以及女兒和我的日常所需。更何況我們要在哪裡展開日常生活呢？我現在隨時可以去帶女兒走，但是要帶她們去哪裡呢？到佛羅倫斯，回到她們出生的那幢公寓，有個溫文的父親和有禮的母親等著她們，讓她們相信一切都回復正常了？難道我明明知道只要尼諾一闖進生活，我就會讓女兒更加失望，還要這樣哄騙她們？我是不是要叫彼耶特洛離開，雖然提出分手的人明明是我？又或者搬離公寓的人應該是我才對？

我帶著一千個疑問啟程赴熱內亞，心中沒有任何決定。

璦黛兒用客氣但冷淡的態度迎接我，艾莎很熱情，但態度有點不太肯定，而小璦則充滿敵意。我對熱內亞這幢房子印象不深，只記得光線充足。事實上，這裡的每個房間都塞滿書籍、古老傢俱、水晶吊燈，地板鋪著昂貴的地毯，窗上掛著沉甸甸的窗簾。只有客廳很明亮：一扇大大的窗戶框著一方光與海景，像展示著某種珍貴的獎品。我的兩個女兒──我發現──滿屋子跑來跑去，比在自己家裡更自由：她們什麼東西都碰，想拿什麼就拿什麼，也不會挨罵，而且對女傭講話時那種客氣卻命令的語氣，完全是從祖父母身上學來的。我一到，她們就忙著帶我去看她們的房間，給我看她們那許多從我和她們父親手裡絕對得不到的昂貴玩具，希望我能為她們感到興奮，同時她們也告訴我這段時間所做、所見的許許多多棒透了的事情。我慢慢了解到，小璦變得很黏祖母，而艾莎雖然盡可能擁抱親吻我，但一需要什麼，就找璦黛兒，累的時候就爬到她腿上，拇指塞在嘴巴裡，用憂鬱的眼神看著我。孩子們在這麼短的時間裡就已經適應沒有我的生活？又或者，她們已經因為過去幾個月所見所聞的一切而筋疲力盡，擔心我會帶來連串災難，所以很怕回到我身邊？我不知道。我當然不敢立刻說：收拾你們的東西，我們走吧。我住了幾天，開始重新照顧她們。我公婆從未干預，甚至在女兒們——特別是小璦——想求助他們的權威來對抗我時，他們反而退開來，避免衝突。

尤其是吉鐸，在提起其他事情的時候格外謹慎，一開始他甚至沒提到我和他兒子關係的破裂。吃過晚飯，小璦和艾莎上床睡覺之後，他在回書房工作到深夜（彼耶特洛顯然是以他父親為榜樣）之前，會客氣地陪我坐一會兒，但很尷尬。他通常都藉政治話題為依託：資本主義的依賴危機，萬用的利他主義，邊緣化的擴大，弗留利的地震是義大利衰敗的象徵，左派的重大難題，老派政黨的摩擦。但他談這些問題的時候，完全沒有興趣知道我有什麼看法，而我相對的，也沒費心表達任何意見。要是他真的決定鼓勵我講話，就會回頭談起我的書：我首次看到這書的義大利文版是在他們家裡，薄薄一本，毫不起眼，和許多不斷送來的書籍雜誌一起堆在桌上，等人去讀。有天晚上，他問了幾個問題，而我——知道他沒讀過，也不會讀——把論點摘要告訴他，並唸了幾段給他聽。基本上他很認真，很專心聽。只有一次，對我不當引用索福克勒斯[1]的段落提出頗有見地的批評，他的那種學者口吻讓我覺得很羞愧。他是個渾身散發權威的人，儘管這權威只是一種姿態，有時候甚至不堪一擊，只要花幾分鐘，瞥上一眼，他就變成一個不是那麼具有啟迪意義的人。一提到女性主義，吉鐸泰然自若的態度就動搖了，眼裡浮現出乎意料的惡意，脹紅

1 索福克勒斯（Sophocles，西元前496年～405年），古希臘三大悲劇詩人之一。

了臉——他通常臉色蒼白的——用挖苦的語氣唸出幾個他聽過的口號：性愛，牆後的性愛，我們誰有性高潮？誰也沒有。還有：我們不是繁殖的機器，而是為解放奮鬥的女性。他低聲覆誦，呵呵笑，很興奮。一發現他的態度讓我意外且不悅，他就抓起眼鏡，仔細擦乾淨，退回書房。

在這幾個夜晚，璦黛兒幾乎都沉默不語，但我很快就發現，她和丈夫都在想辦法讓我自己把問題端上檯面。既然我沒上勾，最後吉鐸也只好自己來應付這個問題。小璦和艾莎道晚安的時候，他用逗趣的語氣，像睡前儀式似地問她們：

「這兩位可愛的小小姐叫什麼名字啊？」

「小璦。」

「艾莎。」

「還有呢？爺爺想聽她們的全名。」

「小璦．艾羅塔。」

「艾莎．艾羅塔。」

「艾羅塔這個姓和誰一樣啊？」

「和爸爸一樣。」

「還有呢？」

「還有爺爺。」

「媽媽叫什麼名字？」

「艾琳娜．格瑞柯。」

「你們姓格瑞柯，還是艾羅塔？」

「艾羅塔。」

「太厲害了。晚安，親愛的，做個好夢喔。」

然後，孩子們一隨著璦黛兒離開，他就循著兩個女孩回答的理路接續說：我聽說你和彼耶特洛分手，是因為尼諾・薩拉托爾。我跳起來，點頭說是。他微笑，開始稱讚尼諾，但不像幾年前那麼全心全意讚賞。他說尼諾很聰明，是個了解事理的人，但是──他用強調語氣講出這個連接詞──很善變，他重複這兩個字，彷彿要確認自己選擇了正確的字彙。他強調：我不喜歡薩拉托爾最近寫的東西。突如其來的，他用輕蔑的語氣把尼諾貶抑成泛泛大眾，認為適應新資本主義功能要比繼續追求社會關係與生產轉型更為緊迫的那些人。他講得若無其事，但刻意讓講出口的每一個字實質上都是侮辱。

我受不了。我拚命想說服他說他錯了。璦黛兒回來的時候，我正在引述我認為尼諾最激進的一篇文章，而吉鐸靜靜聽，只偶爾發出咿啊的聲音，那是他還在同意與不同意之間懸而未決時會採取的態度。我陡然住口，非常生氣。有幾分鐘的時間，吉鐸的批判似乎軟化了。（畢竟，在義大利危機重重的混亂之中，是無法期待我們每一個人都能找到方向，我可以理解，像他那樣的年輕人會覺得自己陷入麻煩，特別是在他們渴望採取行動的時候。）然後站起來回書房。但在離開之前，他的想法又變了。他在門口停下腳步，很不客氣地說：但是薩拉托爾就只是這樣拚命地做，他很聰明，但沒有傳承，與其說是在爲理念而奮戰，倒不如說是在執行任務，他會成爲很有用的技術官僚。他猛然住口，但猶豫了一下，彷彿還有更殘酷的話就在舌尖。但他忍住了，就只喃喃道晚安，回書房去了。

我感覺到璦黛兒盯著我看的目光。我應該要回房的，我想我應該找個藉口，說我累了。但我希望璦黛兒能講幾句安慰的話，或許可以撫慰我，所以我問：

「說尼諾聰明但沒有傳承，是什麼意思？」

她用諷刺的眼神看著我。

「意思就是，他是無名小卒。對無名小卒來說，讓自己變得有點分量，比什麼都來得重要。結果就是，薩拉托爾先生並不是個可以信賴的人。」

「我也是個聰明但沒有傳承的人。」

她微微一笑。

「是啊，你也是。事實上，你也不是個可以信賴的人。」

沉默。璦黛兒這句話講得雲淡風清，彷彿不帶一絲情緒，只是陳述事實而已。然而，我還是覺得被侮辱了。

「你是什麼意思？」

「意思是，我把兒子託付給你，你卻沒能真誠待他。如果你想要的是其他人，又何必嫁給他呢？」

「我當時並不知道自己想要的是別人。」

「你說謊。」

我遲疑了，承認：「我是說謊，沒錯，但你為什麼一定要強迫我給你直截了當的解釋。直截了當的解釋通常是謊言。你自己也講過彼耶特洛的壞話，事實上，你還鼓勵我對抗他。你也是在說謊嗎？」

「不，我是真的站在你這邊，但你必須尊重我們的協議。」

「什麼協議？」

「留在你丈夫和孩子身邊。你是艾羅塔家的人，你的女兒是艾羅塔家的人。我不希望你覺得不滿，不快樂，我想辦法幫你成為一個好媽媽，好妻子。但如果協議破裂，那一切也就改變了。在我和我丈夫眼裡，你就再也什麼都不是了。事實上，我會奪走我所給你的一切。」

我深吸一口氣，努力讓自己的語氣保持平靜，就像我一貫以來那樣。

「瓊黛兒，」我說，「我是艾琳娜．格瑞柯，而我的女兒就是我的女兒。我才不在乎你們艾羅塔家。」

她點點頭，臉色慘白，表情變得嚴肅起來。

「你顯然是艾琳娜．格瑞柯，現在看來再明顯不過了。但孩子們是我兒子的孩子，我們絕對不允許你毀了她們。」

17

這是和我公婆的首度衝突。其後還有很多次，但都沒有像這次這麼明白表現出他們的輕蔑與不滿。後來我公婆用所有可能的方式表達：要是我堅持把自己放在第一位，那就必須把小璦和艾莎交給他們。

我當然不肯：我沒有一天不生氣，沒有一天不決定立刻帶她們離開，去佛羅倫斯，去米蘭，去那不勒斯——到哪裡都好，只要別再讓她們在這個屋子裡多待一分鐘。但我很快就放棄，不斷延後離開的時間。一直有事情發生，為我添加更多不利的證據。例如，尼諾打電話給我，我無法抗拒，急忙奔赴他要我去的地方，去和他見面。然後是我的新書也在義大利掀起小小風潮，雖然大報的書評對這本書都不理不睬，但我還是找到了讀者。所以我除了要見愛人，也要會見讀者，這更進一步減少了我留在孩子們身邊的時間。

我很不情願離開她們，我感覺到她們責備的眼神，我非常痛苦。但是一坐上火車，看著書，準備公開討論的資料，或想像與尼諾的會面，我心中就湧起肆無忌憚的喜悅。不久，我就發現快樂與不快樂常常同時在我心中出現，彷彿是我人生無可迴避的定律。回到熱內亞的時候，我覺得很內疚——小璦和艾莎如今過得很自在，她們有學校的同學，有想要的一切，沒有我的管教——但我不久就發現內疚變成一道令人厭煩的障礙，隨著時間逐漸削弱了。我心裡當然是明白的，但這個選擇讓我很痛苦。承認小小的名聲和對尼諾的愛，比小璦與艾莎更重要，是很羞愧的。然而事實就是如此。就像莉拉說的：想想看你會給女兒帶來什麼樣的傷害，在那段時期這句話始終在心頭揮之不去，帶給我極大的不快。我不時旅行，常躺在陌生的床上，常睡不著覺。我媽的詛咒回到我心裡，和莉拉的話混攪在一起。我媽和我的這個朋友，在我心中向來都是處在相反的兩極，但在那些個夜晚，卻總是合而為一地在我腦海浮現。都帶著敵意的兩人，離我此時的人生都極其遙遠；這一方面似乎證明我終於成為自主的人，但另一方面也讓我覺得孤獨無依，置身無止境的麻煩裡。

我試著想修復和大姑的關係。一如既往，她表現出非常樂意的態度，在米蘭的一家書店為我的新書辦活動。來的大部分是女性，不同的團體對我意見相左，有的對我大肆撻伐，有的大肆讚揚。起初我很害怕，但是梅麗雅羅莎以權威的態度介入，而且我發現自己有非常出色的能力，可以總結贊成與不贊成的意見，在不同意見的交鋒裡選擇擔任調停的角色。我很擅長用令人信服的態度講話：這並不盡然是我的看法。最後每個人都讚美我，尤其是她。

之後我吃過晚飯，在她家過夜。我發現法蘭柯住在這裡，西薇亞帶著兒子莫寇也住在這裡。我所有的時間都花在觀察這個孩子——我估計他差不多八歲吧——外表和尼諾很像，甚至連個性都像。我從沒告訴尼諾說我認識這個孩子，也決定永遠不說，但那一整個晚上我都在和他講話，哄他，陪他玩，把他抱在腿上。我們的生活如此凌亂失序，我們身上有多少零瑣碎片迸射四散，彷彿活著就是為了讓自己迸裂成碎片似的。在米蘭有這個孩子，在熱內亞有我的女兒，在那不勒斯有亞伯提諾。我克制不了自己，以理想破滅的思想家姿態，對西薇亞，對梅麗雅羅莎，對法蘭柯談起「離散」這個問題。事實上，我期待我的這位前男友可以像過去一樣，主宰對話，以超級厲害的口才梳理當下，預期未來，條理分明，來讓我們安心。但他是那天晚上真正的大意外。他談起一個時期就即將結束，這是所謂「客觀的」——他用挖苦的語氣講出那個形容詞——革命時期，如今已經衰敗，曾經被當成前進方向的所有類別都已蕩然無存。

「我不這麼認為，」我反駁說，但只是為了激他，「在義大利，一切都活力蓬勃，都充滿鬥志。」

「你不這麼認為，是因為你對自己很滿意。」

「才不，我很沮喪。」

「沮喪的人不會寫書。寫書的是快樂的人，旅行的人，一講再講，真心相信自己的文字無論如何都會適得其所的人。」

「難道不是這樣的嗎？」

「才不是，文字很少適得其所，就算偶爾如此，也只維持很短暫的時間。文字語言通常只有在講廢話的時候才有用，就像現在一樣。再不然就是用來假裝一切都在掌控之中。」

「假裝？你向來都能掌控一切的，難道你只是在假裝？」

「有何不可？假裝是無可避免的。我們這些想發動革命的人，在這一團混亂中，總是憑空創造出某種秩序，假裝知道情況會怎麼發展。」

「你這是在罵你自己？」

「是啊，漂亮的文法，漂亮的語句。對所有的事情都有一套解釋。而且還有厲害的邏輯技巧：從這事必然推論導致那事。遊戲結束。」

「這不再行得通了嗎？」

「行得通，通得很。永遠不被任何問題所困惑，我們安心得很。沒有感染發炎的褥瘡，沒有未縫合的傷口，沒有讓你驚恐的暗黑房間。只是到了某個時間，這個手法就再也發揮不了作用了。」

「意思是？」

「哇啦哇啦，小琳，哇啦哇啦，語言文字已經沒有任何意義了。」

他沒有就此打住。他嘲弄自己剛才說的話，取笑他自己，也取笑我。然後說：我這是胡說八道亂講一通，接下來一整個晚上，他就只聽我們三個講話。

讓我吃驚的是，西薇亞身上那恐怖的暴力創傷已經消失無蹤，而法蘭柯幾年前遭遇的痛毆卻讓他越來越痛苦，讓他慢慢變成另一個人，不管肉體或心靈都已經是完全不同的另一個人。他不時起身去洗手間；瘸著腿，雖然並不明顯；裝了拙劣義眼的那個紫色眼窩看起來卻比另一隻眼睛更有奮戰光彩，因為那隻真眼看起來比假眼更加呆滯黯淡，充滿沮喪。更重要的是，不管是當年那個渾身散發愉快活力的法蘭柯，或復元期那個陰影隨形的法蘭柯都已經消失了。他變得溫和但憂鬱，可以表現出一副討人喜愛的憤世嫉俗模樣。西薇亞說我應該把女兒帶回來，梅麗雅羅莎說我既未找出妥當的安排方案，小璦和艾莎和爺爺奶奶住也很好。而法蘭柯則誇張地讚美我的能耐，諷刺地拿來和男性相提並論，說我應該更求精進，不要在女人的義務裡浪費自己的才華。

回到房間之後，我無法入睡。對我的女兒來說，怎樣是好，怎樣是不好？而對我來說，什麼又是好，什麼又是不好？這好與不好的意涵是什麼？對我和女兒來說是一致的，或者是不同的呢？那天晚上尼諾隱沒在背景裡，莉拉則重新現身。只有莉拉一個人，沒有我媽的幫腔。我覺得自己需要和她吵架，對著她嘶吼：別光只是批評我，負起責任來，告訴我該怎麼做。我終於還是睡著了。隔天早上，我回到熱內亞，當著公婆的面，直截了當地對小璦和艾莎說：

「孩子們，我眼前有很多工作要做。再過幾天，我就要再次離開，然後再一次，又一次。你們想和我一起走，還是要和爺爺奶奶一起住？」

時至今日，寫下這一段的此時此刻，我仍然覺得萬分羞愧。

先開口的是小瑷，接著艾莎也回答：

「和爺爺奶奶住。但是只要有空，你就回來看我們，帶禮物來給我們。」

18

足足花了兩年，經歷喜悅、折磨、可怕的意外、痛苦的調停之後，我才讓自己的人生重現部分秩序。在此期間，儘管我私底下受盡痛苦，但在眾人面前，我仍然非常成功。我那不足百頁、讓尼諾極為佩服的書稿，翻譯成德文與英文。十年前寫的那本書在法國與義大利重新出版，我又開始為報紙和雜誌寫稿。我的名字和我這個人慢慢獲得了小小的聲望，像過去一樣，我的日子又塞滿行程。一些在公共場域頗有名望的人開始注意我，有時候甚至還對我頗為尊敬。但真正讓我重建自信的，是打從開始就很喜歡我的米蘭出版社總經理講的一段八卦。有天晚上我和他一起吃飯，討論我未來的出版計畫，但也是——我必須承認——為了提議出版尼諾的文章合輯。他告訴我在之前的聖誕節，瑷黛兒對他施壓，要他們別出版我的書。

他開玩笑說：「艾羅塔夫婦很習慣在早餐的時候促成某個部會次長的任命，在晚餐導致某個部長的去職，但是對你的書，他們沒能成功。整個書稿都完成了，我們準備進廠印刷了。」

據他說，瑷黛兒也操縱了少數幾家義大利報社的書評。如是之故，要是這本書終於還是有了好評，絕對不是瑷黛兒．艾羅塔突發善心的運作結果，而是來自於我書寫本身的力量。因此我第一次明白，我並不欠瑷黛兒什麼，儘管每次我到熱內亞她都不吝提醒我說我虧欠她多少。這給了我信心，讓我自豪，我終於相信自己的依賴時期結束了。

莉拉一點都沒有注意到。住在街坊深處，在如今我覺得極其微不足道的地方，她還是認為我是她的附屬品。她從彼耶特洛那裡要到熱內亞的電話號碼，開始肆無忌憚打電話，一點都不考慮可能會惹惱我公婆。終於找到我時，她總是假裝沒發現我的不自在，一口氣也不停地講足我們兩個人的分量。她提起恩佐，提起工作，提起在學校表現優異的兒子，提起卡門和安東尼奧。我不在熱內亞的時候，她還是打電話，神經兮兮地堅持不放棄。平常替我登記來電的瑷黛兒——她在筆記本上登錄找我的電話，比方寫著，我也不知道，幾月幾日，薩拉托爾（三通），瑟魯羅（九通）——也埋怨我惹來的麻煩。我想要說服莉拉，要是他們說我不在，她再打也沒用，熱內亞的房子不是我家，她這麼做會讓我尷尬。一點用都沒有。她甚至打電話給尼諾。我並不清楚真正的情況是怎樣：他很尷尬，輕描淡寫，很怕會講出激怒我的話來。最初他告訴我莉拉一再打電話到伊蓮諾拉家裡，後來我發現，她打電話到主座教堂附近的那幢公寓，想直接找到他，最後他不得不自己匆匆忙忙去找她，免得她不停打電話給他老婆。不管是哪一種情況，反正事實就是她強迫他去見她。然而不是獨自見面。尼諾馬上急著解釋，她和卡門一起來，因為是卡門——主要是卡門——急著想要聯絡上他。

我不動聲色地聽著他們會面情況。一開始，莉拉想知道我在公開場合討論作品時的種種細節：我穿什麼衣服，我梳什麼髮型，化怎樣的妝，我是不是很羞怯，是不是很開心，是朗讀呢，還是即興談話。除此之外，她就保持靜默，把舞台讓給卡門。原來如此迫切想找我的原因，是和帕斯蓋有關。卡門透過她自己的管道，發現娜笛雅．嘉利亞尼已經安全逃往國外，所以她想再請我幫忙，要我去找我的高中老師，問她帕斯蓋是否也安全。卡門解釋了好幾次：我不希望有錢人家的孩子逃之夭夭，而像我哥這樣沒錢的人卻走不了。然後她逼他讓我知道——彷彿她認為自己對帕斯蓋的憂心是和我有關的罪行似的——看我是不是願意幫她，而且我不該用電話和老師或她聯絡。尼諾總結說：卡門和莉拉都太不明智了，最好是放手不管，這是會惹上麻煩的事。

我想，若是在幾個月前，尼諾和莉拉的會面，就算有卡門在場，都會讓我心生警覺。但如今我卻覺得無所謂。因為我再也不懷疑尼諾對我的愛了，儘管我不能排除她想從我身邊奪走他的可能性，但我覺得她不太可能成功。我輕撫著他的臉頰，逗趣說，你千萬別惹上麻煩，拜託：你始終一刻也不得閒，這會兒怎麼又有空管這檔事了？

19

在這段期間，我第一次發現，莉拉為自己建立了多麼嚴格的邊界。對街坊外面發生的事情，她越來越不感興趣。要是有本地以外的事情讓她感到興奮，那必定是因為關係到某個她從小就認識的人。就連她的工作，據我所知，也只侷限在非常狹隘的範圍之內。恩佐偶爾必須到米蘭或杜林去，但莉拉從來不離開。因為我自己越來越喜歡旅行，才發現她的自我封閉。

當時只要一有機會，我就到義大利以外的地方旅行，特別是和尼諾一起去。例如，買下我那本小書版權的德國小出版社在德國和奧地利安排了一趟新書宣傳行程時，尼諾取消所有的事情，開開心心當對我言聽計從的司機。在兩個星期的時間裡，我們走遍各地，從一幅風景到另一幅風景，彷彿置身眩目繽紛的圖畫裡。每一座山巒，每一個湖泊，每一座城市與每一個紀念碑都美妙翩翩地進入我們的生活，只因為我們是享受當下這一刻，享受置身此地樂趣的一對愛侶，周遭的一切都像是為了增添我們的幸福而存在。就連干擾驚嚇我們的粗暴現實，也因為呼應著我夜復一夜對著激進觀眾所講出的最可怕話語，所以我們事後對彼此傾吐恐懼時，也彷彿經歷了一場愉快的歷險。

有天晚上，我們開車回旅館途中，被警察攔下。在黑夜裡，從幾個身穿制服，手持槍械的男子嘴裡講出的德文，在我們耳朵裡變得異常大聲，充滿噩兆。警察把我們拉出車子，隔離開來，最後我在一輛車裡又吼又叫，尼諾則在另一輛車裡。我們一起被丟進一個小房間裡，原本只有我們兩個，接著有人進來粗暴地訊問我們：證件，來此地的理由，工作。有面牆上掛著一長排照片：一張張陰沉的面孔，大多留著鬍子，還有幾個短髮的女人。讓我自己也很意外的是，我竟然焦急尋覓帕斯蓋和娜笛雅的照片，但並沒有找到。我們天亮時獲釋，回到我們被迫下車的地方。沒有人道歉：我們的車掛的是義大利車牌，我們是義大利人，他們不過是照章盤查罷了。

讓我自己很驚訝的是，我竟然本能地在德國這些全球通緝犯的大頭照裡尋找當時莉拉最掛心的人。那天晚上，帕斯蓋·佩魯索宛如某種火箭從莉拉自我囚禁的窄小空間裡發射出來，提醒置身於更為寬廣天地的我，在變動旋轉的諸多風波中，注意她的存在。在短短的那幾秒間，卡門這個哥哥成為她逐漸縮小的世界與我逐漸擴展的世界之間的連接點。

夜晚，在我一無所知的外國城市談論我的書時，總會被問到一大堆關於緊張政治氣氛的問題，我的答案基本上都以「壓迫」這個語彙為中心，勉強應付過去。身為小說作家，我覺得自己必須要有想像力。沒有任何地方能倖免，我說。宛如一部蒸汽壓路機從這裡開到那裡，從西開到東，讓整個地球秩序井然：工人工作，失業的人虛擲生命，挨餓的人受苦死去，知識份子滿口胡言，黑人就是黑人，女人就是女人。但我偶爾還是覺得有必要講些更真實，更真誠，更貼近自我的事情，所以我談起帕斯蓋的故事，他的整個悲慘際遇，從童年到選擇過地下生活。我不知道該怎麼讓我的演講變得更加具體有力，因為我用的是十年前的那些語彙，而我覺得這些語彙只有和街坊的某些事實連結在一起，才具有意義，因為我講的都是老舊過時的題材，效果非常有限。尤有甚之的，在出第一本書的時候，我常常不由自主地以革命作為演講的結語，因為那似乎是當時大多數人的想法。但如今我卻迴避「革命」這兩個字：尼諾開始覺得所謂的革命委實太過天真，而從他身上，我也了解到政治的複雜，態度也更為謹慎。所以，我一提起「反叛是正義的」之類的字眼，就會立刻補上一句「擴大共識是必要的」，國家的存在會久遠得超過我們的想像，我們必須學會如何去治理國家。在這樣的夜晚，我並不一定對自己很滿意，有時候我甚至覺得自己不再慷慨激昂，只是為了讓尼諾高興。他坐在煙霧瀰漫的房間裡，身邊淨是和我年齡相仿、甚至比我年輕的漂亮外國人。我常常無法抗拒，做得太超過，就像過去克制不了自己，非和彼耶特洛爭辯不可的那種衝動。這種情況通常是發生在面對女聽眾的時候，她們讀過我的書，想要提出評論。我們必須小心，不能成為檢查自我行為的警察，我當時說，奮鬥絕不能停歇，必須戰到最後一滴血流乾，戰到我們得勝為止。事後尼諾嘲笑我，他說我老是語不驚人死不休，然後我們一起放聲大笑。

有些深夜，我蜷縮在他身邊，想要對自己解釋我自己的行為。我承認我喜歡顛覆性的文字，那些譴責政黨妥協與國家暴力的語彙。我說，你心心念念的那種政治讓我覺得無聊，留給你去想吧，我天生不是搞這類活動的人。但我想想又覺得，我過去強迫自己參與的另一類活動，拖著女兒跟我一起去的那些活動，也不適合我啊。示威群眾的威脅叫囂讓我心驚膽跳，激進的偏激份子、武裝幫派、街頭的死人、痛恨一切的革命份子，也都讓我害怕。我必須在眾人面前發言，我承認，我不知道自己是什麼人，我不知道我對自己講的話相信幾分。

而今，和尼諾在一起，我似乎可以講出埋藏在心底最隱密的感覺，就連我從不對自己提起的事，就連相互矛盾或懦弱的行為都可以講得出口。他對自己這麼有把握，這麼堅定，對所有的事情都有詳盡的看法。我覺得我彷彿在童年的混亂造反上黏貼一張張整齊有序的卡片，每一張都寫著適合的字句，足以讓人留下好印象。在波隆那的一場會議上——我們置身在堅決奔向自由城市的人群裡——我們不斷碰上警察盤查，被擋下來至少五次。武器瞄準我們，下車，證件，靠牆站。我很害怕，這次甚至比在德國時更害怕：這是我的故鄉，我的語言，我變得焦慮不安，我想保持沉默，乖乖服從，但沒有，我大吼小叫，不知不覺地講起方言，對著粗魯推我的警察罵髒話。恐懼和忿怒交織在一起，兩種情緒都是我控制不了的。但尼諾很冷靜，他和警察談笑風生，逗樂他們，安撫我。對他來說，只有我們兩個才最重要。記得我們在這裡，此時此地，在一起，他說，其餘的都只是布景，終究會改變的。

20

我們不停移動，在那些年裡。我們想要在各個現場，想要觀察，研究，理解，辯論，見證，更重要的是，我們想要彼此相愛。呼嘯的警車汽笛，檢查哨，直昇機螺旋槳的嘎嘎響，命案，全是我們拿來紀錄兩人關係的基石：這些星期，月份，第一年，然後是一年半，從在佛羅倫斯家裡的那一夜，我悄悄到尼諾房間的那一個晚上起算。那一刻——我們對彼此說——是我們真實人生開始的時刻。我們之所以稱之為「真實人生」，是因為我們在此之前從未領略過像這樣奇蹟也似的光燦奪目，儘管是在那個天天有驚恐危機上演的年代。

阿爾多．莫羅[2]被綁架之後的那幾天，我們在羅馬。尼諾在那不勒斯的同事寫了一本南方政治與地理的著作，他去參加討論會，我去和他會合。那本書沒什麼好談的，因為大家都在議論天主教民主黨領袖莫羅的事。尼諾說是莫羅自己讓國家蒙羞，讓國家呈現最惡劣的一面，創造了赤色軍旅誕生的條件，掩飾他那腐敗政黨令人不安的真相，逃過所有的指控與懲罰，這時有一部分聽眾站了起來，讓我驚慌不已。他做出結論說，捍衛體制的意思不是要遮掩體制的惡行，而是要讓體制透明，沒有漏洞，發揮效率，讓每一個神經中樞都可以伸張正義，但聽眾不肯安靜下來，咒罵不休。我看見尼諾臉色發白，於是盡快拉著他離開。我們像躲進盔甲那樣尋找庇護。

那段期間的節奏大抵就是如此。有天晚上，在費拉洛，我也碰上倒楣事了。那是在莫羅屍體被發現之後大約一個月，我不小心說溜嘴，用「凶手」來形容綁架他的人。遣詞用字向來就不是容易的事，我的聽眾要求我以當時激進派的用法來修正，我非常謹慎。但我常常一激動起來，就口無遮攔。「凶手」這兩個字讓聽眾不滿——法西斯份子才是凶手——我被攻擊，批判，奚落。我沉默不語。聽眾對我的認同突然消失，這情況讓我非常痛苦：我失去信心，覺得自己又被打回原形，回到貧苦的出身，我覺得自己對政治一無所能，覺得自己是個最好別開口的女人，好一段時間，我避免任何會遭遇公開質疑的場合。如果某人殺了另一個人，這人難道不是凶手嗎？這天晚上很不愉快的落幕，尼諾在屋子後方還差點和人打起來。但就算遇上這樣的情況，重要的仍然是我們倆在一起。就是如此：只要我們在一起，沒有任何批評可以真的傷害我們；事實上我們變得傲慢自大，除了我們自己的看法之外，沒有其他人的意見有意義。我們匆匆去吃晚飯，吃美食，飲美酒，做愛。我們只希望擁抱彼此，相依相偎。

2 阿爾多．莫羅（Aldo Moro, 1916~1978），義大利政治家，曾兩度出任總理，為天主教民主黨領袖人物，一九七八年三月為極左派組織赤軍旅綁架，五十五天之後遭殺害。

21

第一桶冷水在一九七八年末澆來，當然是來自莉拉。那時，從十月中旬開始的一連串不快風波才剛平息。事情的開端是彼耶特洛從大學回家時，被一群帶著棍子的年輕人公然攻擊——激進份子，穿黑襯衫，天曉得還有什麼。我匆忙趕到醫院，一心相信會看到他比以往更沮喪。結果沒有，雖然頭上纏著繃帶，一眼瘀青，但他卻很愉快。他用安撫的語氣歡迎我，然後把我晾在一邊，忙著和他的幾個學生講話，其中有個非常漂亮的女生很引人注目。大部分人離開之後，她坐在床沿，挨近他身邊，拉起他的一隻手。她身穿白色高領毛衣，藍色迷你裙，一頭褐色頭髮垂在背後。我客客氣氣問起她的學業。她說她再通過兩門考試就可以拿到學位，但已經著手寫論文了，研究主題是卡圖盧斯[3]。她非常優秀，彼特耶洛稱讚她。她名叫朵麗安娜，我們在病房裡的時候，她只有一次放開他的手，去幫他調整枕頭。

那天晚上，在佛羅倫斯的家裡，璦黛兒帶著小璦和艾莎突然現身。我提起那個女孩，她露出滿意的微笑，她知道兒子的感情進展。她說：是你離開他的，你還期待怎樣呢。隔天我們一起去醫院，小璦和艾莎馬上就被朵麗安娜迷住了，喜歡她的項鍊和手鐲。她們不怎麼注意她們的父親，和朵麗安娜與奶奶一起去院子裡玩，新階段開始了，我對自己說，我謹慎地測試彼耶特洛的立場。在挨揍受傷之前，他去看女兒的次數就已經減少了，現在我明白是為什麼。我問他那個女孩的事。他一談起她，態度熱情到不行。我問：她會搬來和你一起住嗎？他說這還言之過早，他不知道，但，是的，也許會。我們必須討論女兒的事，我說。他也同意。

我盡快找到機會向瑷黛兒提起這個新的情況。她必定以為我想抱怨，但我說我並不是不高興，我的問題是兩個女兒。

「什麼意思？」她警覺地問。

「到目前為止，我把她們留給你，是出於需要，因為我覺得彼耶特洛需要重新安頓好自己。但如今他的情況已經改變，有了不同的生活，我也有權利得到安定。」

「所以呢？」

「我會在那不勒斯找房子，帶女兒搬去住。」

我們大吵一架。她和孫女分不開，無法把她們託付給我。她罵我只顧自己，沒辦法好好照顧她們。她含沙射影地說，既有兩個小女孩，卻和某個陌生人——她指的是尼諾——住在一起，是太過輕率的舉動。最後她發誓，絕對不會讓孫女在像那不勒斯那麼混亂的城市長大。

我們互相叫罵。她提起我媽媽——她兒子必定提過我媽到佛羅倫斯來罵我的那件事。

「如果你不在家，沒有她幫忙，你要把孩子留給誰照顧？」

「我高興留給誰就留給誰。」

「我不希望小瑷和艾莎和那些沒規矩的人有任何接觸。」

我回答說：

「這些年來，我一直相信你是我需要擁有的那種模範母親。但我錯了，我媽比你好。」

3卡圖盧斯（Gaius Valerius Catullus，西元前84～54年），羅馬詩人，作品以描繪個人感情為主，而非傳統的英雄敘事。

22

後來我再次對彼耶特洛提起這個問題，儘管他迭聲抗議，但很顯然的，他會接受任何安排，只要能盡快讓他和朵麗安娜在一起就行了。這時我到那不勒斯去找尼諾談，這麼重要的問題我不想只靠電話解決。我住在主教座堂的公寓，這段時間以來我常常住在那裡。我知道他還住在那裡，那裡是他的家，雖然我總是有一種暫住的感覺，而髒床單也讓我很不舒服，但我很高興見到他，也很樂意去。我告訴他說我要和女兒搬來那不勒斯時，他流露出真心的喜悅。我們一起慶祝，他答應盡快幫我找到公寓，他想要扛起所有無可避免的煩心雜事。

我如釋重負。經歷這麼多長短旅途，這麼多痛苦與歡樂之後，終於可以安頓下來了。如今我有些錢，我會從彼耶特洛那裡拿一些孩子們的贍養費，而且我就要簽下一本報酬頗高的新書合約。我覺得自己終於成熟，有日漸累積的聲望，在目前的狀況下，回到那不勒斯雖有風險，卻頗為刺激，對我的工作也有益。但最主要的是，我希望和尼諾住在一起。和他一起散步，見朋友，聊天，晚晚回家，該有多麼甜蜜啊。我可以找一間光線充足的房子，有海景的。我女兒一定會和在熱內亞一樣舒服自在。

我沒打電話告訴莉拉我的決定。我覺得她一定會來干涉我的事情，而我不想那樣。我反而打電話給卡門，這一年來，我和她建立了不錯的關係。為了讓她高興，我曾經去見娜笛雅的哥哥亞曼多，我知道他現在不只是醫生，而且還是無產階級民主黨的重要人物。他以十足的敬意待我，稱讚我最近出版的這本書，堅持要我到城裡某處去談這本書。他帶我到一家收聽率很高的電台，是他創辦的。他在一片混亂之中訪問我。他挖苦說我對他妹妹的好奇心是定期發作，但對我的詢問卻多所迴避。他說娜笛雅很平安，和他們媽媽出門長期旅行，僅此而已。至於帕斯蓋，他一無所知，也沒興趣知道：像他這樣的人——亞曼多強調說——是一段異常政治時期所殘留的遺跡。

當然，我對卡門輕描淡寫地談起這次的會面，但她還是很不開心。不開心，但客氣且節制，所以後來我到那不勒斯時，偶爾會去看她。我在她身上感覺到我能體會的一種苦惱。帕斯蓋是我們的帕斯蓋。我們都愛他，無論他做了或沒做什麼。對於他，我現在有著飄忽零碎的記憶：我們一起在社區圖書館的那次，我們一起在馬提尼廣場的那次，他開車載我去見莉拉的那次，他和娜笛雅一起在我佛羅倫斯家裡淋浴的那次。但相反的，我對卡門的感覺卻很連貫。從她童年的創痛——我清清楚楚記得她父親被捕的事——到因為哥哥的流亡而受苦，拚命想保住哥哥的命。就算她過去只是一個因為莉拉提攜才能在卡拉西家的新雜貨店找到店員工作的童年朋友，如今卻已成為我願意且喜歡的一個人。

我們在主教座堂附近的咖啡館見面。這地方很暗，我們坐在靠街道的門邊。我把我的計畫詳細告訴她，我知道她會告訴莉拉，我想：事情就應該這樣吧。身穿暗色衣服的卡門，一臉暗沉，仔細聽我說，沒打斷我的話。一身優雅服飾的我，熱切談起尼諾，和我渴望找間漂亮房子的計畫。後來她看看時鐘，說：

「莉娜就要到了。」

這讓我緊張，我是約她見面，不是莉拉。我也看看時鐘，說：「我得走了。」

「等等，她再五分鐘就來了。」

她開始用喜愛和感激的語氣談起莉拉。莉拉照顧她的朋友。莉拉照顧所有的人：她爸媽，她哥哥，甚至斯岱方諾。莉拉幫安東尼奧找到公寓，而且和他的那個德國妻子變成好朋友。莉拉打算開創自己的電腦事業。莉拉很真誠，很有錢，很慷慨，只要你碰上麻煩，她就打開錢包。莉拉無論如何都會幫帕斯蓋。啊，她說，小琳，你們兩個一直都這麼親，真是太幸運了，我好嫉妒。在她的嗓音，她的手勢，她的語氣，她的姿態裡，我似乎看見了我們這位共同的朋友。我再次想起埃爾范索，我記得我腦海裡深刻的印象，他，男性的他，就連容貌都和莉拉相仿。我們的街坊在她身上找到安頓之處，找到方向了嗎？

「我要走了。」我說。

「等等，莉拉有重要的事情要告訴你。」

「你告訴我吧。」

「不行，得由她來說。」

我等待著，越來越不情願。最後莉拉到了。這一次，她比上回在馬提尼廣場時更加注意穿著打扮，我再次發現，只要她願意，她仍然可以非常美麗動人。她大聲嚷著：

「你決定回那不勒斯來？」

「是的。」

「而你告訴卡門，沒告訴我？」

「我會告訴你的。」

「你爸媽知道嗎？」

「不知道。」

「艾莉莎？」

「她也不知道。」

「你媽身體不好。」

「怎麼回事？」

「她咳嗽，但她不肯去看醫生。」

我不安起來，轉頭看時鐘。

「卡門說你有重要的事情要告訴我。」

「不是什麼好事。」

「說吧。」

「我要安東尼奧去跟蹤尼諾。」

我跳起來。

「跟蹤什麼？」

「看他在幹嘛。」

「為什麼？」

「我是為了你好。」

「我好不好，是我自己該擔心的事。」

莉拉瞥了卡門一眼，彷彿要取得她的支持，然後轉頭看我。

「要是你再這樣，我就閉嘴不說了。我不想再得罪你了。」

「你沒得罪我，繼續說吧。」

她直直盯著我的眼睛，沒有多餘廢話地用義大利文告訴我說尼諾從未離開他妻子，他還是和妻兒住在一起，為了獎賞他，他岳父銀行資助的一個重要研究機構不久前任命他為董事。她用凝重的語氣說：

「你知道這件事嗎？」

我搖搖頭。

「不知道。」

「要是你不相信，我們就一起去見他，我會把這件事當著他的面，重頭到尾再說一遍，一個字一個字，就像我現在告訴你的一樣。」

我擺擺手，讓她知道沒有必要。

「我相信你。」我輕聲說，但躲開她的目光，看著門外的街道。

這時卡門的聲音彷彿從遠處傳來，說：如果你們要去見尼諾，我也一起去，我們三個可以把事情都搞定。我感覺到她輕輕摸著我的臂膀，要我注意她。就像當年在教堂前面的花園一起看寫真羅曼史小說的小女孩一樣，我們覺得迫不及待想去拯救陷入麻煩的女主角。她如今當然湧起了當年那種團結一致的感覺，但在今天的沉重氣氛之下，帶來這份真心的不是虛構的麻煩，而是真實的問題。莉拉向來鄙視那些書，此時坐在我對面的她顯然另有動機。在我想像中，她覺得很滿意，安東尼奧也是，在發現尼諾的罪行時。我察覺到她和卡門互看一眼，某種沉默的溝通，彷彿作了決定。這是漫長的一刻。不，我讀卡門的唇，這無聲的一個字伴隨著幾乎難以察覺的搖頭。什麼不？

莉拉再次盯著我看，嘴唇半張。一如既往，她在我身上戳針絕對不會就此住手，只會更用力再戳。她瞇起眼睛，皺起前額。她等待我的反應，希望我尖叫，哭泣，把自己交給她。我輕聲說：

「我真的得走了。」

23

之後的一切，我沒讓莉拉插手。

我深受傷害，不是因為過去兩年多來，尼諾對他的婚姻狀況問題瞞騙我，而是因為她成功證明她打從開始就告訴我的事實：我的選擇是錯的，我太蠢了。

幾個鐘頭之後，我和尼諾碰面，但我表現得什麼事都沒發生似的，只是迴避他的擁抱。我痛苦地忍氣吞聲，一整個晚上都沒闔眼，想緊緊抱住這修長男性軀體的欲望已經全部消失了。隔天，他想帶我去看塔索路上的一幢公寓，他說：要是你喜歡，別擔心租金，我會打理，我馬上就能得到一個職位，可以解決我們所有的財務問題。但那天晚上，我再也無法忍受，整個爆發開來了。那時我們在主教座堂的那間公寓，他的朋友一如既往，並不在家。我對他說：

「明天我想去見伊蓮諾拉。」

他不解地看著我。

「為什麼？」

「我必須和她談談。我想知道她對我們的事情知道多少，在你離開家，不再和她睡在一起以後的事情。我想知道你是不是已經提出離婚。我要她告訴我，她爸媽是不是知道你們的婚姻已經完蛋了。」

他很鎮靜。

「問我就好，如果有事情不明白，我會解釋給你聽。」

「不，我只信任她，你是個騙子。」

這時我大吼小叫起來，開始講方言。他立刻屈服，坦承一切，我一點都不懷疑，莉拉告訴我的全是事實。我掄起拳頭捶打他的胸口，我覺得另一個我彷彿從我自己身上飄離出來似的，這一個我想要更用力傷害他，想要打他，對著他的臉吐口水，就像小時候在街坊看見吵架的人做的那樣。我想罵他混蛋，抓他，挖出他的眼睛。我很驚訝，很害怕。難道我始終都是這個忿怒的我？我，在那不勒斯，在這個齷齪房子裡的我，這個可以拿刀用力戳進這男人心臟，殺了他的我？我應該壓抑這個鬼魅陰影——我母親，我歷代女性祖先陰魂不散的陰影——或者就讓她現形呢？我咆哮，我打他。起初他格開我的拳頭，假裝被逗樂了，然後突然臉色一沉，重重坐下，不再保護自己。

我放緩動作，心臟快要爆炸。他喃喃說：

「坐下。」

「不要。」

「至少給我一個解釋的機會。」

我癱坐在椅子上，盡可能遠離他，讓他開口。你知道的——他用哽咽的嗓音開始說——去蒙佩利爾之前，我把所有的事情都告訴伊蓮諾拉，我們的關係決裂，無法挽回。但是回來之後，他說，事情變得複雜了。他妻子行徑瘋狂，就連亞伯提諾的生活也似乎岌岌可危。因此，為了讓生活可以繼續下去，他不得不告訴她說我們已經分手。有一段時間，這謊言沒被拆穿。但是隨著他越來越常離家，對伊蓮諾拉編的理由越來越莫名其妙，大吵大鬧的場面又出現了。有一回他老婆拿把刀想戳自己肚子，另一次則是跑到陽台上想跳樓。還有一次，她帶著孩子離開家，一整天不見人影，害他擔心得要死。可是等他終於在一位疼愛她的姑媽家找到伊蓮諾拉時，他才發現她變了。她不再忿怒，只有些微不屑。有天早上——尼諾一口氣往下說——她問我說，我是不是離開你了。我說是的。她說：那好吧，我相信你。她就只這樣說，自此而後，就假裝相信我，假裝。現在我們就活在這個虛構的生活裡，情況很順利。事實上，就如你所見，我和你一起在這裡，我和你上床，如果我想，也可以和你一起私奔。她什麼都知道，但表現得一副什麼都不知道的樣子。

他喘了口氣，清清嗓子，想知道我是聽進去了，還是依舊怒火中燒。我仍然什麼都沒說，眼睛看著另一個方向。他一定認為我已經讓步，所以用更堅定的語氣繼續解釋。他講了又講，這是他拿手的，用上全部的技巧。他勝券在握，半自嘲，痛苦，奮不顧身。但他一想要接近，我就推開他，扯開喉嚨大吼大叫。後來他受不了，哭了出來。他作勢想傾身靠近我，一面啜泣一面低聲說：我不敢懇求你寬恕我，我只希望你能理解。我打斷他，比之前更生氣，我大吼著說：你騙她，你騙我，你這麼做不是因為愛她或愛我，你這麼做只是為了你自己，因為你沒有勇氣做出抉擇，因為你是懦夫。我繼續用方言講些不堪入耳的話，他忍受我的咒罵，只喃喃講著懊悔的話。我覺得自己快窒息了，大口喘氣，沉默下來，這讓他有了進擊的機會。他再次強調，騙我是避免悲劇發生的唯一方法。他以為自己已經成功說服我，說在伊蓮諾拉的默許之下，我們可以嘗試住在一起，而沒有任何麻煩。但我平靜地說，我們的關係結束了。我離開，回熱內亞。

24

我公婆家裡的氣氛變得很緊張。尼諾不停打電話來，我不是掛他電話，就是大聲和他吵架。莉拉打來幾次，想知道情況如何。我對她說：很好，非常好，就是你想要的發展，然後就掛掉電話。我變得很難搞，沒來由地對小璦和艾莎大小聲。但最主要的是，我和璦黛兒開始吵架。有天早上，我當面抖出她想阻撓我新書出版的事。她沒否認，事實上她說：那根本是一本宣傳冊，不夠資格被當成是書。我回答說：就算我寫的是宣傳冊，那也是你這輩子寫都寫不出來的，真不知道你的權威是打哪裡來的。她很生氣，咬牙切齒說：你對我根本一無所知。噢，才不，我知道的遠超過她的想像。這一次我想辦法閉緊嘴巴，但幾天之後，我和尼諾大吵一架，我用方言對著電話大吼大叫，璦黛兒用輕蔑的語氣譴責我的時候，我頂嘴說：

「別煩我，你管好你自己的事就行了。」

「什麼意思？」

「你心知肚明。」

「我不知道。」

「彼耶特洛告訴我說，你有過很多情人。」

「我？」

「是的，你，別這麼驚訝。我在每一個人面前，包括在小璦和艾莎面前，都負起自己的責任。我承擔自己行為的後果。而你，這麼驕傲自大的你，你只是個偽善的小資產階級，把骯髒的一面藏起來不讓人看見。」

璦黛兒臉色發白，完全說不出話來。她渾身僵硬，一臉凝重，站起來，關上客廳門。她壓低嗓音，用幾近耳語的聲音說我是個邪惡的女人，說我不了解什麼是真愛，不懂放棄所愛是什麼意思，說我在溫馴討喜的面具背後藏著極度下流的渴望，想抓住一切，研究或寫作都降服不了我。最後她說：明天就滾，你和你的女兒；我很遺憾，要是女孩們能在這裡長大，或許就不會變得像你一樣。

我沒回答，我知道自己做得太過分了。我想要道歉，但並沒有。隔天早上，璦黛兒叫女傭幫我整理行李。我自己來，我嚷著說，甚至沒對躲在書房假裝什麼都沒發生的吉鐸道別。我扛著行李箱到車站，兩個女兒看著我，想知道我有什麼打算。

動筆的此刻，我回想起當時的筋疲力竭，以及車站大廳與候車室裡的回音。小璦為我推她而罵我：不要推我，不要老是那麼大聲，我又不是聾子。艾莎問：我們要去找爸爸嗎？她們很開心，因為不必上學，但我覺得她們不信任我，小心翼翼地開口，準備只要一見我生氣就閉嘴：我們要做什麼？什麼時候回爺爺奶奶家？我們要吃什麼？今天晚上在哪裡睡覺？

起初，絕望的我想要到那不勒斯，帶著孩子，無預警地出現在尼諾和伊蓮諾拉家。我對自己說：沒錯，這是我應該做的，我女兒和我之所以落到這個田地，都是因為他，他得要付出代價。我希望自己的混亂失序能衝撞他，打垮他，就像打垮我自己一樣。他欺騙了我。他不放棄他的家庭，卻也像抓住玩具那樣，不放棄我。我做了徹底的選擇，而他沒有。我離開彼耶特洛，他卻留在伊蓮諾拉身邊。所以我有權利。我有權利闖進他的生活，對他說：嗨，親愛的，我們來了，要是你因為你老婆做瘋狂的事情所以擔心，那我現在也做瘋狂的事，看你要怎麼處理吧。

但就在準備展開漫長旅途到那不勒斯的時候，我瞬間改變心意——光是聽見擴音廣播就夠讓我改變主意了——決定去米蘭。面對這個新情勢，我比以前更需要錢。我對自己說，首要之務就是到出版社去，懇求他們給我工作。一直到坐在火車上，我才明白自己為何突然改變主意。無論如何，愛在我心裡猛烈糾結，純粹想要傷害他的那個念頭讓我厭惡。儘管我寫書強調女人的自主性，也到處討論這個議題，但沒有他的肉體，沒有他的聲音，沒有他的智慧，我不知道如何活下去。要承認這一點是很可怕的，但我仍然想要他，我愛他勝過我女兒。想到要傷害他，不再見到他，我內心痛苦萬分，受過教育的自由女人失去了自我，脫離了身為母親的女人身分，而身為母親的女人身分脫離了身為愛人的女人身分，身為愛人的女人身分也不同於忿怒的娼婦。我們似乎都站在一個關鍵點上，隨時要朝向不同方向飛奔而去。動身前往米蘭途中，我發現，沒有莉拉在身邊，我不知道如何讓自己擁有具體的本質，只能從尼諾身上找尋原型。我沒有辦法為自己創造原型。沒有他，我不再擁有可以踏出街坊、朝向世界發展的核心，我只是一堆碎石瓦礫。

我疲累且驚恐地抵達梅麗雅羅莎家。

25

我在那裡住了多久？幾個月吧，而我們住在一起的生活有時候很不平靜。我大姑已經知道我和瑷黛兒鬧翻的事，她以慣用的平鋪直敘語氣說：你知道我愛你，但是你這樣待我媽是不對的。

「她態度很惡劣。」

「現在是。但她以前幫過你。」

「她這麼做，只是要讓兒子看起來不那麼慘。」

「這樣說不公平。」

「不，我只是有話直說。」

她看著我，那被激怒的表情在她身上並不常見。然後，彷彿要宣告她不容逾越的規則似的，她說：

「我也希望有話直說。我媽就是我媽。你愛怎麼說我爸和我弟都隨便你，但別再說我媽的是非。」

除此之外，她待我很客氣。她像往常一樣歡迎我們到她家，給我們一間有三張床的大房間，拿了毛巾給我們，然後就讓我們獨處。這是她對待在公寓裡來來去去的客人慣有的態度。一如既往，她那充滿活潑生氣的眼神讓我驚訝，她整個人彷彿一襲破舊的晨袍掛在她的眼睛下方。我幾乎沒注意到她臉色蒼白，她體重減輕。我只關注自己的事，自己的痛苦，很快的，我就對她視而不見了。

我想讓房間變得整潔一些，因為到處是灰塵，很髒，塞滿東西。我幫自己和女兒鋪好床，列出一張她們和我需要的東西清單。但這整理的工作並沒有持續太久。我頭暈得像踏在雲端，不知道該做什麼決定，剛開始幾天，我忙著打電話。我太想念尼諾，立刻打電話給他。我給他梅麗雅羅莎的電話，於是他開始不停打來，雖然每次講到最後都吵架。一開始的時候，只要聽到他的聲音，我就快樂得不得了，有時候幾乎就要讓步。我對自己說：我也瞞著他，沒告訴他彼耶特洛回家，我們住在同一個屋簷底下。接著我就很氣自己，我知道這明明不是同一回事：我沒和彼耶特洛上床，但他和伊蓮諾拉上床。我開始進行離婚手續，但他保留婚姻關係。於是我們就又開始吵架。我吼著對他說，別再打來了。但是電話日日夜夜響起，他說他不能沒有我，他哀求我回那不勒斯。有一天，他說他租下了塔索路的那間公寓，所有的東西一應俱全，準備好要迎接我和女兒。他說，他宣稱，他允諾，他已經做好萬全準備了，但還是沒有辦法下定決心說出最重要的那句話：*我和伊蓮諾拉是真的結束了*。所以總有那麼一會兒，我完全沒注意女兒和屋裡來來去去的人，我對著他嘶喊，別再折磨我，掛掉電話，比之前更忿怒。

26

那些日子，我很看不起自己，沒辦法把尼諾趕出我的心裡。我了無生氣地完成工作，因為義務而出門，因為義務而回家。我絕望，我崩潰。我覺得事實證明莉拉是對的：我忘了自己的女兒，我丟下她們不管，沒讓她們上學。

新環境讓小璦和艾莎目眩神迷。她們幾乎不認識姑姑，但她渾身散發的絕對自由氣息，卻讓她們很喜歡。聖安博洛吉歐區的這幢房子依舊是風暴裡的避風港。梅麗雅羅莎歡迎每一個人，講話的語氣活像不帶任何偏見的修女，甚至尼姑，她不在乎污穢，不在乎心理問題、罪行、毒品。女孩們沒有任何功課，整天在一間間房間穿梭漫遊，直到深夜，充滿好奇。她們聽各式各樣的演說和口號，有人演奏音樂的時候，她們開心地唱歌舞蹈。她們姑姑照常在早上到大學去，接近傍晚才回來。她從不憂心，逗她們大笑，滿屋子追著她們跑，玩躲貓貓或瞎子摸象。要是待在家裡，她就費力扛起清理的工作，包括我，我的女兒們，和來去自如的客人。但比起我們的身體，她更用心照顧我們的心靈。她籌劃了夜間課程，邀請大學裡的同事來授課。有時候她自己也授課，非常幽默，而且有豐富的內容，總是讓兩個姪女坐在身邊，對她們講話，讓她們融入其中。

有天晚上，在上課的時候，有人敲門，小璦跑去開，因為她很喜歡迎接別人進來。回到客廳時，她很興奮地說：是警察。群集在此的一小群人立即響起忿怒，近乎脅迫的喃喃低語。梅麗雅羅莎鎮靜地站起來，走去和警察講話。有兩名警察，他們說鄰居提出投訴或之類的。她很親切，堅持要他們進來，幾乎是強迫他們和我們一起坐在客廳裡，然後繼續講課。小璦以前沒這麼近看過警察，開始對年紀較輕的那個講話，手肘擱他膝蓋上。我還記得她的開場白，因為她想對他解釋說梅麗雅羅莎是個好人：

「其實，」她說：「我姑姑是教授。」

「其實。」那警察小聲說，臉上一抹不太有把握的微笑。

「是的。」

「你好會講話。」

「謝謝你。其實，她的名字是梅麗雅羅莎・艾羅塔，她教藝術史。」

這個警察對年紀較大的那個警察咬耳朵，兩人繼續當了十來分鐘的囚犯，然後就走了。小璦帶他們到門口。

後來，我也被指派了一門教育課程。輪到我講課的那天晚上，來的人比平常多。在大客廳裡，我兩個女兒坐在第一排的墊子上，乖乖聽講。自此而後，我覺得小璦開始好奇地觀察我。她過去很尊敬她爸爸，她祖父，現在很尊敬梅麗雅羅莎。她對我一無所知，也什麼都不想知道。我是她媽媽，什麼都不准她做，她受不了我。她必定很不解，其他人為什麼這麼專心聽我講話，因為她基本上是從不理會我的。或許她也很喜歡我面對批評時的鎮靜自持。那天晚上，很意外的，批評竟來自於梅麗雅羅莎。在出席的女性之中，只有少數幾個像我大姑一樣，對我說的話一個字都不同意——是她呀，多年前鼓勵我投入研究，鼓勵我出版的她。她沒徵求我的同意，就講出我和璦黛兒在佛羅倫斯吵架的事，表示她深知內情。「只會引經據典。」她的推論是，不能愛自己出身的女人是迷失了自我。

27

必須出遠門的時候，我把女兒交給大姑，但我不久之後就知道，照顧她們的其實是法蘭柯。他通常留在房間裡，不去參加夜間課程，對來來去去的人一點都不關心。但他很喜歡我的兩個女兒。有必要的時候，他甚至煮飯給他們吃，發明遊戲，用他自己的方式教導她們。小璦就從他那裡學到了要挑戰麥尼涅斯．阿格里帕[4]的愚蠢寓言——她是這麼對我說的。她在我讓她註冊入學的新學校裡學過這個寓言，哈哈大笑說：這個羅馬貴族麥尼涅斯．阿格里帕用他的口才迷惑平民百姓，但他不能證明另一個人胃吃飽飽的時候，這人的肢體也得到營養了。哈哈哈。她也從他身上學到整個世界的大地圖，發展無極限的財富與令人無法容忍的貧窮之間的地理分布。她不停重複：這才是最大的不公不義。

有天晚上梅麗雅羅莎不在，兩個女孩追著我這位比薩時代的男友滿屋子跑，大吼大叫得嗓子都快啞了，他用非常嚴肅的遺憾語氣暗指我這兩個女兒說：想想看，她們原本可能是我們的孩子。我糾正他：若是這樣應該要比這兩個大上幾歲吧。他點頭同意。他低頭看著鞋子，我默默看著他好幾秒鐘。我在心裡暗暗拿眼前的他，和十五年前那個有錢、受過良好教育的學生來相互比較：他還是他，但也不是他。他不再看書，不再寫作，在過去幾年裡，他把自己參與的活動、辯

4 麥尼涅斯．阿格里帕（Menenius Agrippa），西元前五〇三年任羅馬共和執政官，他曾以寓言論民眾抗爭事件，說人身上的肢體認為胃無所事事，只知享受美食，所以決定聯手餓它，結果卻發現自身反受其害。

論、示威都減少到最低限度。他談起政治——他真正有興趣的唯一議題——沒有了他以前的堅定與熱情；相反的，他越來越常嘲笑自己對災難將至的陰鬱預言。他用誇張的語氣列出他認為將要來臨的種種災禍：第一，出類拔萃的革命主體，也就是勞工階級的衰退；第二，社會主義份子和共產黨員每日為誰扮演資本主義支柱角色而爭吵不休，註定要讓他們累積的政治資產敗散殆盡；第三，認為改變將至的所有假設都告終結，存在的都已經存在，我們只能接受。我懷疑地問：你真的認為結局是如此？當然——他笑著說——但我是技巧高超的辯論好手，如果你想聽，我也可以透過理論、反理論、綜合歸納，證明出完全相反的結論給你看：共產主義不可避免，無產階級專政是民主的最高形式，蘇聯、中國、北韓與泰國遠比美國更好，濺血或血流成河在某些情況下可能是罪行，但在其他情況下卻可能是正義的伸張。你寧可我這樣做嗎？

我只有兩次在現在的他身上看見年輕時代的他。有天早上，彼耶特洛出現，沒帶朵麗安娜，一副來視察的樣子，想知道女兒的情況如何，例如我讓她們上什麼學校，她們是不是開心。當時氣氛很緊張。她們或許告訴他太多了，帶著孩子慣有的幻想，過度誇大她們的生活情況。所以他怒沖沖找人吵架，先是和他姊姊，接著是和我，說我們兩個太不負責任了。我也發起脾氣，對他吼著：你說的對，帶她們走吧，你自己照顧她們，你和朵麗安娜。這時法蘭柯從他房間出來，介入爭執，施展他從前的演說技巧，他以前就是靠著這樣的能力控制住吵嚷不休的會議的。最後他和彼耶特洛開始進行頗有見地的討論，探討伴侶、家庭、子女照顧，甚至談起柏拉圖，把梅麗雅羅莎和我都拋在腦後。我丈夫離去，臉泛紅光，眼神清亮，雖然神經緊繃，但很高興能找到與他進行文明知性對話的對象。

而更掀起狂風暴雨，也讓我驚恐的，是尼諾無預警出現的那天。他因長途開車而疲憊不堪，蓬頭垢面，神情緊張。起初，我以為他是來決定我和孩子們的命運。夠了，我希望他說，我已經清除所有的障礙，我們到那不勒斯一起生活吧。我不想再多費唇舌，已經準備要讓步了。眼前的權宜之計讓我筋疲力竭。但結果完全不是這麼回事。我們關在房間裡，他猶豫不決，不停扭著手，扯著頭髮，皺著臉，違反我期待的，一再說他不可能和妻子離婚。他很激動，想擁抱我，拚命解釋，只有留在伊蓮諾拉身邊，才能讓他不必放棄我，不必放棄和我一起共度的生活。若是在其他的情況下，我可能會憐憫他，他顯然真的很痛苦。但在當時，我一點都不在乎他有多痛苦。我不敢置信地看著他。

「你說什麼？」

「我不能離開伊蓮諾拉，可是我也不能沒有你。」

「所以我沒有聽錯吧，你覺得合理的解決方法是，我放棄愛人的角色，接受成為地下妻子的身分。」

「你在講什麼，不是這樣的。」

我罵他，當然不是這樣的，我指著門：我厭倦了他的詭計，他靈感乍現的想法，他每一個醜惡的字眼。然後，他的嗓音極其費力地從喉嚨擠出來，那神態彷彿是要為自己的行為講出讓人無法辯駁的正當道理，然後對我坦白了一件事。他哭喊著說，他不想要讓我從別人那裡聽說，所以親自來告訴我：伊蓮諾拉已經懷孕七個月了。

28

在人生已過大半的今時今日，我知道我當時對這個消息的反應是過度了，在動筆的此時，我甚至發現自己忍不住微笑。我知道很多男人和很多女人陳述的經驗其實沒什麼不同：愛和性沒有理性，野蠻殘忍。但當時我受不了。這個事實——伊蓮諾拉懷孕七個月——在我看來，是尼諾對我做的最難以容忍的惡行。我想起莉拉，她和卡門互看一眼時那不確定的眼神，彷彿她倆還有什麼其他的事情要告訴我。安東尼奧也發現懷孕的事了嗎？她倆知道？為什麼莉拉沒把握機會告訴我？她自認為有權利分批給我定量的痛苦嗎？有個什麼東西在我胸口，在我腹部炸裂開來。尼諾焦慮得不得了，拚命想為自己辯護，說懷孕一方面安撫了他的妻子，另一方面卻也讓離開她更為困難，而我則痛苦的彎下腰，雙臂交握，整個身體都出了問題，無法開口講話，也無法吶喊哭泣。這時只有法蘭柯在家裡。沒有瘋狂的女人，沒有被遺棄的女人、歌手或患病的人。梅麗雅羅莎帶孩子們出門，讓我和尼諾有時間面對面講清楚。我打開房門，用微弱的聲音叫我那比薩時期的前男友。他馬上出來，我指著尼諾，用顫抖的聲音說：把他趕出去。

他沒把尼諾趕出去，但指著他叫他閉嘴。法蘭柯避而不問出了什麼事，摟著我的腰，緊緊抱住我，讓我重新鎮靜下來，然後帶我到廚房，要我坐下。尼諾跟著我們。我大口喘氣，發出絕望的嗆咳聲。尼諾想靠近我，我又說一遍：把他趕出去。法蘭柯不讓他靠近，冷靜地說：別煩她，離開這個房間。尼諾乖乖聽話，我把所有的事情告訴法蘭柯，但講得纏雜不清。他沒打斷我，一直到發現我已經完全沒力氣了，他才開口，以他一貫極有教養的口氣說，享受可能的情況，別期待理想狀態，是最好的法則。我也對他發飆：你們男人就會這樣說，我吼著，誰在乎什麼可不可能，你講的全是廢話。他沒生氣，只希望我就事論事檢視情況。好，他說，這個男人騙了你兩年半，他告訴你說他離開妻子了，他說他和她沒有關係，現在你卻發現，他七月個前讓她懷孕了。你說的沒錯，這很可怕，尼諾是個卑鄙的傢伙。可是，一旦東窗事發——他指出——他大可以銷聲匿跡，忘了你的存在。那麼，他為什麼要從那不勒斯大老遠跑到米蘭來，為什麼要連夜開車，為什麼要羞辱自己，指控自己，為什麼要哀求你別離開他？這必定有道理的。道理就是，我喊著，他是個騙子，他是膚淺的人，他沒有辦法做出選擇。法蘭柯不住點頭，同意。但接著他又問：萬一他是真的愛你呢，如果他只能用這樣的方式愛你呢？

我還來不及說這正是尼諾的論點，門一開，梅麗雅羅莎出現了，兩個女孩帶著可愛的羞怯神情認出尼諾來。她們想贏得他注意，馬上忘了這個名字在過去這些日子、這幾個月以來，在他父親口中宛如詛咒的人。他忙著招呼她倆，梅麗雅羅莎和法蘭柯照顧我。一切都這麼困難。小璦和艾莎高聲講話，大笑，而我的這兩位主人則一本正經地對我大發議論。他們想要幫我恢復理智，但我心底暗潮湧動的，是連他們也無法控制的情緒。法蘭柯出乎意料地表現出樂於調停，而不是像以前那種徹底切割的態度。而我大姑一開始很理解我的想法，但接著也想解析尼諾的動機，特別是，傷我最重的伊蓮諾拉懷孕這件事，說不定並不是尼諾所希望的，而是伊蓮諾拉刻意籌劃的。別生氣，她說，想想吧：想到自己的幸福可以毀了另一個女人，你覺得她會有什麼感覺？

那天的情況就是這樣。法蘭柯要我在眼前情勢容許的範圍內盡量奪得我想要的，而梅麗雅羅莎則把伊蓮諾拉形容成一個棄婦，帶著一個小孩，肚子裡還懷著另一個，建議我說：和她建立關係，彼此照顧。什麼情況都不了解的人才會這樣胡說八道，全身乏力的我心想，這是完全不了解狀況的人才會說的話。換成是莉拉，絕對不會這樣。莉拉會建議我：你鑄成的錯誤已經夠大了，對著他們的臉吐口水，離開吧。這是她一直希望看到的結局。但我很害怕，法蘭柯和梅麗雅羅莎的話讓我更加迷惑，我不再聽他們講話，而是看著尼諾。重新贏得我女兒信任的他多麼英俊啊。看，他和她們一起再次進到房裡來，假裝什麼都沒發生，對著梅麗雅羅莎讚美她們——看啊，姑姑，這兩位小姐多麼出色啊？——於是她自然而然地對他施展魅力，他的手指輕輕碰觸她光裸的膝蓋。我把他拖出屋子，堅持要他和我一起散步，穿過整個聖安博洛吉歐區。

那天很熱，我記得。我們沿著紅磚道慢慢走，法國梧桐的棉絮滿天飛。我告訴他，我必須習慣沒有他的生活，但眼前我做不到，我需要時間。他回答說，他永遠都沒有辦法過沒有我的生活。我告訴他說，他從來都沒辦法離開任何人或任何事情。他再次說這不是事實，都怪環境使然，為了擁有我，他必須堅持到底。我知道要強迫他超越這個立場是不可能的，他一張眼就看見煉獄，驚恐不已。我陪他走到他的車子旁邊，送他走。他臨走之前問我：你想你會怎麼做。我沒回答，因為連我自己都不知道答案。

29

幾個星期之後發生的事情，讓我做出自己的決定。梅麗雅羅莎出遠門，在波爾多有事。離開之前，她把我拉到一旁，講了一段令我不解的話，是有關法蘭柯的。她不在的時候，要我必須留在他身邊。她說他非常頹喪，我這才發現，在這之前我只是偶爾有所感，卻因為心有旁騖而忽略了：對待法蘭柯，她扮演善良的撒馬利亞人的角色，就像她對所有的人一樣；她很愛他，她成為他的母親—姊妹—愛人，而她痛苦的神情，她日漸憔悴的身體，都是因為不停為他操心煩憂，擔心他已經變得太過脆弱，隨時會碎裂。

她離開了八天。我費了些心——畢竟我心裡還有別的事——對法蘭柯好。我每天晚上和他聊天聊到很晚。讓我很高興的是，他不談政治，而寧可回憶——是為他自己，而不是為我——我們從前在一起的時光有多美好：春天散步穿越比薩，亞諾河畔街道可怕的氣味，有時候還會對我傾吐他從未對任何人提及的童年往事，他的父母，他的祖父母。最讓我開心的是，他聽我傾訴種種煩惱，我和出版社簽的新書合約，我必須動手寫新書的壓力，必須回那不勒斯的可能性，以及尼諾。他從不講些泛泛之論或多餘的話。他的話尖銳精準，甚至有點粗俗。要是他對你來說比你自己更重要——他有天晚上說，神情看似有點恍惚——那你應該接受眼前的他：妻子，孩子，老是不停和其他女人上床，以及他現在與未來都可能做出來的齷齪事。莉娜，琳諾希亞，他喃喃說，語氣非常親暱，搖搖頭。這時他突然大笑，從椅子起身，令人費解地說什麼在他看來，只有不懼怕也不厭惡的恢復理智時，愛才算真正結束。他就這樣離開房間，拖著重重的腳步，彷彿要讓他自己相信地板實質存在似的。不知道為什麼，這天晚上帕斯蓋驀然浮現心頭，這個社會背景、文化、政治選擇都與他相去甚遠的人。然而，在那一瞬間，我想像著，若是我這位舊街坊的朋友從吞噬他的黑暗裡活著現身，必定也會有相同的走路姿態。

一整天，法蘭柯沒再走出他的房間。那天晚上我在外面有工作，所以敲門，問他能不能幫小璦和艾莎做晚飯。他答應了。我很晚才回家，看見廚房一片狼藉，很不像他平常的習慣。我收拾餐桌，洗碗盤。那天晚上我沒睡多久，清晨六點就醒來，走去浴室途中，我經過他的房間，看見門上用圖釘釘了一張筆記本撕下的紙，上面寫著：「小琳，別讓孩子進來。」我以為是小璦和艾莎打擾了他，或者是前一天晚上惹他生氣了。我去做早餐的時候，心裡想著一定要罵她們。但我又想，法蘭柯和我兩個女兒很要好，他絕對不可能生她們的氣。八點鐘左右，我悄悄敲門。沒有回答。我更用力敲，小心翼翼打開門，房裡一片漆黑。我喊他，一片沉寂。我打開燈。

枕頭，床單上都有血，一大片變黑的污漬從他腿邊擴展開來。死亡如此令人髮指。如今我只能說，一見到這副已無生息的軀體，我曾經與之如此親密接觸的軀體，曾經如此快樂活躍，讀過如此多書，享受過如此多經驗的軀體，我既覺得厭惡，也感到悲憫。法蘭柯曾經是渾身洋溢政治、文化的人，有著遠大的理想與希望，非常有教養。如今卻讓自己成為這麼可怕的景象。他用如此激烈的手段鏟除自己的回憶、語言，以及找尋意義的能力。他顯然憎恨自己，憎恨他自己的皮膚、他自己的情緒、他自己的思想語言，憎恨這包圍他的殘酷世界一角。

接下來的那幾天，我想起帕斯蓋和卡門的媽媽姬塞琵娜。她同樣再也受不了自己，再也無法忍受支離破碎的生命殘存碎片。但姬塞琵娜是長我一輩的人，而法蘭柯卻是我的同輩，他用如此暴力的方式終結生命，不僅留下深刻印象，而且是極其毀滅性的印象。他的紙條讓我思索良久，那是他唯一留下的遺言。是對我說的，主要的意思是：別讓孩子們進來，我不想讓她們看見我，但是你可以進來，你一定要進來看我。我一直思考這兩個祈使句，一個清晰明白，一個隱晦不明。一群好戰份子無力地握緊拳頭來參加葬禮（當時法蘭柯還是很有名，而且備受尊敬）。葬禮過後，我努力想和梅麗雅羅莎修復關係，想要接近她，想要和她談他，但她不肯。她不修邊幅的外表變得更加邋遢，臉上出現病態的不信任表情，讓她那雙活潑的眼睛也變得黯淡無光。房子慢慢變空了。她對我的那種姊妹情誼也消失了，變得越來越有敵意。她不是整天待在大學裡，就是關在自己房間裡，不要別人吵她。要是女孩們喧嘩玩耍，她就發脾氣。而我如果因為她們兩個玩得太吵而罵她們，她就更生氣。我收拾行李，帶著小璦和艾莎到那不勒斯。

30

尼諾倒是一片真心，他真的已經租下塔索路的那間公寓。我馬上搬進去住，儘管屋裡螞蟻橫行，傢俱只有一張沒床頭板的雙人床、兩張給女孩睡的小床、一張桌子和幾把椅子。我沒談起愛，我沒提起未來。

我告訴他，我之所以做這樣的決定，主要是因為法蘭柯，而且我只告訴他一個好消息和一個壞消息。好消息是我的出版社同意出版他的文集，只要他可以重新修改，整理出一份較沒那麼枯燥的文稿。壞消息是我不希望他碰我。他歡喜地迎接第一個好消息，對第二個消息則非常絕望。結果，我們每天晚上都坐在一起重寫他的書稿，而這樣的肢體接近，讓我的怒火無法繼續燃燒。我們再次相愛的時候，伊蓮諾拉還沒生產。等她生下名為麗狄亞的女兒時，尼諾和我已經再次成為情人，一對有著自己的習慣，有著舒適屋子、兩個孩子、緊湊生活（不管在私領域或公開場合）的情人。

「別以為我會聽你指揮，」我打從開始就告訴他，「我現在沒辦法離開你，但遲早會的。」

「不會的，你沒有理由這麼做。」

「我有太多理由了。」

「很快一切就會改變的。」

「等著瞧吧。」

但這只是作態，我表現出來的所謂理性，實際上非但不理性，而且很丟臉。我接納——我借用法蘭柯的話說——目前對我來說無法捨棄的，一旦我耗竭了他的外表，他的言語，他的每個欲望，我就會拋棄他。等待他數日卻不見蹤影時，我告訴自己，這樣最好，我很忙，他太常和我在一起了。感覺到嫉妒的刺痛時，我低聲告訴自己：我是他所愛的女人。而想起他的子女時，我就對自己說：他花在小璦和艾莎身上的時間，比亞伯提諾和麗狄亞多。這些當然全是事實，但也全是誤謬。沒錯，尼諾的魅力會漸漸失色。沒錯，我有很多事情要做。沒錯，尼諾愛我，也愛小璦和艾莎。但也還有其他人，是的，我假裝忽略的其他人。是的，我比以前更受他吸引。是的，只要他需要我，我就準備要拋開其他的人、其他的事。是的，他和伊蓮諾拉、亞伯提諾、麗狄亞的關係，至少和與我們母女的關係一樣緊密。那些年裡，我放下黑色的窗簾，只要窗簾稍稍掀動，露出事實的真正面貌，我就訴諸大道理，說世界已經不同：一切都在轉變之中，我們正在創造新的同居形式，諸如此類的，全是我碰上這種情況時，在公開場合所說、或筆下所寫的胡言亂語。

但是難題日日襲擊我，裂痕越來越大。這城市一點都沒有進步，這裡的鬱悶乏味很快就讓我疲憊。塔索路是個很不方便的地方。尼諾幫我弄來一輛二手的白色雷諾四號，立即成為我不可或缺的工具，但我老是卡在車陣裡，所以不得不放棄。我每天忙於應付無窮盡的生活所需，遠比在佛羅倫斯、熱內亞、米蘭時費勁。從上學的第一天起，小璦就很討厭她的老師和同學。而剛上一年級的艾莎每天回家都垂頭喪氣，眼睛紅紅的，不肯告訴我發生了什麼事。我開始罵她們兩個，說她們不知道怎麼應付對手，不知道怎麼伸張自己的立場，不知道怎麼適應環境，她們得要學會才行啊。結果，兩姊妹團結起來對抗我：她們開始懷念奶奶璦黛兒和姑姑梅麗雅羅莎，把兩人推崇得像聖人一般，說她們為姊妹倆創造了獨一無二的幸福世界。姊妹倆越來越露骨地表現出對她們的思念。為了想把女兒爭取回來，我拉她們到身邊，摟著她們，她們不情願地擁抱我，有時候還會把我推開。而我的工作呢？情況越來越清楚，我如果留在米蘭，在出版社找個工作會更好。甚至在羅馬都好，因為我在新書巡迴講座時認識的一些人樂意提供我協助。我和女兒在那不勒斯做什麼呢？難道我們就只是想讓尼諾開心？我宣稱自己自由且自主，難道只是自欺欺人？而我扮演著出過兩本小說的作家，想幫助每個願意坦承講出心裡話的女人時，是不是也在欺騙我的聽眾呢？我的夸夸其言難道只是為了讓自己更容易相信，但實際上我和當時那些更為傳統的女人並無不同？儘管我講了這麼多大話，但我卻是被男人一手創造出來的，我甚至讓他的需求凌駕於我自己，凌駕於我女兒的需求之上？

我學會迴避自己。只要尼諾來敲門就夠了，我的痛苦就會消失。我對自己說：如今人生已是如此，再無其他可能了。同時我也努力給自己一些規範，我沒限制住自己，而是想辦法讓自己更堅定更有自信，有時候甚至還想辦法讓自己覺得開心。屋裡陽光燦爛。站在陽台上，我看見那不勒斯迤邐延伸到黃藍交映的大海邊緣。我帶女兒離開暫時棲身的熱內亞和米蘭，這大海的氣息，這鮮麗的顏色，這街道上方言的聲音，深夜尼諾常帶來見我的有高尚人士，讓我有了自信，讓我雀躍歡欣。我帶女兒到佛羅倫斯去看彼耶特洛，他到那不勒斯來看我們的時候，我也很高興。我不顧尼諾的抗議，讓他住在我們家。我幫他在女兒房裡鋪了一張床。她們對他的愛是一種表演，彷彿是想藉著表現出她們愛他，來留住他。我們努力建立起輕鬆自在的關係，我問起朵麗安娜，問起他那本始終都即將出版、但總是在最後關頭冒出必須加以查核的細節的書。兩個女兒緊緊黏著爸爸不理我時，我得以喘口氣。我下樓走穿過埃可米雷利，沿著海邊的卡拉西歐洛街走。再不然就沿著阿涅羅法康尼路走到芙洛利狄安納，挑張長凳坐下看書。

31

住在塔索路，舊街坊宛如晦暗遙遠的岩石堆，是維蘇威火山腳下毫不起眼的都市殘骸。我很希望繼續保持這樣：我如今已是個不同的人，我要確保街坊不會再次攫住我。但儘管如此，我自己的決心其實也不太堅定。在第一次匆匆整理公寓之後的三、四天，我就屈服了，仔細打扮兩個女兒，打扮自己，然後說：我們去見伊瑪柯拉塔外婆、維特里歐外公和舅舅。

我們一早就出發，在阿梅德歐廣場搭地鐵。列車經過時帶來的強風，吹亂兩個女兒的頭髮，吹得衣服貼在她們身上，讓她們無法呼吸，卻也讓她們非常興奮。自從在佛羅倫斯大吵一架之後，我就沒再和我媽講過話。我怕她不肯見我，或許也就是因為這個原因，所以我沒先打電話告訴她說我要來。但我必須老實說，還有另一個更難以言明的原因。我很不樂意對自己說：我之所以來是為了這個原因或那個其他的原因，我要來這裡或我要去那裡。街坊對我來說，不只代表了家人，更重要的是代表了莉拉：打算造訪街坊，也意味著要問我自己，我要怎麼安排和她之間的關係。我還沒有絕對的答案，所以最好隨順因緣。反正，既然我有可能碰見她，就必須竭力打理孩子們和我自己的外表。若是真碰見了，我希望她知道我是個精雕細琢的貴婦，而我的女兒並沒有受苦，沒有崩潰，還過得好好的。

結果那是個情緒波濤洶湧的一天。我穿過隧道，避開卡門和她丈夫羅伯托工作的加油站，越過院子。我心臟狂跳，爬上我生長的那幢老公寓搖搖欲墜的樓梯。小瑷和艾莎非常興奮，彷彿進行某種未知的探險。我把她們拉在我跟前，按了門鈴。我聽見我媽拖著瘸腿的腳步聲，她開了門，瞪大眼睛，好像見了鬼似的。我也不由自主地大吃一驚。我期待見到的那個人和我眼前這個人判若兩人。我媽變了好多。有那麼短短的一瞬間，她看起來像是我小時候見過幾次的一位遠房表姨。那個表姨長得很像她，但比她大六、七歲。我媽瘦好多，臉上的骨頭、鼻子、耳朵似乎都變得巨大無比。

我想要擁抱她，但她後退。我爸不在，派普和紀亞尼也都不在。要知道他們的情況根本不可能，一整個鐘頭，她幾乎一句話都沒對我說。她對孩子們很寵愛，用力讚美她們，然後給她們穿上大圍裙，開始和她們一起做糖果。我覺得很尷尬：她從頭到尾都把我當空氣。我想開口說孩子們這個時間吃糖果太早，但小璦馬上對外婆說：

「我們可以再多吃一點嗎？」

「愛吃多少就吃多少吧。」我媽說，連看都不看我一眼。

她告訴外孫女可以到樓下院子去玩的時候，同樣的情況又再度上演。在佛羅倫斯，在熱內亞，在米蘭，我從來沒讓她們單獨出門。我說：

「不，孩子，不行，你們不能出去。」

「外婆，我們可以去嗎？」兩個女兒異口同聲地問。

「我告訴你們說可以的呀。」

家裡就剩我們母女倆。我彷彿也變成小孩似的，憂心忡忡對我媽說：「我搬家了。我在塔索路租了一間公寓。」

「很好。」

「三天前。」

「很好。」

「我又寫了一本書。」

「和我什麼關係？」

我沉默不語。她一臉厭惡地把檸檬切成兩半，將汁擠進玻璃杯裡。

「你為什麼要喝檸檬汁？」我問。

「因為見到你讓我反胃。」

她在檸檬裡加水，再加上一些小蘇打，把這冒著泡泡的水一口氣喝光。

「你不舒服嗎？」

「我很好。」

「才怪。你去看醫生了嗎？」

「你以為我會白白花錢去看醫生吃藥啊。」

「艾莉莎知道你不舒服嗎？」

「艾莉莎懷孕了。」

「你們兩個為什麼都不告訴我？」

她沒回答。她把杯子放進水槽，疲累地長嘆一聲，用手背抹抹嘴巴。我說：

「我會帶你去看醫生。你還有哪裡不舒服？」

「你帶來的一切都讓我不舒服。就因為你，我胃裡有條血管破了。」

「什麼意思？」

「沒錯，是你殺害了我的身體。」

「我很愛你啊，媽媽。」

「你愛的不是我。你帶著孩子搬到那不勒斯來了？」

「是的。」

「而你丈夫沒來？」

「是的。」

「那永遠別再出現在這個屋子裡。」

「媽，現在的世界已經和以前不一樣了。就算離開丈夫，就算和別人在一起，你還是可以受人敬重。你幹嘛對我這麼生氣，卻不講講艾莉莎？她明明沒結婚，還懷孕。」

「因為你不是艾莉莎。艾莉莎像你這樣受過教育嗎？我對艾莉莎的期望，和我對你的期望是一樣的嗎？」

「我現在做的事情你應該會高興才對啊。格瑞柯變成一個重要的名字。我甚至在國外也有一點名氣了。」

「別對我吹噓，你什麼都不是。你以為自己是誰，對普通人來說一點都不重要。我在這裡受人敬重，不是因為我生了你，而是因為我生了艾莉莎。她沒唸什麼書，甚至連中學都沒畢業，但她是個淑女。而有大學學位的你，淪落到什麼地步了？我只是替那兩個孩子覺得難過，這麼漂亮，這麼會說話的兩個孩子。你替她們想過嗎？有那樣的父親，她們可以像電視上的孩子那樣長大，而你是怎麼做的，竟然帶她們到那不勒斯來？」

「帶大她們的是我，媽媽，不是她們的父親。不管我帶她們到哪裡，她們都會像這樣長大的。」

「你太狂妄了。天哪，我真是錯看你了。我以為狂妄的是莉娜，結果是你。你那位朋友替她爸媽買了房子，而你做了什麼？你那位朋友指揮每一個人，連米凱爾．梭拉朗都聽她的話。而你迷倒誰了，薩拉托爾家的那個混蛋兒子？」

這時她開始對莉拉讚不絕口：噢，你看莉娜有多漂亮啊，這麼慷慨大方，有了自己的事業，真的，她和恩佐知道怎麼讓自己奮發向上。我知道她怪在我頭上的最大罪孽就是，我強迫她承認，無可迴避地承認，我不如莉拉。她說她要煮飯給小璦和艾莎吃，完全把我排擠在外，我就知道光是開口邀我一起吃飯都會讓她痛苦，所以我帶著孩子，傷心地離開了。

32

一到通衢大道，我就遲疑了：是該在大門口等我爸回來，還是在街上遊逛找我弟弟，順便看看我妹會不會回家？我找到公共電話，打電話給艾莉莎，拖著女兒到她家那幢可以看見維蘇威火山的公寓大樓。我妹看起來還不像孕婦，但我也發現她變了很多。光是懷孕，就讓她的身體，她的話，她的嗓音都膨脹許多。她臉色灰白，而且充滿怨恨，很不情願地接待我們。我絲毫沒有感覺到她過去一直對我懷抱的鍾愛或稚氣欽佩，連一秒鐘都沒有。我提到媽媽健康問題時，她立刻換上攻擊的語氣，我從沒想到過她會這樣講話，至少不應該會這樣對我。她大吼著說：

「小琳，醫生說她沒事，受苦的是她的靈魂。媽媽很健康，她身體沒問題，唯一需要治療的是她的哀傷。要不是你這樣傷她的心，她也不會像現在這樣。」

「你在胡說八道什麼啊？」

她更加生氣。

「胡說八道？我只是告訴你：我的健康情況比媽媽還糟。反正，你現在人在那不勒斯，而且你對醫生的事情知道得比較多，你來照顧她，別把責任都丟到我一個人身上。只要你肯多關照她一點，她就會恢復健康了。」

我努力想控制住自己，我不想吵架。她為什麼會這樣對我講話？我也像她一樣變得更不如以前了嗎？我們姊妹相親相愛的美好時光已經結束了嗎？或者我們家的么妹艾莉莎表現出來的只是個徵兆，代表街坊的生活遠比過去更可怕？我告訴孩子們可以吃完外婆給的糖果，她倆乖乖坐著，一聲不吭，阿姨對她們不理不睬，讓她們很失望。然後我對妹妹說：

「你和馬歇羅的情況還好嗎？」

「非常好，怎麼可能不好呢？如果不是因為他媽媽去世，帶來這麼多讓人擔憂的事，我們一直都很快樂的。」

「擔憂什麼？」

「擔憂，小琳，就是擔憂啊。你想你自己的書去吧，人生是另一回事啊。」

「派普和紀亞尼呢？」

「他們有工作。」

「我一直沒看見他們。」

「是你自己的問題，你從不回來。」

「我以後會更常來。」

「你還真好啊。那也請去找你的朋友莉娜談一談吧。」

「怎麼回事？」

「沒事。只不過，在馬歇羅煩心的很多事情裡面，她也插上一腳了。」

「什麼意思？」

「去問莉娜，要是她回答了，那就告訴她，她最好留在屬於她的地方。」

我在她的話裡聽出梭拉朗家那種沉默的威脅，知道我們再也無法恢復往日的親密關係了。我告訴她，莉拉和我越來越疏遠了，但我聽媽媽說她已經不替米凱爾工作，自己做生意了。艾莉莎喃喃說：

「自己做生意，但用的是我們的錢。」

「解釋一下。」

「要解釋什麼呢，小琳？她玩弄米凱爾，把他弄得神魂顛倒。但她不准這樣玩弄我的馬歇羅。」

33

艾莉莎也沒留我們吃午飯。送我們到門口時，她似乎才發覺自己太過無禮，於是對艾莎說：和阿姨來一下。她們消失了好幾分鐘，讓小璦很難過。她一直緊緊抓著我的手，不想覺得被忽略。她們再現身時，艾莎表情嚴肅，但眼神喜悅。我妹妹似乎站累了，我們一走下樓梯，她就關上門。

一到馬路上，艾莎就給我們看阿姨給她的祕密禮物：兩萬里拉。艾莉莎給她錢，就像我們小時候幾位比我們家境僅僅好一些的親戚給我們錢那樣。但在昔日，那錢只是表面上當成給我們這幾個孩子的禮物，我們必須把錢交給媽媽，讓她用在必要的日常開銷上。而艾莉莎顯然也是想把錢給我，而不是給孩子們，只不過她的目的並不一樣。藉著這兩萬里拉——相當於三本精裝書的錢——她想向我證明馬歇羅對她很好，她過著富裕奢華的生活。

兩個女兒不停吵架，我安撫她們。艾莎在不斷被逼問之下才承認，阿姨的意思是要姊妹兩平分這筆錢，她留下一萬里拉，另外一萬里拉給小璦。她倆還在糾纏推拉個沒完的時候，我聽見有人喊我。是卡門，身穿加油站工作人員的藍色罩袍。心神不寧的我忘了要繞路避開加油站。她對我招手，一頭黑色鬈髮，胖胖的臉蛋。

我很難拒絕。卡門關了加油站，要帶我們去她家吃午飯。我沒見過她丈夫，但他這時回來了。他到學校去接小孩：兩個男生，一個和艾莎一樣大，一個小一歲。他是個非常客氣、親切的人。他擺餐盤餐具，要兒子幫他忙，餐後還清理桌子，洗碗盤。在此之前，我還沒在我同輩的人裡面看到相處得如此和諧的夫妻。我終於覺得有人歡迎我，兩個女兒也都非常自在，不只飯吃得開心，還像大姊姊一樣陪兩個男生玩。換句話說，我覺得安心，享受了兩個鐘頭的平靜時光。然後羅伯托回加油站去開店，留下卡門和我一起。

她有點鬼鬼祟祟的，沒問起尼諾，沒問我是不是搬到那不勒斯來和他同居，儘管她好像無所不知。相反的，她談起她的丈夫，說他是個勤勉的勞工，對家人盡心盡力。小琳，她說，在這麼多痛苦折磨裡，還好有他和孩子們帶給我安慰。她回憶往昔：她父親的可怕遭遇，她母親的犧牲與過世，她在卡拉西雜貨店工作的時期，艾達取代莉拉變成老闆娘之後對她的苛刻。我們甚至還取笑她當過恩佐女朋友的往事：真是太胡鬧了，她說。她一次也沒提到帕斯蓋，還得要我開口問。但她瞪著地板，搖搖頭，跳了起來，彷彿要推開她不知是不能還是不願告訴我的事情。

「我要打電話給莉娜，」她說，「要是她知道我們見了面，卻沒有告訴她，她以後再也不肯和我講話了。」

「不必吧，她有工作要做的。」

「才怪，她現在是老闆，想怎樣就怎樣。」

我想要讓她繼續告訴我，小心翼翼問起莉拉和梭拉朗兄弟的關係。但她有點尷尬，回答說她也不太清楚，就去打電話了。我聽見她興奮地說，我女兒和我在她家。打完電話回來，她說：

「她很高興，馬上就過來。」

就從這一刻開始，我緊張起來。然而我還是覺得很愜意，舒舒服服待在這幢簡樸卻值得尊敬的屋子裡，四個孩子在另一個房間裡玩。門鈴響了，卡門走向大門，莉拉的聲音響起。

34

我起初沒注意到傑納諾，也沒看見恩佐。我只聽見莉拉的聲音，感覺到一股罪惡感，所以過了好幾秒鐘，才看見他們的存在。或許我想得不對，急著想見我的人是她，而我卻拚命想把她排除在我的生活之外。也或許我這樣做太過無禮，在她持續關心我的時候，我卻以我的沉默，我的迴避，想讓她覺得我對她已經沒有興趣了。我不知道。她擁抱我的時候，我自然而然地想：如果她沒用輕蔑的語氣談起尼諾來打擊我，如果她假裝不知道他新添了一個女兒，如果她對我的女兒很好，那我就會待之以禮，其餘的就看著辦吧。

我們坐下。自從上回在主教座堂的咖啡館分手之後，我們沒再見過面。先開口的是莉拉。她把傑納諾往前推——他已經是個大個頭的青少年了，臉上有青春痘——開始埋怨他的功課表現不佳。她用親暱的語氣說，他小學的時候功課不錯，中學的時候也還不錯，但是今年被當了，因為拉丁文和希臘文不行。我拍拍這孩子，安慰他：你只需要有點耐心，傑納諾，來找我，我教你。我很衝動地決定自己主動開口，面對這個於我如燙手山芋的問題。我說：我幾天前搬到那不勒斯來了，和尼諾的問題在可能的範圍內得到解決，一切都很好。然後，我很平靜地喊兩個女兒，她們一探頭進來，我就嚷著，看，我女兒也來了，你們還認得嗎，孩子長得好快。霎時一陣騷動。小瑷認出傑納諾，很開心地拋個媚眼，拉他走。她九歲，而他十五歲。艾莎也拉著他，不想被姊姊比下去。我以母親的驕傲看著他們，好高興聽見莉拉說：你回那不勒斯來是對的，人本來就該做自己想做的，兩個女孩看起來很好，看看她們有多漂亮啊。

到這時我終於鬆了一口氣。開始講話的恩佐問起我的工作。我稍微吹噓了一下我的第二本書，但我很快就知道，雖然街坊的人聽過我的第一本書，有些人甚至還讀過，但是恩佐、卡門，甚至莉拉，都沒聽過我的第二本書。所以我用有點自嘲的語氣繞過這個話題，問起他們的事，笑著說：我知道你們從員工變老闆了。莉拉做個鬼臉，彷彿這件事不值一提，轉頭看恩佐，他努力用簡單的字彙解釋是怎麼回事。他說電腦在近幾年突飛猛進，IBM在市場上推出完全不同於以往的機器。一如既往，他開始講起技術性的細節，我覺得很無聊。他列舉不同的機型，系統三四，五一二〇，說電腦不再有打了洞的卡片和打孔機、檢查員，而是有了不同的程式語言BASIC，機型越來越小，雖然計算能力與儲存空間都比較小，但價錢也便宜得多。最後我只聽懂這個新科技對他們來說至關重大，他們開始研究，最後決定可以自己來做，所以開創了自己的事業：Basic Sight——用的是英文名字，因為如果不這樣，就沒人會甩你。公司總部在他們自己家裡（哪裡是什麼老闆），他——也就是恩佐——是大股東與公司管理人，但公司的靈魂，真正的靈魂人物——恩佐用自豪的手勢指著她——是莉拉。看這個公司商標，恩佐說，是她設計的。

我看著那個商標，是纏著垂直線盤旋的圖案。我看著看著，突然有種情緒波動，彷彿是她那不羈心靈的進一步表現。我想著自己有多懷念這樣的她。我突然渴望重溫我們過往的美好時光。莉拉學習，不顧一切地努力學習。她就是停不下來，她從不退縮：三四型、五一二〇型、BASIC、Basic Sight、公司商標。很漂亮，我說，我感受到在我媽和我妹身上所沒體會到的感覺。他們似乎很高興我回到他們身邊，很慷慨地把我拉進他們的生活裡。恩佐彷彿要強調他雖然發達了，但是想法並沒有改變似的，開始用他單調的語氣談起他在各工廠的所見所聞：工人在可怕的環境裡工作，卻幾乎什麼錢都掙不到，有時候他甚至覺得羞愧，因為必須把齷齪的剝削轉化成有條不紊的程式。而莉拉則說，為了獲得這樣的有條不紊，老闆們必須讓她近距離看見他們齷齪的勾當，她用挖苦的語氣談起隱藏在秩序井然的帳戶後面的種種狡詐、詭計和騙局。卡門也不甘示弱，她談起汽油，宣稱：這行也是，到處都是搞鬼的勾當。直到這時，她才提起哥哥，舉出種種導致他去做錯事的正當理由。她回想我們童年與青少年時期的街坊。她講故事——她以前從未說過的故事——說她和帕斯蓋小時候，他們爸爸曾經一一列舉阿基里閣下帶頭的法西斯份子對他所做的每一件事：他有一次在隧道口被揍，他們有一次強迫他親吻墨索里尼的照片，但他不肯，反而對著照片吐口水，他們之所以沒殺他，他之所以沒像許多同志那樣下落不明——有很多人被法西斯份子殺害，然後「失蹤」——只是因為他有一家木工坊，在街坊頗有名氣，要是他們讓他從地球表面消失，每個人都會注意到。

時間就這樣流逝。他們決定證明給我看，我們之間的友誼有多麼親密強大。卡門和恩佐、莉拉交換了一個眼神，然後謹慎地說：我們可以信任琳諾希亞。她看見他們同意，就告訴我說，他們最近見過帕斯蓋。他有天晚上出現在卡門家，她打電話給莉拉，莉拉馬上和恩佐趕來。帕斯蓋很好。他整個人乾乾淨淨的，連頭髮都一絲不紊，打扮得整整齊齊，看起來像個醫生。但他們發現他心情很不好。他的理念沒有改變，但難過得不得了。他說他永遠不會屈服，除非他們殺了他。但在離開之前，他去看了那兩個正在睡覺、他連名字都不知道的外甥。卡門開始哭，但壓抑著不出聲，免得孩子們聽見闖進來。我們說——最先開口的人是她，她比我、比莉拉都說得更多（莉拉只簡單說了幾句，而恩佐更只點頭稱是）——我們不喜歡帕斯蓋的選擇，我們覺得義大利和世界的混亂失序很恐怖。但不管他犯下多麼可怕的罪行——你在報上一定讀過——不管我們的日子因著資訊科技、拉丁文、希臘文、書本、汽油而過得如何舒服，也永遠不會把他拒之於門外。愛他的人永遠都不會這麼做。

這天就這樣結束了。最後只剩下一個問題，我想要問莉拉和恩佐。雖然我這時覺得輕鬆自在，但艾莉拉稍早之前說的話，我始終忘不掉。我問：梭拉朗兄弟呢？恩佐馬上低頭盯著地板。莉拉聳聳肩，她說：和平常一樣混蛋。然後她嘲諷地說，米凱爾腦袋壞了：在他媽媽死後，他離開了姬利歐拉，把老婆小孩趕出波西利波的豪宅，只要他們出現在那裡，他就揍他們。梭拉朗兄弟——她的語氣裡有一絲滿足——完蛋了：想想看，馬歇羅到處說他弟弟變成這樣都是我的錯。這時她瞇起眼睛，臉上淨是滿意的表情，彷彿馬歇羅的話是一種恭維。然後她下結論：自從你離開之後，小琳，很多事情都改變了；你現在應該要留在我們身邊，給我你的電話號碼，我們要盡快找時間再見，然後我要把傑納諾送去給你，看你能不能幫他。

她拿來一支筆，準備要記下我的電話號碼。我馬上說出前兩個數字，然後遲疑了，我幾天前才拿到電話號碼，我記不起來。然而，我最後還是想起來了，但我卻又遲疑，怕她再度回到我的生活裡來。我又唸出兩個數字，但故意講錯。

還好我這樣做了。就在我要帶女兒離開的時候，莉拉當著所有人的面，包括小璦和艾莎，問我說：

「你會和尼諾生小孩嗎？」

35

當然不會，我回答說，尷尬地笑起來。但一走到馬路上，我就得對女兒解釋——特別是對艾莎，小瑷沉著臉一語不發——說我不會再生小孩，她們永遠是我的女兒，就是這樣。整整兩天的時間，我頭痛，睡不著覺。莉拉用幾個精心安排的字彙，就攪亂了我原本覺得非常愉快的會晤。我對自己說：沒什麼可做的，她這人無可藥救，總是知道如何把我的生活搞得更複雜。我指的並不只是她在小瑷和艾莎心裡種下的不安。莉拉精準戳中我小心翼翼隱藏的要害，那是我十幾年前，在梅麗雅羅莎家裡抱著小莫寇時首度發現的、想生小孩的渴望。那是一種完全非理性的衝動，一種為愛所驅策的心念，當時就令我無法招架。那不只是單純想要有個孩子的欲望，我想要一個特別的孩子，一個像莫寇那樣的孩子，尼諾的孩子。事實上，這樣的渴望並沒有因為彼耶特洛，因為小瑷與艾莎的出世而減輕。相反的，在近日又再度浮現，在我看見西薇亞的孩了，特別是在尼諾告訴我伊蓮諾拉懷孕之後，再次浮現。如今，這個渴望越來越頻繁地襲上心頭、而莉拉以她一貫凌厲精準的目光看見了。這是她最愛的遊戲——我對自己說——她對恩佐，對卜門，對安東尼奧，對埃爾范索都是這樣。她對米凱爾．梭拉朗，對姬利歐拉，必定也是同樣的行徑。她假裝成和善親熱的人，但迅雷不及掩耳地輕輕一戳，稍微動了你一下，然後就把你給毀了。她想要像這樣對付我，也這樣對付尼諾。她想辦法把一個隱密的腫瘤攤在眾人面前，這是我原本不想理會的腫瘤，就像我不理會眼皮的跳動一樣。

好幾天的時間，在塔索路的房子裡，不管家裡有人或沒人，我都為這個問題而不安：你要和尼諾生小孩嗎？但這已經不是莉拉提出的問題了，這是我問自己的問題。

36

之後，我經常回街坊，特別是彼耶特洛來和女兒住幾天的時候。我走到阿梅德歐廣場搭地鐵。有時候我站在鐵道路橋上，俯瞰通衢大道，有時候我就只是穿過隧道，走到教堂。但我更常去和我媽吵架，堅持要她去看醫生，而且把我爸、派普、紀亞尼拖到爭吵裡。她是個頑固的女人，一旦丈夫和兒子隱約提到她的健康問題，她就對他們發火。而對我，她的態度也一樣，吼著說：閉嘴，要我命的人是你啊。她把我趕出去，再不然就是把自己關在浴室。

而莉拉則得到她所想要的一切，每個人都知道。例如，米凱爾他很久很久以前就明白了。所以艾莉莎把矛頭指向她，並不只是因為她和馬歇羅有歧見，也是因為莉拉把梭拉朗兄弟利用完之後，就再次和他們絕裂，而且還藉此成就自己的輝煌事業。Basic Sight讓她慢慢贏得創新的美譽，也為她帶來獲利。儘管她從小就是個聰明人，有辦法從你腦袋和心裡掏出混亂失序的事情，整理得井井有條再還給你，或者要是她受不了你，就把你的想法搞得更混亂，讓你沮喪不已，但如今這再也不是問題了。現在她也已經具體展現她學會新工作的可能性，一個沒有人知道到底是什麼，但卻非常有利可圖的工作。她生意做得很好——據說——恩佐在找地方設立像樣的辦公室，而不只是在廚房和臥房之間搭個臨時工作區。但這麼聰明的恩佐又是什麼人呢？他只是莉拉的下屬。負責操控所有的事情、決定做什麼或不做什麼的是莉拉。所以，稍微誇張一點來說，街坊的狀況在短短的時間內似乎變成了：你可以學習效法馬歇羅和米凱爾，或者學習效法莉拉。

當然，這也可能是我的迷思，但這個階段，我似乎越來越常在接近她的人身上看見她的存在。例如，有一回，我碰見斯岱方諾．卡拉西，他比以前胖得多，臉色黃黃的，穿得很寒酸，完全沒有當年那個莉拉所嫁的年輕店老闆的痕跡，而當年的家財萬貫就更不用說了。然而，從短暫交談之中，我覺得他好像用了許多妻子會用的語彙。而艾達也對莉拉充滿敬意，說了很多她的好話，因為她給了斯岱方諾錢。艾達學會了她的動作，甚至她笑的模樣。

親戚和朋友都簇擁在她身邊想找工作，拚命努力表現自己是合適的人選。艾達自己就莫名其妙地被Basic Sight雇用，一開始是接電話，然後也可能學學別的東西。黎諾也是——他有天和馬歇羅大吵一架，離開了超市——問都沒問，就逕自介入妹妹的活動裡，吹噓說所有該學的他都可以馬上學會。但對我來說最沒想到的一件事是——尼諾有天晚上告訴我，他從瑪麗莎那裡聽來的——連埃爾范索最後都進Basic Sight工作了。米凱爾．梭拉朗一貫行徑瘋狂，沒來由地關掉馬提尼廣場的鞋店，害埃爾范索也丟了工作。結果他得到再培訓的機會，而且——感謝莉拉——做得很成功。

我大可以挖到更多消息，說不定我也很樂意多加打聽，只需要打通電話給她，去找她就行了。但我從沒這麼做。只有一次我在街上碰到她，很不情願地停下來。她一定覺得很不高興，因為我給她錯的電話號碼，答應替她兒子補習，卻又消失無蹤，因為她做了所有的事情來和我和解，而我卻退縮了。她說她有事要忙，用方言問：

「你還住在塔索路？」

「是啊。」

「那裡很偏僻。」

「那裡可以看得見海。」

「從那裡看見的海算什麼？就只是一抹顏色而已。最好靠近一點看，你就會發現海有臭味，全是污泥和尿，一灘被污染的水。只是像你們這種讀書寫書的人，老是喜歡說謊話，不喜歡真相。」

我打斷她，說：

「我只是暫時住在那裡。」

她甚至更快打斷我：

「人總是一直變的。有多少次，我們嘴巴這樣說，行動卻那樣做？在這裡找個地方吧。」

我搖搖頭，道再見。她就想要這樣嗎？帶我回街坊？

37

就在我已經很複雜的生活裡，有兩件更複雜的事情同時發生。尼諾的研究機構派他到紐約去負責一樁重要的工作，而波士頓一家小出版社準備出版我的書。這兩件事情加在一起，我們就有了一趟可能的美國行。

在無止境的遲疑、討論，以及幾場爭吵之後，我們決定去美國度個假。但如此一來，我就要離開小璦和艾莎兩個星期。就算是在正常情況下，我都很難做好安排：我替幾家雜誌寫稿，我做翻譯，為下一本新書做筆記，而要安排好孩子們亂糟糟的活動，向來就極端不容易。通常我都會找米芮拉幫忙，她是尼諾的學生，非常可靠，也不過問太多事情。如果她沒空，我就把孩子託給安東妮拉，她是我的鄰居，年約五十，孩子都已長大，是位很能幹的媽媽。這一次我試著找彼耶特洛照顧她們，但他說不可能照顧她們這麼久。我盤點眼前的情況（我和璦黛兒斷絕往來；梅麗雅羅莎已經離開，沒有人知道她的下落；我媽因為想像的疾病而更加虛弱；艾莉莎對我的敵意越來越嚴重），似乎找不到可以接受的解決方案。最後彼耶特洛告訴我：去找莉娜，她把兒子託給你照顧好幾個月，她欠你人情。我很難下定決心。我表面上的想法是，雖然她工作之外有閒暇，但會覺得我女兒是吹毛求疵、要求特多的小娃娃，會折磨她們，把她們丟給傑納諾。但我有更深沉的顧慮，比起前一個想法更讓我沮喪的是，她竟然是我唯一可以託付、唯一可以保障她們舒適生活的人。但我迫切需要解決這個問題，所以只得打電話給她。對我這個小心翼翼、迂迴提出的請求，她一口答應，和往常一樣，大大出乎我的意料：

「你的女兒比我自己的女兒還親。隨時可以帶她們過來，你去忙你自己的，多久都沒問題。」

儘管我已經告訴她說我是要和尼諾一起去，但她一次也沒提到他，甚至我在設想了種種問題之後帶女兒去的時候，她也都沒提。於是一九八〇年五月，我帶著不安但興奮的心情，啟程赴美。我再次覺得自己自由無羈，可以飛越海洋，擴展到整個世界：一種極度興奮的狂喜狀態。當然，這兩個星期的行程非常累人，也代價高昂。出版我那本書的幾個女人都沒有什麼錢，雖然大方招待我，但我自己還是花了不少錢。至於尼諾，他連要拿回自己墊付的機票錢都有困難。然而我們很快樂，至少就我來說，是那幾年裡最快樂的一段時光。

回義大利的時候，我確信自己懷孕了。在啟程赴美之前，我就已經有些懷疑，但整個假期裡，我都沒對尼諾提起，偷偷品味著這個可能性，帶著沒來由的喜悅。但是去接女兒的時候，我已經確信不疑，覺得渾身帶著新的生命力，很想告訴莉拉這個祕密。然而，一如既往，我放棄這個念頭，我心想：她會說些不中聽的話，會提醒我，說我明明宣稱不想再要小孩的。我容光煥發，而莉拉彷彿感染我的喜悅似的，洋溢滿足熱情地迎接我，嚷著說：你看起來好漂亮啊。我把買給她、恩佐和傑納諾的禮物交給她。我說在飛機上，我從雲層的洞裡看見一小片大西洋。那裡的人好親切，不像德國人那麼含蓄，也不像法國人那麼高傲。就算你的英文講得很不好，他們也會專心聽，想辦法理解。在餐館裡，每個人都大呼小叫的，比那不勒斯還喧鬧。要是你把諾瓦拉大道的摩天大樓拿來和波士頓或紐約的大樓相比，就會知道那根本不叫摩天大樓。那裡的街道以數字編號，而不是用人人都已遺忘的人名命名。我一次也沒提起尼諾。我沒提起他，也沒提起他的工作，彷彿是自己一個人去似的。她專心地聽，問了一些我答都答不出來的問題，然後真心稱讚我女兒，說她和她們處得非常好。我很高興，再一次差點要告訴她我懷孕的事。但莉拉沒給我時間，她一本正經地對我悄聲說：你回來真是太好了，小琳，我有個好消息，我最想告訴你。她也懷孕了。

38

莉拉全心全意照顧孩子們的身心。要在早上及時叫她們起床，漱洗更衣，給她們一頓迅速且飽足的早餐，在城市早晨一團混亂的交通裡送她們到塔索路附近上學，下午又在相同的混亂裡接她們回到街坊，給她們吃飯，監督她們寫功課，然後一面還要做好她的工作，她的家務，一點都不容易。但我仔細盤問小璦和艾莎，莉拉顯然應付得很好。如今在她們眼中，我比以前更像個失格的母親。我不知道怎麼像莉娜阿姨那樣用番茄醬做義大利麵，我幫她們吹頭髮、梳頭髮不像莉娜阿姨那麼溫柔有技巧，我不像莉娜阿姨那樣做什麼事情都超級敏銳，除了有幾首她們很愛、而她承認自己不會唱的歌之外吧。除此之外還有一個原因，特別是在小璦眼裡，這位我應該更常拜訪的萬能女人（媽媽，我們爲什麼不去找莉娜阿姨，你爲什麼不讓我們在她家過夜，你爲什麼不再出門旅行？）有個讓她無可匹敵的特點：她是傑納諾的媽媽。在我大女兒眼中，她通常叫他黎諾的這個傑納諾，是全世界男性裡最棒的一個。

我很受傷。我和女兒的關係本來就不好，而她們把莉拉奉為理想典範，更讓情況雪上加霜。有一次，她們又這樣批評我，我失去耐性，罵她們：好啊，去媽媽市場，另買一個新的吧。所謂的市場是我們的一個玩笑話，通常是用來消弭衝突，讓我們和解的。我會說：要是對你們來說，我不夠好，就把我拿去市場賣掉吧。然後她們就會說：不，媽媽，我們不會賣掉你的，我們喜歡這個樣子的你。然而，或許因為我嚴厲的語氣，這一次小璦回答說：好啊，我們現在就去，我們把你賣掉，買莉娜阿姨回來。

這個氣氛維持了好一段時間。這當然不是告訴女兒說我瞞騙了她們的最好時機。我的心緒很複雜：愧疚，羞赧，快樂，苦惱，天真，罪惡感。而且我不知道從何說起，這對話很困難：孩子，我以為我不想生小孩，但我其實很想，事實上，我懷孕了，你們就要有個小弟弟或小妹妹了，但小貝比的父親不是你們爸爸，而是尼諾。尼諾已經有太太，有小孩，所以我不知道他會怎麼樣。我思索這個問題，想了又想，一拖再拖。

然後突如其來的，出現了令我意外的對話。小璦用她想解釋某種危險問題慣用的語氣，當著豎起耳朵聽的艾莎面前說：

「你知道莉娜阿姨和恩佐睡覺，可是他們並沒有結婚嗎？」

「誰告訴你的？」

「黎諾。恩佐不是他爸爸。」

「這也是黎諾告訴你的？」

「是啊。所以我問莉娜阿姨，然後她解釋給我聽。」

「她怎麼解釋的？」

她很緊張，仔細觀察我，看她是不是惹我生氣了。

「我應該告訴你嗎？」

「應該。」

「莉娜阿姨原本有個丈夫，就像你一樣，那個丈夫是黎諾的爸爸，名叫斯岱方諾・卡拉西。然後她又和恩佐在一起，恩佐・斯坎納，他們睡在一起。這樣的事情也發生在你身上：你有爸爸，他姓艾羅塔；但你和尼諾睡覺，他姓薩拉托爾。」

我露出微笑，讓她放心。

「你怎麼會知道他們的姓？」

「莉娜阿姨告訴我的呀。她說這些姓真是蠢。黎諾從她的肚子裡生出來，和她住在一起，但卻和爸爸一樣姓卡拉西。我們是從你肚子生出來的，和你住在一起的時間比和爸爸在一起的時間多得多，但我們卻姓艾羅塔。」

「所以呢？」

「媽媽，要是有人提起莉娜阿姨的肚子，不會說那是斯岱方諾．卡拉西的肚子，而會說那是莉娜．瑟魯羅的肚子。你也一樣啊：你的肚子是艾琳娜．格瑞柯的肚子，不是彼耶特洛．艾羅塔的肚子。」

「這是什麼意思？」

「所以黎諾其實應該叫黎諾．瑟魯羅，我們也應該叫小璦．格瑞柯和艾莎．格瑞柯。」

「這是你的想法？」

「不，是莉娜阿姨這麼說的。」

「那你覺得呢？」

「我也這樣覺得。」

「真的？」

「絕對是真的。」

雖然氣氛似乎很和諧，但艾莎拉拉我的衣服，插嘴說：

「才不是這樣的，媽媽。她說她結婚以後會叫小璦．卡拉西。」

小璦生氣大叫：「閉嘴，你胡說！」

我轉頭對艾莎說：

「為什麼叫小璦．卡拉西？」

「因為她想嫁給黎諾。」

我問小璦：

「你喜歡黎諾？」

「和黎諾？」

「是的，」她用爭辯的口氣說，「就算我們不結婚，我也還是會和他睡覺。」

「是啊。就像莉娜阿姨和恩佐，也像你和尼諾。」

「她可以這樣嗎，媽媽？」艾莎懷疑地問。

我沒回答，我閃躲。但這次的談話讓我心情好轉，也開啟了一個新的階段。事實上，沒花太多功夫就可以發現，透過這次和其他次對真假父親、新舊姓氏的討論，莉拉讓小璦和艾莎對我迫使她們過的生活景況，不只覺得可以接受，甚至覺得有趣。事實上，神奇也似的，我女兒不再叨唸她們如何想念璦黛兒和梅麗亞羅莎；而從佛羅倫斯回來的時候，也不再說她們想永遠和爸爸與朵麗安娜住在一起；她們不再把保姆米芮拉當敵人，給她找麻煩；她們不再排斥那不勒斯、學校、老師、同學，最重要的是，她們不再排斥尼諾睡在我床上的這件事。簡而言之，她們似乎變得更平靜了。我對這些改變如釋重負。無論莉拉進入我女兒的生活、籠絡她們，讓我有多麼苦惱，最起碼，我沒辦法怪她沒給她們最多的疼愛，最多的照顧，協助減輕了她們的焦慮。這是莉拉喜歡的。她可以出人意表地擺脫她的刻薄本性，讓我大吃一驚。突然之間，所有的反感都消失了——她心懷惡意，向來都是，但這不是她的全部，你必須容忍她——我知道她在幫我減少對女兒的傷害。

有天早上我醒來，想到莉拉的時候完全不帶敵意，這是我有生以來的頭一次。我回想起她結婚的時候，她第一次懷孕的情況：她十六歲，只比現在的小璦大七、八歲。我女兒很快就會成為少女時期的我們。我無法想像再過不了多少時間，我女兒就會穿上結婚禮服，像莉拉那樣，成為某個男人在床上逞暴的對象，把自己鎖在卡拉西太太的角色裡。我覺得同樣難以想像的是，她會躺在某個熟年男子身體下面，就像我一樣，在黑夜的馬提尼海灘上，渾身黑沙、潮濕空氣與體液，就只是為了報復。我回想起我和莉拉共同經歷過的成千上萬樁可憎的事，重新生出和她同心協力的意念。太可惜了，我對自己說，用這麼多憎惡的感覺毀了我們之間的故事：憎惡感是不可避免的，但最重要的是要有所節制。因為孩子們喜歡找她，所以我和莉拉再次變得親近。這是一個原因。至於其餘的原因，是因為我們都懷孕了。

39

但我們是兩個非常不一樣的孕婦。我的身體表現出熱烈接受的渴望，而她則是很不情願。然而，打從一開始，莉拉就強調她是很想要懷孕的，她笑著說：這是我計畫的。但是就像以前一樣，她的身體卻有些排斥。於是，在我體內彷彿有玫瑰色光澤閃耀的時候，她卻變得慘綠，眼白變黃，憎惡某些味道，不時嘔吐。我該怎麼辦呢，她說，我很快樂，但我肚子裡的東西卻不是這樣，它很恨我。恩佐不這樣想，他說：別這樣，他比任何人都開心。而莉拉取笑他，說他的意思是：那是我放進你肚子裡的，相信我，我知道它很好，你別擔心。

我碰見恩佐的時候，覺得比以前更喜歡他，更欽佩他。彷彿他除了原本的自豪之外，又加上了新的自信，讓他有更大的動力投注於工作上，在家裡、在公司、在街頭都時時保持警覺，讓伴侶的身體和心靈都不受傷害，同時也設想到她的每一個需求每一個欲望。他負起傳遞消息給斯岱方諾的任務。斯岱方諾眼睛眨也不眨，臉半扭曲，半畏縮，或許是因為事到如今，舊雜貨店幾乎已經不值一文，而從前妻手裡拿到的津貼對他來說非常重要，也或許他和莉拉之間的故事已經是非常遙遠的往事，她是不是懷孕，對他來說並不重要，因為他有其他的問題，其他的需求要面對。

但更重要的是，恩佐負起告訴傑納諾消息的責任。事實上，莉拉有理由覺得尷尬，不知道怎麼告訴兒子，就像我也覺得告訴小璦和艾莎很尷尬一樣，雖然我比她更有正當性。傑納諾不是個小孩，所以在他身上不能用幼稚的語氣和詞彙。他是個面臨青春期危機，找不到平衡點的男生。

他在中學一連被留級兩次，變得超級敏感，沒辦法忍住不掉淚，也擺脫不了羞辱。他花了好幾天的時間在街頭遊蕩，或坐在他爸爸雜貨店的角落裡，摳著大臉上的青春痘，觀察斯岱方諾的每一個表情動作，一語不發。

莉拉擔心他會很難接受，但同時也擔心會有其他人告訴他，譬如斯岱方諾。所以有天晚上，恩佐拉他到一旁，告訴他媽媽懷孕的消息。傑納諾沒有任何反應，恩佐催他：去給媽媽一個擁抱，讓她知道你愛她。這孩子乖乖照做。但幾天之後，艾莎偷偷問我：

「媽媽，什麼叫蕩婦？」

「就是乞丐。」

「你確定？」

「確定。」

「黎諾告訴小璦說，莉娜阿姨是蕩婦。」

問題很多，換句話說。我沒對莉拉提起這些，因為似乎無關緊要。接著我也有了自己的難題：我沒辦法對彼耶特洛開口，我沒辦法告訴女兒，更重要的是，我沒辦法告訴尼諾。我確信，彼耶特洛要是知道我懷孕了，肯定會心存怨懟，儘管他現在已經有了朵麗安娜。然後他會去找他爸媽，讓璦黛兒用盡一切可能的辦法來為難我。我也相信小璦和艾莎會再度變得有敵意。但我真正擔心的是尼諾。我希望孩子的出生能讓他和我再也分不開。我希望伊蓮諾拉發現他又當了父親，就此離開他。但這是極其渺茫的希望，我通常感覺到的都是恐懼。尼諾曾經清清楚楚告訴我：他寧可過這樣的雙面生活——儘管會導致種種問題、憂慮和緊張——也不會和妻子完全絕裂。我很怕他會要求我拿掉孩子。所以每天我都差一點要開口告訴他，但每天又都對自己說：不，最好等明天吧。

結果事情開始自動釐清了。有天晚上我打電話給彼耶特洛，告訴他說我懷孕了。他沉默良久，清清嗓子，輕聲說他早就料到了。他問：

「你有沒有告訴孩子們？」

「沒有。」

「你要我告訴他們嗎？」

「不要。」

「謹慎一點。」

「好的。」

就這樣。他開始經常打電話來。以憐愛的口氣，擔心兩個女兒會有什麼反應，每次都提議由他來告訴她們。但最後卻不是我們兩個開的口。是莉拉，雖然她不肯自己告訴兒子，卻說服小璦和艾莎相信，等我生出和尼諾而不是她們爸爸的寶寶時，她們就會有個活生生的娃娃可以玩，生活會非常有趣。她們很能接受。既然莉娜阿姨說是娃娃，她們也就這樣叫我肚子裡的寶寶。她們開始對我的肚子感興趣，每天早上醒來都問，媽媽，娃娃還好嗎？

在告訴彼耶特洛和告訴女兒的時間點之間，我終於坦白告訴尼諾。事情是這樣的。有天下午我格外焦慮不安，所以去找莉拉吐苦水，問她：

「要是他希望我打掉孩子怎麼辦？」

「很好，」她說，「那情況就很明朗了。」

「什麼明朗？」

「也就是他老婆和小孩優先，你殿後。」

直接，殘酷。莉拉有很多事情瞞著我，但從不掩飾她討厭我和他在一起。我並不難過，事實上，我也知道開門見山地說對我有好處。最後她說出我不敢對自己說的話，也就是尼諾的反應可以證明我倆之間的關係到底穩不穩固。我嘟嘟囔囔說著什麼這是有可能的，我們等著瞧吧之類的。之後不久，卡門帶著孩子上門，莉拉也把她拉進我們的談話裡，那天下午變得像我們少女時代的午後時光。我們推心置腹，籌謀，計劃。卡門很氣，說要是尼諾反對，她就要去找他當面算帳。然後她又說：我搞不懂，小琳，像你這麼有地位的人怎麼能容許別人踩在你頭上。我想為自己辯護，也為我的伴侶辯護。我說他岳家從過去到現在都在幫他，他和我可以過這樣的生活，都是因為他岳家的協助，讓他有優渥的收入。我承認，如果靠我寫書的收入和彼耶特洛給的錢，我和女兒要勉強過上體面的生活恐怕很困難。然後我又說：不過，也不要看錯他，尼諾對我很好，他一個星期至少有四天住在我家，總是想盡辦法不讓我覺得屈辱，只要可以，他就照顧小璦和艾莎，把她們當他自己女兒。但我才一講完，莉拉就命令我：

「那你今天晚上就告訴他。」

我聽她的話。我回家，他來了之後就吃晚飯。我送孩子上床睡覺之後，告訴他說我懷孕了。這一刻顯得非常漫長，然後他擁抱我，親吻我，非常開心。我如釋重負地輕聲說：我已經知道好一陣子了，但我怕你會生氣。他責備我，說了一句讓我不敢置信的話：我們要帶小璦和艾莎一起去看我爸媽，告訴他們這個好消息——我媽一定會很開心。他要透過這樣的方式讓我們的結合得到認可，讓他再次正式為人父。我不怎麼真心地表示同意，然後說：

「可是你會告訴伊蓮諾拉吧？」

「這不關她的事。」

「你還是她的丈夫啊。」

「只是形式上的。」

「你會讓我的孩子姓你的姓？」

「我會。」

我生起氣來。

「不，尼諾，你不會的，你會假裝什麼事都沒有，就像你一直以來這樣。」

「你和我在一起不開心？」

「我非常開心。」

「我忽視你了嗎？」

「沒有。但是我離開我丈夫，我搬到那不勒斯來住，我徹底改變我的生活。而你卻還是你，原封不動的你。」

「我的生活就只有你、你的女兒，以及即將出生的這個孩子。其餘的都只是必要的背景而已。」

「對誰必要？對你？當然不會是對我。」

他緊緊擁住我，輕聲說：

「要有信心。」

隔天我打電話給莉拉，告訴她說：一切都很好，尼諾真的很開心。

40

接下來幾個星期很混亂：我常常想，若非我的身體對懷孕如此欣喜接受，若是我像莉拉那樣持續不斷的身體不適，那我一定撐不下去。我的出版社在大力抗拒之後，終於簽下尼諾文集的版權，而我——雖然和璦黛兒關係很糟，卻模仿她——扛起責任，說服我認識的幾個人在報上報導這本書。他認識的人明明比我多，多得多，卻不肯自己打這個電話。差不多就在同一個時間，彼耶特洛的書也出版了，他到那不勒斯來看女兒的時候，帶了一本來送我。我讀獻詞的時候（很尷尬：獻給艾琳娜，是她讓我學會痛苦的愛），他焦急地等我看完。我們都很興奮，他邀我去佛羅倫斯參加他的慶祝會。我不得不去，因為要帶女兒去參加。但那時我不但被迫面對我公婆毫不掩飾的敵意，還必須忍受尼諾在這之前與之後的怒氣。每次我和彼耶特洛聯絡，他就吃醋，彼耶特洛的獻詞也讓他很生氣，當然是因為我說我前夫的這本書寫得很好，在學術圈內外都得到很高的評價，而他那本書卻完全沒人注意。

我們的關係實在太累人了，每個手勢動作，我所轉述的彼耶特洛說的每句話，都隱藏了無窮的危機。他甚至不想聽見彼耶特洛的名字，只要我一回想起法蘭柯，他就沉下臉，要是我和他的朋友太大聲談笑，他就醋勁大發，然而他卻覺得把他自己分給我和老婆是再正常不過的事。有兩次，我在菲蘭吉里路碰見他和伊蓮諾拉帶兩個孩子：第一次他們假裝沒看見我，繼續往前走；第二次我面帶親切笑容，停在他們面前，講了幾句話，提到我懷孕了，儘管肚子還不明顯，我一口氣講完，心臟快跳出喉嚨。之後他罵我，說我表現出沒有必要的挑釁態度，我們吵架（我又沒告訴她說是你的孩子，我只說：我懷孕了）。我把他趕出家門，但最後又歡迎他回來。

在那樣的時刻裡，我突然發現自己的真實身分：我是奴隸，總是樂意做他希望我做的事，小心翼翼不張揚，免得害他惹上麻煩，也免得惹惱他。我浪費自己的時間煮飯給他吃，洗他留在我家的衣服，聽他傾吐在大學裡的麻煩事，以及因為他岳家人脈的光環所給他帶來的許多責任。我總是歡喜地迎接他，我要他在這裡比在另一個家快樂，我要他放鬆，要他推心置腹。他不斷被工作義務壓得喘不過氣來，讓我很難過。我甚至尋思，伊蓮諾拉是不是比我更愛他，因為她忍氣吞聲嚥下所有的羞辱，就只為了覺得他還是她的。但有時候我再也受不了，就對他嚷著，告訴我，我為什麼要待在這個城市，我為什麼要每天晚上等你，為什麼要忍受這個情況。

他心驚膽跳，哀求我冷靜。很可能是為了表示——只有我——我是他的妻子，為了表現伊蓮諾拉在他生命裡沒有半點重要性，他想要在星期天帶我去他爸媽家，在他們位於國家街的家裡吃午飯。我不知道如何拒絕。那天時間過得很慢，氣氛還算好。尼諾的媽媽麗狄亞是個老太太了，因為疲憊憂勞而形容憔悴，那雙眼睛似乎不只因為外在世界而驚恐，還飽受內在的威脅。至於我從小就認識的皮諾、克蕾莉亞和希洛，都已長大成人，在唸書或工作，克蕾莉亞不久前才剛結婚。過沒多久，瑪麗莎和埃爾范索帶著孩子來了，午餐於是開動。菜餚多到數不完，從下午兩點一直吃到傍晚六點，氣氛是勉強裝出來的興高采烈，但也有真心的情感。麗狄亞尤其把我當真正的媳婦看，她要我待在她身邊，稱讚我女兒，恭喜我又懷了寶寶。

唯一的緊張因素當然就是唐納托。時隔二十年再見到他，對我心情影響頗大。他穿著深藍色的晚宴外套，腳上卻是一雙褐色的拖鞋。他整個人好像縮了水，橫向發展，不停揮手。短短胖胖的手布滿深色老人斑，指甲底下一圈黑黑的髒垢。他的臉好像繃在骨頭上，目光混濁不透明。幾近光禿的頭頂用染成紅色的僅餘髮絲蓋住，一微笑，就露出缺了牙的縫隙。起初他想再一次裝出那種掌握世界的男人態度，盯著我的胸部不放，講些有弦外之音的話。接著又開始埋怨：這世界已經不像樣了，十誡被拋棄，女人竟然凌駕男人之上，簡直是個大妓院。但他的孩子叫他住嘴，不理會他，他也就安靜下來。飯後，他把埃爾范索拉到牆角——在我看來，埃爾范索如此優雅，如此細緻，和莉拉一樣美麗，甚至更美——渴望能成為眾人注意的焦點。我不時難以置信地看著這個老頭，心想：我年輕時在馬提尼海灘怎麼可能和這個糟老頭在一起，這根本不可能發生。噢，天哪，看看他：禿頭，邋遢，色瞇瞇的目光，挨著我那位身穿男裝、卻極其優美女性化的同學身邊。和他在同一個房間裡的我，已經和當年在伊斯基亞島的我完全不同了。現在是現在，過去是過去。

後來，唐納托叫我過去，很有禮貌地喊我：小琳。而埃爾范索也看著我，對我招手，所以我朝他們走去。我很不安地到他們所在的牆角。唐納托開始大聲讚美我，彷彿對著大批觀眾講話似的：這位是傑出的學者，是世界頂尖的作家，我很榮幸從她年輕時就認識她，她到我們在伊斯基亞島的家裡度假時還是個小孩，從我那些蹩腳的詩裡找到對文學的興趣，每天晚上睡覺前就讀我的書——對不對，小琳？

他不太有把握地看著我，突然有點哀求的神態。他的目光在哀求我，希望我能印證他的說法，確認他對我文學生涯的重要性。我說是啊，沒錯，我年輕的時候，不敢相信自己竟然能認識寫過詩集，而且還在報上刊載看法的人。我感謝他在十幾年前對我第一本書所寫的評論，說那很有用。唐納托高興得臉都紅了，他跳起來，自喜自賀，但又抱怨說是庸俗之人嫉妒他，才害他沒能擁有應得的名聲。尼諾不得不粗魯地介入。他把我帶回他媽媽身邊。

離開他家走到街上時，他罵我：你也知道我爸是什麼樣子，沒必要鼓勵他。我點點頭，用眼角餘光瞥著他。尼諾也會禿頭嗎？也會變胖嗎？他也會對那些運氣比較好的人出言不遜嗎？他現在這麼英俊，我連想都不願意去想。他說他父親：他就是控制不了自己，越老越糟糕。

41

也就在這個時期，我妹妹經過無止境的焦慮和反抗之後，終於生下孩子了。是個兒子，用馬歇羅父親的名字，取名為席威歐。因為我媽媽情況還是不太好，所以就由我來照顧艾莉莎。她因為筋疲力竭而臉色慘白，也因為新生兒而驚恐不已。看見兒子渾身是血和黏液，讓她覺得像看見裹著死亡屍布的嬰兒，覺得很可怕。但席威歐活力充沛，握緊拳頭拚命哭。她不知道怎麼抱他，怎麼給他洗澡，怎麼照料剪斷臍帶的傷口，怎麼幫他剪指甲。就連他是個男的，都讓她覺得憎惡。我想辦法教她，但維持不了多久。而向來很笨拙的馬歇羅用憂心忡忡的態度待我，讓我覺得很惱，彷彿我光是待在他們家裡，就讓他的日子變得複雜起來。而艾莉莎也是，非但不感激，反而對我說的每一句話，每一個慷慨為懷的行動，都覺得不高興。每天我都對自己說：算了，我有很多事要忙，明天我就不去了。但我還是去，直到發生的事情替我做了決定。

可怕的事情。有天早上我在我妹妹家——那天天氣很熱，街坊在燥熱的塵土裡昏昏欲眠——派普打電話來，說媽媽在浴室裡昏倒了。我匆匆趕回去，她渾身冷汗，顫抖，胃痛得不得了。最後我想辦法帶她去看醫生。經過各種檢查之後，很快就診斷出嚴重的病症，一個我馬上就學會的隱晦說法。只要問題是癌症，街坊就用這個形容詞，連醫生也是這樣。他們把自己的診斷轉化成類似的說法，或許只是略加修飾：這個病不只嚴重，是「無能為力」。

我爸一聽到這個消息就整個崩潰了，他受不了這個情況，變得非常沮喪。我兩個弟弟一臉呆滯，面容慘白，在家裡待了一陣子好像想幫忙，然後就又日日夜夜忙著他們神祕的工作，消失得無影無蹤，只留下看醫生買藥所需要的錢。至於我妹妹，她驚恐地留在她家，蓬頭垢面，整天穿著睡衣，只要席威歐一有要哭的徵兆，就忙著把奶頭塞進他嘴裡。於是，在我懷孕四個月的時候，我媽生病的重擔就全壓在我一個人身上。

我不難過，我希望我媽明白，儘管她總是折磨我，但我很愛她。我變得很積極：我找尼諾和彼耶特洛幫忙，要他們介紹最好的醫生。我帶她去看各式各樣的傑出專家，需要動緊急手術的時候，我陪她住院。出院的時候，我打理所有的事情，帶她回家。

天氣熱得無法忍受，我一直很憂心。我的肚子越來越大，長出了一個獨立於我之外的心臟，而與此同時，我日日看著我媽逐漸衰弱。她牢牢抓住我的那個態度讓我感動，因為就像我小時候緊緊抓住她那樣。她變得越是衰弱驚恐，我就越為自己能讓她活著而自豪。

剛開始的時候，她像平常那樣脾氣暴躁。無論我說什麼，她都粗魯反駁，她說沒有什麼事情是非我做不行的。醫生？她想自己去看醫生。醫院？她想自己去。治療？她想自己去面對。我什麼都不需要，她嚷著說，滾吧，你只會煩我。然而，我只要晚一分鐘到，她就生氣（既然你有別的事情要做，幹嘛要告訴我說你會來呢？）。她罵我說對醫生和護士太客氣，氣呼呼說：你要是不給那些混蛋東西一點顏色瞧瞧，他們就不把你當一回事，他們要怕你，才會肯幫你。但與此同時，她心裡也隱隱有了些變化。她常被自己的激動不安給嚇到。她走路的時候心驚膽跳，一副怕地板會在腳下裂開似的。有一回她在鏡子前面——她經常照鏡子，那種好奇心是她過去從來沒有的——出乎我意料的，有點尷尬地問我，你記得我年輕時的樣子嗎？然後彷彿有什麼關聯似的，她又用她慣有的粗暴語氣，堅持要我發誓，絕對不再帶她去醫院，絕對不讓她自己一個人待在病房裡。她眼裡盈滿淚水。

最讓我擔心的是，她變得很多愁善感：她以前從來不會這樣的。她隨時都會情緒激盪，只要我提到小璦，只要她發現我爸沒有乾淨襪子穿，只要談起和寶寶奮戰的艾莉莎，只要想起以前環繞在街坊房舍周遭的田野。也就是說，隨著疾病而來的，是她從未有過的脆弱，脆弱減輕了她的焦慮，把焦慮變成一種任性的折磨，讓她眼睛不時泛起淚水。有天下午，她哭了起來，因為她想到奧麗維洛老師，雖然她向來很討厭我這位老師。你還記得嗎，她說，她堅持要你去上中學？淚水流個不停。媽，我說，別這樣，有什麼好哭的？她這樣莫名其妙地掀動心緒，讓我非常震驚，因為我不習慣她這樣。她自己也不可置信地搖搖頭，又哭又笑。她笑，是為了讓我知道她也不懂自己有什麼好哭的。

42

就是因為她的虛弱，讓我們兩個開始慢慢展開了以往從未有過的親密關係。起初她為自己的生病覺得很愧疚。在她覺得無力的時候，如果我爸、我弟、艾莉莎或席威歐在場，她就躲進浴室裡。他們好言哄她（媽，你還好嗎，開門啊），她也不肯開門，只照例說：我沒事，你們到底要怎樣，幹嘛不讓我在浴室裡靜一靜。相反的，她對我則會突如其來地敞開心門，決定毫不羞赧地表現出她的苦痛。

這是從有一天早上開始的，在她家，她告訴我她為什麼跛腳。她沒有任何前兆地突然開口就講。她很自豪地說，死亡天使在我小時候觸摸了我，就像現在的病一樣，但我趕走他，雖然我那時還只是個小孩。你知道的，我會再一次趕走他，因為我知道如何忍受痛苦——我十歲的時候就學會了，從那時到現在一刻也沒停——如果你知道怎麼忍受痛苦，天使就會尊敬你，過一段時間之後他就會離開。她一面說，一面撩起衣服，給我看她那條宛如戰火餘生的瘸腿。她用力敲那條腿，觀察我的反應，唇邊掛著要笑不笑的笑容，張著一雙驚恐的眼睛。

自此而後，她不再痛苦沉默，而開始滔滔不絕地傾吐心聲。有時候還講些讓人尷尬的事。她說除了我爸爸之外，她從沒和其他男人上床。她用下流的語彙描述我爸在床上的敷衍了事，說她不記得我爸曾帶給她任何歡愉。她說她始終愛他。直到現在還是愛，但那是像愛著兄弟那樣的愛。她說她這輩子唯一的好事是我從她肚子裡出來的那一刻，因為我是她的第一個孩子。她說她犯過最大的罪孽——足以讓她下地獄的罪孽——是她從來不覺得自己和其他子女有緊密關係，她總是把他們當成是對她的懲罰，一直到現在還是。最後她一點都不婉轉地說，她唯一真正的孩子就是我。她這麼說的時候——我記得那時我們在醫院做檢查——她好難過，哭得比平常都厲害。她輕聲說：我只擔心你，一直以來都是這樣，其他的孩子都像是繼子，所以我活該遭受你帶給我的失望，這打擊太大了，小琳，打擊太大了，你不該離開彼耶特洛，你不該和薩拉托爾家的兒子在一起，他比他老爸還壞，任何已婚有小孩的正直男人都不應該搶別人妻子的。

我為尼諾辯護，想要讓她安心，我告訴她現在有了離婚的制度，我們兩個都會離婚，然後結婚。她靜靜聽，沒打岔。她以往那種反骨精神，什麼事情都要辯到對的活力幾乎已經耗竭殆盡了，如今只能搖搖頭。她瘦成皮包骨，臉色慘白，只能用緩慢沮喪的聲音反駁我。

「什麼時候？在哪裡？我難道要看著你變得比我更慘？」

「不，媽媽，別擔心。我會好好走下去的。」

「我再也不相信了，小琳，你停下來了。」

「你知道，我會讓你快樂的，我們——弟弟妹妹和我——讓你快樂。」

「我放棄了你的弟弟和妹妹，我很慚愧。」

「才不是這樣。艾莉莎擁有她想要的一切，而派普和紀亞尼有工作，有錢，你還想要什麼呢？」

「我想要修補一切。我把他們三個都給了馬歇羅。我錯了。」

她就這樣壓低嗓音不停地說，怎麼安撫都沒用，描繪了一幅讓我詫異的圖像。馬歇羅比米凱爾的罪行更深，她說，他把我的孩子推進泥淖裡，他看起來好像是兩兄弟裡比較善良的那一個，其實根本不是。他改變了艾莉莎，她現在不像格瑞柯家的人，而像梭拉朗家的人，什麼事情都向著他。她講了好幾個鐘頭，聲音壓得低低的，彷彿我們不是在城裡最好的這間醫院，坐在擁擠醜惡的候診室裡，而是身在馬歇羅潛伏刺探的某個地方。我想把氣氛弄得輕鬆一些，讓她鎮靜下來，病痛加上年紀讓她變得誇張了。你太擔心了，我說。她回答說：我擔心，因為我知道，而你不知道，要是你不相信我，就去問莉娜吧。

就在用一波波憂鬱的字眼描述街坊每況愈下的情勢時（阿基里閣下主宰大局的時候，我們日子還比較好過咧）她開始談起莉拉，用的是比以往更加讚許的語氣。街坊裡，只有莉拉一個人能把事情搞定。她有辦法搞定好事，更重要的，還可以搞定壞事。莉拉無所不知，就連最可怕的行動都明白。但她從來不會責怪你，她知道任何人都可能犯錯，她自己就是，所以她樂意幫助你。莉拉以神聖戰士的形象現身，在通衢大道，在花園，在新舊樓宅裡灑下復仇的光芒。

我聽在耳裡，覺得我如今在她眼裡還算有分量，僅僅只是因為我和街坊這位新掌權者的友好關係。她說我和莉拉的友情是很有用的友誼，我必須永遠好好培養，而我也馬上就了解是為什麼。

「幫我一個忙，」她說：「去找她和恩佐，看他們能不能讓你弟弟別再在街頭晃蕩，給他們份工作。」

我對她微笑，撫平她的一綹灰髮。她說她從不在意其他的孩子，但是，她彎著腰，雙手顫抖，指甲發白，抓著我的手臂，最擔心的還是他們。她想要把他們帶離梭拉朗兄弟身邊，交給莉拉。她過去以來始終夾在一方面想要製造傷害，一方面想要做好事之間而鑄成錯誤，而這就是她彌補錯誤的方式。我發現，對她來說莉拉就是行善的化身。

「媽媽，」我說，「你想要什麼，我都會做，但是派普和紀亞尼，就算莉娜想收留他們——我想她不會，他們還需要學習——他們也絕對不會去替她工作的，他們在梭拉朗兄弟那裡賺更多。」

她黯然點頭，但還是堅持：

「還是試試看。你一直在外地，消息不怎麼靈通，但這裡每個人都知道莉娜打倒了米凱爾。現在她懷孕了，你看著好了，她會變得更強大。只要哪天她一下定決心，就立刻會打垮梭拉朗兩兄弟。」

43

我雖然擔心，但懷孕的這段日子過得好快，而莉拉的日子則過得非常慢。我們無可避免地注意到，我們兩個人對待產的感覺非常不一樣。例如，我會說我已經懷孕四個月了，而她卻說我才懷孕四個月。當然，莉拉的臉色改善了，表情也變柔和了。但是我們的身體雖然同樣孕育新生命，但經歷的階段卻很不一樣，我是積極合作，而她卻是消極承受。就連和我們往來的人都覺得詫異，為什麼在我身上時間過得這麼快，而在她身上卻過得這麼慢。

我記得有個星期天，我們帶著孩走在托雷多路上，碰見了姬俐歐拉。這次的碰面非常重要，因為讓我很不安，也證明莉拉確實和米凱爾的瘋狂行徑脫離不了干係。姬俐歐拉畫著大濃妝，但身上的衣服很寒傖，頭髮亂七八糟，挺著她控制不了的大胸脯和大屁股。她對著小璦和艾莎大驚小怪，拉我們去坎布林納斯，點了各式各樣的東西，有甜有鹹，貪婪大吃。她很快就忘了我的孩子，以及她的孩子：她開始拉高嗓門，數落米凱爾對她所做的種種錯事。孩子們覺得無聊，好奇地去探索餐廳。

姬俐歐拉沒辦法接受她所遭遇的對待。他是個野獸，她說。他過分到竟然罵她：別老是恐嚇我，要就真的去做啊，真的去自殺，跳下陽台，去死。他以為他可以不顧她的感情，往她胸口和口袋裡塞個幾十萬里拉，就可以搞定一切。她氣得要死，感到絕望。她一一細數——對著我說，因為我離開了這麼久，沒能得知新消息——她丈夫把她趕出波西利波的豪宅，踢她，揍她，把她和孩子送回舊街坊，住在陰暗的兩房公寓裡。但一開始詛咒米凱爾，希望他會罹患她想得出來的所有惡疾時，她換了聽眾，只專對莉拉講。我很不解，她好像以為莉拉能幫她把詛咒變得更有效似的，她把莉拉當成盟友。你幹得好，她興奮地說，讓他付你一大堆薪水，然後辭職不幹。事實上，要是你能搾乾他的錢，那就更好了。你真走運，知道該怎麼對付他，你得要讓他失血。她尖聲大叫：他受不了的是你不在乎，他沒辦法接受的是你越是看不見他，日子就過得越好，你幹得好，幹得好，就讓他一輩子都這樣瘋瘋癲癲，讓他受詛咒而死。

這時她嘆口氣，假裝如釋重負。她想起我們兩個都挺著大肚子，她想摸摸看。她的大手貼在我的恥骨上，問我幾個月了。我一說四個月，她就嚷著：你不可能已經四個月了。但對莉拉，她的態度就陡然不客氣起來：有些女人生不出小孩，把小孩永遠留在肚子裡，像你就是。提醒她說我們兩個同月份懷孕，都要在隔年一月臨盆，她根本不聽，只搖搖頭，對莉拉說：想想，我確信你已經保住這孩子了。然後又用和之前不同的痛苦語氣補上一句：米凱爾越是看著你的大肚子，就越是痛苦；所以努力撐得久一點吧，你可以做得到的，在他面前挺著肚子，讓他倒地不起。然後她說她有很緊要的事情要做，反覆說了兩三遍要我們多碰面（我們應該像年輕時候那樣聚在一起，啊，當時多好啊，我們應該對那些屁事說管你去死，只想著我們自己就好），她甚至沒對孩子們說再見，她們在外面玩。她對服務生講了幾句髒話，哈哈大笑，然後就走了。

「她是個白癡，」莉拉沉著臉說，「我的肚子有什麼不對勁嗎？」

「沒有。」

「那我呢？」

「沒有，別擔心。」

44

是真的，莉拉並沒有什麼不對勁：沒什麼新鮮事。她還是那個騷動不安、魅力難擋的人，就是這樣的魅力讓她顯得特別。發生在她身上的每一件事，不管是好是壞（她對懷孕有什麼反應，她對米凱爾做了什麼，她是怎麼鎮住米凱爾的，她是怎麼在街坊確立自己地位的），對我們來說似乎都比我們共同面對的問題更重要，也因為這樣，在她身上的時間好像過得格外緩慢。我經常見到她，最主要的原因是我媽生病，所以我常回街坊。但我心裡也重新有了平衡感。或許因為我是個公眾人物，也或許因為我私人的問題，如今我覺得自己比莉拉成熟，我越來越確信，我可以迎接她回到我的世界裡，接受她的魅力，絲毫不覺得痛苦。

在這幾個月裡，我每天東奔西跑，日子飛快流逝。奇怪的是，我就連帶媽媽跨過城區去醫院看醫生，都覺得心情輕鬆。要是不知道怎麼安置女兒，我就找卡門，有時候甚至找埃爾范索，因為他常打電話給我，說我可以託付他。但當然啦，在所有的人裡面，我最能信任，而小璦和艾莎也最樂意去找的，就是莉拉了，雖然她總是有一大堆工作要做，而且因為懷孕而疲憊不堪。我的肚子和她的肚子差別越來越大。我肚子很大很圓，不停往橫向擴展，而非向前鼓起。而她肚子很小，擠在窄窄的臀部之間，往前凸出，像顆馬上要從她大腿上方蹦出來的球。

我把我的情況告訴尼諾之後，他就帶我去看婦產科醫生，是他大學同事的太太。我喜歡這位醫生——她醫術精良，隨時待命，態度、甚至能力都和佛羅倫斯那些粗魯的醫生大不相同。我興沖沖地告訴莉拉，要她至少和我一起去一趟，試試看。現在我們一起去做檢查，安排在同一個時間就診：輪到我看的時候，她靜靜站在牆角；輪到她的時候，我握著她的手，因為醫生還是會害她緊張。但最愉快的是在候診室。在那裡，我忘了我媽的痛苦，再次成為少女。我們喜歡挨著彼此坐，我金髮，她黑髮，我平靜，她焦慮，我親切可人，她滿懷惡意，我們兩個恰恰相反，卻又連成一氣，不和其他孕婦混在一起，讓她們用譏諷的目光看著我們。

這是很罕有的喜悅時刻。有一回，想起兩個小生命在我們體內成形，我想起以前我們就像此刻在候診室一樣，肩併肩坐在院子裡，拿著娃娃扮媽媽。我的娃娃叫蒂娜，她的叫小努。她把蒂娜丟進漆黑的地窖裡，我因為生氣，所以也拿小努來報復。你還記得嗎，我問。她好像很疑惑，臉上浮現隱約的微笑，像是拚命想抓回記憶的人。我笑著輕聲對她說，我們那時候好害怕，但也好大膽，竟然爬上樓梯去找阿基里·卡拉西閣下，也就是她前夫的父親，指控他偷走了我們的娃娃，她開始覺得這件事很好笑，我們笑得像白癡似的，害其他平靜得多的孕婦的肚子也開始不安起伏了。

我們一直笑到到護士喊我們：瑟魯羅和格瑞柯。我們用的都是娘家的姓。那護士個頭很大，笑瞇瞇的，每回都不忘摸著莉拉的肚子，對她說：這是個兒子，然後對我說：這是女兒。然後她領我們進診間，我輕聲對莉拉說：我已經有兩個女兒了，要是你真的生兒子，就給我吧，而她回答說：好啊，我們交換，沒問題。

醫生總是說我們很健康，檢查結果很好，一切都很順利。她關注我們的體重，一如既往，莉拉比較瘦，而我比較容易發胖，每次檢查之後，她總是判定莉拉比較健康。儘管我們各自有許多煩惱，但是在這樣的時候，三十六歲的我們總是開開心心地找到方法表達彼此的關愛：雖然在各方面都有頗多差異，但我們還是很親近。

但是等我回塔索路，她趕回街坊之後，我們之間的距離就讓其他的鴻溝更形明顯了。我們新形成的同心協力是真的。我們喜歡在一起，這讓我們的生活輕鬆愉快。但仍有一個明確的事實存在：我幾乎把我自己所有的事情都告訴她了，但她對自己的事情卻幾乎什麼都沒說。我沒有辦法不談我媽，我正在寫的文章，或小璦與艾莎的問題，甚至我身為情婦的處境（不必特別指明我是誰的情婦，我不能太常提起尼諾的名字，否則就不能暢所欲言）。但她談起自己，談到她的懷孕，她的兄妹，黎諾，傑納諾給她惹來的煩惱，我們的朋友和舊識，恩佐，梭拉朗兄弟馬歇羅和米凱爾，以及整個街坊的時候，卻含糊其詞，似乎無法完全信任我。很顯然的，在她心中，我還是那個曾經遠走高飛的人，雖然我回來了，但卻有了不同的視野，住在那不勒斯比較高級的區域，所以她並不能全心全意地歡迎我歸來。

45

說我有某種雙重身分，倒是不假。住在塔索路，尼諾帶我去見他那些受過良好教育的朋友，他們對我很尊敬，格外喜歡我的第二本書，也希望我看看他們正在做的研究。我們以世故的態度聊到夜深，探討是不是還有所謂的無產階級存在，我們拐彎抹角地提到左翼社會主義，苦澀地約略提及共黨份子（他們比警察還警察，比教士還教士），我們辯論日益衰頹的國家治理問題，有些人大膽地吸食毒品，我們譏諷一種新的疾病，大家都認為那是教宗若望保祿二世的誇張渲染，為的是制止性愛以各種可能的方式自由表現。

但我不把自己侷限在塔索路。我到處去，不想成為那不勒斯的囚徒。我常帶著孩子到佛羅倫斯。彼耶特洛在政治立場上早就與父親絕裂，如今與越來越傾向社會主義的尼諾不同的，已經是公開的共產黨員。我在他家待上幾個鐘頭，靜靜聽他講話。他極力讚頌他那個政黨的能力與誠正，指出大學裡的種種問題，告訴我說他的書在學術圈大獲成功，特別是在英國和美國。然後我再次啟程。我把女兒留給他和朵麗安娜，隻身到米蘭去找出版社，為了是和瓔黛兒發動的詆毀戰爭相抗衡。瓔黛兒——有天晚上出版社社長請我吃飯時自己承認——把握任何機會講我壞話，給我貼上標籤，說我是個喜怒無常不可靠的人。結果，我得想辦法和在出版社碰見的每一個人往來。我和大家優雅世故地談話，答應公關部門的每一個要求，對編輯說我的新書進展順利，雖然明明連影子都還沒有。然後我又再動身，在佛羅倫斯短暫停留接女兒，再悄悄溜回那不勒斯，重新適應混亂的交通，適應不眠不休爭取原本就屬於我的東西，適應累人吵鬧的對話，拚命表明自己的立場，不時煩惱要帶我媽去看醫生、上醫院、做檢查。在塔索路和義大利的其他地方，我是個小有名聲的女人，但是在那不勒斯，特別是我的舊街坊，我失去了自己的優雅形象，沒有人知道我的第二本書，只要有不公平的事情惹我生氣，我就用方言開始粗魯咒罵。

在我看來，高低之間的唯一關連似乎只有血。越來越多的殺戮，在威尼托，在隆巴迪，在埃米利亞，在拉吉歐，在坎帕尼亞。我早上讀報，覺得有時候街坊看起來比義大利其他地方平靜得多。事實上當然不是這樣，到處都同樣暴力。男人彼此打架，女人挨揍，甚至我所愛的人也是這樣，緊張氣氛一觸即發，口氣越來越狠。但大家都很尊敬我。對我，他們表現出對待客人的善意，彷彿我是個受歡迎，但對自己不熟悉的事情也不會插手亂管的人。事實上，我覺得自己像是置身事外的旁觀者，消息並不靈通。我總是隱隱覺得，卡門、恩佐或其他人，知道的都比我多，而莉拉也會把不願告訴我的祕密告訴他們。

有個下午，我和孩子們在Basic Sight的辦公室——只有三個小房間，從窗戶望出去，可以看見我們小學的校門——卡門知道我在這裡，就拐了進來。出於同情，也出於憐愛，我隱約提及帕斯蓋，雖然在我想像裡，他現在應該是個亡命天涯的鬥士，捲進更多罪大惡極的罪行。我想知道有沒有進一步的消息，但我覺得卡門和莉拉突然一懍，彷彿我說了什麼不顧後果的話。然而她們並沒有迴避，我們花了好久的時間談他，或者應該說是我們讓卡門宣洩她心中的焦慮。但我有種感覺，覺得她們不知基於什麼原因，決定不再對我多透露。

有兩三次，我碰見安東尼奧。有一次他和莉拉在一起，另一次是和莉拉、卡門與恩佐。他們的友誼再次鞏固，讓我很意外，同樣意外的是，身為梭拉朗兄弟手下的他，如今卻像換了主子，彷彿是替莉拉和恩佐工作。當然，我們都從小就認識，但我並不認為問題是在舊有的習慣。他們四個一見到我，就表現得像他們也是不小心碰見似的，但事實並非如此，我察覺到他們不願讓我與聞的祕密。是和帕斯蓋有關嗎？是生意運作的事嗎？事涉梭拉朗兄弟？我不知道。只有一次安東尼奧心不在焉地說：你大肚子真漂亮。至少我只記得他說過這句話。

是不信任嗎？我想不是。偶爾我會想，因為我受人敬重的身分，所以我失去了理解的能力，特別是在莉拉眼中。也因此，她不想讓我因為傲慢誤解而採取錯誤的行動。

46

然而還是有點不對勁。那是一種不確定的感覺，我甚至在一切都顯得清清楚楚的時候還是有這樣的感覺，這似乎只是莉拉舊有的童年把戲：她要掌控情勢，讓你察覺到在表面的事實之下，還有其他東西存在。

有天早上，同樣是在Basic Sight，我和黎諾講了幾句話，我已經很多年沒見到他了。他變得讓我有點認不出來。他很瘦，兩眼無神，用太過誇張的親暱態度和我打招呼，甚至還摸摸我，好像當我是橡膠做的。他講了一大堆關於電腦的胡說八道，說他在掌管重要商務。接著陡然一變，好像哮喘發作似的，沒來由地壓低嗓音，開始怒罵妹妹。我說：冷靜一點，想去幫他倒杯水，但他在莉拉關起的門前攔下我，逃得無影無蹤，彷彿怕她會出來罵他。

我敲門進去，戒慎恐懼地問她說她哥哥是不是病了。她一臉被激怒的表情，說：你也知道他是什麼德性。我點點頭同意。我想起艾莉莎，說兄弟姊妹的事情有時很難說得清。這時，我也想起派普和紀亞尼，我說我媽很擔心他們，想讓他們離開馬歇羅．梭拉朗，要我來問問她能不能給他們工作。但這句話——讓他們離開馬歇羅．梭拉朗，給他們工作——讓她瞇起眼睛。她看著我，彷彿想知道我對自己說出的這句話是什麼意思，有多少了解。她肯定認為我根本不理解真正的意義，所以尖酸地說：我不能收留他們，小琳，一個黎諾已經夠了，更別提傑納諾帶來的風險。起初我不知道怎麼回答。傑納諾，我弟弟，她哥哥，馬歇羅．梭拉朗。我想再談這個話題，但她退縮了，她談起其他的事情。

這樣的避重就輕，後來也出現在埃爾范索身上。他現在替莉拉和恩佐工作，但和黎諾不一樣。黎諾在公司裡只是閒混，沒有真正的工作。但是埃爾范索表現得很出色，他們派他去他們服務的公司收取資料。然而，我馬上就發現，他和莉拉之間的關係遠遠超過工作上的關係。這不是埃爾范索以前對我吐露過的那種吸引—排斥，還有其他的。就他來說，他有一種需要——我不知道該怎麼形容——就是不能不看見她。這是一種奇特的關係，建立在某種祕密的心意流動上，從她身上流出來，重新塑造了他。我很快就深信不移，馬提尼廣場那家鞋店之所以關門，埃爾范索之所以失業，一定和這樣的心意流動脫不了干係。但是只要我嘗試要問問題——米凱爾發生什麼事了，你是怎麼擺脫他的，他為什麼開除埃爾范索——莉拉就笑著說：我能怎麼說呢，米凱爾不知道他自己要什麼，他關店，開店，創造，毀滅，然後他生每一個人的氣。

這笑聲不是嘲諷的笑，不是滿足，也不是滿意的笑。這笑聲只是為了讓我不再窮追不捨。有天下午，我們一起去米埃爾路購物，這個地區很多年來都是埃爾范索的地盤，所以他自告奮勇陪我們去，他有個朋友的店很適合我們。現在大家都知道他是同性戀。他表面上繼續和瑪麗莎住在一起，但是卡門向我證實，他的孩子其實是米凱爾的。卡門壓低嗓音對我說：瑪麗莎現在是斯岱方諾的情人——沒錯，斯岱方諾，埃爾范索的哥哥，莉拉的前夫，這是最新的八卦。但是——她用很能理解的口吻說——埃爾范索根本不理會，他和妻子各過各的生活，相安無事。讓我意外的反倒是莉拉引領他踏進的遊戲。

我們試穿孕婦裝，走出試衣間，照鏡子，埃爾范索和他的朋友讚賞一番，說這件好，那件不好，氣氛可以說很愉快。但是，莉拉突然沒來由地不安起來，蹙著眉頭。她什麼都不喜歡，摸著她尖尖的肚子，累了，對埃爾范索說：你在講什麼啊？別亂出主意，你會穿這種顏色嗎？

我察覺到有種擺盪在可見與不可見之間的震動在我周圍浮動。後來，莉拉抓起一件漂亮的黑色洋裝，彷彿店裡的鏡子全破了似的，對她的前小叔說，去穿給我看看，看我穿在身上會是什麼樣子。她說出這句話，好像是在表達一個再正常不過的要求。所以埃爾范索沒等她再說一遍，就抓起衣服，關在試衣間裡好久。

我繼續試衣服，莉拉心不在焉地看著我，店老闆讚賞我穿的每一件衣服，我很不解地等待埃爾范索再次現身。等他走出試衣間，我一句話也說不出來。我以前的同桌同學，放下頭髮，穿上優雅的洋裝，完完全全是莉拉的翻版。我很早就注意到他有模仿她的傾向，但這時才終於聚焦，發現眼前的他甚至比平常更英俊，甚至比她更美，是我在書裡所探討的那種男—女合一的類型，既是男人，也是女人，準備好要啟程踏上蒙特維金黑聖母的朝聖之路。

他有點焦慮地問莉拉：你喜歡嗎，這個樣子？店老闆熱烈鼓掌，一副同謀的樣子說：我就知道你像誰，你好漂亮。這是暗示。我不知道而他們知道的事實。莉拉臉上一抹惡意的微笑，喃喃說：我要送給你。沒再說別的。埃爾范索開心接受，但也沒再說什麼，彷彿莉拉對他和他的朋友靜靜下達命令，這就夠了，而我也看夠聽夠了。

47

她在明顯與曖昧之間的刻意擺盪，有一次讓我備受傷害——只有一次——那是我們去看婦產科醫生，而情況變得不太好的那一次。當時是十一月，但城裡還很熱，夏天好像還沒完沒了不肯結束。在路上莉拉就覺得想吐，我們在咖啡館坐了一會兒，然後略微有些警覺地上路去看醫生。莉拉用她那略帶自嘲的語氣說，她肚子裡那個如今長得很大的東西在踢她，推她，讓她窒息，讓她不安，讓她虛弱無力。醫生意興盎然地聽她說，安撫她說：你這個兒子會很像你，充滿活力，很有想像力。一切都很好，非常好。但是離開之前，我追問醫生：

「你確定一切都很好？」

「非常確定。」

「那我是怎麼回事？」莉拉抗議。

「和你的懷孕沒有關係。」

「那和什麼有關係？」

「和你的腦袋。」

「你又知道我腦袋怎麼了？」

「你的朋友尼諾很稱讚你的腦袋。」

尼諾？朋友？沉默。

離開診間之後，我極力勸阻莉拉換醫生。離去前，莉拉用她最嚴厲的語氣說：你的愛人肯定不是我的朋友，但在我看來，他也不是你的朋友。

這時我被迫面對我諸多問題的核心：尼諾的不可靠。過去，莉拉讓我明白，對於他，她知道一些我不知道的事。她這是在暗示，還有其他她知道而我不知道的事嗎？要求她解釋是沒用的：她走了，不再和我講下去。

48

之後我和尼諾吵架，怪他做事不夠圓熟，因為他雖然氣呼呼地否認，但他肯定對他同事的太太透露了一些事情。我有很多事情埋在心裡始終沒說，這一次也還是悶在心裡。

我沒對他說：莉拉覺得你是背信棄義的騙子。說這話一點用都沒有，他肯定會哈哈大笑。但是提到他的不可信，還是隱隱有些具體的跡證，讓我無法抹去疑慮。雖然我很不願意這麼想，但這疑慮還是慢慢形成，但我也不想將之轉化成某種難以忍受的確信不疑。只是這疑心始終沒有消失。所以十一月的某個星期天，我先去看我媽，然後下午六點左右，到莉拉家去。當時我女兒和她們爸爸待在佛羅倫斯，尼諾帶家人（我現在都是這麼說的：你的家人）去慶祝岳父生日。我知道莉拉一個人在家，恩佐去亞維里諾看親戚，把傑納諾也帶去了。

我子宮裡的小生命很緊張，我歸咎於沉重的氣氛。莉拉也抱怨胎兒動得太厲害，讓她的肚子不時像波濤洶湧的大海。為了安撫胎兒，她想要出門散步，但我帶了糕點來，自己弄了咖啡，想要和在通衢大道這幢沒有窗戶、空蕩蕩、顯得親密的屋子裡，她單獨聊一聊。

我假裝自己只是來東拉西扯閒聊的。我提起我最不感興趣的事情——馬歇羅為什麼說你毀了他弟弟，你到底對米凱爾做了什麼——用的是半開玩笑的口吻，彷彿這是很好笑的事情。我想要這樣一步步逼近我真正關心的問題：尼諾到底有什麼事情是你知道，而我不知道的。

莉拉很不情願地回答。她坐下，又站起來，說她的肚子好像吞下好多碳酸飲料，抱怨甜酥卷的氣味，她以前很愛甜酥卷，現在卻好像很不喜歡。馬歇羅——你也知道他是什麼樣子，她說，他一輩子也忘不了我年輕時對他做的事，但他是個窩囊廢，所以什麼事都不敢當著你的面說，表現得像個好人，沒有惡意，可是他最愛散播謠言。這時她用上在這個階段通常都會用的口氣，親暱，同時又帶點嘲弄：但你是位貴婦，別理會我的煩惱，告訴我，你媽情況怎麼樣。一如既往，她要我講我自己的事情，但我沒讓步。我從我媽的情況和我媽對艾莉莎、我弟的憂心，又把話題繞回到梭拉朗兄弟身上。她咕咕噥噥的，挖苦地說，男人太看重上床這檔事，她笑著說。馬歇羅不是——雖然他也不開玩笑——但米凱爾是，他發瘋了，迷戀我好長一段時間，甚至追逐我影子的影子。她又重複了一遍這個隱晦的表達方式——我影子的影子——她說就是因為這樣，馬歇羅才會生氣，才會威脅她。他受不了她在他弟弟脖子上綁了狗繩，拖著米凱爾往在他看來是羞辱的方向去。她又笑起來，喃喃說：馬歇羅以為他可以嚇倒我，但看看，唯一一個知道怎麼嚇倒別人的是他媽媽，而你也知道她的下場是什麼。

她一面講，一面摸摸額頭，抱怨天氣太熱，說她從早上就開始有點頭痛。我知道她想要安撫我，但很矛盾的，她也想讓我稍微窺見，在新社區與舊街坊的這些房舍立面背後，她每天生活工作的景況。因此，她一方面否認有危險，但另一方面卻又在我面前描繪出日益猖獗的犯罪、勒索、攻擊、竊盜、放高利貸、冤冤相報的畫面。曼紐拉手上的那本紅色帳簿，在她死後交給米凱爾，如今掌握在馬歇羅手上。馬歇羅因為不信任米凱爾，也從他手中奪走了合法貨運、非法走私，以及政界人脈的控制權。她突然說：好多年來，馬歇羅一直把毒品帶進街坊，我倒想看看最後會有什麼結局。諸如此類的。她一臉慘白，不停拉起裙襬搧風。

在她提起的事情裡面，只有毒品這件事讓我吃驚，特別是因為她那憎惡與不贊同的語氣。毒品對當時的我來說，等同於梅麗雅羅莎家，或某些夜晚的塔索路公寓。我沒吸過毒，只出於好奇抽過一兩次，但其他人吸食，我並不會生氣，在我的朋友圈裡，沒有人會因此而生氣。為了讓對話可以繼續，我提出了一個看法，是住在米蘭那段日子或是從梅麗雅羅莎身上得來的，說對吸食毒品的人來說，那是追求個人幸福的諸多管道之一，讓人可以從禁忌之中解放出來，是比較文明的一種解放形式。但是莉拉不以為然地搖搖頭：什麼解放啊，小琳，帕米耶利太太的兒子兩個星期之前死了，屍體在花園裡被發現。我發現她很氣我講出「解放」這兩個字的口吻，因為我把這當成是正面的價值。我一愣，再放膽一試：他一定是心臟有問題吧。她回答說，他有海洛因的問題，然後又馬上說：夠了，我受夠了，我不想浪費星期天去談梭拉朗家讓人作嘔的行徑。

然而她還是談了，而且談得比往常都多。過了好長的一晌。是因為不安，是因為疲憊，還是出於選擇，我不知道，但莉拉稍微擴大了她談話的範圍，我醒悟到，她雖然沒說很多，但卻在我腦袋裡塞滿了新的意象。我很早就知道米凱爾想要她——他對她的欲望是抽象的迷戀，足以傷害他自己——很顯然的，她利用這個優勢，讓他屈膝稱臣。但如今她召喚來她影子的影子，隨著這句話在我眼前躍動的是埃爾范索，那天在米埃爾路服裝店裡穿著孕婦裝，宛如莉拉鏡影一般的那個埃爾范索。我看見米凱爾，目眩神迷的米凱爾，扯掉他的衣服，緊緊摟住他。至於馬歇羅，轉瞬之間，毒品在我眼中不再是有錢人追求解放的遊戲，取而代之的是教堂旁邊那座花園的泥濘場景，毒品變成了毒蛇，變成了在我弟弟、黎諾、甚至傑納諾血液裡流竄的劇毒，變成了凶殺，把錢帶進原本由曼紐拉．梭拉朗掌管的紅色小帳本，如今——從米凱爾手中又轉到馬歇羅手裡——由我妹妹保管，收在她家裡。莉拉僅僅用幾句話就掌控或釋放其他人想像的能力，讓我為之目眩神迷：開口，住口，讓意象與情感自由奔流。我困惑地對自己說，我一直以來的寫作方式都錯了，我只是紀錄我知道的東西。我應該用她講話的方式來寫作，留下混沌深淵，搭蓋橋梁，但又不蓋完，強迫讀者自己去建構整個關係：馬歇羅．梭拉朗迅速發達，身邊有著我妹艾莉莎、有席威歐、派普、紀亞尼、黎諾、傑納諾，以及被莉拉影子的影子迷得神魂顛倒的米凱爾。他們全都流淌在帕米耶利太太兒子的血管裡，這個年輕人我根本不認識，卻讓我痛苦。他和尼諾帶到塔索路的那些人相去甚遠，和在梅麗雅羅莎家裡的人、梅麗雅羅莎的朋友相去甚遠。但我如今記得，她的那些朋友病了，去戒毒了，就連我這位大姑也是，不管她人在哪裡，我已經很久沒有她的消息了，有些人永遠可以得救，而有些人則灰飛煙滅。

我想要把男人之間情欲纏綿的影像趕出腦海，想擺脫針刺進血管，欲望與愛的種種畫面。我想重拾話題，但情況已然不同了。我感覺到午後的熱氣卡在我喉嚨裡，我記得我雙腿沉重，脖子汗涔涔。我看看廚房牆上的鐘，剛過七點半。我發現我不想再談尼諾，不想再問坐在我對面昏黃燈光下的莉拉，你知道什麼我所不知道的事。她知道的很多，太多了，她可以讓我照著她的願望去想像，而我就再也無法把那些意象趕出心頭。他們曾經一起上床，一起唸書，她幫他寫論文，就像我幫他修改文集一樣。有那麼一會兒，我心裡再次湧起欣羨嫉妒的感覺，我覺得很痛苦，拚命壓抑。

或者，真正讓我壓抑心中感覺的其實是房子底下傳來的某種震動，在通衢大道底下，彷彿不停經過的卡車轉向我們的方向，引擎提到極高的速度，迅速鑽進地下，駛向我們這幢建築的地基，撞毀壓碎所有的東西。

49

我呼吸急促，有那麼極為短暫的一瞬間，我不明白發生了什麼事情。咖啡杯在碟上顫抖，桌腳撞到我的膝蓋。我跳起來，發現莉拉也受到驚嚇，想要站起來。椅子往後傾倒，她想抓住，但卻緩緩地後翻過去，她一手前伸，朝我的方向，另一手伸向椅背，瞇起眼睛，這是她在作出反應之前聚精會神的表情。這時，建築底下傳來轟隆隆的聲響，來自地底的強風在地板上掀起宛如祕密之海的狂濤巨浪。我看著天花板，燈和粉紅色的玻璃罩左搖右晃。

地震，我放聲大喊。大地在動，我腳下有看不見的暴風雨爆裂開來，房間搖晃，發出陣陣強風襲擊森林的呼嘯。牆壁龜裂，膨脹起來，鬆脫迸裂，最後又再牆角黏合在一起。天花板灑下如雨般的煙塵，加上牆壁飄出來的塵灰。我往門口衝去，再次放聲大叫：地震。但這純粹只是想像的行動，我根本一步也動不了。我雙腳重得像鉛塊，一切都很沉重，我的頭，我的胸，最重的是我的肚子。然而我想要跨過去的地面卻不斷退縮，前一刻還在，下一刻就不見了。

我想起莉拉，目光四下搜尋。椅子終究還是翻倒過去，天花板的燈晃動不已，傢俱——特別是那張放著小擺飾、玻璃、銀器和中國風小玩意兒的邊桌——不住搖晃，窗框也是，活像長在屋簷的雜草，被風吹得東搖西擺。莉拉站在房間正中央，身體往前傾，低著頭，瞇起眼睛，蹙起眉頭，雙手捧著肚子，彷彿怕肚子會掉下來，消失在灰泥的煙塵裡。過了幾秒鐘，沒有任何東西有回復常序的樣子，我出聲喊她。她沒反應，看起來堅不可摧，彷彿只有她對這震動搖晃無動於衷。她好像抹去了所有的感覺：她耳朵聽不見，她喉嚨吸不到空氣，嘴巴鎖住了，眼瞼遮蔽了她的視線。她是個一動也不動的有機體，渾身僵硬，只有那雙張開手指、抓住肚皮的手是活的。

莉拉，我喊她。我想過去抓她，拖她走，這是最迫切要做的事。我的下半身，我以為已經虛軟無力的下半身，這時卻恢復了元氣，暗示我：說不定你應該像她那樣，站立不動，彎腰保護你的胎兒，別跑開，冷靜思考。我拚命想下定決心，要伸手抓到她實在很困難，雖然只是一步之遙。最後我抓住她的手臂，搖著她，她張開眼睛，瞳孔似乎不見了，只剩下眼白。躁動的聲響大得無法忍受，整個城市好像都陷在喧鬧之中，維蘇威火山，街道，大海，特里布納利和貧民區的老房子，以及波西利波的新房子。她掙脫開來，嚷著說：別碰我。這是忿怒的嚷叫，比地震的那幾秒鐘還讓我驚駭。我發現我錯了：永遠能掌控一切的莉拉，在這一刻，什麼也掌控不了。她嚇得一動也不能動，光是我碰她肩膀，就足以讓她的恐懼爆發開來。

50

我把她拖到外面，用力拉她，推她，退開來。我怕這讓我們嚇得一動也不能動的震動會立刻再襲來，比前一次更猛烈，帶來致命的一擊，讓所有的東西崩塌壓倒在我們身上。我罵她，哀求她，告訴她說我們必須拯救我們肚子裡的小生命。所以我們匆匆踏進驚恐的吶喊聲裡，越來越混亂的喧鬧聲隨著狂亂的騷動掀起，整個街坊、整座城市的熱氣似乎就要爆炸了。我們一跑到院子裡，莉拉就吐了，而我則拚命忍住反胃的感覺。

地震——一九八〇年十一月二十三日的地震，以及帶來的巨大傷害——鏤刻在我們的骨子裡。這讓我們甩開了安定與穩固的習慣，我們不再相信下一分鐘會和這一分鐘一模一樣，不再確信自己熟知所有的聲音與動作，不再肯定自己永遠能辨識出一切。取而代之的，是懷疑，懷疑任何形式的保證；是相信，相信所有惡運將至的預言；是癡迷，癡迷關注這世界的每一個脆弱徵兆。這心緒很難再加以控制了。一分鐘又一分鐘，再一分鐘，分分秒秒永遠沒有盡頭。

外面比屋裡還慘，所有的東西都在奔動，狂叫，許許多多謠言撲天蓋地而來，讓驚恐加倍惡化。鐵路的那個方向可以看見紅色的光。維蘇威火山復活了。海嘯衝襲莫吉林納、市政廳、齊亞塔默。皮亞諾托的墓園塌陷了，和亡靈一起陷落地底。波基歐瑞爾監獄徹底崩塌了，囚犯不是被壓在廢墟裡，就是逃了出來，如今大開殺戒，到處亂殺人。通往馬里納的隧道垮了，街坊奔逃的人有半數都遭活埋。一個幻想發展出另一個幻想，我知道莉拉什麼都相信，她抓著我的臂膀，不住顫抖。這城市很危險，她輕聲說，我們必須離開，這房子裂了，所有的東西都會掉落在我們身上，下水道的水往上噴，你看老鼠四處逃竄。大家都往自己的車子跑去，街道堵塞了，她開始拉我，輕聲說，他們都要往鄉下去，那裡比較安全。她想要跑向她的車子，她想要到寬廣的地方，一個只有無重量的天空可能掉落在我們頭上的寬廣空間，我沒辦法讓她冷靜下來。

我們來到車子旁邊，但莉拉沒有鑰匙。我們逃出來的時候什麼都沒帶，只砰一聲地摔上家門。就算我們之前還有勇氣，這時也沒辦法再回到屋裡。我卯足全力拉著車門把手，用力拉，使勁搖，而莉拉放聲尖叫，雙手掩住耳朵，彷彿我的這個動作發出難以忍受的噪音和震動。我四下張望，看見有塊從牆壁崩落的大石塊，於是拿來砸破窗戶。我晚點會修好的，我說，我們待在這裡，事情會過去的。我們躲進車裡，但事情並沒有過去，我們感覺到地面持續顫動。透過布滿塵土的擋風玻璃，我們看著街坊的人一小群一小群聚在一起講話。但是等一切似乎平靜下來，大家不再嚷叫奔跑導致混亂的時候，人群卻以足令人心臟停止跳動的猛烈行動朝我們車子的方向衝來。

51

我很害怕，是的，我嚇壞了。但我最不敢置信的是，莉拉竟然比我還驚恐。在地震的那幾秒鐘裡，她突然褪去了頃刻之前都還保持的慣常模樣——那個可以精確校準所有的思緒、文字、動作、技巧和策略的女人——彷彿在眼前這個情況下，她覺得自己只是無用的盔甲。此時她變成另一個人。她變成我以前曾在通衢大道上看過的那個吃肥皂的玫利娜；或者是一九五八年新年除夕，卡拉西和梭拉朗家拚比煙火時的那個她；又或者是還住在特杜西歐的聖吉瓦尼，在布魯諾·蘇卡佛工廠工作，因為擔心自己心臟有問題可能會死掉，把我找去，想把傑納諾託付給我的那個她。就在此時，另一個人像是從地球翻攪的內臟裡冒出來似的，她完全不是我幾分鐘之前還為她精雕細琢的語文能力敬佩嫉妒不已的那個朋友，連她的面容也變得完全不像了，憂慮完全毀去了她的美貌。

我絕對不會像她這樣陡然變形，我的自律穩定不變，世界仍然依循自然的規律在我周圍運轉，儘管是在如此驚恐的狀態下。我知道小璦和艾莎在佛羅倫斯的爸爸家，佛羅倫斯遠離危險，這個事實讓我心情平靜。我希望最壞的情況已經過去，街坊裡沒有房子倒塌，尼諾、我媽、我爸、艾莉莎、我弟弟當然都像我們一樣嚇壞了，但也當然都像我們一樣，還活著。但她則不同，她沒辦法像我這樣想。她不安，顫抖，摸著肚皮，似乎不再相信任何具體的關連。對她來說，傑納諾和恩佐已經和彼此、和我們失去關連，他們已經毀滅了。她發出死亡的咯咯聲，眼睛睜得大大的，緊緊攬著自己。她只著迷也似的，一再說著和我們所處情勢沒有任何關係的形容詞與名詞，講著沒有道理的句子，然而口氣卻無比堅定，緊緊拉著我。

好長一段時間，我指出我們認識的人，打開窗戶，揮舞手臂，大聲喊叫，希望這些名字，這些講著各自恐怖經驗故事的嗓音，能讓她安心下來，重新回到有條理的對話裡，但完全沒有用。我指著和丈夫小孩在一起的卡門，以及其他腳步匆忙跑向車站的人。我指著和太太小孩在一起的安東尼奧。他的孩子好漂亮，讓我很驚訝，簡直像電影裡的角色。他們平靜地坐進一輛綠色廂型車，離開了。我指著卡拉西一家人，一一對她說著他們的關係：丈夫、妻子、父親、母親、住在一起的人、情人——也就是斯岱方諾、艾達、玫利娜、琵露希雅、黎諾、埃爾范索、瑪麗莎和他們的孩子們——他們在人群中出現又消失，不停叫喊，怕彼此走失。我指著馬歇羅．梭拉朗那輛時髦的汽車，車子引擎怒吼，想要擺脫卡住的車陣。他讓我妹妹坐在他旁邊，抱著小孩，後座是我爸爸和我媽媽蒼白的身影。我對著敞開的車窗喊叫名字，也想讓莉拉和我一起喊。但她不肯動。事實上，我發現其他人——特別是我們很熟的人——格外讓她害怕，尤其是他們激動，他們吼叫，他們奔跑的時候。馬歇羅的車違反交通規則開上人行道，拚命按喇叭，穿過站在那裡講話的人。她用力捏著我的手，閉上眼睛，大叫：啊，聖母瑪麗亞，這是我從沒聽她講過的話。怎麼回事，我問。她大口喘氣，嚷著說汽車的外廓消融了，開車的馬歇羅輪廓也慢慢消失了，人和物體都從他們自己裡面湧出來，混合著金屬與血肉的液體。

她用這個詞彙：外廓消融。這是她第一次用這個詞彙，她拚命想說明，希望我了解外廓消融是什麼意思，以及這讓她有多害怕。她還緊緊拉著我的手，用力喘氣。她說人和物體的輪廓很精細，此時就像棉線那樣斷裂開來。她輕聲說，在她眼裡，向來都是這樣的，某個物體失去邊角，湧進另一個物體裡，融入不同材質的液體，溶解混合。她嚷著說，她向來都得強迫自己相信生命有固定不變的邊界，但她打從小時候就知道事情並不是這樣的——絕對不是這樣的——所以她沒辦法相信物體可以承受得了敲打碰撞。與她一貫行徑相反的，一連串過度激動的句子滔滔不絕湧出來，有時混雜著方言的字彙，有時夾雜著她少女時代廣泛閱讀的文句。她喃喃低語說她絕對不能分心：真實事物如此劇烈痛苦地扭曲，讓她驚駭；而非現實的事物卻因為在實質與精神上都堅實穩固，反而讓她安心；要是她岔了神分了心，真實事物就要凌駕於非現實事物之上，讓她一頭撞進黏糊糊糾纏盤結的現實世界裡，再也沒辦法讓感官產生清晰的輪廓。可以觸摸得到的感覺逐漸變成只能眼睛看得見的感覺，而眼睛看得見的，又逐漸變成只能嗅得到，啊，真實世界是什麼樣子啊，小琳，什麼都不是，也什麼都沒有，我們無法斷下結論說：就是像這個樣子啊。所以，要是她不保持警覺，要是她不注意邊界，那麼水就會破堤而出，洪水泛濫，帶走一切，像一團團的月經血，像一個個的癌症腫瘤，像一塊塊的黃色纖維，隨水流逝。

52

她講了好久。這是第一次，也是最後一次，她努力想把她對自己棲身的這個世界的感覺解釋給我聽。在此之前，她說——請容我用我自己的話來加以摘要——我一直以為這是像小時候生的病一樣，是出現之後就會消失的難受時刻。你還記得一九五八年的除夕嗎，梭拉朗兄弟對我們開槍的事？開槍反倒是我最不害怕的一個部分。在他們還沒開槍之前，煙火那豔麗的顏色就讓我很害怕——特別是那個綠色和紫色，簡直像刀子般銳利——太過銳利了，可以把我們大卸八塊。而鞭炮的長尾巴像銼刀，像木刀，把我哥哥黎諾切成碎片，剁碎他的肉，讓他的身體流出另一個噁心的哥哥來，所以我必須把他塞回去，塞回原本的形體裡，否則他就會轉身對付我，傷害我。我這輩子一事無成，小琳，但控制住了像這樣的時刻。馬歇羅讓我心生恐懼，所以我用斯岱方諾來保護自己。斯岱方諾讓我心生恐懼，所以我用米凱爾來保護自己。米凱爾讓我心生恐懼，所以我用尼諾來保護自己。尼諾讓我心生恐懼，所以我用恩佐來保護自己。可是，所謂的保護到底是什麼意思呢，這只不過是個詞彙而已。我可以列出一張詳細的清單給你，告訴你我所有的掩護，不管是大是小，都是我建造來讓自己藏身的地方，然而，這些對我一點用都沒有。你還記得嗎，伊斯基亞島的夜空讓我多麼驚恐？你們都說好漂亮，但我沒辦法欣賞，我聞到腐爛雞蛋的味道，包裹在蛋白和蛋殼裡面的是黃綠色的蛋黃，一顆煮得硬梆梆的蛋裂開來。我嘴巴裡含著有毒的蛋星星，它們的光是白色黏稠的，會黏在你的牙齒上，加上天空的黑色凝膠，我恨恨地咬碎，嘗到沙礫粉碎的味道。我說得清楚嗎？我讓你聽明白了嗎？在伊基亞島的時候，我很開心，充滿愛。但沒有用，我的腦袋總是會找到裂隙偷偷去看，看到恐懼所在之處以外的地方，或之上，之下，另外一面。例如，在布魯諾的工廠時，只要手指輕輕一碰，動物的骨頭在你手裡碎裂，流出令人作嘔的骨髓。我很害怕，以為自己病了。但我病了嗎？我的心臟真的有雜音嗎？沒有。唯一的問題始終都只是我內心的不平靜。我沒辦法讓它安靜下來。我永遠都必須去做，再做，掩蓋，打開，強化，然後突然放開，破裂。就拿埃爾范索來說吧，他總是讓我緊張，打從他小時候就這樣了。我感覺到框住他整個形體的那條棉線就要斷了。米凱爾呢？米凱爾以為他是個什麼都知道的人，然而我必須做的就只是找到他的邊界線，然後一拉，噢，噢，噢，我就扯斷了。我扯斷了他的棉線，和埃爾范索的線纏在一起，男性的線纏在男性的線裡，我白天織的布到晚上就拆開，腦袋總是找得到出路的。但這也不太有用，驚恐依舊存在，這個正常的東西和那個正常的東西之間總是有裂縫。它在那裡等待，我總是察覺得到，打從昨天傍晚，我就非常確定：沒有什麼是可以持之以恆的，小琳，就連我的肚子也一樣，你以為我肚子裡的小東西會活下來，但不會的。你還記得我嫁給斯岱方諾的時候，我希望街坊能一切從頭開始，只留下美好的事物，過去醜惡的一切都不應該再留下。結果持續了多久？美好的感覺是脆弱的，在我身上，愛不持久。對男人的愛不會持久，甚至對孩子的愛也一樣，要不了多久就會破洞的。你看著那個洞，看見善意的星雲混合著惡意的星雲。傑納諾讓我有罪惡感，在我肚子裡的這個小東西是個責任，會割我、刮我。愛和恨合力出擊，而我沒辦法，我沒辦法讓自己周圍有任何善意存在。奧麗維洛老師說的沒錯，我很壞。我甚至不知道如何讓友誼長存。你是好人，小琳，你總是很有耐心。但今天晚上我終於了解：就算沒有地震，也始終有一種作用緩慢，微微發熱，可以溶解一切的溶劑存在。所以，拜託，要是我侮辱了你，要是我對你講了不好聽的話，請摀起耳朵，我不想這麼做，但我還是做了。拜託，拜託，別離開我，否則我會掉進去。

53

好——我反覆說——沒事了，現在好好休息吧。我緊緊把她摟在身邊，最後她睡著了。我沒睡，一如她懇求我做的，看顧著她。我不時感覺到輕微的餘震，有人在車裡驚恐吶喊。此時通衢大道已空無一人，寶寶在我肚子裡動著，宛如滾動的水。我摸摸莉拉的肚子，她的肚子也在動。所有的東西都在動：地殼之下的火海，星星的熔爐，行星，宇宙，黑暗中的光，以及夜涼中的寂靜。但是，儘管此時思索莉拉那一波波襲來的狂言亂語，我還是覺得恐懼無法在我心裡扎根；儘管我想像在地底球心溶化流出可怕的熔岩，引起我的恐懼，但這些騷動仍然是以井然有序的文句表述，以和諧連貫的影像呈現，變成黑色的鋪路石，宛如那不勒斯的街道，是無論中心意旨為何，我永遠可以立足的街道路面。換言之，我給了自己重量，不管發生什麼事，我都知道該怎麼做。襲擊我的一切——我的研究、書、法蘭柯、彼耶特洛、孩子、尼諾、地震——都會過去，無論遭遇了多少的風波，我依然屹立不搖。我是羅盤的指針，置身混亂之中仍然保持堅定不移。而莉拉恰恰相反，卻拚命想讓自己覺得穩定。這個事實如今在我看來再明顯不過，因而讓我自豪，讓我平靜，讓我感動。她沒辦法穩定下來，沒辦法相信有穩定這回事。無論她過去是如何宰制我們，從過去到現在是如何裝出她有辦法控制我們的樣子，在憎恨與忿怒交織的痛苦之下，她覺得自己像是液體，她所有的努力到頭來都只是為了控制住自己而已。儘管她為了自衛，操縱其他人和事情，但這液體潰堤而出時，莉拉就不再是莉拉，唯一存在的就只是混沌失序，而她——如此活躍，如此勇敢的她——抹去了自己的存在，驚恐萬分，消失於無形。

54

街坊空無一人，通衢大道變得靜悄悄，氣溫陡降。一幢幢建築變得像黑色的岩塊，裡頭沒有半盞燈亮著，沒有電視的五彩光芒。我也睡著了。我一驚而醒，天還很黑，莉拉不在車裡，她那一側的車窗半開著。我打開我的車窗，四下張望。停放的車輛裡依舊坐著人，有人咳嗽，有人說夢話。我沒看見莉拉，開始擔心，朝隧道走去。我看見她在卡門的那家加油站附近，在屋簷碎片和其他瓦礫之間走著，抬頭仰望她家的窗戶。看見我，她一臉尷尬。我情況不太好，她說，對不起，我在你腦袋裡塞滿胡言亂語，幸好我們在一起。她臉上有一抹不安的微笑，在這天晚上諸多令人無法理解的話裡又添了一句──「幸好」是香水的味道，只要一壓幫浦，香水就冒了出來──然後她打個哆嗦。她還是不太對勁，我勸她回車裡。幾分鐘之後，她又睡著了。

天一亮，我就叫醒她。她很平靜，想要道歉。她輕描淡寫地輕聲說：你也知道我是什麼樣子，常常會有東西攫住我的胸口。我說：沒事的，只是疲累無力而已，你照管太多事情了，反正每個人都嚇壞了，這還沒結束。她搖搖頭：我知道我是怎麼了。

我們整理好自己，想辦法回到她家。我們打了很多通電話，但不是打不通，就是沒人接。莉拉爸媽沒接電話，住在亞維里諾可以給我們恩佐與傑納諾消息的親戚沒接電話，尼諾的電話沒人接，他的朋友也沒接電話。我和彼耶特洛通電話，他才剛得知地震的事。我請他再照顧女兒幾天，讓我確定危險已經過去。但隨著時間一個鐘頭一個鐘頭過去，震災的範圍也越來越增加。我們的恐懼不是沒有道理的。莉拉嘟嘟囔囔，彷彿要證明自己是對的：你看見了吧，地球就快要裂成兩半了。

激動的情緒與擔憂讓我們昏了頭，但我們還是行穿街坊，行穿如今一片沉寂，只有警笛聲劃破沉默的哀傷城市。我們拚命談話，想減輕焦慮：尼諾人在哪裡，恩佐人在哪裡，傑納諾人在哪裡，我媽媽還好嗎，馬歇羅．梭拉朗帶她到哪裡去了，莉拉的爸媽人在哪裡。我發現她需要回到地震的那些時刻，並不是為了重新體驗地震帶來的創傷損害，而是為了用新的心去感覺，去重建意識。我每次都鼓勵她，而且在我看來，她越是可以重新掌握自己，南方這座城市的毀滅與死亡就顯得越是確鑿。她很快就毫無顧忌地談起她的驚恐，所以我放下心來。但仍然是有某些無以明狀的東西存在：她益發謹慎的步伐，嗓音裡隱隱可辨的憂心。地震的記憶持續存在，被那不勒斯控制住了。只是那狂熱緩緩離去，宛如霧濛濛的氣息從城市主體與它遲緩硬朗的生命裡升騰而起。

我們走到尼諾和伊蓮諾拉的家。我敲門敲了好久，放聲喊叫，沒人回應。莉拉站在一百公尺外，瞪著我，肚子尖尖隆起，一臉陰鬱。有個男人扛著兩個行李箱從門口出來，我和他交談，他說整棟建築都沒人了。我又待了一會兒，沒辦法下定決心離去。我看著莉拉的身影，想起她在地震發生前不久說的，我覺得像有大批魔鬼在追她。她利用恩佐，她利用帕斯蓋，她利用安東尼奧。她重塑了埃爾范索。她制服了米凱爾．梭拉朗，引領他走向對她與對埃爾范索的狂烈熱戀。米凱爾眼看著就快要跨過界線解放自己了，他開除埃爾范索，關掉馬提尼廣場的鞋店，但沒有用。莉拉羞辱他，繼續羞辱他，征服他。如今她對他們兩兄弟的事業知之甚詳。她收取電腦資料的時候，眼睛盯著他們的勾當，她甚至知道販毒的錢。也就是因為這樣，所以馬歇羅恨她。也就是因為這樣，所以我妹妹艾莉莎恨她。莉拉什麼都知道。她什麼都知道，是出於純粹單純的恐懼，對所有活著與死去的人的恐懼。天曉得她知道多少尼諾的醜事。站得遠遠的她似乎在對我說：忘了他吧，我們都知道他安全地和家人在一起，對你不屑一顧。

55

結果這是事實。恩佐和傑納諾那天傍晚回到街坊，疲憊不堪，累垮了，看起來像是慘烈戰爭的倖存者，心中只掛念一件事：莉拉還好嗎。相反的，尼諾很多天之後才再次現身，宛如度假歸來。我什麼都不知道，他說，我帶著我的孩子走了。

他的孩子。真是個有責任感的父親。那我肚子裡的這一個呢？

他用自信的語氣說，他和孩子、伊蓮諾拉、岳父母一起到敏特諾的家族別墅避難。我沉下臉，好幾天不理他。我不想見他，我擔心我的爸媽。馬歇羅自己一個人回到街坊，他親口告訴我說，他帶他們到一個安全的處所，和艾莉莎、席威歐一起，是他在嘉耶塔的一處產業。是他家族的另一個救星。

我回到塔索路，隻身一人。天氣很冷，公寓裡簡直凍死人。我一一檢查牆壁，似乎沒有任何裂縫。但夜裡，我擔心得睡不著覺，怕地震會再來，我很高興彼耶特洛與朵麗安娜答應再照顧兩個女孩一陣子。

聖誕節來臨，我沒有辦法，只能和尼諾和解。我去佛羅倫斯接小璦和艾莎。生活再次展開，但就像個漫長到看不見盡頭的恢復期。如今，我每一次看見莉拉，就覺得在她身上感覺到某種不確定的情緒，特別是她講話凶巴巴的時候。她看著我，彷彿在說：你知道我每個字背後的意義。

但我真的知道嗎？我越過布滿路障的街道，行經無數沒人居住的建築，靠在粗大的木柱上。我經常走著走著就碰上這城市超極無效率所導致的混亂。我想到莉拉，想到她是怎麼立即回去工作，回去操縱、激發、嘲弄、攻擊。我想起在短短幾秒鐘裡徹底擊垮她的驚恐，我如今還能看見那驚恐的痕跡，在她張開手指捧著肚子的姿勢裡。我憂心納悶：她現在是什麼人，她會變成什麼樣子，會有什麼反應？我有一回暗示她說最壞的時候已經過了：

「世界已經回復原來的樣貌了。」

她諷刺地回答：

「什麼樣貌？」

56

孕期的最後一個月，所有的事情都變成一場奮鬥。尼諾幾乎從不在我身邊：他必須工作，這讓我很生氣。就算出現，他的態度也很無禮。我心想：我很醜，他不再想要我了。這是真的，如今只要一照鏡子，我就覺得厭惡。我臉頰鼓鼓的，鼻子大大的。我的胸部和肚子好像把我身體其餘的部分都塞了進來。我看見自己沒脖子，短腿，粗腳踝。我變得像我媽，但不是現在的她，因為她現在是個瘦弱害怕的老太太，她那興奮激動的模樣只留在我回憶裡。

飽受折磨的媽媽完全不受控制。她開始透過我而行動，我這垂死掙扎的媽媽用她的病弱，用她那宛如溺水者的眼神帶給我種種困難、苦惱和痛苦，讓我情緒大爆發。我變得不可理喻，每一個難題都像是個計謀，我不時扯開喉嚨喊叫。我覺得在我最不快的時刻裡，那不勒斯的混亂似乎也占據了我的身體，讓我失去了和善可親的能力，讓我不再討人喜歡。彼耶特洛打電話來和女兒講話，我對他很無禮。出版社打電話給我，或是報社打來，我都很不客氣地說：我懷孕九個月了，我壓力很大，別煩我吧。

我對女兒也是這樣，態度甚至更差。小璦倒沒什麼，因為她很像他爸爸，我現在已經習慣她既聰明、親暱，又咄咄逼人的邏輯。讓我生氣的是艾莎。這個溫馴的小女孩變得面目可憎，老師不停數落她，說她狡猾暴戾，我自己也是，不管在家裡或路上，都得要不停罵她，因為她老愛挑釁，搶走別人的東西，被迫歸還的時候索性弄壞。我們是母女三人組，我對自己說，尼諾很顯然躲著我們，他比較喜歡伊蓮諾拉、亞伯提諾和麗狄亞。這個小東西在我子宮裡騷動不安，活像動個不停的氣泡，害我夜裡睡不著覺，我很希望所有的預測都會失準，希望我懷的是個兒子，長得像尼諾，讓他開心，這樣尼諾就會愛他遠勝過他其他的孩子。

儘管我強迫自己恢復我比較喜歡的那個形象——我向來希望自己是個脾氣平和的人，會睿智地克制小心眼與暴戾的感覺——在懷孕末期，我找不到平衡。我怪罪地震，在事發當時雖然好像沒有太讓我不安，但或許在我內心深處留下深刻的影響，就在我肚子裡。我開車一經過卡波迪蒙特隧道，就心生驚慌。我很怕又來一陣震動，把隧道震垮了。行經原本就會震動的馬塔大道高架橋時，我總是加速通過，怕橋隨時會垮。在這個階段，我甚至不再和經常出現在浴室裡的螞蟻奮戰：我寧可放牠們一條生路，還常觀察牠們。埃爾范索說螞蟻會先察覺災難的到來。

但讓我頹喪的地震後遺症不只這一樁，莉拉夢囈般的暗示也添了一筆。如今我在街上會尋覓我在米蘭那段時間不以為意的注射針筒。要是看見有人在街坊的花園裡，一團忿怒就像雲霧般圍繞著我升起。我很想去找馬歇羅和我弟弟算帳，儘管我也不知道自己要用什麼立場來對付他們。所以我最後只做和講些討厭的事。我媽對我很凶，不時逼問我，有沒有對莉拉提起派普和紀亞尼的事，有一天我很不客氣地回答說：媽，莉娜不能收留他們，她已經收留她那個有毒癮的哥哥，而且她很擔心傑納諾，你不能把你解決不了的問題推到她身上。她驚駭地看著我，她從來沒提起毒品的事，而我說出了這個不能提及的名詞。但要是在以前，她肯定會開始咆叫著捍衛我弟弟，罵我這個人太遲鈍，但現在她把自己關在廚房的陰暗角落裡，一句話也不肯說，所以我只好懊悔地說：別擔心，好吧，我們想辦法解決。

怎麼解決？我只讓事情變得更加複雜而已。我跟蹤派普到花園裡——天曉得紀亞尼人在哪裡——狠狠訓他一頓，說靠別人的罪行來賺錢有多麼可怕。我說：去找別的工作，別做這個了，你會毀了自己，會讓我們媽媽擔心死。他從頭到尾都只用左手拇指的指甲清著右手的指甲，很不安地聽我說，垂下眼睛。他比我小三歲，感覺像個小弟弟站在頗有點地位的姊姊面前。儘管如此，他還是輕蔑地對我說：沒有我的錢，媽媽早就死了。他微微揚起手像道再見，就走了。

他的這個回答讓我心情更不好。我捱了一兩天，然後去找艾莉莎，希望也能找到馬歇羅。那天很冷，新社區的街道毀損髒亂，和舊街坊一樣。馬歇羅不在，房子亂七八糟，我妹妹的邋遢讓我惱火，她沒梳洗更衣，只忙著照顧兒子。我幾乎是對她破口大罵：告訴你丈夫——我強調丈夫這兩個字，雖然他們並沒有結婚——他會毀了我們弟弟。要是他想販毒，就自己去吧。我大致上說的就是這樣，用義大利文，她臉色發白，說：小琳，馬上離開我家，你以為你在對誰講話？是你認識的那些時髦朋友嗎？滾出去，你太自大了，你向來都是。我正要回答，她就咆哮：

永遠別再到我家來，端個教授的架子想教訓我的馬歇羅。他是好人，我們欠他一切。只要我願意，我可以買下你，買下莉拉那個賤貨，買下你最欣賞的所有東西。

57

我涉入街坊的事情越來越深，因為莉拉，我看見了很多事情，但我後來才知道自己捲進了很難歸類的活動裡，違反了我當初回到那不勒斯時自己立下的規則：絕對不要再陷進我出生的那個地方。有天下午，我把孩子交給米芮拉照顧，去看我媽媽，之後，因為不知道如何發洩或安撫我的怒氣，所以我去找莉拉。艾達來開門，非常開心。莉拉關在她的房間裡，和一個客戶爭吵，恩佐和尼諾一起去做商業拜訪還是什麼的，她丟下工作來陪我。為了招呼我，她談起她的女兒瑪麗亞，說她長得好大，在學校表現得非常好。這時電話響了，她匆匆去接，喊埃爾范索：琳諾希亞來了，過來吧。我這位前同學比以前更女性化，頭髮、衣服的顏色都是，略顯尷尬地請我進到一個沒有裝飾的小空間。出乎我意料的，米凱爾．梭拉朗竟然在這裡。

我已經很久沒見到他了，我們三個都有一點不自在。米凱爾好像變了很多。他頭髮灰白，臉上有皺紋，但身材還是年輕結實。不過最奇怪的是，我的出現好像讓他覺得很尷尬，舉止變得和平常很不一樣。首先是我進去的時候，他馬上起身。然後他很有禮貌，但話不多，以往冷嘲熱諷的語氣不見了。他一直看著埃爾范索，彷彿需要幫忙，但馬上又轉開目光，彷彿只要看他一眼就夠了。埃爾范索也很不自在。他一直摸著自己的長髮，嘴唇掀動，想要找話說，我們很快就無話可說了。時間似乎變得脆弱起來。我很緊張，但不知道是為什麼。或許讓我惱火的是他們瞞著我，彷彿我無法理解。他們竟然瞞著我，我的朋友圈比街坊這狹小空間開明得多，我寫過甚至讓外國人都讚不絕口，探討性別認同的書。我想大聲嚷叫，話已在舌尖：要是我的理解沒錯，你們是戀人。我沒說，只是怕誤會了莉拉的暗示。但我肯定無法忍耐這沉默，所以我講很多話，讓對話朝這個方向進行。

我對米凱爾說：

「姬俐歐拉說你們分手了。」

「沒錯。」

「我也離婚了。」

「我知道，而且我也知道你和誰在一起。」

「你向來不喜歡尼諾。」

「是不喜歡，可是人嘛，就該做自己覺得喜歡的事，否則會生病。」

「你還住在波西利波？」

埃爾范索興沖沖打岔：

「是啊，那裡景觀很棒。」

米凱爾有點生氣地看著他，說：

「我住在那裡很開心。」

我回答說：

「自己一個人是不會開心的。」

「總比有個爛同伴好吧。」他回答說。

埃爾范索必定察覺到我想找機會對米凱爾講什麼不好聽的話，努力想讓我把焦點集中在他自己身上。

他嚷著：

「我也要和瑪麗莎離婚了。」他詳盡敘述他和妻子為金錢問題發生的爭吵。他一次也沒提到愛、性，甚至她的不貞。他就只是強調錢的問題，含含糊糊提到斯岱方諾，暗指瑪麗莎把艾達趕走（女人從其他女人手裡搶走男人，一點都不會良心不安，其實還挺心滿意足的）。聽他說起來，他的妻子似乎只是一個他認識的人，所作所為可以拿來冷嘲熱諷的人。你看這一手換過一手多順利，他笑著說——艾達從莉拉手裡搶走斯岱夫諾，如今換瑪麗莎搶走她老公，哈哈哈。

我坐在那裡聽，慢慢重新發現——好像是從一口深井裡撈出來——我們以前同桌上課時的那種團結情誼。當時我並沒有察覺到他與眾不同，但我很喜歡他，因為他不像其他男生那樣，更精確來說，是他的所作所為和街坊的那些男人大相逕庭。而今，聽著他講話的時候，我發現我們以往的友情還在。而相反的，米凱爾卻讓我比以前更覺得討厭。他咕咕噥噥講了些瑪麗莎的壞話，很不好聽的話，也對埃爾范索的談話很不耐煩，後來他幾乎是生氣地打斷埃爾范索（你就不能讓我和琳諾希亞講句話嗎？）。他問起我媽的情況，知道她病了。埃爾范索突然沉默，臉紅。我開始講起我媽，刻意強調她很擔心我兩個弟弟。我說：

「派普和紀亞尼替你哥哥工作，她很不高興。」

「馬歇羅有什麼問題嗎？」

「我不知道，你告訴我啊。我聽說你們不往來了。」

他看著我，表情近乎尷尬。

「你聽錯了。反正，要是你媽不喜歡馬歇羅的錢，可以叫他們去伺候別的主子啊。」

我正想開口罵他，什麼伺候，我弟弟伺候馬歇羅，伺候他，伺候其他人。我弟弟，我沒能在學業上幫他們一把的弟弟，就因為我，他們如今要伺候主子。伺候？沒有任何人應該伺候其他人，當然更不應該伺候梭拉朗兄弟。我覺得更不滿，很想找他吵架。但莉拉出現了。

「啊，人真多。」她說，轉頭對米凱爾說：「你要找我？」

「是的。」

「要談很久？」

「是的。」

「那我先和琳諾希亞談。」

他乖乖點頭。我站起來，看著米凱爾，但摸摸埃爾范索的手臂，彷彿把他推向米凱爾，說：

「你們兩個得找一天請我去波西利波。我一直很寂寞。我可以煮東西給你們吃。」

米凱爾張開嘴巴，但沒發出聲音，埃爾范索急忙打岔：

「沒必要，我廚藝很好的。要是米凱爾邀請我們，就我來包辦。」

莉拉帶我走開。

她和我在她房間裡待了好久，我們東拉西扯。她也快生了，但懷孕似乎沒讓她增加多少體重。她手捧著肚子下緣，微笑說：我終於習慣了，我覺得很好，我幾乎可以把寶寶永遠留在肚子裡。她側身欣賞自己的肚子，這是她很罕有的虛榮動作。她個子高，苗條的身軀曲線玲瓏：纖小的胸部、肚子、背和腳踝。她笑著說，恩佐有點下流，更喜歡懷孕的我，就快結束了真是討厭。我心想：地震似乎讓她受了驚嚇，覺得每一刻都很不確定，她希望一切都維持不動，包括她的懷孕。我不時看著時鐘，但她一點都不擔心米凱爾在等，相反的，她似乎是刻意和我耗在一起。

「他又不在這裡工作，」我提醒她說他在等的時候，她說：「他是在假裝，只是在找藉口。」

「找什麼？」

「藉口啊。可是你狀況外，你若不是只關心你自己的事，就是有事情要認真去處理。就連你說的話，什麼要到波西利波去吃飯之類的，或許最好別說。」

我很羞慚，喃喃說當時氣氛很尷尬，我告訴她說我和艾莉莎與派普吵架的事，我告訴她說我想去找馬歇羅算帳。她搖搖頭，重複之前的話：

「那也是你沒辦法介入的事，你回塔索路去吧。」

「我不希望我媽到死都還在擔心她兒子。」

「安撫她。」

「怎麼安撫？」

她微笑。

「騙她啊。謊言比鎮定劑還有效。」

58

但在那段低潮時期，我沒辦法說謊，就連為了正當的理由都不行。只因為艾莉莎向我媽告狀說我侮辱她，結果我媽就不肯理我了；只因為派普和紀亞尼罵我媽，說她不該派我像警察一樣訓他們話，最後我就決定要扯謊騙她了。我告訴她說我已經和莉拉談過，莉拉答應要照顧派普和紀亞尼。但她發現我的話沒什麼說服力，所以沉著臉說：是喔，做得好，回家去吧，去啊，你有小孩。我很氣自己。但接下來幾天，她比平常更激動，咆哮說她快死了。但有一回我帶她去醫院，她似乎又更有信心了。

「她打電話給我。」她用沙啞哀傷的語氣說。

「誰？」

「莉娜。」

我驚訝得說不出話來。

「她跟你說什麼？」

「叫我別再擔心，她會照顧派普和紀亞尼。」

「怎麼照顧？」

「我不知道，但她答應我，她一定會找到解決辦法的。」

「這絕對是真的。」

「我相信她，她知道什麼是對的。」

「是啊。」

「你有沒有看到，她好漂亮啊。」

「看到了。」

「她說要是生女兒，就取名叫倫吉雅，像她媽媽一樣。」

「她會生兒子。」

「可是如果生了女兒，就會叫倫吉雅。」她又說一遍，但沒看著我，而是看著候診室裡其他那些受病痛的人。我說：

「我肯定會生個女兒，看看我這個肚子。」

「所以呢？」

「所以我會用你的名字給她命名，請放心。」

「薩拉托爾家的兒子會想用他媽媽的名字來命名。」

59

我否認尼諾這樣說過，在這個階段，光是提起他的名字就讓我生氣。他整個人消失無蹤，總是有事要忙。但就在我對我媽許下這個承諾的那天晚上，我和女兒吃飯的時候，他出乎意料地出現了。他很開心，假裝沒注意到我的尖酸與不滿。他和我們一起吃飯，帶小璦和艾莎上床睡覺，講笑話和故事給她們聽。等她們睡熟。他表面上的毫不在意讓我心情更壞。他突然來，但會再離開，誰也說不準這一走又是多久。他是在怕什麼，怕他在這裡的時候，和我一起睡在床上的時候，我的陣痛就開始了？如此一來他就得帶我去醫院？那他就必須對伊蓮諾拉說：我得陪艾琳娜，因為她生了我的孩子？

女孩們睡著了，他回到客廳來。他輕輕撫摸我，跪在我面前，親吻我的肚子。莫寇的影像驀然浮現心頭：他現在幾歲？或許十二歲吧。

「你有沒有你兒子的消息？」我開門見山地問。

他當然聽不懂，以為我是在講我肚子裡的孩子，露出微笑，有點茫然。這時我解釋給他聽，愉快地打破我多年前對自己許下的承諾。

「我指的是西薇雅的兒子莫寇。我見過他，他和你好像。可是你呢？你認識他嗎？你有沒有聽過他的任何消息？」

他皺起眉頭，站起來。

「有時候我真不知道該拿你怎麼辦。」他喃喃說。

「什麼意思？解釋一下。」

「你是個聰明的女人，但卻常常突然就變了一個人。」

「什麼意思？我不講理？很蠢？」

他笑了幾聲，做了個像趕走討厭昆蟲的動作。

「你太在意莉娜了。」

「這和莉娜有什麼關係？」

「她搞壞你的腦袋，你的感覺，你的一切。」

這句話讓我脾氣徹底爆發。我對他說：

「我今天要自己睡。」

他沒抗拒。他就像是個為了生活平靜，只得對絕對不公平的事情屈服的人似的，走出門去，把門輕輕關上。

兩個鐘頭之後，我在屋裡晃來晃去不想睡，感覺到有小小的收縮，像是月經痛那樣。我打電話給彼耶特洛，我知道他還在唸書沒睡。我說：我就要生了，明天來接小瑷和艾莎吧。我電話還沒掛好，就感覺到一股溫熱的液體順著我的腿流下來。我抓起早就裝好必需品的袋子，拚命按鄰居的門鈴，按到他們來開門。我之前已經和安東妮拉商量好了。雖然她半睡半醒，但一點都不驚訝。我說：

「時候到了，我要把孩子們交給你照顧。」

我的忿怒與焦慮突然全消失了。

60

一九八一年一月二十二日，我的第三個孩子出生了。前兩次生產，我並不記得有特別的疼痛，但這次肯定是最輕鬆的一次，讓我簡直覺得是快樂的解放。醫生讚賞我的自制，很高興我沒給她惹來任何問題。要是她們全都像你一樣就好了，她說：你天生適合生小孩。她在我耳邊輕聲說：尼諾在外面等，是我告訴他的。

這個消息讓我很高興，但我更高興的是，發現自己的憎恨全不見了。生產讓我消除了過去幾個月以來的酸楚與痛苦，我覺得很高興，我覺得我再次可以恢復好性情，可以不再那麼嚴厲看待事情。我滿懷愛意歡迎我的新生兒，她七磅重，渾身紫色，沒有頭髮。我整理好自己的儀容，藏起所有費力生產的痕跡之後，讓尼諾進來，對他說：現在我們是四個女人了。如果你想離開我，我可以理解。我沒打算像以前那樣和他吵架。他擁抱我，親吻我，發誓說他不能沒有我。他給我一個有墜子的金項鍊，我覺得好漂亮。

一覺得好些，我就打電話給鄰居。彼耶特洛一如既往的認真，已經抵達那不勒斯。我和他講話，他想帶女兒到醫院來看我。我要他讓我和她們講電話，但她們因為和爸爸在一起太開心，只心不在焉地哼哼啊啊回答。我告訴前夫，我寧可他帶她們去佛羅倫斯住幾天。他非常貼心，我很想謝謝他的體貼，想告訴他說我愛他，但是我感覺到尼諾質疑的眼神，放棄這個念頭。

之後我打給我爸媽。我爸很冷淡，或許是因為膽小，或許是因為他認為我的生活是一大災難，也或許是因為他和我弟一樣，覺得我最近想管他們的閒事很討厭，而我自己向來是不許他們插手我的事的。我媽想馬上來看孩子，我拚命讓她冷靜下來。再來我打給莉拉，她有點被逗樂了：你身上的事情向來都很順，而我到現在都還沒有動靜。她也許有事在忙，所以草草回應，也沒說要到醫院來看我。一切都正常，我心情很好地想，沉沉入睡。

醒來的時候，我理所當然認為尼諾已經消失了，結果他還在。他和他那位婦產科朋友聊了很久，問起承認親子關係的事，很擔心伊蓮諾拉的反應。我說我要給女兒取我媽的名字，他很高興。身體康復之後，我就去市政府，給剛出生的女兒正式登記為伊瑪柯拉塔．薩拉托爾。

在那個場合，尼諾也沒有顯得不自在。搞不清楚狀況的人反而是我，我說我嫁給吉歐瓦尼．薩拉托爾，但又更正說，我和彼耶特洛．艾羅塔離婚，雜七雜八講了一大堆名字、姓氏，不正確的資料。但我覺得那一刻好可愛，我也又開始相信，要讓自己的生活恢復秩序，只需要一點耐心。

剛開始的那幾天，尼諾丟下他那無止境的工作，用盡各種方法讓我知道我對他有多重要。直到他發現我不打算給女兒受洗時才沉下臉。

「孩子都要受洗。」他說。

「亞伯提諾和麗狄亞都受洗？」

「當然啦。」

於是我明白，他雖然常高舉反宗教的大旗，但洗禮對他來說似乎極其必要。這有些尷尬。從還在念高中的時候，我就認為他不是個有信仰的人，但他卻對我說，正因為我在初中和宗教老師的那一場爭吵，讓他相信我是有信仰的人。

「反正，」他有點不知所措地說：「不管信或不信，孩子都要受洗。」

「這是什麼道理。」

「這不是道理，是感覺。」

我裝出戲謔的口吻：

「讓我維持一貫的作風吧，」我說，「我沒給小璦和艾莎受洗，所以也不給伊瑪柯拉塔受洗。她們長大之後可以自己作決定。」

他想了想，笑了出來：「好吧，沒錯，誰在乎，反正這只是個慶祝的藉口。」

「算了，我們就做吧。」

我答應要為他所有的朋友準備個活動。在我們女兒出生之後的最初幾個鐘頭裡，我觀察他的一舉一動，他失望的表情與贊成的表情。我覺得開心，但也有點茫然。這是他嗎？這是我向來都愛的那個人嗎？或者這只是個我強迫對其賦予清晰與果決性格的陌生人？

61

我街坊的親戚朋友沒有人到醫院來。我回家之後想，說不定我該為他們辦場小派對。我向來與我出身的環境保持距離，儘管我近來在街坊待的時間很長，但我從來沒邀請任何一個童年與少年時代的朋友到塔索路的公寓來。我覺得很懊悔。我覺得這種斷然的絕裂是我人生某段脆弱時期的殘餘產物，幾乎是不成熟的象徵。我還沉浸在這樣的想法裡時，電話響了。是莉拉。

「我們要過來了。」

「誰？」

「你媽和我。」

這是個寒冷的午後。維蘇威火山山頂一片雪白。我覺得她們的來訪是一種干擾。我才剛到家沒多久。餵奶、洗澡，加上縫合的傷口，讓我覺得疲累。這時尼諾不在。我不希望惹我媽不開心，而且我也不希望他和莉拉在我蓬頭垢面的情況下見面。我想趕尼諾走，但他似乎無法理解，事實上他還很高興我媽要來，所以留下來等她。

我到浴室去整理儀容。她們敲門的時候，我衝去開。我已經十天沒見到我媽，她和莉拉形成強烈的對比。仍舊公私兩忙的莉拉漂亮動人，活力充沛，而我媽抓著她的手臂，宛如暴風雨的倖存者，身子佝僂得比以前更嚴重，她僅餘的一點氣力也開始消失了。我讓她靠在我身上，帶她坐到窗邊的椅子。她低聲喃喃說：今天天氣真好啊。她望向陽台外面，或許是為了不看見尼諾。但他走到她面前，以迷人的態度開始指出天空與大海之間霧濛濛的輪廓給她看：那是伊斯基亞島，那是卡布里，你靠過來我這邊，這樣看比較清楚。他沒對莉拉講話，甚至連招呼都沒打。我和她交談。

「你恢復得很快。」她說。

「我有點累，但情況很好。」

「你非堅持住在這裡不可。要到這裡來好麻煩啊。」

「可是這裡好漂亮。」
「好吧。」
「來，我們去看寶寶。」
我帶她到伊瑪柯拉塔的房間。
「你已經開始恢復原來的模樣了。」她讚美我，「你的頭髮好漂亮。這條項鍊呢？」
「尼諾送我的。」
我從搖籃抱起寶寶。莉拉聞聞她，鼻子挨在她脖子上，說她一進屋裡就聞到寶寶的香味。
「什麼香味？」
「嬰兒爽身粉，牛奶，消毒水，和新鮮的味道。」
「你喜歡？」
「是啊。」
「我希望她能增加一些體重。顯然都只胖在我身上。」
「天曉得我的孩子又會是什麼樣子。」
她現在已經認定肚子裡的孩子是兒子了。
「他一定很棒的啦。」
她點點頭，但彷彿沒聽見，眼睛專注地盯著寶寶。她伸出手指摸摸寶寶額頭，寶寶耳朵，又
提起我們之前開玩笑的提議：
「如果有必要，我們就交換。」

我笑起來，想把寶寶抱給我媽看。我媽靠著尼諾的手臂，坐在窗前。她很愉快地看著他，露出微笑，渾然忘我，彷彿回到年少時光。

「這是伊瑪柯拉塔。」我說。

她看著尼諾，他很快就說：

「這名字很美。」

我媽低聲說：

「才怪。但你們可以叫她伊瑪，這樣聽起來比較時髦。」

她放開尼諾的手臂，招手要我把寶寶交給她。我把孩子交給她，但她沒力氣抱。

「聖母瑪麗亞啊，你太漂亮了，」她低聲說，然後轉頭對莉拉說：「你喜歡她嗎？」

莉拉心不在焉，瞪著我媽的腳。

「是啊，」她眼睛抬都沒抬，「快坐下吧。」

我也看著她看的方向。血從我媽的黑洋裝底下滲出來了。

62

我本能地搶過寶寶。我媽這才發現是怎麼回事，我看見她一臉厭惡羞愧。尼諾在她昏倒前的瞬間抓住她。媽媽，媽媽，我喊著，而他用手指輕輕拍打她的臉頰。我心驚，她沒清醒過來，寶寶開始哭號。她會死掉，我心想，非常驚駭，她硬撐著見到伊瑪柯拉塔，然後才放下。我一直喊著媽媽，媽媽，聲音越來越大。

「叫救護車。」莉拉說。

我衝到電話旁，停下來，有點不知所措，想把寶寶交給尼諾。但他避開我，回到莉拉身邊，他說開車送她去醫院比較快。我覺得心臟彷彿跳到喉嚨，寶寶還在哭，而我媽醒來，開始呻吟。她哭著輕聲說，她絕對不要再踏進醫院一步，她拉著我的裙子提醒我，她住院過一次，不想被拋棄在醫院裡死掉。她顫抖著說：我想看著孫女兒長大。

尼諾這時語氣堅定，就像他學生時代碰到困難問題時那樣。我們走吧，他說，雙臂扛起我媽。她無力地抗議，而他安撫她，說他會親自安排好一切。莉拉不解地看著我，我心想：在醫院裡診治我媽的那位教授是伊蓮諾拉家的朋友。尼諾不可或缺，還好這時有他在。莉拉說，寶寶交給我，你去吧。我同意。但要把伊瑪柯拉塔交給她時，卻很猶豫。我和寶寶心連心，彷彿她還在我肚子裡一樣。況且，我不能就這樣離開，我還得餵她奶，給她洗澡。但對我媽也是，我有著比以前更親密的牽掛，我在發抖，這是什麼血，這代表了什麼。

「來吧，」尼諾不耐煩地對莉拉說，「快點。」

「是啊，」我說，「你去，再把消息告訴我。」

門一關上，我就感覺到這個情況所帶來的傷害：莉拉和尼諾一起帶我媽走，在明明該我出面的時候，卻由他們照顧我媽。

我覺得虛弱，不知所措，坐在沙發上，餵伊瑪柯拉塔奶，安撫她。我的眼睛始終盯著地板上的那灘血，想像汽車駛過城裡結冰的街道，手帕伸出車窗搖晃，代表有緊急事故，手不斷按喇叭，我媽在後座垂死掙扎。那車是莉拉的，開車的人是她還是他？我必須保持冷靜，我對自己說。

我把寶寶放進搖籃裡，決定打電話給艾莉莎。我盡量輕描淡寫，沒提到尼諾，講到莉拉。我妹妹馬上發脾氣，放聲大哭，痛罵我。她罵我說把媽媽交給天曉得哪裡來的陌生人，我應該叫救護車的，我只想著自己的事情和方便，要是我媽死了，我要負全部的責任。這時我聽見她一遍又一遍喊著馬歇羅，那頤指氣使的口吻是我不熟悉的，是任性又苦惱的喊叫聲。我對她說：什麼「天曉得哪裡來的陌生人」，是莉拉帶她去醫院，你幹嘛這樣講話。她用力摔上電話。

但艾莉莎說的沒錯。我是昏了頭。我真的應該要叫救護車的。再不然就放開寶寶，把她交給莉拉。我屈服於尼諾的權威，屈服於男人習慣表現出來的決斷與拯救者角色。我守在電話旁邊，等他們打電話給我。

過了一個鐘頭，又一個半鐘頭，電話終於響了，莉拉平靜地說：

「他們讓她住院了。尼諾認識好幾位醫生，他們說情況控制住了。冷靜一點。」

「她自己一個人？」

「是的，他們不讓其他人進去。」

「她不想孤伶伶死去。」

「她不會死。」

「她很害怕，莉拉，做點什麼吧，她現在和平常不一樣。」

「所以才需要醫院啊。」
「她有沒有問起我？」
「她說你應該帶寶寶來看她。」
「你現在在幹嘛？」
「尼諾還和醫生在一起，我要走了。」
「走吧，好，謝謝你，別太累了。」
「他一有空就會打電話給你。」
「好的。」
「保持冷靜，否則奶會出不來。」
提到母乳，給了我動力。我坐在伊瑪柯拉塔搖籃旁邊，彷彿只要有她在身邊，就可以讓我胸部保持腫脹。女人的身體到底是什麼：我用子宮孕育我的女兒，如今她出生了，我還是必須用胸部滋養她。我心想，我也曾經在我媽的子宮裡，也曾吸她的奶。和我一樣大的胸部，甚至比我還大。直到我媽生病前不久，我爸都還用下流的言詞開她胸部的玩笑。我從沒見過她沒穿胸罩的模樣，在她人生的任何一個階段都沒有。她總是藏起自己的身體，不相信自己的身體，因為腿的關係。然而只要一杯酒下肚，她就會開始反駁我爸的下流話，用字粗俗，一味吹噓自己的魅力，毫不羞恥地盡情表現自我。電話再次響起，我衝過去接。又是莉拉，但口氣變了。
「有麻煩了，小琳。」
「她情況惡化了？」

「沒有，醫生很有信心。但是馬歇羅跑來了，他像瘋了一樣。」

「馬歇羅？和馬歇羅什麼關係？」

「我不知道。」

「讓我和他講話。」

「等等，他在和尼諾吵架。」

我聽見背景裡有馬歇羅濃重的嗓音，講著方言，還有尼諾的聲音，一口漂亮義大利文，但有點刺耳，是他發脾氣的聲音。

「叫尼諾別理他，趕他走吧。」

莉拉沒回答，我聽見她加入我不明所以的討論，突然用方言嚷著：你在說什麼屁話，小馬？去死吧，快滾。然後又對著我嚷道：和這個混蛋講講吧，拜託，你們兩個快達成協議，我不想捲進去。遠遠的講話聲。幾秒鐘之後，馬歇羅來接電話。他裝出有禮貌的聲音說，艾莉莎堅持我們不能把我媽留在這家醫院裡，他必須帶她走，去卡波迪蒙特的大醫院。他像真心請求我許可地問：

「我這樣做對吧？告訴我，我這樣做是對的。」

「冷靜一點。」

「我很冷靜，小琳。但你在診所生產，艾莉莎在診所生產。為什麼你們媽媽要死在這裡？」

「她的主治醫師在這裡工作啊。」

他以前從沒用這麼凶惡的態度對待過我：

「錢在哪裡，醫生就在哪裡啊。這裡歸誰管，是你，小琳，還是那個混蛋？」

「這不是歸誰管的問題。」

「不，就是歸誰管的問題。要嘛你告訴你的朋友，說我可以帶她去卡波迪蒙特，否則我就打爛某人的臉，還是帶她走。」

「叫莉娜拉來聽。」我說。

我快站不住了，太陽穴砰砰狂跳。我說：問尼諾，我媽能不能轉院，讓他和醫生談，然後打電話給我。我扭著雙手，掛掉電話。我不知道該怎麼辦。

過了幾分鐘，電話又響了。是尼諾。

「小琳，控制好那個畜牲，否則我就要報警了。」

「你有沒有問過醫生，我媽能轉院嗎？」

「不行，她不能轉院。」

「尼諾，你問了沒有？她不想待在這個醫院裡。」

「私人診所更可怕。」

「我知道，可是冷靜一點。」

「我非常冷靜。」

「好吧，那就回家吧。」

「那這裡怎麼辦？」

「莉娜會搞定的。」

「我不能丟下莉娜和那個傢伙在一起。」

我拔高嗓音。

「莉娜可以照顧好自己。我站不住了，寶寶在哭，我得去替她洗澡。我告訴你，現在就回家去。」

我掛掉電話。

63

那幾個鐘頭很難捱。尼諾來的時候心煩意亂，開口閉口都是方言，極度緊張，一再重複說：現在瞧瞧誰會贏。我意會到，我媽在這家醫院住院，對他來說已經變成原則問題。他真的很擔心梭拉朗會帶她到某個不適合的地方，那些開刀只為賺錢的地方。他又恢復用義大利文嚷著說，在這家醫院裡，你媽媽會有最頂級的專科醫生照顧，儘管病情已經惡化到這個階段，那幾位教授還是讓她有尊嚴地活到現在。

我也和他一樣擔心，而且他是真的非常在意這件事。儘管已經是晚飯時間，但他還是打電話找有力人士，是當時那不勒斯最知名的幾個人，我不知道他是去抱怨，還是在對抗馬歇羅步步進逼的戰爭裡尋求支援。但我聽得出來，只要他一提到梭拉朗的名字，對話就變得複雜了，然後他就沉默下來，靜靜聽。他一直到十點鐘才平靜下來。我很絕望，但我想辦法不讓他知道，否則他會決定回醫院去。我激動的情緒感染了伊瑪柯拉塔。她開始大哭，我餵她喝奶，她安靜下來，然後又開始哭。

我一夜沒闔眼。清晨六點左右，電話又響了。我衝去接，希望不會吵醒寶寶和尼諾。是莉拉打來的，她一整個晚上都待在醫院。她用疲累的聲音把情況說給我聽。馬歇羅顯然讓步了，沒對她說再見就走了。她偷偷溜過樓梯和走廊，找到我媽的病房。那個房間很折磨人，有其他五個為病痛所苦的女人，她們呻吟哭泣，被丟在那裡受苦。她看見我媽一動也不動地躺著，睜開眼睛，對著天花板低聲說：聖母瑪麗亞啊，快點讓我死吧，她全身因為強忍痛苦而顫抖。莉拉蹲在她身邊，安撫她。但這時她不得不離開，因為天亮了，護士開始出現了。她很慶幸自己違反了規定，她向來喜歡不守規則。但在這個情況底下，我卻覺得她是在假裝，為了不讓我因為她替我做的事而覺得有負擔。她就快要生產了，我想像她筋疲力竭，因為自己的危急情況而飽受折磨。我對她的擔心不下於對我媽。

「你還好嗎？」

「很好啊。」

「你確定？」

「非常確定。」

「去睡一下吧。」

「我等馬歇羅和你妹來。」

「你確定他們會再來？」

「他們怎麼可能放棄打大吵大鬧的機會。」

我還在講電話的時候，尼諾出現了，還睡眼惺忪。他聽了一會兒，然後說：

「讓我來和她講。」

我不肯把電話交給他，喃喃說：她已經掛掉了。他抱怨說他已經動員很多人，確保我媽接受最好的醫療照顧，他想知道有沒有和他有關的決議。到目前為止並沒有，我說。我們做好計畫，讓他可以帶我和寶寶到醫院去，儘管這天寒風強勁。他會和伊瑪柯拉塔留在車裡，我則趁著兩次餵奶之間的空檔去看我媽。他說好吧，他的幫忙讓我更一心向著他，但後來卻又惹惱我，因為他什麼都安排好了，唯獨沒注意到探病時間。我打電話去詢問，小心翼翼地把寶寶包好，然後出發。我們沒通知莉拉，我確信可以在醫院找到她。但等我們到了醫院，不只沒找到莉拉，也沒找到我媽。我媽已經出院了。

64

我後來才從我妹妹那裡得知原委。她告訴我，彷彿是在說：你以為你自己很了不起，可是如果沒有我們，你什麼都不是。早上九點鐘，馬歇羅就抵達醫院，帶了某個頂尖醫生——他不辭辛勞地親自開車到醫生家裡去接他。我們媽媽立刻就用救護車轉送到卡波迪蒙特診所。艾莉莎說，她在那裡像女王一樣，我們親戚愛陪她多久就陪她多久，有床給爸爸睡，讓他可以在夜裡陪她。

她還很不可一世地強調：別擔心，錢由我們出。接著就是明明白白的威脅了。你的那個朋友也許是教授，她說，但他不知道他應付的是什麼，你最好解釋給他聽。告訴那個爛貨莉娜，她也許很聰明，但馬歇羅已經不一樣了，馬歇羅不是她很久以前的那個小男朋友，他不像米凱爾，可以隨便她指使：馬歇羅說要是她敢對我大聲講話，要是她敢像在醫院那樣當著所有的人面前辱罵我，他會宰了她。

我沒把這些話告訴莉拉，我甚至不想知道她和我妹妹是怎麼吵架的。但在接下來的那段日子裡，我對莉拉更好，常打電話讓她知道我很感激，知道我愛她，等不及她生下孩子。

「一切都好嗎？」我問。

「都好。」

「沒有動靜？」

「當然沒有。你今天需要幫忙？」

「不，明天吧，如果可以的話。」

那段日子很緊張，因為新舊情況的束縛而更形複雜。我的身體還是和伊瑪的小器官共生似的，我離不開她。但我也想念小璦和艾莎，所以我打電話給彼耶特洛，最後他帶她們回來。艾莎馬上假裝喜歡這個小妹妹，但沒能持續多久，才過幾個鐘頭，她就開始對她做鬼臉，討厭她，她說：你把她生得真醜。另一方面，小璦卻很想證明她是比我更稱職的媽媽，不時差點把她摔到地上或害她在浴盆裡淹死。

我需要很多幫忙，至少在最初的那幾天，彼耶特洛自願幫忙。我們還是夫妻的時候，他很少伸出援手來讓事情變得容易一些，如今我們正式離婚，他卻不願讓我獨自和三個孩子（其中一個還是新生兒）奮鬥，自願多留下來幾天。但我必須讓他離開，不是因為我不需要他的幫忙，而是因為他待在塔索路的這幾個鐘頭，尼諾很不高興，他不停打電話來看彼耶特洛是不是走了，他不希望到他家來還被迫碰見彼耶特洛。當然，等我的前夫離開之後，尼諾就被工作和政治活動給纏得分不開身，所以我只能靠自己。為了購物、送孩子上學、接她們回家、唸書或寫幾行字，我不得不把伊瑪託給鄰居照顧。

但這還是最微不足道的小事。更複雜的是安排去診所看我媽。我不信任米芮拉，兩個女孩和一個新生兒對她來說負荷太重了。所以我決定帶伊瑪一起去。我把她包得嚴嚴的，叫計程車，趁小璦和艾莎上學的時候到卡波迪蒙特去。

我媽康復了。當然，她很虛弱，要是沒有每天看見我們這幾個孩子，就以為有什麼大災難發生，開始哭泣。同時，她一直臥床，以前就算很費力，她也都會起床活動的。但不容否認的，診所的豪華設施對她很有幫助。被當成貴婦服侍，讓她忘記自己的病情，而服藥消除疼痛，讓她有時候快樂得飄飄欲仙。她喜歡亮晃晃的大房間，覺得床墊很舒服，因為擁有自己專屬的浴室——就在她的病房裡！——而自豪。是真正的浴室喔，她指出，不是廁所，她想要起床帶我去看。更別提還有這個新生的外孫女。我帶伊瑪去看她的時候，她把寶寶抱在身邊，學嬰兒腔和她講話，變得很興奮，嚷著說——其實根本就不可能——伊瑪對她笑。

但通常來說，她對寶寶的興趣也不會持續太久。她會開始講起自己的童年，或少女時代。她回到五歲的時候，然後變成十二歲，十四歲，對我講述在那些年齡時候，她和她同伴發生的種種事情。有天早上她用方言對我說：我小時候就懂得死亡，我向來都懂，但我從來沒想過有一天會發生在我自己身上，直到現在，我都還是不相信。另一次，她在回想完之後開始笑，輕聲說：你不讓孩子受洗是對的，那根本沒道理，現在我快死了，我知道我會變成細細碎碎的小碎片。但在那些緩慢的時光裡，最重要的是，我真的感覺到我是她最偏愛的孩子。我離開之前她擁抱我，彷彿是想溜進我的身體，留在裡面，就像我曾經在她身體裡面一樣。和她肢體接觸，在她身體健康時很讓我惱怒的接觸，這時卻讓我很歡喜。

65

很古怪的，診所不久就變成街坊老少會面的地方。

我爸睡在那裡陪我媽，我早上看見他的時候，他鬍子沒刮，眼神驚懼。我們沒怎麼打招呼，不過這也沒什麼不尋常的。我向來和他沒什麼接觸：有時候流露出關愛，但多半都是心不在焉，只偶爾幫我一起對抗我媽。但這都只是表面的。向來都是我媽給他一個角色，然後視情況需要，又會隨時奪走，特別是牽涉到我的時候——讓我生活好過或不好過，純粹依據她的需要——她就把他踢得遠遠的。如今妻子的活力幾乎消失殆盡，他不知道該如何和我交談，我也不知道該和他說什麼。我說嗨，他說嗨，然後又說：趁你陪她的時候，我去抽根菸。有時候我會很納悶，他是怎麼活下來的，這麼平凡的一個人，活在一個這麼凶惡的世界裡，那不勒斯，他的工作，這個街坊，甚至我們的這個家，都如此凶惡。

艾莉莎帶著孩子來的時候，我發現她和我爸非常親密。艾莉莎用寵愛但權威的態度對他。她常常待一整天，有時候甚至留下來過夜，讓他回家去睡自己的床。我妹妹只要一進來，就開始看什麼都不順眼，灰塵啦，窗戶啦，伙食啦。她這麼做是要別人尊敬她，她要擺明她才是掌控一切的人。派普和紀亞尼也配合她。只要感覺到我媽很痛苦，我爸很絕望，他倆就很生氣，按鈴，叫護士來。要是護士來得太慢，我弟弟就痛罵她，但接著又自相矛盾地給她一大筆小費。特別是紀亞尼，在離開之前，會塞錢到她口袋裡，說：待在門口，只要我媽喊你，就趕快進來，下班之後去喝杯咖啡，聽清楚了嗎？然後，為了讓她了解我媽是位重要人士，他還提了三、四次梭拉朗的名字。格瑞柯夫人的事——他說——就是梭拉朗家的事。

梭拉朗家的事。這句話讓我忿怒，讓我羞愧。但同時我又想到不管是這件事或醫院的問題都一樣，我對自己說：事後（事後是什麼意思，我連對自己都不敢承認）我得和我弟弟妹妹，和馬歇羅把很多事情搞清楚。目前我很樂於來到這個病房，見到我媽和她街坊的朋友，和她同輩的人，虛弱的她對他們吹噓著諸如，都是我小孩想要這樣啦，再不然就指著我：艾琳娜是個有名的作家，她在塔索路有間看得見大海的房子，看看這個漂亮的寶寶，她叫伊瑪柯拉塔，和我同名。朋友離去之後，她就喃喃低語，睡著了。我進來看看她的情況，然後抱著伊瑪回到走廊，那裡空氣比較清新。我讓病房的門開著，才能監控我媽沉重的呼吸，在親友拜訪的疲憊之後，她通常睡得很沉，微微呻吟。

偶爾有幾天日子比較輕鬆。例如，有時候卡門會開車載我來。埃爾范索也是。這當然是因為他們很愛我的關係。他們用尊敬的語氣對我媽講話，頂多稱讚她孫女長得好、病房很舒服，來讓她滿意，其餘的時間，他們不是在走廊上和我聊天，就是坐在車裡等著載我去接女兒放學。和他們在一起的早晨總是過得很緊湊，而且產生了奇特的效果：他們讓我媽那已走到盡頭的街坊人生，和在莉拉影響下建立起來的街坊人生合而為一。

我告訴卡門，我們的這位朋友為我媽所做的事。她很滿意地說：你知道沒有人能制止得了莉娜，她講得一副莉拉具有神奇力量似的。但是醫生替我媽做檢查的時候，我和埃爾范索在診所潔白的走廊聊了十五分鐘，得到的訊息卻更多。他通常也都對莉拉滿懷感激，但讓我驚訝的是，他第一次坦白說出他自己的事情。他說：莉娜教會他技能，擁有一份前途遠大的工作。他說：沒有她，我會是什麼呢？什麼都不是，只是行屍走肉，一事無成。他拿莉拉來和他妻子的行為相比較：我放任瑪麗莎，讓她隨心所欲地背叛我，我讓她的孩子冠我的姓，但她還是很氣我，一再折磨我，無數次對著我的臉吐口水，說我欺騙她。他為自己辯護：我怎麼欺騙她，小琳，你是個知識份子，你了解我，被欺騙的人是我，被我自己欺騙，要是莉娜沒幫助我，我就會因為欺騙而死。他眼睛閃閃發亮。她為我所做的一件最美妙的事情就是，讓我看清楚自己，她教我坦白說：我摸這個女人光裸的腳，一點沒有感覺；但我一心渴望，渴望得要死，想要摸這個男人的腳，摸他的手，想幫他剪指甲，幫他擠粉刺，和他一起踏進舞池裡，對他說，要是你會跳華爾滋，就來帶我跳舞吧。他回憶遙遠的往事：你記得你和莉娜到我家來，要我爸爸把娃娃還給你們的時候，他喊我，小埃，是你拿的嗎——因為我是我家的恥辱。我玩我妹的娃娃，我試戴我媽的項鍊。他對我解釋，但我彷彿早已知道一切，這時只是讓他表露心跡而已。小時候，他說，我就知道我既不是其他人以為的那樣，也不是我自己想的那樣。我對自己說：我是另一種東西，是隱藏在血管裡的東西，沒有名字，只靜靜等待。但我不知道那是什麼，特別是我也不知道那東西怎麼會變成是我，直到莉拉強迫我——我不知道該怎麼形容——從她身上學到一些東西。你也知道她那個人，她說：就從這裡開始，看看會怎麼樣，所以我們就混為一體——這很好玩——如今我既不是以前的我，也不是莉拉，而是一個開始慢慢界定自己的人。

他很高興能對我吐露心聲，我也很高興他能對我敞開胸懷。我們之間有了一種新的親密關係，和我們以前放學一起走路回家的時候不一樣。和卡門也是。我覺得我們的關係變得更加有信任基礎。這時我意會到，他們兩個以各自不同的方式對我別有所求。這發生過兩次，兩次都和馬歐羅出現在診所有關。

我妹妹艾莉莎和寶寶到醫院來，常常是由一個叫多曼尼柯的老頭開車載他們。多曼尼柯讓他們下車，然後載我爸爸回街坊。偶爾是馬歐羅親自載艾莉莎和席威歐來。有天早上馬歐羅來的時候，卡門和我在一起。我確信他們之間的關係很緊張，但他們打招呼的樣子雖不熱絡，卻也不劍拔弩張，而她在他身邊繞來繞去，活像一有問題就要撲上去的動物。我們獨處時，她緊張地壓低嗓音對我說，雖然梭拉朗兄弟恨她，但她還是想辦法表現得友善，她這麼做都是為了帕斯蓋。但是——她嚷著——我做不到，小琳，我恨他們，我想掐死他們，我這麼做只是不得不。然後她問：如果是你，你會怎麼做？

類似的情況也發生在埃爾范索身上。有天早上，他載我去看我媽，馬歐羅出現，埃爾范索一看見他就驚慌起來。然而馬歐羅還是平常那個德性：有點尷尬但客氣地和我打招呼，對埃爾范索點點頭，假裝沒看見他自動伸出的手。為了避免衝突，我把我這位朋友推到走廊，藉口說我得餵伊瑪。一到病房外面，埃爾范索就低聲說：要是我被謀殺了，記得，凶手是馬歇羅。我說：別誇張了。但他很緊張，開始挖苦地列出街坊裡很樂意宰掉他的人，包括我不認識與我認識的人。他的哥哥斯岱方諾（他笑著說：他幹我老婆，只是為了證明我們家裡的人不全都是娘砲）和黎諾（他笑著說：打從他知道我看起來很像他妹妹那樣之後，他就對我做他不能對她做的事）都列在名單上。但名單上的頭號人物是馬歇羅，據他說，最恨他的人就是馬歇羅。他講得很得意，卻也很痛苦：他覺得米凱爾是因為我才發瘋的。然後又很不屑地補上一句：莉拉鼓勵我變得像她，她喜歡我付出的努力，她喜歡看我怎麼扭曲她的形象，她很樂於看見這扭曲的形象對米凱爾產生的影響，而我也很高興。這時他停下來，問我：你覺得呢？

我一面給寶寶餵奶，一面聽。對他和卡門來說，我光是住在那不勒斯並不夠，他們希望和我不時見面，他們希望我完全融入街坊，他們想要我站在莉拉旁邊當守護神。他們說我們像兩個女神，有時候同聲一氣，有時候相互競爭，但無論如何都能照應他們的疑難雜症。要求我像莉拉那樣更加介入他們的事情，雖然看似很不恰當的壓力，但在這樣的情況下卻讓我很感動。而當我媽驕傲地指著我，用疲累的聲音對她街坊的朋友說我是她重要的一部分時，我的感動就更深了。我把伊瑪摟在胸前，調整毯子，讓她不被穿堂風吹襲。

66

只有尼諾和莉拉始終沒到診所來。尼諾說得很明白：我不想看見那個黑幫份子，很遺憾不能去看你媽媽，請代我問候她，但我不能和你一起去。有時候我讓自己相信，總有辦法證明他不去是對的，但更常有的情況是，他看起來是真的很受傷，因為他為我媽費了很多心力，而我和我們全家人最後卻任馬歇羅擺布。我向他解釋，這情況很複雜。我說：這和馬歇羅沒有關係，我們只是想讓我媽開心。但他不滿地說：就是因為這樣，所以那不勒斯永遠不會進步。

至於莉拉，她對我媽轉到診所的事情不置一詞。她繼續幫我忙，雖然她自己也隨時要生了。我覺得很有罪惡感。我說：別擔心我，你應該照顧好你自己。但是不行——她指著自己的肚子回答，那表情既是諷刺，也是警覺——他遲到了——我不想生，他也不想來。只要我有任何需要，她就匆匆趕到。當然，她從來沒說要像卡門或埃爾范索那樣載我去卡波迪蒙特。但如果孩子們發燒，沒辦法去上學——在伊瑪柯拉塔出生後的三個星期裡，因為天雨寒冷，這情形發生了三次——她隨時伸出援手，把工作交給恩佐和埃爾范索，自己到塔索路來照顧她們三個。

我很高興。莉拉陪小璦和艾莎的時間非常有意義。她會讓兩個女孩更親近妹妹，讓小璦負起責任，控制住艾莎，安撫伊瑪，而且不需要像米芮拉那樣塞奶嘴給她。唯一的問題是尼諾。雖然我自己在家的時候，他總是很忙，但我很擔心哪天會發現莉拉過來帶小孩的時候，他竟神奇地找出時間來幫她。所以在我內心深處隱密的角落裡，從來就不平靜。莉拉來了，我給她無數建議，我寫下診所的電話號碼，提醒鄰居，以防萬一，然後匆匆趕到卡波迪蒙特。我陪我媽不到一個鐘頭，然後就回家，及時趕上餵奶、煮飯。但有時候，在回家途中，我會念頭一閃，怕一進屋就看見尼諾和莉拉在一起，談論世界大事，就像以前在伊斯基亞島的時候一樣。我當然也有更難以忍受的胡思亂想，但驚恐地強自壓抑。最揮之不去的恐懼，在我開車時，卻顯得是最有可能出現的情況。我想像她開始陣痛，而尼諾剛好在，所以他只好送她去急診室，留下小璦害怕地扮演理智的女人，艾莎翻莉拉的袋子偷東西，伊瑪在搖籃裡大哭，因為肚子餓和尿布癢而不舒服。

實際情況確實相去不遠，但和尼諾沒有關係。我有天早上準時在半個鐘頭內回到家，發現莉拉不在。她開始陣痛了。我苦惱得無法忍受。她向來最怕的就是東西搖晃與彎曲，她痛恨任何形式的疾病，憎恨被掏空任何可能意義的空洞語彙。所以我祈禱她撐得住。

67

我從兩個管道得知生產的情況：她和婦產科醫生。我要用我自己的話，綜整她們兩人的說法，按照時間順序來加以陳述。當時在下雨。我在三個星期之前生產，我媽已經在診所住了兩個星期，要是我沒去看她，她就會哭得像焦慮的孩子。小璦有輕微的發燒，艾莎不肯去上學，堅持要留在家裡照顧姊姊。卡門沒有空，埃爾范索也是。於是我打電話給莉拉，還是像平常那樣告訴她：要是你覺得不舒服，或是要工作，那就算了，我會想其他辦法。她用她慣有的嘲諷口氣回答說，她好得很，而且自己當老闆就可以自己下指令，什麼時間不上班都行。她很愛我兩個女兒，但特別喜歡和她們一起照顧伊瑪。這是可以讓她們四個都玩得開心的遊戲。我馬上就過來，她說。我估計她頂多一個鐘頭之內就會到，但她來遲了。我等了一會兒，但既然知道她會守信諾，就對鄰居說：她應該再幾分鐘就會到，然後把孩子交給她，就動身去看我媽。

但是莉拉之所以遲到，是因為她的身體有了產兆。雖然還沒有宮縮，但她覺得不太舒服，最後為了以防萬一，恩佐陪她到我家來。還沒踏進屋子，她就感覺到第一陣疼痛了。她馬上打電話給卡門，要她來幫我家鄰居照顧孩子，然後讓恩佐帶她到我們那位婦產科醫生工作的診所。宮縮突然變得很劇烈，但並還沒有到最後關頭：陣痛持續了十六小時。

聽莉拉來談這件事簡直像是笑話，大家都說生頭胎很痛，第二胎以後就比較容易，根本是騙人的，不管生幾個都還是很痛。她講得義憤填膺，顯得很好笑。她覺得，保護子宮裡的胎兒，然後花好多個鐘頭想辦法擺脫他，簡直沒道理。太可笑了，她說，整整九個月熱情招待，然後有朝一日想盡各種辦法盡力要把這個貴客趕走。她對這不合邏輯的運作忿然搖頭。太瘋狂了，她用義大利文嚷著說，這是你自己的身體在對你生氣，背叛你，變成你最惡劣的敵人，讓你受到最大的痛苦。好幾個鐘頭的時間，她覺得肚子裡像有冰冷的烈火在燒，難以忍受的痛苦猛烈襲擊她的下腹，周而復始，刺穿她的腎臟。來啊，她挖苦說，你這個騙子，說什麼偉大的經驗。她發誓，這一次是認真的，絕對不再懷孕。

尼諾有一回邀婦產科醫生和她丈夫一起吃晚飯，據醫生說，莉拉這次的生產很正常，換成是其他女人肯定不會像她這麼說的。讓情況變得複雜的是莉拉意念紛亂的腦袋。醫生被惹毛了。你做的恰恰是你不該做的，醫生斥責她，你應該用力的時候反而不用力：快，快，用力推。據她說——她現在對她這位病人很反感，在我家吃晚飯的時候，完全不加掩飾，甚至還表現得一副心照不宣的樣子，特別是對尼諾——莉拉想盡辦法不讓她的孩子降生於世。她卯足全力不生下孩子，還大口喘氣嚷著：切開我的肚子，把他弄出來，我辦不到。醫生繼續鼓勵她，莉拉卻用髒話罵她。醫生告訴我們，她渾身大汗淋漓，寬闊的額頭下方一雙充血的眼睛，不停尖叫：你快說啊，快下令啊，你來，你快動手，你這個混蛋，你可以的話就自己把孩子推出來啊，他快要了我的命啊。

我很不安，對醫生說：你不應該告訴我們這些的。她變得更生氣，嚷著說：我告訴你們，因為我們是朋友。但受到刺激的她換上醫生的口吻，關愛認真地說，要是我們愛莉拉，我們就應該（她指的顯然是尼諾和我）幫助她把注意力集中在能讓她滿足的事情上，否則，有她那顆跳舞跳個不停的腦袋（她真的是這樣形容的），她會讓她自己和身邊的人都惹上大麻煩。最後，她又再說一遍，在產房裡，她看見了一場母親和孩子違反自然的纏鬥，是很可怕的拉鋸。真的是讓很人不快的經驗，她說。

生下來的是個女孩，是女孩，而不是大家事前預料的男孩。我到診所去的時候，莉拉雖然已經筋疲力盡，卻還是很驕傲地讓我看她的女兒。她問：

「伊瑪有多重？」

「七磅。」

「倫吉雅快九磅耶。我肚子很小，但是她很大。」

她真的用媽媽的名字給女兒命名。她父親費南多老來脾氣比年輕時更暴躁。為了不讓他和恩佐的親戚不高興，她在街坊的教堂為女兒辦受洗典禮，同時在Basic Sight辦公室辦了一場盛大的派對。

68

寶寶很快就成為我們花更多時間在一起的藉口了。莉拉和我講電話，一起帶她們去散步，我們聊個沒完沒了，談的不再是我們，而是她們。至少對我們來說是這樣的。事實上，我們的關係變得更加豐富，也更錯綜複雜，開始透過我們對女兒的共同關注而更加強化。我們比較她們兩人身上的每一個細節，彷彿是要讓我們自己相信，其中一個寶寶的健康與疾病，可以反映出另一個寶寶的健康與疾病，如此一來我們就可以隨時準備好插手，強化她們的健康，斬除她們的疾病。我們交流所有對健康發展有益的訊息，比賽似的看誰能找到最好的食品，最軟的尿布，對尿布疹最有效的軟膏。倫吉雅——現在她改叫蒂娜，也就是倫吉雅的暱稱——擁有的漂亮衣服，莉拉也會替伊瑪買一件，而我，在我的財力範圍之內，也會做同樣的事情。這件小洋裝蒂娜穿起來很可愛，所以我也替伊瑪買一件——她會這麼說——或者這雙鞋蒂娜穿起來很好看，所以我也給伊瑪買一雙。

「你知道嗎，」我有一天微笑說，「你叫她的這個名字，是我娃娃的名字？」

「什麼娃娃？」

「蒂娜，你不記得了？」

她手貼著額頭，好像頭痛似的，然後說：

「真的耶，可是我不是故意的。」

「她是個漂亮的娃娃，我以前好喜歡她。」

「我女兒更漂亮。」

好幾個星期過去了，春天的香味已款擺輕颺了。有天早上我媽情況惡化，有段時間痛得很厲害。這回連我弟弟妹妹都看得出來診所的醫生不夠格，所以提出了轉回原來那家醫院的想法。我請尼諾去問之前診治我媽的醫生，也就是他岳家的那位朋友，有沒有可能不進普通病房，直接找到單人病房。但尼諾說他反對託人找關係，在公立醫院，所有的人都應該得到同樣的治療，他很不高興地嘟囔：在這個國家裡，我們一定要拋開連進醫院找病房都必須是達官顯要或透過黑幫份子幫忙的想法。他氣的當然是馬歇羅，不是我，但我還是覺得被羞辱了。另一方面，我依然相信他到頭來還是會幫忙的，因為我媽儘管痛到無法忍受，卻還是明白表示寧可在舒適的環境裡病死，也不要回到醫院的大病房裡，就算只捱幾個鐘頭都不行。所以有天早上，馬歇羅再次令我們意外的，帶著曾經治療過我媽的一位醫生到診所來。這位醫生在大醫院的時候顯得冷淡無禮，但在這裡卻非常親切，而且經常來造訪，得到私人診所格外不同的禮遇。情況有所改善。

但很快的，病情又惡化了。後來我媽卯足全力，做了兩件相互矛盾，但在她眼中卻同樣重要的事。莉拉當時才剛想辦法在她拜亞諾的一位客戶那裡幫派普和紀亞尼找到工作，但是他們不想去，所以我媽——她非常感激我這位朋友的拔刀相助——把兩個兒子叫來，變得像她以前那樣，雖然只有短短的一小段時間。她眼冒怒火，威脅說，他們要是不肯接下這個工作，她就算死了也要追著他們算帳。她讓他們哭了，把他們變成小綿羊，她一直到確定已經收服他們，才放手。接著她做了完全相反的一件事。她把馬歇羅叫來，明明才剛把派普和紀亞尼從他身邊搶走，卻要求他鄭重發誓，在她永遠闔眼之前，會娶她的小女兒。馬歇羅要她放心，他說他和艾莉莎之所以延後婚禮，只是為了等她康復，如今她的康復指日可待，他馬上就開始進行文書作業。我媽高興起來。她在莉拉和對馬歇羅身上花的力氣無分軒輊，她壓迫他們，很高興能從街坊最有權勢的這兩個人——在她眼中其實也就是世界上最有權勢的人——身上為自己的子女爭得福祉。

好幾天的時間，她一直處在這樣心平氣和的喜悅裡。我帶她很疼愛的小璦去看她，讓她抱抱伊瑪。她甚至也對艾莎很好，雖然她向來不太愛我這個二女兒。我觀察她：她是個面色如灰，枯槁發皺的老太太，儘管她並不是一百歲，而是僅僅六十歲。我第一次感受到歲月的衝擊，這力量推著我往四十大關衝，這是人生的速率，是死亡的實質面貌：*這如果會發生在她身上，我心想，那無可迴避的，也會發生在我身上*。

伊瑪才剛滿兩個月的時候，有天早上，我媽虛弱地說：小琳，我真的很滿足了，唯一擔心的，就只有你了。但你就是你，你永遠都有辦法照你喜歡的方式安排一切，所以我有信心。接著她就睡著了，陷入昏迷。她撐了幾天，不想死。我記得我和伊瑪在她的房間裡，死亡的刮擦聲持續不斷，已經變成診所裡的正常聲響了。我父親受不了這個聲音，那天晚上待在家裡哭。艾莉莎帶席威歐到院子裡去呼吸新鮮空氣，我弟弟在附近的房間裡抽菸。我盯著床單底下那已經不成形的凸起物，看了好久好久。我媽縮小到幾近無物，然而她卻還是我身上真正沉重的負擔，讓我覺得自己像條壓在大石底下的蟲，雖得到保護，卻也被壓垮了。我很希望這沉重的喘氣聲會停止，現在，馬上，即刻，讓我意外的是，竟然真的停了。房間裡突然一片沉寂。我等著。我鼓不起力氣站起來走到她身邊。這時伊瑪彈了一下舌頭，打破沉寂。我離開椅子，走到床邊。我們兩個——我和寶寶，睡夢中貪婪吮著我奶頭的寶寶，感覺還是我身體一部分的寶寶——在這片疾病蔓延之境，是我媽依舊健康活著的一部分。

那天，我不知道為什麼，我戴著她二十幾年前給我的那條手鍊。我已經很久沒戴了。我通常戴的都是璦黛兒建議的珠寶首飾。自此而後，我經常戴這條手鍊。

69

我奮力想接受我媽的過世。儘管我一滴淚都沒掉，痛苦還是持續了好長一段時間，或許永遠都不會消失。我向來認為她是個冷漠粗俗的女人，我曾經因為怕她而遠走高飛。在她葬禮之後，我覺得自己像是突然碰上大雨，四下張望卻找不到地方躲雨。好幾個星期的時間，我走到哪裡都看見她，聽見她，不分晝夜。她是煙霧，在我想像裡不需要燈芯也能繼續燃燒繚繞的煙霧。我很想念在她生病時，我們不同於以往的相處方式，靠著回想我小時候、她還年輕時的快樂回憶來延長我的思念。我心裡的罪惡感想要把她留下來。我在抽屜裡收藏了她的一支髮夾，一條手帕，一把剪刀，但這些似乎都是不太恰當的東西，雖然手鍊其實也不值錢。懷孕讓我的臀部疼痛又犯了，直到伊瑪出生之後，都沒有消失。我想這就是我之所以不去看醫生的原因，我把疼痛當成是媽媽留在我身上的遺產。

她最後對我說的那句話（你就是你，我對你有信心）也留在我心裡很長一段時間。她死的時候還一心相信，因為我的性格，因為我所累積的人脈，我不會被任何事情打倒。這個想法始終留在我心裡，最後也幫助了我。我決定向她證明，她是對的。我再次開始以規律的方法管理自己的生活。我又再次利用每一點每一滴空閒的時間閱讀寫作。我過去對政治僅有的一點興趣已經蕩然無存——尼諾如今積極參與的那些活動，例如五個主要政黨之間的陰謀串連，以及他們和共產黨之間的爭鬥，都無法引起我的興趣——但我繼續關心我們國家的腐敗和暴力傾向。我蒐集女性讀物，同時因為有前一本書的成功，得以繼續在女性導向的雜誌上撰稿。但是我不得不承認，我大部分的力氣都花在說服我的出版社相信我正在寫一本新的小說。

出版社幾年前就已經預付了一半的版權金，但直到現在，我的進度還是很有限。我寫得很不順，還在尋找故事。決定大方付我這筆豐厚版權金的總編輯從來不逼我，只偷偷追問，要是我怕說了實話很丟臉，他也寬厚地讓我避而不答。這時發生了一件不太愉快的小事。《晚郵報》登了一篇半諷刺的報導，先讚美某本小有成就的處女作，接著暗示新義大利文學的前景堪慮，其中還提到了我的名字。幾天之後，我的編輯經過那不勒斯——他來參加一場聲譽卓著的會議——問我能不能碰個面。

他一本正經的口吻馬上就讓我擔心起來。將近十五年來，他從未標榜自己的權威，總是和我站在同一陣線對抗瑷黛兒，總是待我非常親切。我勉強打起精神，請他到塔索路的家裡吃飯。這事讓我非常焦慮，也非常忙碌，但我之所以這麼做，部分的原因是尼諾打算提出一本新文集的出版計畫。

我這位編輯很客氣，但有點淡漠。他弔問我媽，讚美伊瑪，送小璦和艾莎彩色繪本，耐心地等待我在煮晚飯和照顧女兒之間兩頭忙，讓尼諾和他談談可能出版的書。吃到甜點的時候，他提起這次會面的真正原因：他想知道他能不能準備在下一個秋天出版我的小說。我滿臉通紅。

「一九八二年秋天？」

「一九八二年秋天。」

「或許可以，但我需要一點時間才能確定。」

「你現在就應該已經知道。」

「我還不知道該怎麼收尾呢。」

「你可以讓我先讀一部分。」

「我覺得我還沒有準備好。」

沉默。他啜了一口葡萄酒，然後用嚴肅的語氣說：

「你直到目前為止都很幸運，艾琳娜。上一本書格外好，很多人敬重你，你也得到許多讀者。但讀者是需要經營的。要是你失去了他們，就失去了再出版其他書的機會。」

我很不高興。我知道璦黛兒靠著反覆使力，讓這位極有教養、也極客氣的人也受影響了。我想像彼耶特洛的母親用她的嗓音說：她是個不可信賴的南方人，在迷人的外表之下是精心編造的謊言。我痛恨我自己，因為我親自向眼前的這個人證明，璦黛兒的這些話是事實。吃甜點的時候，我這位編輯草草幾句話打消了尼諾的計畫，說現在不是出版文集的好時機。尷尬的氣氛益發濃厚，沒有人知道該說什麼，我聊著伊瑪的事，直到客人看看手錶，說他得走了。這時我受不了了，說：

「好吧，我會把書稿寄給你，讓你趕得及在秋天出版。」

70

我的承諾安撫了編輯。他又待了一個鐘頭，聊這聊那的，努力對尼諾好一些。告辭的時候，他擁抱我，輕聲說，我相信你會寫出一個精采的故事。

我一關上門就大叫：瑷黛兒還在想方設法對付我，我麻煩大了。但尼諾不以為然。儘管他的作品只有一絲出版的可能性，他還是很高興。而且，他不久前剛去巴勒摩出席社會黨大會，見到了吉鐸和瑷黛兒，吉鐸還說他很欣賞尼諾近來的一些作品。所以他安撫我說：

「別太誇大艾羅塔家的陰謀。你只要保證能完成工作就好了，你沒看到情況馬上就變好了嗎？」

我們吵了一架。我剛答應完成一本書，沒錯，但要怎麼完成？寫書需要專心一致，需要持續不斷，我做得到嗎？他明白我的生活這一向都是什麼樣子，現在是什麼樣子嗎？我隨口列出我媽的生病和過世，照顧小瑷和艾莎，日常家務，懷孕，生下伊瑪，他對她欠缺興趣，一個會議接一個會議不停地參加，越來越不常待在我身邊，還有憎恨，沒錯，就是憎恨，我憎恨和伊蓮諾拉一起分享他。我，我對著他咆哮，我就要和彼耶特洛完成離婚手續了，而你甚至還沒分居。我可以沒有他的協助，自己一個人面對這麼多緊張繁重的工作嗎？

這爭吵一點意義都沒有，尼諾的反應一如既往。他一臉沮喪，輕聲說：你不了解，你不了解，你這樣說很不公平，他用力發誓說他愛我，他不能沒有伊瑪，不能沒有孩子們，不能沒有我。最後他提議要請一位管家。

他以前也曾經鼓勵我找人來照料家務、採買、煮飯、照顧孩子，但是為了不顯得要求過度，我總是說除了必要的支援之外，我不希望成為他太大的經濟負擔。通常我強調的都不是我需要什麼樣的幫助，而是希望他心存感激。我不想承認的是，我和彼耶特洛一起生活期間的問題，此時也已在我們的關係之中浮現。這一次，讓他意外的是，我竟然馬上說：好，就盡快找人來幫忙吧。我覺得我彷彿是用我媽的口氣說話，不是過世前的那種虛弱嗓音，而是她以往的強硬語氣。誰要在乎什麼採買的事啊，我得照顧好自己的未來。我的未來是在幾個月裡寫完一本小說。而且這本小說還要非常出色才行。沒有任何一切，包括尼諾在內，能阻止我好好完成工作。

71

我檢視情況。前兩本書幾年來為我賺進了一些錢，這有部分得要歸功於翻譯。但這兩本書目前都已經賣不動了。而我收到的新書預付版權金，幾乎也都用罄了。我熬夜寫的那些文章，不是只有微薄的稿費，就是完全沒有稿費。換言之，我是靠彼耶特洛每個月準時交付的錢過日子，而房租和其他帳單就靠尼諾補貼。我也必須承認，尼諾常給我錢幫自己與女兒買衣服。但既然我為了回到那不勒斯，面對這麼多的波折、不便與折磨，他提供資助也顯得理所當然。如今，在這個夜晚之後，我決定我必須盡快自立。我必須規律地寫作、出版，必須強化自己身為作家的形象，必須賺更多錢。真正的理由並不是因為我的文學志業，而是我的未來：難道我真的認為尼諾會照顧我和我的女兒一輩子？

這時我心裡隱隱有一部分——只有一部分——開始有意識地承認，我不能真正仰賴他。但這個想法並沒有讓我覺得痛苦。這不僅是因為我長期以來始終害怕他終有一天會離我而去，而且也因為我驀然發現自己的未來前景變得更加狹隘了。我不再眺望遠方，我開始想著更為接近眼前的未來，我不能期待他給我更多，我必須決定這樣是否已經足夠。

當然，我還是愛他。我喜歡他修長纖細的身材，他有條不紊的才智。我也很欣賞他的作品。他組合諸多事實加以詮釋的能力，是極為受歡迎的技巧。最近他發表了一篇得到高度推崇的文章——很可能就是吉鐸很愛的那篇——探討經濟危機，以及從資源探勘轉化成建築、金融與私人電視的喀斯克石灰岩資金運轉的問題。然而他身上有些事情開始困擾我。例如，他發現我的前公婆喜歡他的作品，竟然非常雀躍，這讓我很受傷。我也不喜歡他開始強調彼耶特洛和他父親之間的區別——他是個沒有想像力的蹩腳教授，只因爲家族的姓氏和他在共產黨裡的愚昧行爲才得到讚揚——他認為彼耶特洛的父親才是真正的艾羅塔教授，他毫不保留地頌揚這位寫出希臘文化經典巨著的作者，說他是卓越奮戰的社會主義左翼人士。而他再次欣賞璦黛兒，更讓我受傷。他不停稱她為偉大的女士，特別是在公共關係方面極為出眾。換句話說，在我看來，他似乎夠急於想得到權威人士的認可，隨時準備好要為難、甚至是出於嫉妒地羞辱那些還不夠有權勢，或者是根本沒有權威的人。這折損了他在我心中的地位，也影響了他向來為自己所樹立的形象。

不僅如此。政治和文化氛圍改變了，其他的著作開始出現。我們都不再有極端的言論，我很意外地發現，如今的我竟然贊同我幾年前反駁彼耶特洛的立場。當時我只是為反對而反對，只是為了和他吵架的需要。但尼諾做得太過分了，他現在不只覺得所有的顛覆言論都很荒謬，也覺得所有的道德主張，所有的純真無害的表現都很可笑。他取笑我說：

「這裡有太多多愁善感的靈魂了。」

「什麼意思？」

「這些人太忿怒了，彷彿不知道如果不讓政黨做他們該做的事，就他們最好就加入武裝幫派或共濟會了。」

「你這樣說是什麼意思？」

「我的意思是，政黨只不過用分配好處來換取支持罷了，而理想只是裝點門面的一部分。」

「是喔，那我也是個多愁善感的靈魂。」

「我知道。」

我開始覺得他的政治欲意外地討人厭。他在我家辦晚宴的時候，竟然以左派份子的立場替右派辯護，讓他的客人覺得尷尬。法西斯主義——他堅持說——並不是永遠都錯的，我們應該學會彼此對話。或者：你不能光只是譴責，如果想要讓事情真的改變，就得要弄髒雙手。甚至：司法應該盡快讓負有治理責任的人加以控制，否則法官就會變自走炮，對民主體制的維繫造成危險。或者又再說：薪資必須凍結，義大利薪資指標機制根本已經崩壞。如果有人不同意他的看法，他就一臉不屑，不以為然，讓人知道他覺得不值得和戴上眼罩、腦袋滿是陳腐口號的人爭辯。

我退縮回不安的沉默裡，免得和他站在對立的立場。他喜歡當前情勢的千變萬幻，對他來說，未來已經決定了。他了解政黨和國會發生的所有事情，對資本家和勞工組織的行動也瞭若指掌。另一方面，我只堅持閱讀有關黑色陰謀、綁架、武裝紅色組織最後的血腥拚搏、工人中心衰落的辯論、新興反對主體的資料。結果，我覺得和其他與宴者交談比和他談話更自在。有天晚上，他和一位在建築學校教書的朋友吵了起來。他變得熱情澎湃，頭髮凌亂，英俊迷人。

「你分不清楚什麼是前進一步、後退一步或停住不動。」

「什麼叫前進一步？」那位朋友問。

「首相換人，不是原來天主教民主黨的那位。」

「那停住不動呢？」

「鋼鐵廠工人的示威抗議。」

「後退一步呢？」

「問問看誰比較乾淨，是社會黨還是共產黨。」

「你太憤世嫉俗了。」

「而你，一直都是渾球。」

不，尼諾不再像過去那樣說服我。他表達自己的方式，我不知道該怎麼說，既挑釁，又有點難以理解，彷彿讚揚遠見的他只能遵循對我和對他的朋友來說都爛到骨子裡去的每日行動與相對行動。夠了，他會堅稱，我們別再這麼幼稚地嫌惡權力。我們必須置身於萬物萌生與死亡的地方：政黨、銀行、電視。我靜靜聽，但他一轉頭看我，我就垂下目光。我沒辦法法再自欺欺人，我一方面覺得他的話很無聊，一方面又覺得他的這些立論大大貶低了他這個人。

有一回他在教小璦寫老師規定的某種古怪研究時，我為了緩和他的務實主義，於是說：

「小璦，人永遠有可能把一切搞得天翻地覆。」

他故作幽默地說：「媽媽喜歡編故事，而且編得很好。可是她不太懂我們這個世界的運作，所以只要她不喜歡某種東西的時候，她就用上神奇的字眼：我們顛覆一切吧。你告訴你的老師，我們必須讓我們的世界運轉。」

「怎麼做？」我問。

「用法律啊。」

「可是你說我們必須控制法官啊。」

他很不高興地搖搖頭，就像彼耶特洛以前那樣。

「去寫你的書吧，」他說，「否則你又要抱怨說是我們害你不能工作了。」

他開始給小璦上課，講解權力分立，我靜靜地聽，從頭到尾都同意。

72

尼諾來家裡的時候，會和小璦與艾莎上演一段逗趣的儀式。他們拖我進到我擺書桌的小房間，蠻橫地要我開始工作，然後關上門出去，要是我膽敢開門，就異口同聲罵我。

通常來說，要是有時間，他是很樂意陪孩子的：他覺得小璦很聰明，但是太固執；艾莎表面裝乖巧，但背後卻有著惡意和狡詐，讓他覺得很有趣。但我所希望的情況卻始終沒發生：他和小伊瑪並不親。他陪她玩，當然，有時候還真的很樂在其中。例如，他和小璦、艾莎一起對著她汪汪叫，教她講「狗」這個字。我忙著想要做些筆記卻徒勞無功的時候，聽見他們在屋裡號叫，要是伊瑪純屬偶然地從喉嚨深處發出一聲類似ㄍ的聲音，尼諾就和兩個女孩一起大叫：她說了，萬歲，她說ㄍ。但就只有這樣。事實上，他把寶寶當成是用來取樂小璦與艾莎的洋娃娃。雖然連這樣的機會也越來越少。但他如果在星期天過來陪我們，而天氣又很好，他就會帶兩個女孩和寶寶到芙洛利狄安納，鼓勵她們沿著步道推妹妹的娃娃車到公園去。回來的時候，他們都很開心。但只聽了幾句話我就明白，尼諾丟下小璦和艾莎去扮演伊瑪的媽媽，而他自己則去和推著孩子出來吹風曬太陽、家住佛莫洛的那些正牌的媽媽聊天。

隨著時間過去，我越來越習慣他愛引誘別人的行徑，我把那當成像某種不由自主的抽搐。我更習慣的是，女人一眼就會喜歡上他。但後來，事情變得不對勁了。我開始注意到他有為數頗眾的女性朋友，而且她們待在他身邊似乎整個人就亮了起來。這種光亮我太熟悉了，一點都不意外。靠近他，讓你覺得自己彷彿在大家眼裡現了形，特別是被你自己的眼裡，於是覺得心滿意足。這是自然而然發生的，因此所有的女人，無論老少，都喜歡他，倘若沒有排除性的渴望，我也不認為這有什麼重要。讓我一直很迷惑的是，莉拉很久很久以前對我說的：在我看來，他也不是你的朋友，我很努力不把這句話變成一個問句：這些女人是他的情人嗎？所以困擾我的不是假設他背叛我，而是其他的問題。我確信尼諾在這些女人身上撩動某些母性衝動，讓她們在自己能力所以及的範圍之內對他提供可能的幫助。

伊瑪剛出生的那段期間，他的情況開始好轉。每回現身，他都得意揚揚地告訴我他的成就，但我很快就被迫了解到，就像過去他的事業靠著岳家的人脈起飛一樣，如今他所得到的每一個新職務，背後都有某個女人穿針引線。有一個讓他在《晨報》上得到兩週一次的專欄。有一個推薦他在費拉洛的重要會議上發表專題演講。有一個讓他進入杜林期刊的執行編輯部。另外還有一個——出身美國費城的女人，嫁給北約駐那不勒斯的官員——剛把他的名字加進一個美國基金會的諮詢名單裡。他恩人的名單不斷加長。況且，我自己不也幫他在一家重要出版社出版作品嗎？要是再深入想想，當年嘉利亞妮老師不也曾幫助他在高中時代建立起卓越名聲嗎？

我開始觀察他施展誘惑魅力的舉止。他常會邀請年輕或沒那麼年輕的女子到我家吃飯，單獨來，或和她們的丈夫、伴侶一起來。我有點苦惱地發現，他懂得如何給她們空間。他幾乎完全不理會男賓，讓女人成為他注意力的焦點，偶爾還把注意力特別集中於某一個人身上。許多個夜晚，儘管還有許多人在場，但我可以想見，若是他和當時吸引他的那個女人單獨在一起時，他會怎麼做。他沒說什麼勾引的話，也沒巧言勸誘，只是問問題。

「後來怎麼了？」

「我離開家。我十八歲就離開雷契，那不勒斯不是個容易生存的城市。」

「你住在哪裡？」

「和其他兩個女生一起住在特里布納利的一幢破公寓裡。那裡連個可以安靜讀書的角落都沒有。」

「男人呢？」

「當然沒有。」

「一定有某個人吧。」

「是有一個，算我走運，就是他，我嫁給他了。」

雖然這女人提到丈夫，好像也把他包括在談話對象裡，但是尼諾根本不理會他，繼續用溫暖的聲音和她講話。他對女人世界的好奇是真的。但是——我如今已非常了解——他一點都不像那個年代的男人，不肯放棄任何一點點身為男性的特權。我指的並不只是到我家來的那些教授、建築師、藝術家，那些在行為、情感與看法上都表現出些許女性化傾向的人。我指的也包括卡門的丈夫羅伯托，他真的是個好幫手，還有恩佐，只要莉拉有需要，就毫不遲疑地犧牲自己的時間。尼諾是真心對女人自己的看法感興趣。每一次請吃飯他都一再重複，只有和她們一起思索，才能得到真正的想法。但他緊緊守著自己的空間和他無數的活動，寸土不讓，擺在第一位的，永遠都是他自己，他絕不放棄任何一點他自己的時間。

有一回，我用親暱諷刺的態度想當著大家的面揭穿他騙子的真面目：

「千萬別相信他。剛開始的時候，他幫我打掃、洗碗。但現在，他連從地板撿起自己的襪子都不肯。

「才不是這樣。」他抗議。

「沒錯，就是這樣。他想解放其他人的女人，卻不肯解放自己的女人。」

「這個嘛，你的解放並不應該等同於犧牲我的自由。」

像這樣帶著戲謔口吻的談話，很快就讓我不安地意會到，這簡直是當年和彼耶特洛對話的翻版。為什麼我以前對前夫這麼火大，如今卻這麼輕易放過尼諾？我心想：或許和男人的每一段關係到頭來都只是相同的矛盾情況重複出現，在特定情況下，甚至還會引來有同樣沾沾自喜的反應。但是我對自己說：我不能太過誇大其實，這是不一樣的，和尼諾在一起的情況肯定比以前好多了。

但真的是這樣嗎？我越來越不確定。我回想起他在我們佛羅倫斯的家裡作客時，幫我對抗彼耶特洛，我再次愉快回想起他是怎麼鼓勵我寫作的。但現在呢？現在我要回頭去寫作卻如此困難，他似乎不再像以前那樣對我有信心了。這些年來，情況改變了。尼諾總是有自己的迫切需要，就算他有心，也沒辦法對我付出心力。為了安撫我，他匆忙透過他媽媽找到一個年約五十的大塊頭女人西瓦娜，她有三個子女，每天總是樂呵呵的，活力充沛，和我三個女兒處得很好。他很慷慨地沒讓我知道他付給她多少錢，一個星期之後，他問：一切都好嗎，行得通嗎？但很顯然的，他覺得自己既然付了這筆錢，就擁有權可以不再理會我。他當然還是關心的，不時問：你還在寫嗎？但僅只於此。寫作在我們關係起始之初的關鍵角色已經消失了。而且不只是這樣。我自己有點羞赧地發現，我也不再賦予他之前所擁有的權威地位了。換句話說，我發現我心中隱隱覺得我無法真正仰賴尼諾，也不再為他講的每一句話都戴上閃亮的光環，像我從小以來做的那樣。我給他一些還不成形的段落讀讀看，他嚷著說：完美。我扼要告訴他故事情節和勾勒的角色，他說：太棒了，非常出色。但他並沒有說服我，我不相信他，他對太多女人的作品都表現過這種熱情看法了。每次和其他夫婦晚餐過後，他幾乎都會重複同一句話：真是個無趣的男人，她比他好太多了。他的女性朋友，因為是他的朋友，所以可以得到特殊的評價。他對女人的評價通常很寬容，這是他的鐵律。就連鐵石心腸、駑鈍愚蠢的郵局員工，或小璦、艾莎那高傲自大、心胸狹窄的老師，他都可以替她們找到正當的理由。換言之，我不再獨一無二，套用在我身上的態度也適用於所有的女人。但是，如果在他眼中我不再獨特，我又如何從中汲取能量來追求更好的表現呢？

有一天晚上，他當著我的面大力讚美一位生物學家，我非常生氣，問他：

「難道這世界就沒有蠢女人存在嗎？」

「我沒這樣說：我說的是，就一般的定律來說，你們女人比我們男人優秀。」

「我比你優秀？」

「絕對是，沒錯，我老早以前就知道了。」

「好吧，我相信你，但在你這一輩子裡，最起碼碰到過賤貨吧？」

「是碰過。」

「告訴我她的名字。」

我知道他要說什麼說，但我還是堅持，希望他會說是伊蓮諾拉。我等著，他變得嚴肅起來：

「我不能說。」

「告訴我。」

「要是我說了，你肯定抓狂。」

「我不會抓狂。」

「莉娜。」

73

就算過去我曾經以為他對莉拉確實又有了敵意，如今也越來越不相信，部分的原因是他的表現前後不一貫，就像幾天前的那個晚上，他就表露了完全不同的感覺。他想寫完一篇關於飛雅特工廠自動化與工作關係的文章，但我看得出來他碰上麻煩（什麼是微處理器，什麼是晶片，而這些東西到底又是怎麼運作的？）。我告訴他說：去找恩佐．史坎諾談談，他很聰明。他心不在焉地問：誰是恩佐．史坎諾？莉娜的伴侶啊，我回答說。他要笑不笑地說：那我寧可找莉娜談，她肯定懂得更多。然後，彷彿召回記憶似的，他又有點憎恨地補上一句：史坎諾就是那個蔬果販子的白癡兒子嗎？

這個口氣嚇了我一跳。恩佐是這家創新小公司的創辦人——想想看，這公司就設立在街坊的心臟地帶，簡直是個奇蹟。正因為自己是個學者，所以尼諾更應該對他表現出興趣與讚賞。但沒有，他排拒恩佐，因為小學時代他要幫媽媽看店，或和爸爸推著車子四處兜售，所以沒有時間，沒有辦法發光發亮。他氣呼呼地把所有的功勞從恩佐身上奪走，全給了莉拉。於是我明白，如果我強迫他挖心掏肺，就會發現女性才智的最高典範——或許是他自己對女性才智的崇拜，他甚至高談闊論說浪費女性才智資源，是天底下最大的浪費——必定和莉拉有關，即使我們相愛的理由已漸漸黯淡，但伊斯基亞島那個夏季在他心中卻永遠閃閃發亮。我離開彼耶特洛所追隨的這個男人還是原來的他，是因為和莉拉相遇而重塑的那個他。

74

有個寒冷的秋天早晨，我送小瑷和艾莎上學的時候，這個想法突然浮現心頭。我心不在焉地開車，這個想法就在心裡扎了根。我當年對街坊那個男生，對那個中學生所抱持的愛——也就是早在伊斯基亞島的那個夏天之前，我對心中夢幻對象所抱持的那種感覺——和我對在米蘭書店的那個年輕人、對出現在我佛羅倫斯家裡那個男人所感受的難以抵擋的熱情，此刻在我心中各自獨立開來。我向來把這兩個情感階段連接在一起，但這天早上，我卻覺得這是兩個各自獨立的區塊，之所以看起來連貫，只是因為邏輯作祟。卡在這兩者之間的，我心想，是我過去始終不肯面對的情感缺口：是他對莉拉的愛，足以讓我永遠把尼諾排拒於生活之外的愛。那麼，和我心連心的究竟是誰，我一直到今天都還愛著的究竟是誰？

平常都是西瓦娜載女孩們去上學，尼諾睡覺，而我照顧伊瑪。然而今天我安排好一切，可以整個上午都待在外面。我想到國家圖書館，看能不能找到羅伯托・布拉柯[5]的一本舊書《女人的世界》。我緩緩在早晨的車流之中行進，這個念頭在我心中盤旋。我一面開車，一面回答女兒的問題。我心中的尼諾分成兩半，一半屬於我，一半則很陌生。我反覆叮嚀警告之後，放小璦和艾莎在各自的學校下車。我心裡的想法變成一個具體的意象，就像這段時期經常會有的那樣，轉化成一個有可能成形的故事核心。開車朝海邊去時，我對自己說，我的小說可以描寫一個女人嫁給她從小就愛的人，但在新婚之夜，她才發現他的身體一部分屬於她，但另一部分卻屬於她手帕交。但霎時，這一切卻被突然出現的家庭瑣務給抹滅了：我忘了幫伊瑪買尿布！

日常生活經常像打我耳光似的突然冒出來，讓我小小的幻想就算不是變得荒唐可笑，也是變得漠然無關。我停下車子，很氣我自己。我有太多事情要忙，雖然早就在筆記本上寫下需要採買的東西，卻還是完全忘了有這份清單。我很火大，我總是沒辦法打理好生活。尼諾有個重要的工作約晤，或許已經出門了，反正也不能仰賴他。我不能派西瓦娜去買，因為如此一來她就必須把寶寶單獨留在家裡。結果就是沒有尿布可用，伊瑪不能換尿布，接下來會有好幾天起尿布疹。我回到塔索路，匆匆趕到藥房，買了尿布，上氣不接下氣地回到家。我一心相信在樓梯平台就會聽見伊瑪尖叫，但我用鑰匙開門，踏進靜悄悄的公寓。

我看見寶寶在客廳，坐在她的遊戲圍欄裡，沒穿尿布，玩著娃娃。我悄悄溜進去，這樣她才不會看見我，否則她就會哭著要我抱。我想把尿布交給西瓦娜，然後再回圖書館。大浴室（我們有一間尼諾通常使用的小浴室，以及一間我和女兒用的大浴室）傳出隱隱約約的聲音，我以為是西瓦娜在清理。我走過去，門半開著，我推開。我第一眼看見的是長鏡子裡的影像，西瓦娜的頭往前彎，露出一截中段的脊骨，讓我心一驚，她垂下的兩綹黑髮夾雜著灰白。然後我才看見尼諾閉著的眼睛，張開的嘴巴。突然，在這一瞬間，反射的鏡影和真正的肢體合而為一。尼諾身上只有一條內褲，纖瘦的長腿張開，光著腳丫。西瓦娜俯身，雙手抓住洗臉槽，大內褲褪到膝蓋，深色的罩袍撩起到腰間。而他，戳著她的陰部時，一手攬住她胖胖的肚子，一手抓著從罩袍和胸罩裡跑出來的巨大乳房，一面用他平坦的腹部使勁戳她白白的大屁股。

我把門朝自己的方向用力一拉，尼諾張開眼睛，西瓦娜抬起頭，瞥來驚恐的眼神。我衝去抱起遊戲欄裡的伊瑪，聽見尼諾喊著：等等，艾琳娜，而我已經衝出房子，我甚至沒按電梯，就這樣摟著寶寶衝下樓梯。

75

我躲進車裡，發動引擎，把伊瑪抱在腿上，就這樣開車離開。寶寶似乎很開心，想要像艾莎教她的那樣按喇叭，在我面前嘀嘀嘟嘟講著無法理解的話，間或快樂尖叫。我漫無目標地開車，想離家越遠越好。最後我到了聖艾爾摩。我停車，熄掉引擎，卻發現自己沒有淚，沒有痛苦。我

5 羅伯托·布拉柯（Roberto Bracco, 1861~1943），義大利劇作家。

只是驚駭得不知所措。

我不敢相信。我剛才看見的這個尼諾，這個把老二戳進熟女陰道——那個幫我打掃房子、採買、煮飯、帶小孩的女人；一個為生存奮鬥，身材壯碩，疲憊不堪，和他請回家吃飯的那些優雅有教養的女人完全相反——的尼諾，是我少女時代仰慕的那個尼諾嗎？我一直茫茫然地開車，幾乎沒感覺到半裸的伊瑪坐在我腿上的重量。她想按喇叭按不出聲音，卻還是開心叫我。我沒辦法給尼諾一個固定不變的身分。我覺得我踏進屋裡的時候，突然在浴室裡看見一個赤裸裸的怪物，平常躲在我三女兒父親外皮底下的怪物。這個陌生人有尼諾的容貌，但不是他。那麼讓西薇雅受孕的是誰？梅麗雅羅莎的情人呢？伊蓮諾拉的丈夫，對她不忠卻又不離棄的那人是誰？這個有婦之夫對有夫之婦的我說他愛我，不計一切代價要得到我的人又是誰？

我一路開到佛莫洛時，想要牢牢抓住街坊時期的尼諾，高中時期的尼諾，溫柔摯愛的尼諾，擺脫我心中強烈的反感。直到我在聖艾爾摩停車，浴室的場景才又回到我心頭，我想起他睜開眼睛，從鏡子裡看見我站在門口的那一幕。這時一切都顯得更明朗了。追求莉拉的那個男生，和我從小——在莉拉之前——就愛的那個男生之間並沒有區別。尼諾始終是尼諾，他插西瓦娜時臉上的那個表情就是證明。那是他父親唐納托的表情，不是他父親在馬提尼奪走我貞操時的表情，而是他父親在妮拉家廚房裡伸手到被子底下，摸我兩腿之間時的表情。

所以一點都不奇怪，只是更醜惡了。尼諾就是他一直不希望自己是、卻又始終都是的那個人。他節奏分明地戳刺西瓦娜屁股時，善意地給她歡愉，他沒說謊，就像他對我做錯事，遺憾、道歉、懇求我原諒，發誓他愛我的時候一樣，並沒有說謊。他就是這個樣子，我對自己說。但這沒有讓我得到安慰。我覺得心中的驚駭非但沒有消褪，反而更在心裡牢牢扎了根。這時有溫熱的液體淌下我的膝蓋：沒穿尿布的伊瑪尿在我身上。

76

回家是個想都別想的念頭，儘管天很冷，伊瑪有著涼的危險。我用外套裹住她，就像我們平常在玩的時候一樣。我買了尿布，用濕紙巾幫她清理乾淨之後穿上尿布。現在我得決定該怎麼做。小瑷和艾莎就快放學了，一定又氣又餓。伊瑪也已經餓了。我自己的牛仔褲濕了，沒有外套，神經緊繃，冷得發抖。我找電話，打給莉拉，問：

「我可以帶孩子來你家吃午飯嗎？」

「當然可以。」

「恩佐不會生氣？」

「你知道他會很高興的。」

我聽見蒂娜愉快的小嗓音，莉拉對她說：安靜點。然後她用通常不會有的擔心語氣問：

「有什麼問題嗎？」

「有。」

「怎麼回事？」

「就像你預測的。」

「你和尼諾吵架？」

「我晚一點再告訴你。我現在得走了。」

我提早到學校，現在伊瑪已經對我，對方向盤和喇叭都失去興趣了，開始哭。我再次把她裹在外套裡，去買餅乾。我以為我表現得很冷靜——我內心很平靜：沒有忿怒，只有不斷蔓延的厭惡，那種感覺和我看見兩隻蜥蜴交配的噁心感差不多——但我發現過往的行人用好奇的眼光看我，有點警覺，穿著濕褲子的我匆匆沿街前行，大聲和寶寶講話。她現在緊緊被裹在外套裡，拚命扭動哭叫。

吃了第一片餅乾，伊瑪就安靜下來，但她一安靜下來，我的焦慮就浮現心頭了。尼諾必定取消了約會，現在一定在找我，我有可能在學校碰到他。艾莎比唸中學二年級的小璦早放學，所以我站在一個可以看見小學校門，卻又不會被看見的角落裡。我冷得牙齒打顫，伊瑪那沾滿口水的餅乾屑灑得我外套都是。我四下張望整個區域，但尼諾沒出現。他也沒出現在中學門口，小璦很快就隨著一大群推搡打鬧罵髒話的孩子走出來。

孩子們沒怎麼注意我，有興趣的是我帶著伊瑪來接她們。這很新鮮。

「你為什麼把她裹在外套裡？」小璦問。

「因為她冷。」

「你沒看見她毀了你的外套？」

「沒關係。」

「有一次我弄髒了，你還打我耳光。」艾莎抱怨。

「才沒有。」

「明明就有。」

小瑷發現：

「她為什麼只穿一件恤衫和尿布？」

「這樣沒有問題。」

「發生什麼事了？」

「沒有，我們要去莉娜阿姨家吃飯。」

她們像平常一樣興高采烈歡迎這個消息，坐進車裡，寶寶用聽不懂的話對姊姊講話，很開心成為她們注意的焦點，兩個姊姊開始為誰要抱她而爭吵。我堅持要她們兩個一起抱她，不要把她拉來扯去的：她又不是橡皮做的，我吼著說。艾莎對這個解決方案不滿意，用方言罵小瑷。我想要打她耳光，從後照鏡瞪著她說：你說什麼，再說一遍，你說什麼？她沒哭，把伊瑪丟給小瑷，嘟嘟囔囔說照顧妹妹讓她煩死了。後來寶寶伸手要和她玩，她粗暴地推開她。她大聲喊叫，讓我神經緊張：伊瑪，夠了，你煩死我了，弄髒我了。然後對我說：媽媽，叫她別這樣啦。我再也受不了，尖叫一聲，嚇壞了她們三個。我們就這樣在緊繃的情緒裡穿過市區，只有小瑷和艾莎咬耳朵的聲音打破沉寂。她倆再次想要了解，她們的生活裡是不是就要發生無法挽回的事了。

我甚至受不了她倆的交頭接耳。我什麼都受不了了：她們的童年，我身為媽媽的角色，伊瑪的咿咿呀呀。車子裡女兒就在眼前，和之前不斷在我腦中盤旋的性交畫面極不協調。我鼻孔裡仍然聞得到那交媾的氣味，心裡的怒氣開始不斷升高，交雜著最下流齷齪的方言。尼諾上了我家的傭人，然後去赴他的約會，把我、把他女兒都視若無物。天哪，怎麼有這種爛人啊，我到底犯了什麼大錯。難道他和他父親一樣？不，這樣推論太簡單了。尼諾非常聰明，尼諾很有文化。他愛找人上床的習性並不是基於法西斯和南方傳統混合的惡習，想以粗俗無知的方式展現雄風。他以前對我做的，他現在對我做的，都是經由非常精細的知識網過濾之後的結果。他習於複雜的概念，他知道自己這麼做會把我逼到毀滅的地步。他心想：我不能因為那個婆娘難搞，就放棄我的樂趣。就像這樣，確實就是這樣。而可以肯定的，他判定我的反應像腓利斯人一樣俗不可耐。腓利斯人，這是我們這個圈子非常慣用的形容詞。腓利斯人。俗不可耐之人。我甚至知道他會用什麼世故的說法來替自己的行為找正當性：這樣做又有什麼關係呢，肉體是軟弱的，我讀過很多這樣的書。他肯定會這麼說，狗娘養的東西。此刻的我不只是驚駭了，忿怒突圍而出。我對著伊瑪吼——連伊瑪都吼——給我閉嘴！抵達莉拉家時，我對尼諾已經恨之入骨。我這輩子沒這樣恨過其他人。

77

莉拉做了午餐。她知道小璦和艾莎喜歡吃番茄醬義大利麵疙瘩，宣布了這個消息，引來一場興奮喧鬧。還不只這樣。她從我懷裡接過伊瑪，照顧她和蒂娜，好像她突然擁有兩個女兒似的。

她同時幫她們換尿布，清理，展現母性關愛。然後，因為兩個小女孩都安頓好，開始玩，她把她們放到舊地毯上，讓她們嘟嘟囔囔地爬來爬去。她們多麼不一樣啊。我痛苦地比較尼諾和我的女兒，以及莉拉和恩佐的女兒。蒂娜看起來比伊瑪漂亮，比伊瑪健康。她是一段甜美穩固感情的果實。

這時恩佐也下班回來，像平常一樣親切，不多話。吃飯的時候，他和莉拉都沒問我為什麼不吃。反而是小璦出面替我說話，彷彿希望我不是她和其他人所擔心的那樣，說：我媽向來吃得很少，因為她不想變胖，我也是這樣。我大聲警告她：你得把你盤裡的東西吃乾淨。恩佐大概是想護著我女兒，開始和她們比賽，看誰吃得最多，吃得最快。他耐心回答小璦許多關於黎諾的問題——我女兒本來很希望能在午飯時間碰見他的——說黎諾開始在工坊工作，一整天都不在家。飯後，他神祕兮兮地帶著兩姊妹去傑納諾的房間，讓她們看所有的寶藏。幾分鐘之後，房裡傳來喧鬧的音樂，他們沒再出來。

我獨自和莉拉在一起，我把所有的事情詳細告訴她，語氣既挖苦又痛苦。她沒打斷我，靜靜聽。我知道，我對當時的情況講得越多，瘦巴巴的尼諾和那個胖女人性交的場面就顯得越荒謬。他醒來——我講著講著，方言就冒了出來——發現西瓦娜在浴室裡，他還沒尿尿，就扯開她的衣服，長驅直入。我迸出大笑，是很淫穢的那種笑聲，莉拉很不安地看著我。她自己常用這樣的口吻，但沒想到我也會這樣說。你一定要冷靜下來，她說。因為伊瑪哭了，所以我們到另一個房間去。

我這個金髮的女兒臉紅咚咚的，眼淚大滴大滴往下掉，一看見我就伸出手要我抱。黑髮蒼白的蒂娜盯著她，不知所措，看見媽媽出現也還是一動也不動，喊著媽媽，彷彿要她幫助她理解，她說的「媽媽」兩個字非常清晰。莉拉抱起兩個孩子，臂彎裡一邊一個，親吻我的女兒，用嘴唇舔掉她的眼淚，對她講話，安撫她。

我很疑惑。我心想，蒂娜叫「媽媽」，咬字那麼清晰，兩個音節都清清楚楚的，而伊瑪比她大一個月，卻還是做不到。我覺得困惑，而且難過。一九八一年就要結束了。我要辭退西瓦娜。我不知道要寫什麼，時間一個月一個月飛快掠過，我還沒交出我的書，我身為作家的立場和聲譽眼看著就要毀了。我會失去未來，靠彼耶特洛的經濟支援度日，獨自帶著三個女兒，沒有尼諾在身邊。我失去了尼諾。我和尼諾掰掰了。我心底還是隱隱希望對他的愛能再次出現，不是像在佛羅倫斯那時的愛，而是像還在小學時看見他從學校裡出來時對他的愛。在迷惑之中，我想要找藉口原諒他，儘管他給了我這麼大的羞辱，但我無法忍受把他趕出我的生活。他人在哪裡？他真的連想都沒想過要找我嗎？我找恩佐和莉拉商量。恩佐馬上就接手替我照顧兩個女兒，而莉拉不讓我動手做任何事情，靜靜聽我說，盡可能留給我空間。我最後明白，他們早在我來到街坊之前就已經知道事情的原委了。我問：

「尼諾打電話來？」

「是的。」

「他說什麼？」

「說這太蠢了。他要我留在你身邊，幫助你了解，現在大家都是這樣生活的。哇啦哇啦講個沒完。」

「那你呢？」

「我摔上電話。」

「可是他會再來？」

「他當然還會再打來。」

我覺得很沮喪。

「莉拉，沒有他，我真的不知道怎麼活下去。我們的關係只持續了這麼短的時間。我拋棄我的婚姻，我帶孩子搬到這裡來住，然後又生了一個孩子。為什麼？」

「因為你犯了大錯。」

我不喜歡她這樣說，這聽起來像是她很久很久以前罵過我的話。她現在是在提醒我，我犯了大錯，而她之前明明想辦法不讓我犯這個錯的。她的意思是這錯是我自己想犯的，她錯看我了，我根本就不聰明，我是個蠢女人。我說：

「我必須和他談談，我必須面對他。」

「好吧，但是把孩子留給我。」

「你照顧不來的，總共有四個啊。」

「是五個，還有傑納諾啊。他才是最難搞的一個。」

「所以嘍，我帶她們走。」

「想都別想。」

我承認我需要她的協助，我說：

「那我把孩子留在這裡，明天再來接她們。我需要時間解決這個情況。」
「怎麼解決？」
「我不知道。」
「你想繼續和尼諾在一起？」
我聽得出來她的反對，所以幾乎用吼地說：
「不然我還能怎樣？」
「唯一能做的就是：離開他。」
對她來說這是正確的解決方法，她向來希望結局是這樣，也從來不隱瞞她的這個態度。我說：
「我會想想。」
「不，你不會想。你已經決定假裝什麼都沒發生，繼續過下去。」
我避而不答，但她逼我，說我不應該自暴自棄，說我有自己的前途，要是我繼續這樣下去，就會迷失自己。我注意到她的語氣越來越嚴厲，我感覺得出來，為了讓我懸崖勒馬，她已經準備說出我長久以來都希望知道，而她長久以來也都保持沉默的事情。我很害怕，但是過去在很多不同場合逼問她這個問題的不正是我自己嗎？而如今，難道不也是我自己來找她，才讓她終於要把一切告訴我的嗎？
「如果你有話要對我說，」我說：「那就說吧。」
她下定決心，看著我，而我低下頭。她說尼諾常找她，她說他要她回到他身邊，不管是在他和我在一起之前或之後都這樣說。她說他們一起送我媽去醫院的時候，他格外堅持。她說醫生幫我媽做檢查，他們在等候室等待結果時，他對她發誓，說他和我在一起，只是為了離她更近一些。

「看著我，」她輕聲說，「我知道告訴你這些事情很惡毒，但他比我惡劣得多。他這人才是最惡劣的那種歹毒，膚淺而歹毒。」

78

我回塔索路的時候，決定和尼諾斷絕一切關係。我發現屋裡沒人，整理得井井有條，我坐在通向陽台的落地窗旁。在這幢公寓裡的生活結束了，不過兩年的時間，我回到那不勒斯的理由就已經耗損殆盡了。

我等他出現，等得越來越焦急。好幾個鐘頭過去，我睡著了，猛然驚醒時，天已經黑了。電話在響。

我衝過去接，一心相信是尼諾打來的，結果是安東尼奧。他從附近的咖啡館打來，問我可不可以和他碰面。我說：上來吧。我聽得出來他的遲疑，但他還是同意了，我毫不懷疑，一定是莉拉派他來的，而他也承認了。

「她不希望你做蠢事。」他說，很費勁地用義大利文說。

「你可以制止我？」

「是的。」

「怎麼制止？」

他坐在客廳，婉拒我為他泡咖啡，像習於提出詳盡報告的人那樣，一一詳細列出尼諾的情人：姓名，職業，親戚。有些是我不認識的，是他很久以前的情人。其他的則是他帶到我家來吃飯的人，我還記得，她們對我和孩子都很親切。照顧小璦、艾莎和伊瑪的米芮拉，已經和他暗渡陳倉三年。他和替我以及莉拉接生的婦產科醫生，在一起的時間甚至還要更久。安東尼奧列舉出很多女的——他用的是這個詞——尼諾在她們身上用的通常是同樣的手法：一段時間密集見面，然後偶爾碰面，絕對不會斷然分手。他很忠實，安東尼奧挖苦說，從來不會真正斷絕關係：他一會兒和這個在一起，一會兒又去找另一個。

「莉拉知道嗎？」

「知道。」

「什麼時候知道的？」

「最近。」

「你為什麼沒馬上告訴我？」

「我是想馬上告訴你。」

「是因為莉拉？」

「她說再等等。」

「所以你就聽她的話。你們兩個就讓我這樣煮飯給前一天才對我不忠、或後一天就要背叛我的人吃。我和那些女人一起坐在餐桌上吃飯，而他就在桌子底下碰她們的腳或膝蓋或其他什麼的。我把女兒交給一個我一轉身他就跳上她床去的女生。」

安東尼奧聳聳肩，看著自己的手，合起手掌，擺在膝蓋之間。

「別人叫我怎麼做，我就怎麼做。」他用方言說。

但他有點不知所措。我向來都是這樣，他說，想要對我解釋：有時候我是拿錢辦事，有時候是出於尊敬，有時候是憑自己的心意。至於不忠，他說，如果沒能在正確的時機發現是沒有用的，因為被愛情沖昏頭的人，什麼都會原諒。要讓不忠的事實產生效應，首先必須熱戀消褪。他繼續往下說，講了很多讓人心痛的話，說戀愛的人有多盲目。為了舉例，他告訴我多年前，他為梭拉朗兄弟監視尼諾和莉拉。他自豪地說，當時我沒遵照他們的命令去做。他覺得不應該把莉拉交給米凱爾，所以找恩佐來，幫莉拉從麻煩之中脫身。他又講到他揍尼諾一頓的事。我揍他，他喃喃說，最主要的是因為你愛他，而不愛我，也因為那個人渣想要回到莉拉身邊，她會對他忠貞不二，然後一輩子就毀了。你看，他下結論說，當時也是一樣，光講是沒用的，莉拉不會聽我的，愛不只沒有眼睛，也沒有耳朵。

我整個人愣住了，問他：

「這麼多年來，你從來沒告訴莉拉說，那天晚上尼諾要回去找她？」

「沒有。」

「你應該要說的。」

「為什麼？我聽到我自己的腦袋說，最好這樣做，所以就這樣做了，做了之後就不再想。要是再回頭去想，只會惹上麻煩。」

他變得多麼睿智啊。我這才知道，要是安東尼奧沒有揍尼諾一頓，切斷他們的關係，莉拉和尼諾的關係可能會延續更久。但我馬上就丟開心中的假設，認為他們會一輩子相愛，變成和今天不同的人，這在我看來不只不可能，也難以忍受。我不耐煩地嘆口氣。安東尼奧基於自己的理由，決定拯救莉拉，而現在莉拉派他來拯救我。我看著他，用挖苦的語氣說他真是女人的保護者啊。他應該要出現在佛羅倫斯的，我心想，當我還在天平上懸而未決，當我還在不知道該怎麼做的時候，用他孔武有力的雙手為我做出決定，就像多年前他替莉拉做決定那樣。我嘲諷地問他：

「你現在得到的命令是什麼？」

「莉拉派我來這裡之前，告誡我不准揍爛那個人渣的臉。可是我以前揍過一次，現在也很樂意再做一次。」

「你真不可靠。」

「對，也不對。」

「什麼意思？」

「這情況很複雜，小琳，別扯進去。只要你告訴我，要讓尼諾那個人渣後悔自己出生到這個世界上，那我就讓他徹底後悔。」

我克制不了自己，對著他這樣一本正經的語氣迸出哈哈大笑。他這口氣是小時候在街坊學來的，是正直的男子漢口氣：他本質上是個溫馴恐懼的人哪。他肯定費了一番功夫才學會這樣講話的口氣，但這已經是他現在的習慣，他不知道還有別的口氣可用。和他過去唯一不同的是，在眼前的情況下，他努力講義大利文，帶著外國腔講著這個很難的語言。

因為我的笑聲，他沉下臉，看著漆黑的窗玻璃，說：別笑。雖然天氣很冷，但我卻看見他額頭汗光閃閃，因為在我面前表現得很可笑，讓他覺得丟臉。他說：我知道我沒表達得很好，我的德文比義大利文好。我察覺到他身上的氣味，當年在水塘邊的那種味道。我道歉說，我是在笑眼前這個情況；我是在笑你，恨不得把尼諾殺掉的你；我是在笑我自己，要是尼諾現在出現，我一定會告訴你說：好，殺了他吧。我之所以笑，是因為絕望，是因為我從沒有這麼生氣，是因為我感受到的羞辱我不知道你能不能想像，因為此時此刻我好不舒服，我想我就要暈倒了。

事實上，我覺得虛弱，內心凋亡。所以我突然對莉拉心生感激，感謝她派安東尼奧來，在此時此刻，只有他的關愛是我絕不懷疑的。況且，他瘦長的身材，粗大的骨架，濃密的眉毛，粗獷的面容都還是我熟悉的，它們沒背叛我，我不怕它們。我說，當年在水塘邊的時候，天很冷，但我們一點都不覺得，我現在冷得發抖，我可以坐在你旁邊嗎？

他不太肯定地看著我，但我沒等他同意。我起身，坐在他腿上。他一動也不動，只張開雙臂，垂在椅子把手的兩側，很怕碰觸到我。我靠在他身上，臉貼在他脖子和肩膀之間，有幾秒鐘的時間，我覺得自己好像睡著了。

「小琳。」

「嗯？」

「你身體不舒服嗎？」

「抱住我，我必須讓身體暖起來。」

「不行。」

「為什麼？」

「我不確定你想要我。」

「我要你，只有現在這一次，這是你欠我和你自己的。」

「我沒欠你任何東西。我愛你，而你愛的一直是他。」

「沒錯，但是我對你的渴望，是對其他人都沒有的，就連他都沒有。」

我講了好久，我告訴他實情，當下的實情，以及久遠之前在水塘邊的實情。我在他身上探索到刺激興奮，他的下腹讓我產生暖意，讓我整個人敞開來，化為液體，釋放灼熱的慵懶舒意。法蘭柯、彼耶特洛、尼諾都嘗試達成我的期待，但都無法讓我滿足，因為我的這個期待沒有任何具體的形象，只是一種歡愉的希望，是最難以實現的期望。安東尼奧嘴巴的味道，他欲望的氣味，他的雙手，他大腿之間的巨大性器，組成了興奮得無可匹敵的「以前」。也讓「後來」永遠無法與我們在廢棄罐頭工廠的那些個下午相比擬。儘管我們當時並沒有真正的性行為，通常也沒有達到高潮。

我用複雜難懂的義大利文講個不停。與其說是要讓他明白，不如說是在解釋給我自己聽。這在他看來必定是一種信任的表現，他似乎很滿足。他抱著我，親吻我的肩膀，然後脖子，最後是嘴巴。我覺得我似乎沒有過像這樣的性經驗，二十年前在水塘旁邊的回憶，驀然和塔索路的這房間、這椅子、這地板、這床連結在一起，阻隔我們之間，區分我是我、他是他的一切突然都掃除殆盡。安東尼奧靈敏，粗暴，我也一樣，和他不相上下。他需索，我需索，帶著狂暴的怒火，焦躁，渴望著我從不知道自己也擁有的猛烈暴力。最後他不可思議地徹底毀滅了，我也是。

「怎麼回事？」我目瞪口呆地問，彷彿那段絕對親密的回憶已經消失無蹤了。

「我不知道。」他說，「但還好發生了。」

我微笑。

「你就像其他人一樣，你背叛了你的妻子。」

我想開玩笑，但他很當真，用方言回答說：

「我沒有背叛任何人。我的妻子──在此之前──並不存在。」

這話很難理解，但我懂。他想告訴我，他同意我的看法，我們兩人是處在時間之外的一小方空間裡。他想說的是，我們剛剛所處的那一小段「當下」，是二十年前某天的一小段時光。我吻他，我輕聲說：謝謝你，我告訴他我很感激，因為他選擇不顧這場性愛的諸多不快理由──不管是我的還是他的──只把這次的接觸當成是拉近我們各自需求的方式。

這時電話響起，我去接，很可能是莉拉為了孩子的事情找我。結果是尼諾。

「還好你在家，」他上氣不接下氣地說，「我馬上就回來了。」

「不行。」

「那要什麼時候？」

「明天。」

「請聽我解釋，這很重要，很緊急。」

「不行。」

「為什麼？」

我告訴他為什麼，然後掛掉電話。

79

和尼諾分手很難，花了好幾個月的功夫。我不知道我是不是曾經為一個男人吃過這麼多苦頭，離開他和讓他回來都很痛苦。他不承認自己曾經對莉拉提出過愛情與性愛的請求。他辱罵她，嘲諷她，說她是想破壞我們的關係。但他這是在騙我。一開始他就一直騙我，甚至還想讓我相信我在浴室見到的不是真正發生的事，而是因為疲累與嫉妒而產生的誤解。然後他開始讓步，承認部分的關係是確有其事，但推說是很久以前發生的，至於毫無疑問是近期發生的事，他則說那些完全沒有意義，發誓說他和那些女人之間有的是友情，絕非愛情。我們一整個聖誕節假期，一整個冬天都在吵架。有時候我叫他閉嘴，因為受夠他的自我指責，自我辯解，期待寬恕；有時候我會對著拚死一搏的他嘶吼，因為他好像真的很絕望，常常喝醉酒；有時候我會把他趕出去，因為他或許出於誠實與驕傲，甚至可能出於正直，從來不承諾不再見他那些所謂的朋友，也不向我保證那些朋友的名單不會繼續增長。

對於這個問題，他總是訴諸非常冗長、非常精雕細琢的獨白，想要說服我相信這不是他的錯，而是因為天性，是因為星狀體，是因為海綿體和過多的精液，因為他陰莖的過度灼熱——簡而言之，就是因為他精力過剩。他用真誠痛苦到荒謬程度的語氣說，無論我怎麼努力把所有唸過的書拿出來分析道理，無論我多麼努力把所有學過的語言、數理、科學、文學拿出來運用，最重要的是我對你的愛——是的，我對你的愛，對你的需要，擔心自己不能再擁有你的那種驚懼——相信我，我懇求你相信我，沒有任何辦法，我不行我不能我無法，這偶發的欲望，這最愚蠢最遲鈍的欲望無法抵擋。

有時候他會感動我，但更多時候他只會激怒我，我通常都用冷嘲熱諷回應。但有天早上我冷冷地說，他對女人的欲求或許只是為了不斷印證自己是異性戀的症狀時，他覺得我得罪他了，罵了我好幾天，想知道我和安東尼奧在一起是不是比和他在一起更好。既然我已厭惡了這些狂言亂語的對談，就大聲回答說沒錯。在我們不時爭吵的這個苦惱階段，他的一些朋友趁機想要上我的床，我出於無聊，出於輕蔑，有時也會同意，我故意提起他喜歡的人的名字，說他們在床上的表現比他好，就只為了傷害他。

他消失了。他說過他不能沒有小璦和艾莎，他說過他愛伊瑪，遠勝過他其他的子女，他說過就算我不回到他身邊，他也會繼續照顧他們。事實上，他不只馬上忘了我們，還不再付塔索路公寓的租金，以及電力、瓦斯、電話的帳單。

我想在這個地區找便宜一些的公寓，卻找不著，比較醜也比較小的公寓要價甚至常常更高。這時莉拉告訴我，她家樓上有間三房帶廚房的公寓要出租。房租非常之低，窗戶可以看見通衢大道與院子。她用她慣有的語氣，彷彿說：我只不過給你消息，你決定怎麼做就怎麼做吧。我很沮喪，也很恐懼。艾莉莎最近和我吵架的時候吼著說：爸爸很孤單，去和他住吧，我自己一個人照顧他，已經累了。我當然不肯，我眼前這個情況，也不可能照顧我爸。我已經是女兒的奴隸了。伊瑪不斷生病，小瑷一得感冒，艾莎也跟著感染，鬧著不肯做功課，除非我陪她，結果就惹毛小瑷，說：那你也得陪我寫功課。我筋疲力盡，精神耗竭。於是，我跌進極度混亂裡，完全無法過上我以為自己可以享受的活躍生活。我推辭邀請、約稿和旅行，我甚至不敢接電話，怕會是出版社來追問書稿。我陷入把我往下拉的漩渦裡，回街坊去住的假設正是我人生跌到谷底的明證。讓我自己和我的女兒重新陷入那樣的生活狀態，讓莉拉、卡門、埃爾范索和所有的人占據我的生活，為所欲為。不，不，我對自己發誓，我要離開，住到特里布納利，杜崔斯卡，拉文奈歐，佛塞拉，寧可生活在標誌著地震痕跡的鷹架裡，也不要回到街坊。就在這團混亂裡，編輯打電話來了。

「你的進度怎麼樣呢？」

就在這一瞬間，我腦袋裡劃亮一道火光，亮得像白晝。我知道我必須怎麼說，必須怎麼做。

「我昨天剛寫完。」

「真的，今天快寄來。」

「我明天早上就去郵局。」

「謝謝你。一收到書稿我就馬上看，再告訴你。」

「慢慢來沒關係。」

我掛掉電話。我拿出收在臥房衣櫃裡的大箱子。找出幾年前所寫，瑷黛兒和莉拉都不喜歡的那份書稿。我甚至沒打算再看一遍。隔天早上，我送女兒上學，帶著伊瑪就去把包裹給寄了。我知道這個作法風險很高，但在我看來，這是唯一可能挽救我名譽的方法。我答應要寄出一本小說，所以就寄了。這是一本不成功的小說，壞到無可辯駁？好啊，出版不了就是了。但我已經努力過，我沒騙任何人，我很快就能做得更好。

郵局排隊的人潮讓人疲憊。我得要不停抗議有人不守規則。在這個情況下，我的悲慘狀態格外明顯。我爲什麼在這裡，我爲什麼要像這樣浪費時間。女兒和那不勒斯活生生吞噬了我。我不看書，我不寫作，我失去了所有的自律。我曾經得到遠遠超乎我期望的人生，結果看看如今我落到什麼地步了。我覺得生氣，歉疚，對我自己，更是對我媽。而且伊瑪更是讓我煩心：拿她和蒂娜比較的時候，我確信她必定有什麼發展的問題。莉拉的女兒雖然小三個星期，卻非常有活力，看起來像大了一歲，而伊瑪看起來卻好像沒什麼反應，眼神呆滯。我著魔似地觀察她，用我當場發明的測試來逼迫她。我心想：要是尼諾不只毀了我的人生，還給我一個有問題的女兒，那就太可怕了。然而常有人在街上攔住我，因為她長得胖嘟嘟，太可愛了。就連此時在郵局裡，排隊的女人也都讚美她，說她多麼圓胖可愛。但她連笑都沒笑。有個男的給她糖果，伊瑪老大不情願地伸手，接下，丟掉。啊，我不時擔心，每天都有個新的煩惱加到舊煩惱裡。我走出郵局，包裹已寄出，無可挽回了，我跳起來，想起瑷黛兒。老天爺啊，我幹了什麼好事啊。我是不是沒有考慮到，出版社有可能把書稿先送給瑷黛兒看呢？畢竟，我的第一本和第二本書都是她想要出版的，單單是為了禮貌，他們都應該請她看。然後她會說：格瑞柯騙了你們，這不是新書稿，我幾年前就讀過了，很糟糕的啊。我冒冷汗，覺得渾身乏力。我想塞住一個漏洞，結果又捅出另一個漏洞來。我再也控制不了自己，就算是在可能的範圍內，我也控制不了我的連串行動。

80

就在這時，彷彿要讓情況變得更複雜似的，尼諾再次現身。他一直沒把鑰匙還我，儘管我堅持想要討回來，所以他沒事先打電話，沒敲門，就再次出現。我叫他走，這房子是我的，他沒付房租，沒給伊瑪半毛錢。他指天誓地，說因為我們分手讓他太傷心，所以忘了給。他看起來一臉真摯，表情懇切，而且變得很瘦。他以不由自主的可笑語氣鄭重發誓，從下個月就會開始付，然後用憂傷的口吻談起他對伊瑪的愛。這時，他心情顯然不錯，開始問起我和安東尼奧重逢的事，先是泛泛地問，後來談起性的問題。他從安東尼奧再談到他的朋友。他似乎想讓我承認，我之所以屈服（他覺得「屈服」是正確的動詞）於這個或那個人，並不是因為他們的吸引力，而只是為了洩憤。他開始撫摸我的肩膀、膝蓋、臉頰的時候，我警覺起來。我很快就明白——從他的眼神和他的言詞——讓他這麼拚死渴望的，不是因為他失去了我的愛，而是因為我和那些男人在一起，而且我遲早會和別人上床，甚至會喜歡他們遠勝於他。他這天早上出現，只是為了重新踏進我的生活。他要我表現出只希望再次和他上床的渴望，以詆毀近來出現在我身邊的那些愛人。換句話說，他希望重新申張他的優越地位，但他肯定會再次消失無蹤。我想辦法把鑰匙要回來，趕他出去。出乎我自己意料的，我這時竟發現我不再對他有任何感覺。我長久以來對他的愛，在這天早上已經完全消散殆盡了。

隔天早上，我開始打聽如何在中學謀得教職，就算是代課老師也好。但我很快就明白，這並不簡單，無論如何，我都必須等到新學年開始才有機會。我既然已經認為和出版社的關係無可挽回，繼之而來的，就是想像我身為作家的身分悲慘崩潰。我非常害怕。兩個女兒打從出生就習慣優渥的生活，而我自己從嫁給彼耶特洛之後，也無法想像沒有書，沒有雜誌、報紙、唱片、電影、劇院的生活。我必須馬上找份臨時的工作，所以我在本地報紙刊登家教廣告。

六月的一個早上，編輯打電話來了。他接到書稿，已經讀過了。

「已經讀過了？」我裝得漠不關心。

「是的，我從來沒想過你會寫出像這樣的書，但很意外的，這竟然是你寫的。」

「你的意思是很糟糕？」

「從第一行到最後一行，展現了純粹的敘事樂趣。」

「這是好還是不好？」

「這非比尋常。」

81

我很自豪。在短短幾秒鐘裡，我不僅重新找回自信，心情也放鬆下來，開始用孩子氣的熱情口吻談起自己的作品。我笑得太厲害，拚命問編輯，想得到更確鑿的認可。我很快就明白，他認為我的這本書是某種自傳，用小說的形式寫出我在最貧窮、最動盪不安的那不勒斯遭遇的親身經歷。他說他本來怕回鄉會對我產生負面影響，但如今不得不承認，回到出生地對我確有幫助。我沒說這本書其實是好幾年前在佛羅倫斯寫的。這是一本粗獷的小說，他強調，應該說是很陽剛，但很矛盾的，卻又很細膩，換句話說，我又往前跨進了一大步。然後他討論到出版計畫的安排。他想把出版時間延到一九八三年春天，好有充裕的時間仔細編輯，籌備問世事宜。最後他略帶嘲諷地說：

「我和璦黛兒談過這本書。她說她讀過舊版本，不喜歡。但是，看來她如果不是品味過時，就是因為私人因素而反應冷淡。」

我馬上就承認，很久以前讓璦黛兒讀過第一版的草稿。他說：顯然那不勒斯釋放了你的天分。出版社付給我餘下的版權金，我的經濟情況得到改善。轉瞬之間，我開始把這座城市，特別是街坊，看成是我人生的重要部分，我不只不該輕視，甚至應該視為我作品成功的重要因素。這是突然躍進的一大步，從不信任自己，到對自己喜悅滿足。我原本以為面前是已無前路可行的懸崖，結果不但在文學上贏得功成名就，似乎更是在文化與政治領域的毅然抉擇。編輯本人權威宣判說：對你來說，回到當初離開的那個時點，反而是向前跨進一大步的關鍵。當然，我沒說這本書是在佛羅倫斯寫的，回到那不勒斯，對內文一點影響都沒有。但是敘述的素材，角色人物的深度，都來自於街坊，而轉捩點當然也在那裡。璦黛兒欠缺這樣的敏銳度去理解，所以她無法掌握這本書的精要。整個艾羅塔家族都無法掌握。尼諾也是，他只把我當成是他那一長串女人清單上的一員，覺得我和其他人並沒有兩樣。而——對我來說更為重要的是——莉拉也無法掌握。她不喜歡我的這本書，她當時好凶，用負面的評價傷害我，甚至還哭了，她這輩子沒掉過幾次眼淚。但我不想得到她的好評，她錯了，我反而很高興。打從小時候，我就賦予她太高的重要性，現在我覺得如釋重負。情況終於明朗，我不是她，而她也不是我。她的權威對我來說不再是必要的，我有自己的權威。我覺得強大，不再覺得我是身世背景的受害者，相反的，我覺得自己有能力主宰身世背景，賦予形體，為我自己報復，為莉拉，為每一個人報復。以前拉我往下沉淪的東西，如今卻是讓我攀爬得更高的素材。一九八二年七月的一個早晨，我打電話給她，說：

「好吧，我租你家樓上的公寓，我要搬回街坊來。」

82

我在仲夏搬家，安東尼奧負責後勤統籌。他召集了幾個身材壯碩的男子，清空塔索路的房子，打理好街坊的那間公寓。新房子很陰暗，重新粉刷並沒有讓屋裡亮起來。但和我當初回那不勒斯時的想法相反的，這並沒有讓我覺得困擾。事實上，那拚命試圖穿窗而入的灰撲撲光線，勾起了我童年的回憶。但另一方面，小璦和艾莎卻抱怨個沒完。她們在佛羅倫斯、熱內亞長大，享受過塔索路的明亮光線，一搬到這裡來就痛恨凹凸不平的磁磚地，陰暗的小浴室，嘈雜的通衢大道。她們勉強接受只是因為可以享受到一些微不足道的好處：每天見到莉娜阿姨，因為學校很近所以可以晚點起床，自己去上學，在街上和院子裡玩。

我馬上就渴望重新擁抱街坊。我讓艾莎在我以前唸的小學註冊入學，讓小璦唸我以前的那所中學。我和還記得我的人重新接觸，不管是老是少。我和卡門一家人、埃爾范索、艾達、琵露希雅一起慶祝我的決定。我當然也有些不安，彼耶特洛對我的決定很不高興，讓情況變得更糟。他在電話裡說：

「你到底是基於什麼標準，要在你自己當初逃離的地方養大女兒？」

「我不會在這裡養大她們。」

「可是你在那裡租房子，讓她們在那裡的學校唸書，完全沒考慮到她們應該有更好的選擇。」

「我有一本書要寫完，只有在這裡才能辦得到。」

「我可以照顧她們。」

「你也要照顧伊瑪？她們三個都是我的女兒，我不想讓小女兒和兩個姊姊分開。」

他冷靜下來。他很高興我離開了尼諾，所以很快就原諒我的決定。繼續努力寫吧，他說，我對你有信心，你知道自己在做什麼。我希望這是事實。我看著卡車轟隆隆駛過通衢大道，捲起煙塵。我在丟滿注射器的花園散步。我走進乏人照料的空教堂。在關閉的教區電影院前，在像被棄置的空房間似的黨辦公室前，我覺得難過。我聽著公寓裡男人、女人、小孩的吼叫，特別是在夜裡。家庭之間的爭吵，鄰居之間的敵意，動不動就拳腳相向，以及男生結黨成派的戰鬥。到藥房的時候，我想起季諾，看見他遇害的地方讓我覺得很憎惡，小心翼翼地繞道。我很同情地和他爸媽講話。他們還是站在老舊的深色木櫃檯後面，背比以前駝得更厲害，白髮白袍，像以前一樣親切。年紀還小時，我忍受這一切，我心想，現在就看看我是不是還能辦得到。

「你怎麼決定要這樣做的？」在我搬家之後，莉拉問我。或許她想要個充滿愛憐的答案，或者是要我認可她的選擇，回答她說：你留在這裡是對的，到外面的世界闖蕩沒有用，如今我明白了。但是我回答的是：

「這是個實驗。」

「什麼實驗？」

當時我們在她的辦公室裡，蒂娜在她身邊，伊瑪自己走來走去，我說：

「重新恢復平靜的實驗。你這輩子都想辦法在這裡安身立命，但我不是，我覺得自己好像四分五裂，碎片散落各處。」

她露出不以為然的表情。

「別再說什麼實驗吧，小琳，否則你會失望，然後又會再次離開。我也一樣四分五裂啊。在我父親的修鞋鋪和這個辦公室之間，可不是短短幾公尺的距離，感覺像是南極到北極啊。」

我假裝被逗樂了，說：

「別讓我洩氣。做我這份工作，必須用文字把一個事實和另一個事實黏合在一起，到最後，讓一切看起來都連貫一致，儘管其實並非如此。」

「但是如果本來就不連貫一致，又何必假裝是呢？」

「為了創造秩序。記得我給你看過、但你並不喜歡的那本小說嗎？我在那本書裡，試著將我對那不勒斯所知的一切，嵌進我後來在比薩、佛羅倫斯和米蘭所學到的東西裡。我把那本書交給出版社，他們覺得很好。就要出版了。」

她瞇起眼睛，輕聲說：

「我告訴過你，我什麼都不懂。」

我覺得我傷害她了，彷彿當面甩了她一個耳光：如果你不能把鞋子的故事和電腦的故事連結在一起，並不表示這事情是做不到的，只表示你沒有工具可以去做。我連忙說：等著看好了，那書肯定沒有人要買，你說的一點都沒錯。接著，我隨意列舉出這本小說的許多缺失，以及我出版之前想要保留或修改的部分。她迴避這個話題，像是要重新讓自己取得高度似的，開始談起電腦，彷彿是要告訴我：你有你的事情，我有我的。她對孩子們說：你們想看看恩佐買的新機器嗎？

她帶我們到一個小房間，對小璦和艾莎解釋說：這個機器叫個人電腦，很貴的，但是可以做很棒的事情，我們來看看是怎麼運作的吧。她坐在凳子上，先把蒂娜抱在腿上，然後很有耐心地解釋所有的元素，對小璦、艾莎和寶寶說，就是不對我說。

我從頭到尾一直看著蒂娜。她對媽媽講話，問問題，指著：這是什麼，要是媽媽沒理她，她就拉媽媽裙角，抓她下巴，堅持不放棄：媽媽，這是什麼。莉拉解釋給她聽，把她當大人看待。伊瑪拉著一部小車，在屋裡走來走去，有時坐在地板上，心不在焉。過來，伊瑪，我說了一遍又一遍，聽聽莉娜阿姨在說什麼。但她還是繼續玩她的小車。

我的女兒沒有莉拉女兒的素質。我幾天之前開始擔心她有點發展遲緩，帶她去看一位非常出色的小兒科醫師，結果她並沒有發展遲緩。我放下心來。但是只要拿伊瑪和蒂娜比較，我仍然很不安。蒂娜這麼活力充沛，看著她，聽她講話，讓你心情大好。看著她們母女的互動也讓人感動。莉拉談論電腦的時候——我們現在也都學用這個名詞了——我讚賞地觀察她們倆。就在這一刻我覺得很快樂，對自己很滿意，而且也非常清楚地感覺到，我愛我的這個朋友，愛她原本的樣子，愛她的優點和缺點，愛她的一切，甚至也愛她帶到這個世界的小生命。這孩子充滿好奇心，什麼東西都一學就會，會講大量的詞彙，還有令人意外的靈巧動作。我對自己說：她不太像恩佐，她很像莉拉，看看她是怎麼瞪大眼睛，瞇起眼睛，看看她的耳朵，沒有耳垂。我還是不敢承認莉拉的女兒比我自己的女兒更吸引我，但是在個人電腦的能耐展示完畢之後，我不只讚嘆電腦，也對小女孩讚不絕口，雖然我知道這樣會傷伊瑪的心（你好聰明啊，好漂亮，多會講話啊，學會這麼多東西）。我也稱讚莉拉，主要是為了消弭我之前宣布小說要出版所導致她的不安，最後我描繪我和她女兒面前的光明遠景。她們可以讀書，我說，可以旅行全世界，天曉得她們會是什麼樣子。但是莉拉在親吻安撫蒂娜之後——是啊，她非常聰明——苦澀地回答說：傑納諾也很聰明，很會講話，很愛讀書，在學校功課很好，但你看看他現在是什麼樣子。

83

有天晚上莉拉輕蔑地提起傑納諾時，小瑷鼓起勇氣，捍衛他。她脹紅了臉，說：他非常非常聰明。莉拉饒富興味地看著她，綻出微笑，回答說：你真是個好女孩，我是他媽媽，你說的話讓我很高興。

就從這時起，小瑷覺得她有權利在每個場合替傑納諾辯護，就連莉拉很氣他的時候也不例外。傑納諾如今已經是十八歲的大男孩了，長得非常英俊，和他父親年輕時一樣，但比較矮壯，脾氣比較乖戾。他對十二歲的小瑷看都不看一眼，他心裡揣著別的事情。但她始終當他是這世界有史以來最不可思議的人，隨時隨地，只要可以，她就不停讚美他。有時候莉拉心情不好，就沒理她。但其他時候，莉拉會哈哈大笑，嚷著說：才怪，他根本是個流氓。你們三姊妹才聰明呢，你們以後會比你們媽媽更出色。聽到這樣的稱讚，小瑷雖然很高興（只要她覺得自己比我好，就會很高興）。但馬上開始貶低自己，好提高傑納諾的地位。

她好喜歡他。她常坐在窗邊，等著他從店裡回來，一看見他的身影就大喊：嗨，黎諾。要是他回答（他通常都不回答），她就衝到樓梯口等他上樓來，想辦法和他一本正經地交談，說什麼：你好累喔，你手怎麼了，你穿罩袍不熱嗎，諸如此類的。他就算只說幾個字，都足以讓她興奮不已。要是他湊巧比平常更注意她，她就會為了拉長交談的時間，抓著伊瑪說：我正要帶她下樓去找莉娜阿姨，讓她和蒂娜一起玩。我還來不及答應，她就衝出屋子。

我和莉拉之間的距離從來沒這麼近過，就算小時候也沒有。我的地板是她的天花板。我往下爬兩段樓梯就到她家，她往上爬兩段樓梯就到我家。每天晨昏，我都聽到他們的聲音：模糊不清的交談聲，蒂娜的尖叫聲和莉拉彷彿也在尖叫的回應，還有恩佐渾厚的嗓音，通常非常沉默的他，倒是對女兒講很多話，有時候甚至還唱歌給她聽。我猜，我日常生活的動靜必定也都傳到莉拉耳朵裡了。她在工作的時候，我兩個女兒在學校裡的時候，只有伊瑪和蒂娜——她倆通常都留在我身邊，有時候甚至是在睡覺——在家的時候，我注意到樓下的空寂，豎起耳朵聽莉拉和恩佐回來的腳步聲。

情況很快就好轉了。小璦和艾莎常常照顧伊瑪，帶她到樓下的院子或到莉拉家。如果我必須出門，莉拉就照顧她們三個。我已經好幾年沒有這麼多時間可以看書了，我修訂我的書，沒有尼諾在身邊我覺得輕鬆自在，也不再需要擔心失去他。我和彼耶特洛的關係也改善了。他更常到那不勒斯來看女兒，他慢慢適應這間可怕的小公寓，也習慣她們的那不勒斯口音，特別是艾莎的口音。他常留下來過夜。他來的時候，總是對恩佐很客氣，和莉拉講很多話。雖然過去彼耶特洛對莉拉絕無好感，但現在他好像很高興有她為伴。至於莉拉，只要他一離開，她就興沖沖聊起他，那個熱情是她對其他人很少有的。他讀過多少書啊，她一本正經地說，五萬本，十萬本？我想她是把我這位前夫當成童年夢幻的化身了，認為他是那種為知識，而不是為職業而讀書寫作的人。

「你非常聰明，」她有天晚上對我說，「但他講話的那個樣子，我真的很喜歡：他把書寫融入他的聲音裡，但是講起話來又不像在背書。」

「而我像背書？」我問，彷彿開玩笑。

「有一點。」

「就算現在也是？」

「是的。」

「要是我沒學會這樣講話，我在這裡以外的地方就得不到尊敬。」

「他講話和你一樣，但是比較自然。傑納諾小的時候，我想——雖然那時我還不認識彼耶特洛——我想要他長大變成這個樣子。」

她經常談起兒子。她說她應該對他付出更多，但她沒有時間，沒有定性，沒有能力。她責怪自己能教他的東西不多，後來因為沒有信心，所以也就不教了。有一天晚上她一口氣從老大一直講到老二。她很擔心蒂娜長大之後也同樣浪費天分。我稱讚蒂娜，真心真意的，而她用嚴肅的語氣說：

「你現在人在這裡，一定要教她，讓她像你女兒那樣。這對恩佐也很重要。他要我請你幫忙。」

「好啊。」

「你幫我，我就幫你。學校教育不夠，你還記得奧麗維洛老師吧，對我來說那根本不夠。」

「時代不一樣了。」

「我不知道。我盡可能把一切給傑納諾，但結果卻很慘。」

「是這個街坊的錯。」

她沉重地看著我，說：

「我對這裡沒有太大的信心，但你既然決定要留下來，就讓我們就一起來改變街坊吧。」

84

短短幾個月的時間，我們就變得很親密。我們養成一起出門購物的習慣，星期天，我們沒和別人一起在通衢大道上閒晃，而是堅持和恩佐一起到市中心，讓我們女兒可以曬曬太陽，吹吹海風。我們沿著卡拉西歐洛街走，或是在康穆納爾花園裡。他把蒂娜扛在肩上，很嬌縱她，或許是太過嬌縱了。但他從沒忘記我女兒，買汽球、糖果，陪她們一起玩。莉拉和我故意落在他們後面。我們什麼事都聊，但是走在路上，我們像回到少女時代：那永遠不會再回返的時光。她問起在電視上聽來的問題，我口若懸河地回答。我談起後現代，出版的問題，女性主義最新的消息，隨便什麼浮現在我心頭的事情。莉拉專注聆聽，表情微帶嘲諷，只有在要求我進一步解釋的時候才打斷我，但從來不說她心裡的想法。我喜歡和她講話，我喜歡她讚賞的表情，我喜歡她說：你懂得的事情好多啊，你想的真多。就算我覺得她是在諷刺我也無所謂。我逼問她有什麼看法時，她就退縮，說：不，別逼我說蠢話，你講就好。她常會向我問起有名的人，想知道我是不是認識他們，我說不認識時，她就很失望。對於我見過的名人，我如果講出他們像普通人的一面，她也同樣會很失望。

「所以，」她有天早上下結論說，「這些人和他們外表看起來不一樣。」

「一點也沒錯。他們通常都對自己的工作很在行。但除此之外，他們也很貪婪，喜歡傷害你，和強者結盟，欺壓弱小，成群結黨去和其他黨派爭鬥，他們把女人當成綁著狗鍊的狗，他們會講髒話，把手放在你身上，就像公車上的色狼一樣。」

「你太誇張了吧？」

「才不，能創造理念的並不一定都是聖人。真正的知識份子很少，絕大部分在高等教育殿堂裡的人都很偷懶，一輩子光靠評論別人的理念過日子。他們把自己最多的精力都花在殘酷對抗任何可能的對手。」

「那你為什麼要和他們在一起呢？」

我回答說：我沒和他們在一起。我在這裡。我希望她感覺到我是上流社會的一份子，但又和他們不一樣。是她自己把我往那個方向推的。要是我挖苦我的同僚，她就覺得很有趣。有時候我還隱隱覺得，她之所以這麼堅持，是因為要我證明，我就是告訴別人事情是怎麼回事、應該怎麼看的那些人之一。在她看來，回到街坊來住的決定，只有在我繼續躋身於那些寫書、為報章雜誌寫稿、偶爾出現在電視上的人之間，才算有道理。她要我當她的朋友，當她的鄰居，因為我有光環。而我支持她。她的認可給了我信心。我和她併肩走在康穆納爾花園裡，女兒在身邊，然而我還是和她截然不同，我有廣闊的生活天地。我覺得飄飄然，因為相較於她，我是個有更多經驗的女人，我覺得她也很高興我是這樣的人。我告訴她法國、德國、奧地利、美國的事情，告訴她我在各地參與的辯論，以及和尼諾分手之後與我在一起的男人。她要笑不笑地仔細聆聽我的一字一句，從來不說出她的想法。甚至我透露偶爾有之的情愛關係，也沒讓她覺得有必要對我傾吐心聲。

「你和恩佐在一起很快樂嗎？」我有天早上問。

「夠快樂的了。」

「你從來沒對其他人有興趣？」

「沒有。」

「你真的愛他？」

「夠愛的了。」

沒有辦法從她嘴裡挖出更多東西來，坦率談論性愛話題的人經常是我。我的滔滔不絕，她的沉默以對。然而，無論我們談的是什麼話題，在散步途中，她身上總會散發某種氣息，令我著迷，激發我的腦力，像過去一樣，幫助我反思。

或許這就是我為什麼會在她身上探索的原因。她繼續散發出能量，可以給我安慰，可以強化意志，同時也能提出解決方案。這股力量打動的不僅僅是我。有時候，她邀我和孩子們一起去吃晚飯，更常有的情況是我邀請她和恩佐，當然還有蒂娜。但沒有傑納諾，沒辦法要他一起來，因為他經常在外面待到很晚才回家。恩佐——我不久就明白——很擔心他，反而是莉拉說：他長大了，他愛怎樣就怎樣吧。但我覺得她這麼說，只是為了減輕自己為人父母的焦慮而已。這語氣和我們的對話一模一樣。恩佐點點頭，有某種氣息從她身上傳遞到他身上，宛如令人精神振奮的滋養劑。

在街坊的街道上也是一樣。和她一起上街購物總是讓我驚嘆：她變成了權威人士。她不時駐足，大家用尊敬親暱的態度拉她到一旁，低聲對她咬耳朵，她靜靜聽，沒有反應。他們這樣待她，是因為她新事業的成功嗎？是因為讓一個無所不能的人喪失心智嗎？又或者是因為年近四十的她，渾身充沛的活力讓她散發出魔術師般的光環，可以使出魔咒，灌輸恐懼？我不知道。大家對她的注意力遠超過我，當然讓我吃驚。我是個有名的作家，出版社為了推我的新書，確保我的名字常常出現在報上：《共和報》刊出了我一張相當大的照片，配上一篇介紹即將出版的新書報導。報導裡說：高度受到期待的是艾琳娜．格瑞柯的新小說，以不爲人知的那不勒斯爲背景，充滿血腥，諸如此類的。然而在我們生長的地方，站在她身邊，我只是個裝飾品，也就是說，我只是用來見證莉拉功勳的人。從我們出生就認識我們的人把整件事歸功於她，歸功於她的魅力——也就是能有像我這麼值得尊敬的人竟然會出現在街坊馬路上的這件事。

85

我想有很多人納悶，在報紙上看來這麼有錢又有名的人，為什麼會來這個傾頹的老社區，住進這麼可怕的小公寓裡。或許第一個不理解的就是我女兒。小璦有天放學回來，很厭惡地說：

「有個老頭在我們門口探頭探腦。」

又有一天，艾莎回到家一臉驚恐：

「今天有人在花園裡被捅刀子。」

在這樣的時候，我也會很害怕。我身上那個很久以前就離開街坊的我非常憤慨，擔心女兒，於是說：夠了。在家裡，小璦和艾莎講流利的義大利文，但偶爾，我聽見她們在窗下或跑上樓梯的時候，艾莎特別喜歡講凶巴巴，有時候甚至很下流的方言。我罵她，她假裝難過。但我知道，要抗拒惡劣行為的吸引力和其他許多誘惑，需要很大的自律功夫。有沒有可能在我忙著創作文學的時候，她們迷失了？我一再安慰自己說，住在這裡只是臨時的：等書出版之後，我絕對會離開那不勒斯。我對自己說，然後又說一遍：我只需要完成小說的定稿就行了。

這書無疑受惠於來自街坊的一切。但工作進行得這麼順利，主要是因為我很注意莉拉。她從來沒離開這個地方，她的聲音，她的眼神，她的動作，她的態度，她的慷慨大方，她的方言，全都和我們出生的地方緊密連結。就連用了外國名字的Basic Sight（大家都用義大利文唸得怪腔怪調的）也不像是從外太空掉落的隕石，而是出乎意料從貧困、暴力和荒蕪中長出來的果實。因此，接近她是讓我的小說顯得真實可靠所不可或缺的元素。之後，我會永遠離開，我打算搬到米蘭去住。

光是在她的辦公室坐一會兒，我就能了解她是在什麼樣的環境裡奮力前行。我看著她如今已公開吸毒的哥哥。我看著一天比一天殘酷的艾達，和瑪麗莎誓不兩立，因為她奪走了斯岱方諾。我看著埃爾范索，在他的臉上，在他的習慣裡，陰柔與陽剛不斷打破界線，產生的效果先是讓我排斥，接著又讓我感動，但我永遠心懷警覺，因為他不時被揍得眼睛烏青，嘴唇破裂，天曉得是被誰打，什麼時候打的。我看著卡門，身穿加油站員工的藍色外套，把莉拉拉到一旁，像個聖賢那樣盤問她。我看著安東尼奧，不時在她身邊盤旋，常一句話也沒法完整講完，或只沉默嚴肅地站在她身邊，像官式拜會似地帶上他漂亮的德國太太和孩子。同時我也聽到無數的流言蜚語。斯岱方諾．卡拉西就要關掉雜貨店了，他口袋裡連半里拉都沒有，迫切需要錢。帕斯蓋．佩盧索綁架了誰誰誰，就算不是他親自動手，也肯定和他脫不了干係。另外那個誰誰誰自己放火燒掉了位在阿法戈拉的襯衫工廠，就只為了坑保險公司。要小心看好小璦，他們給小孩攙了毒品的糖果。小學附近有個同性戀混蛋在誘拐小孩。梭拉朗家在新社區開了夜總會，有女人有毒品，音樂吵得沒人睡得著覺。大卡車夜裡駛過通衢大道，載運的東西毀滅力超強，毀滅我們的速度遠比原子彈快得多。傑納諾開始和一幫壞人混，要是他繼續這樣，我就不讓他去工作了。在隧道裡找到的那個被謀殺的人，看起來像是個女人，其實是男的，那屍體流了好多血，一路流到加油站去。

我觀察，我傾聽，用的是莉拉和我小時候所想像，而如今我真正成為的角色：是個有本大書正在潤飾，正在改寫，即將出版的作家。在初稿裡——我告訴自己——我放進太多方言了。所以刪掉，重寫。但我又覺得有點太少，所以再添加了一些。我人在街坊，安安穩穩在這個場景裡扮演這個角色。這本野心宏大的作品讓我有了安居此地的正當性，只要我沉浸在寫作裡，屋裡昏暗的燈光、街道上粗聲粗氣的講話聲、女兒可能遭遇的風險、車輛往來天晴有煙塵天雨有泥濘的通衢大道、莉拉和恩佐公司蜂擁而至的顧客、鄉下地區的小企業家、豪華大轎車、暴發戶的衣著、有時動作粗魯有時態度卑躬屈膝的肥胖軀體，這一切全都有了意義。

有一回，我帶著伊瑪和蒂娜在Basic Sight等莉拉，情況似乎變得更加明朗：莉拉做的是新型態的工作，但整個人依舊沉浸在舊世界裡。我聽見她用極度粗魯的態度，為了錢的問題對顧客咆叫。我嚇壞了，那個渾身散發權威的女人怎麼突然不見了？恩佐衝進來，那人——年約六十，腆著大肚子的男人——一面罵髒話，一面往外走。事後我對莉拉說：

「你到底是什麼樣的人啊？」

「你指的是什麼？」

「要是你不想談，就算了。」

「不，我們來談，但你先說你是什麼意思。」

「我的意思是：在像這樣的環境裡，碰到這些你必須應付的人，你到底是怎麼做的？」

「我很小心，就和每個人一樣。」

「就這樣？」

「這個嘛，我很小心，我想辦法安排處理，讓所有的事情能照我所說的去發展。我們不一直都是這樣做的嗎？」

「是啊，但是現在我們有了責任，必須對我們自己和孩子負責。你不是說我們必須改變街坊嗎？」

「你覺得為了改變，我們必須做什麼？」

「訴諸法律。」

我被自己說的話嚇了一跳。連我自己都很意外，我講的這番話比我的前夫更拘泥於法律，甚至也比尼諾很多時候更看重法律。莉拉嘲笑說：

「如果是碰到你一提『法律』兩個字就警醒的人，法律是很有用沒錯。但你也知道這裡是什麼情況。」

「所以呢？」

「所以如果這裡的人不怕法律，你就得自己想辦法讓他們害怕。你之前看到的那個爛人，我們幫他做了很多事情，非常非常多，但他不肯付錢，說他沒錢。我威脅他，我告訴他說：我要告你。他回答說：去告啊，誰鳥你。」

「可是你會告他。」

她哈哈大笑：「要是去告他，我永遠也拿不到錢。以前啊，有個會計偷走我們好幾百萬，我們開除他，提出告訴。結果法律連動動手指都不肯。」

「所以呢？」

「我受夠等個沒完沒了，所以去找安東尼奧。錢很快就收回來的。這一次的錢也會收得回來，不必開庭審判，不需要律師，不需要法官。」

86

所以安東尼奧替莉拉做這類的工作。不是為錢，而是因為友情，或是個人的尊重。或者，我不知道，說不定是她去問米凱爾可不可以借用他，因為安東尼奧替米凱爾工作，而莉拉不管要求什麼，米凱爾都會答應，所以就讓她借用了。

但是米凱爾真的會滿足她的每一個要求嗎？就算在我搬回街坊之前是這樣，如今究竟是不是還是如此，看來似乎也不明朗。起初我注意到一些奇怪的徵兆：莉拉提到米凱爾的時候不再不可一世的高傲態度，而是有些激動，甚至有明顯的憂慮；而更重要的是，他很少再出現在Basic Sight的辦公室裡。

在馬歐羅和艾利莎極盡奢華之能事的婚宴上，我察覺到情況確實變了。婚宴從頭到尾，馬歐羅都在弟弟身邊，不時和他咬耳朵，一起放聲笑，伸出一條手臂攬著他的肩膀。至於米凱爾，他好像恢復元氣了，又再像以前一樣，高談闊論，自傲浮誇。而孩子們和如今變得非常之胖的姬俐歐拉乖乖坐在他身邊，好像決定忘掉他以前是怎麼對待他們的。讓我詫異的是，街坊的粗俗下流在莉拉婚禮上還顯得很土氣，到這時卻已經變得如此摩登，似乎也有了都會色彩。莉拉本人倒也如魚得水，氣質、言談、衣著都非常適配。換句話說，除了我和女兒之外，沒有什麼是不協調的。在得意展現過度鮮豔色彩、過度響亮笑聲、過度奢侈豪華的環境裡，我們的莊重自持完全格格不入。

大概就是因為這樣，所以米凱爾的暴怒才更令人心生警覺。他正在致詞恭賀新人，伊瑪搶了蒂娜的東西，蒂娜想搶回來，所以在房間正中央尖聲哭喊起來。他在講話，蒂娜在哭。米凱爾突然停下來，眼神活像瘋子，吼著說：莉娜，你不能叫那個小鬼閉嘴嗎？他就是這樣說的。莉拉瞪著他看了好久。她沒開口，也沒動。然後非常緩慢地把一手貼在坐她身邊的恩佐手上。我立刻站起來，帶著兩個小女孩到外面去。

這場風波嚇到了新娘，也就是我妹妹。米凱爾的致詞結束之後，我聽到屋裡傳來的鼓掌聲，她穿著她那件豪華白紗出來，興高采烈地說：我小叔終於恢復正常了。她拉起伊瑪和蒂娜，有說有笑地回到會場。我跟在她後面，很困惑。

過了一會兒之後，我心想，她也終於恢復正常了。艾莉莎在婚後其實變了很多，彷彿毀了她的是直到此刻之前一直少了的那一紙婚約。她變成冷靜的媽媽，平和但堅定的妻子，對我也不再敵視。我現在帶女兒去她家，常常也帶蒂娜一起去，她都很客氣地歡迎我，也對孩子們很好。就連馬歇羅，碰到我的時候也都很有禮貌。他叫我「寫小說的大姨子」（寫小說的大姨子還好嗎？），說一兩句親切的話，然後就走了。她家裡總是很整潔，艾莉莎和席威歐穿得像要去參加宴會似地來歡迎我們。但我很快就發現，我妹小時候的那些特質完全消失了。婚姻創造了一個全然虛假的梭拉朗夫人，從來沒有親密的話語，只有愉快的語氣和微笑，完全是從丈夫身上拷貝來的。我費盡力氣想要去愛她，特別是愛我的外甥。但我發現席威歐並不討人喜歡，他太像馬歇羅了，艾莉莎一定也知道。有天下午，她又有幾分鐘的時間變得很不高興。她說：你比較愛莉娜的孩子，不愛我兒子。我發誓說才不是這樣，我摟著那孩子，親吻他。但她搖搖頭，輕聲說：而且，你搬去住在莉拉附近，離我和爸爸遠遠的。換句話說，她還在生我的氣，也還氣我們的兩個弟弟。我想她罵他們是因為他們忘恩負義。他們在拜亞諾工作，也住在那裡，從不和馬歇羅往來。艾莉莎說，你以為家族關係是很強大的，才不。她說得一副講什麼宇宙大道理似的，然後又說：為了不讓家族關係破裂，你需要表現善意，就像我老公那樣。米凱爾本來已經變成白癡了，但馬歇羅讓他恢復神智。你注意到了嗎，他在我婚宴上的致詞有多好？

87

米凱爾恢復神智不只是從他發表的那篇華麗致詞看得出來，而且也從危機時期陪在他身邊的那個人——也就是埃爾范索——沒出現在婚宴看出端倪。沒被邀請，害我這位老同學受到很大的傷害。好幾天的時間，他什麼也不做，光是埋怨，大聲問說他是哪裡得罪梭拉朗兄弟了。我替他們工作了好多年，他說，他們竟然不請我。接著發生了一件鬧得很大的事。有天晚上，他和莉拉、恩佐一起到我家吃飯，心情很消沉。除了上回在奇艾亞路的店裡試穿孕婦裝之外，埃爾范索從未在我面前穿過女裝，但這天他穿女裝來，讓小璦和艾莎說不出話來。他一整個晚上都在鬧，喝了很多酒。他癡迷地問莉拉：我變胖了嗎，我變醜了嗎，我看起來不像你了嗎？也問恩佐：誰比較漂亮，她或我？後來他抱怨說自己腸子阻塞，所以很痛——他告訴女孩們說——他的屁股很痛。他堅持要我幫他看看是怎麼回事。看看我的屁股，他說，那笑聲好下流。小璦很不解地瞪著他，而艾莎則忍住不笑。恩佐和莉拉只好趕快帶他走。

但是埃爾范索並沒有這樣就平靜下來。隔天，沒化妝、穿男裝的他眼睛哭得通紅，離開Basic Sight，說他要去梭拉朗酒館喝咖啡。他在門口碰見米凱爾，兩人講了幾句話。幾分鐘之後，米凱爾開始對他拳打腳踢，抓起用來拉下窗板的桿子節奏分明地打他，打了好久。埃爾范索被揍得很慘，回到公司，嘴裡還一直嚷嚷：是我的錯，我沒辦法控制我自己。到底要控制什麼，我們無法理解。當然，他情況變得更不好了，莉拉似乎很擔心。好幾天的時間，她想安撫恩佐，因為恩佐受不了強凌弱的暴力行為，想去找米凱爾，看他敢不敢像揍埃爾范索那樣揍他。我在我家裡聽見莉拉說：別這樣，你嚇到蒂娜了。

88

到了一月，我的書裡已經添加了許多街坊的小細節。我開始覺得很苦惱。在最後的校稿階段，我怯怯地問莉拉，她有沒有耐心再讀一下（已經修改了很多），但她斷然拒絕。你上一本書我也沒讀啊，她說，那些事情我又不是專家。我覺得自己孤軍奮戰，不知該拿書稿怎麼辦，甚至想打電話給尼諾，問他願不願幫我忙讀一下。這時我突然醒悟，雖然他有我的地址和電話，卻從來沒出現過，這幾個月來，他完全不管我，也不管他女兒。所以我放棄了。文稿完成最後的修訂階段，然後就消失了。書稿離開手中，讓我害怕。等我再見到的時候，書已經裝幀好，沒有任何一個字可以修改了。

出版社的公關室打電話來。吉娜說：《視野周刊》讀過書稿，很有興趣，他們要派一名攝影師過來。我霎時懷念起塔索路那間優雅的公寓。我心想：我不要再次站在隧道口照相，也不要在這間可怕的公寓，更不要在丟滿毒癮針筒的花園裡。我不是十五年前的那個小女孩，這是我的第三本書，我希望能有得體的待遇。但吉娜堅持，這本書需要宣傳。我告訴她：把我的電話號碼給攝影師，我希望至少能提前得到通知，打理一下外表，要是覺得狀態不好，就延後會面。

那幾天我努力讓家裡保持整潔，但沒人打電話來。我推斷，我的照片已經夠多了，而《視野周刊》決定不做這篇報導了。但是有天早上，小璦和艾莎去上學，我坐在地板上，身穿牛仔褲和舊毛衣，蓬頭散髮，陪伊瑪和蒂娜玩的時候，門鈴響了。這兩個小女孩正用散落一地的積木堆城堡，我在幫她們。過去幾個月來，我覺得我女兒和莉拉女兒之間的差距好像拉近了。她倆一起用精準的動作蓋東西，如果說蒂娜顯得比較有想像力，常用咬字清晰標準的義大利文問令我意外的問題，那麼伊瑪就顯得比較果斷，比較有紀律，唯一的缺點就是語言能力有限，常要靠她的朋友加以解釋才能溝通。因為忙著回答完蒂娜的問題，所以我遲遲沒去開門，門鈴響個不停。我打開門，看見一個漂亮的女子，年約三十，滿頭金色鬈髮，穿著藍色長風衣。她是攝影師。

她是個善交際的米蘭人，一身昂貴衣飾。我把你的電話號碼搞丟了，她說，但沒關係——你越是沒想到攝影師會來，拍出來的照片效果就越好。她看看周圍：這裡還真是亂，可怕的地方，但這正是我們需要的。這兩個是你的女兒？蒂娜對她微笑，伊瑪沒有，但她倆顯然都覺得她是個仙女。我介紹她們：伊瑪是我的女兒，蒂娜是朋友的女兒。但我還在講話的時候，攝影師就開始到處走，不停操作各種相機和她的各式設備拍照。我試圖對她說，我要整理一下自己。不必，你這樣很好。

她把我推到屋裡的每一個角落：廚房、孩子臥房、我的臥房，甚至在浴室的鏡子前面拍照。

「這裡有你的書嗎？」

「沒有，還沒印好。」

「上一本書呢？」

「有的。」

「拿過來，坐在這邊，假裝在看。」

我迷迷糊糊地照辦。蒂娜也抓起一本書，學我的姿勢，對伊瑪說：幫我拍照。這逗得攝影師很興奮，她說：和孩子們一起坐在地板上吧。她拍了好多照片，蒂娜和伊瑪都很開心。她又大聲喊著：你和你女兒單獨拍一張。我想把伊瑪拉近跟前，但她說：不，另一個，她長得太漂亮了。她把蒂娜推到我面前，拍了無數張照片，伊瑪很難過。我也要，她說。我張開手臂，叫她：來，來媽媽這裡。

這個早上飛逝而過。穿藍色風衣的這個女人拉我們到戶外，但神情有點緊張。她問了好幾次：他們不會偷我的器材吧？只是她馬上就轉移了注意力，很想拍攝街坊的每一個污穢角落。她要我坐在一把壞掉的長凳上，靠著斑駁的牆，就在舊廁所附近。我對伊瑪和蒂娜說，別跑開，留在這裡，警告你們，會有車來來去去喔。她們手拉手，一個金髮一個黑髮，一般高，靜靜等著。

莉拉晚餐時分才下班回來，上樓來接女兒。蒂娜等不及她進門，就衝上前告訴她今天的事。

「有個漂亮的小姐來。」

「比我還漂亮？」

「是啊。」

「比琳諾希亞阿姨還漂亮？」

「沒有。」

「所以琳諾希亞阿姨是最漂亮的？」

「不是，是我。」

「你？真是胡說八道。」

「是真的，媽媽。」

「那位小姐來幹嘛？」

「拍照。」

「拍誰？」

「拍我。」

「只拍你？」

「對。」

「騙人。伊瑪，過來，告訴我你做了什麼。」

89

我等著《視野周刊》出刊。我很高興，公關室做得很好。成為一整頁照片報導的主角，我會覺得很自豪。但一個星期過去，報導沒有出現。兩個星期過去，還是沒有。到三月底，書已經出現在書店，還是沒有報導的影子。我忙著其他的事情，電台專訪，《晨報》的專訪。後來我得去米蘭做新書講座，在十五年前的同一家書店，由同一位教授引言。璦黛兒沒來，梅麗雅羅莎也沒有，但聽眾比以前多得多。教授談起這本書並沒有太大的熱情，但很推崇，有些聽眾——大部分都是女性——熱情洋溢地談起主角複雜的人性。我對這套儀式已經非常熟悉，隔天早上離開，筋疲力盡地回到那不勒斯。

我記得我拖著行李箱回家的時候，有輛車在通衢大道停下來。開車的是米凱爾，旁邊坐的是馬歇羅。我想起梭拉朗兄弟想拉我上車的往事——他們也對艾達做過這樣的事——那一次是莉拉保護了我。我的手腕上戴著的是我媽的手鍊，和多年前的那天一樣，雖然並不貴重，但我心頭一驚，本能地往後退想保護這條手鍊。只是馬歇羅眼睛瞪著前方，沒和我打招呼，他甚至沒用平常那種愉快的口吻說：這位是我寫小說的大姨子啊。開口的是米凱爾，氣呼呼的：

「小琳，你在那本小說裡寫了什麼鬼東西啊？詆譭你出生的這個地方？詆譭我的家族？詆譭看著你長大、欣賞你、愛你的人？詆譭我們這個美麗的城市？」

他轉頭，從後座拿起一份剛印好的《視野周刊》，從車窗遞出。

「你講了這些鬼話？」

我看了看。翻開雜誌到我的報導那一頁。上面一張彩色大照片，是蒂娜和我坐在我家公寓的地板上。我馬上被圖說嚇到了：艾琳娜和女兒蒂娜。起初我以為問題出在圖說，不明白米凱爾為什麼生氣。我不解地說：

「他們搞錯了。」

但他吼出了一句更讓人難以理解的話：

「搞錯的人不是他們，是你們兩個。」

這時馬歇羅打岔，忿忿地說：

「算了啦，米凱爾，是莉娜在背後操縱她，她根本不明白。」

他加速駛走，輪胎吱吱響，留我站在人行道上，那本雜誌還在手裡。

90

我一動也不動地站在那裡，行李箱在身邊，開始讀那篇報導。四頁的報導配上街坊最醜陋角落的照片：唯一有我入鏡的照片是和蒂娜合照的那一張，這張照片很漂亮，公寓的陰暗背景讓我們兩個更加突出。作者沒評論我的作品，沒談到那是一本小說，而直接用來指稱那是所謂「梭拉朗兄弟主宰的王國」，是一方或許和新近組成的那不勒斯黑幫有關，也或許無關的邊境。報導裡對馬歇羅著墨不多，主要談的是米凱爾，說他主動出擊，無所不用其極，依據生意的邏輯，不斷從這班政治列車跳到那班政治列車。什麼生意？《視野雜誌》列出了一份清單，有合法也有非法：糕餅鋪、皮革店、製鞋廠、迷你超市、夜總會、高利貸、香菸走私、贓物收購、毒品，以及滲透進地震後的重建工程工地裡。

我渾身冒冷汗。

我做了什麼，我怎麼這麼粗心地大意。

在佛羅倫斯的時候，我編寫了故事情節，因為人在遠方，所以大膽描繪了童年與少女時代的一些真實事情。當時那不勒斯在我心中幾乎就只是一個想像的地方，像是電影裡的城市，儘管街道和建築都是真實的，但卻只是作為犯罪或浪漫故事的背景而存在。然後，我搬回來了，和莉拉天天見面，一股渴望真實的狂熱攫住了我，儘管我並不承認，但我說的是這個街坊的故事。我必定是做得太過分了，真實與虛構之間的界線勢必出了問題：如今每一條街、每一幢建築都清晰可辨，甚至每一個人，每一樁暴力事件都可以認得出來。照片更證實了我書中的內容真實存在，他們確實無誤地辨識出這整個區域，儘管在我下筆時以為街坊只是我想像創造的產物，但如今卻不是了。這篇報導的作者敘述街坊的歷史，甚至提到阿基里・卡拉西閣下和曼紐拉・梭拉朗的遇害。他用很長的篇幅講述曼紐拉・梭拉朗的凶案，假設這若非是黑幫家族之間明顯可見的衝突所導致，那就是「危險的恐怖份子帕斯蓋・佩魯索」下手行刑。他指出，「佩魯索生長在這個地區，以前是建築工人，也曾擔任共產黨地區支部的書記。」但我沒寫到帕斯蓋的事情，我沒寫到阿基里閣下和曼紐拉的事。我只借用了卡拉西和梭拉朗家族的輪廓——以他們的聲音、方言腔調、動作，以及偶爾粗暴的語氣——全部的情節鋪陳完全是出於想像。我不想過問他們真正的勾當，不想知道「梭拉朗兄弟主宰的王國」和這些勾當有什麼關係。

我寫的是一本小說啊。

91

我怒沖沖地去莉拉家，因為孩子們在她家。你回來了，艾莎說。我不在家，她覺得比較自由。小璦漫不經心地和我打招呼，假裝自我克制地低聲說：等等喔，媽媽，我先把功課寫完，再來擁抱你。唯一表現出熱情的是伊瑪，她嘴唇貼著我的臉頰，親吻我好久，不肯放開。蒂娜也想學她這樣做。但我心裡有別的事，沒怎麼理會她們。我馬上把《視野雜誌》拿給莉拉看，也把梭拉朗兄弟的事告訴她，勉強壓抑我的憂心。我說：他們好生氣。莉拉靜靜讀完那篇報導，只說了一句：照片拍得好。我嚷著：

「我要寫信，我要去抗議。我要他們寫一篇那不勒斯的報導，叫他們去報導，呃，我不知道，去報導西里羅的綁架案，黑幫的死亡案件，或他們想做的任何報導，但他們不能這樣無緣無故利用我的小說。」

「為什麼不行？」

「因為這是文學，我講的又不是真實事件。」

「我記得你寫的是真實事件啊。」

我不太肯定地看著她。

「什麼意思？」

「你是沒寫出本名，但是很多事情都一看就知道了。」

「你為什麼沒告訴我？」

「我告訴你說我不喜歡這本書。有些事情講了，有些沒講，你游走在中間。」

「這是小說啊。」

「部分是小說，部分不是。」

我沒回答，我的不安更加深了。現在我不知道是梭拉朗兄弟的反應讓我比較生氣呢，還是莉拉再一次重複她多年前對我這部小說的負評讓我更不開心。我看著手拿雜誌的小璦和艾莎，但眼裡並沒有真正看見她們。艾莎嚷著：

「蒂娜，過來看，你上雜誌了。」

蒂娜走上前，看著照片上的她，不敢置信地睜大眼睛，臉上露出開心的微笑。伊瑪問艾莎：

「那我呢？」

「沒有你，因為蒂娜很漂亮，你很醜。」她姊姊回答。

伊瑪去找小璦，發現這是真的。小璦大聲唸了兩遍《視野雜誌》的圖說，想讓她相信，因為她姓薩拉托爾，不姓艾羅塔，所以並不是我真正的女兒。我再也受不了了。我疲憊，沮喪，大聲喊著說：夠了，我們回家。她們三個都不肯，蒂娜和莉拉也附和她們，堅持說她們應該留下來吃晚飯。

我留下來。莉拉想要安撫我，甚至想讓我忘了她曾經批評我這本小說的事。她先是用方言，接著開始講她在重要場合才用的義大利文，一如既往，每回也總是令我意外。她提起地震的那次經驗，有兩、三年的時間，她什麼事都沒做，光是抱怨這城市惡化得有多嚴重。她說從那時之後，她就讓自己牢牢記住，我們是由很多東西密集組合而成的群體，我們身上有物理學、天體物理學、生物學、宗教、靈魂、小資產階級、無產階級、資本、工作、利潤、政治、許多協調的語句、許多不協調的語句、內在的混亂與外在的混亂。所以冷靜一點吧，她笑著說，你還能期待梭拉朗兄弟怎麼樣呢。你的小說完成了：你寫了，又重寫，住在這裡顯然對你很有幫助，讓小說變得更真實，如今出版了，你也沒辦法收回來。梭拉朗兄弟很生氣？那又怎樣。米凱爾威脅你？誰甩他啊。隨時都可能再發生地震，更大的地震。說不定整個宇宙都會崩潰。到那個時候，米凱爾．梭拉朗算什麼呢？什麼都不是。馬歇羅也什麼都不是。他們兩個只是咆哮威脅、索求金錢的一團血肉之軀而已。她嘆口氣，壓低嗓音說：梭拉朗兄弟向來都是危險的禽獸，小琳，你沒有什麼可做的。我以為我已經馴服了一隻，但是他哥哥又讓他變得凶狠起來了。你看見米凱爾把埃爾范索揍得有多慘嗎？那些拳打腳踢全是他想要奉送給我，卻又沒有勇氣動手的。對你那本書的氣，對《視野雜誌》報導的氣，對照片的氣，其實全是對我的怒氣。所以別甩他們，就像我不甩他們一樣。你害他們上報，所以他們無法忍受，這對他們的生意和詐騙勾當都不好。相反的，對我們來說，這樣很開心，不是嗎？我們幹嘛要擔心？

我靜靜聽她說。每回她像這樣用壯闊誇張的辭藻講話時，我心頭就不禁再次浮現懷疑，懷疑莉拉繼續在看書，像她少女時代那樣，但為了不可知的理由，她不想讓我知道。除了和工作有關的技術手冊之外，在她家裡看不見半本書。她想讓自己表現得像沒受過教育的人，然而這時她忽然又講起生物學、心理學，說人有多麼複雜。她幹嘛在我面前表現得這樣？我不知道，但我需要支持，而且我還是同樣信任她。換句話說，莉拉想辦法安撫我。我讀過那篇報導，其實挺喜歡的。我仔細看照片：街坊很醜陋，但是我和蒂娜很漂亮。我們開始作飯，這讓我有時間再思索。我斷定，這篇報導，這些照片，有助於小說的銷售。而且，在佛羅倫斯首度寫成的內文，在那不勒斯她家樓上的這間公寓修改之後，確實增色甚多。沒錯，我說，誰甩梭拉朗兄弟啊。我的心情放鬆下來，再次對孩子們和顏悅色。

晚餐之前，不知道是在誰的建議下，伊瑪過來找我，蒂娜跟在她後面。她用她那部分發音清晰、部分難以理解的語句說：

「媽媽，蒂娜想知道你的女兒是我還是她。」

「那你也想知道嗎？」我問她。

她眼睛閃著光：「想。」

莉拉說：

「我們是你們兩個的媽媽，我們愛你們兩個。」

恩佐下班回來之後，看見女兒的照片非常興奮。隔天他買了兩本《視野雜誌》回來，把照片貼在辦公室，一張是我們倆合照的原圖，一張是只有他女兒的截圖。當然，他也剪掉了那錯誤的圖說。

92

在我動筆寫下這一切的此時此刻覺得有點羞赧，因為好運就這樣不斷降臨我身上。那本書立即廣受矚目。有些人讀過之後欣喜難抑。有些人讚嘆描繪主人翁故事發展的功力。有些人探討殘酷的現實主義，有些人稱讚我那華麗奇特的想像力，有些人則欣賞溫和感人的女性敘述。換言之，有很多正面的評價，但彼此之間經常形成強烈的對比，彷彿這些書評家並沒有真的讀過擺在書店裡的書，而是從各自的偏見編造出一本想像的書。但是，在《視野雜誌》的報導之後，他們都同意：這部小說與平常描述那不勒斯的小說截然不同。

出版社把書送到我手裡之後，我非常開心，決定送莉拉一本。前兩本書我都沒送她，我理所當然地認為，至少在當時的那個情況下，她不會想要看的。如今我和她如此親近，她是我唯一能真正信賴的人，我希望讓她知道我的感激。但她的反應並不盡理想。那天她顯然有很多工作要做，而且為了六月二十六日即將舉行的選舉，街坊起了衝突，她也一如既往地積極介入。也或許是有其他事情惹惱她，我不知道。結果就是，我送書給她，她連看都不看一眼，她說我不該浪費一本在她身上的。

我很失望。恩佐讓我免於尷尬。送我吧，他說，我向來沒有閱讀的熱情，但我要留著給蒂娜，等她長大之後就可以讀。他要我題字給小女孩。我記得我很不自在地寫著：送給未來要比我們更出色的蒂娜。我大聲唸出題詞，莉拉嚷嚷說：要比我更出色並不難啊，我希望她能好得多。真是沒道理，我寫的明明是：「要比我們更出色」，但是莉拉卻簡化成：「比我更出色」。但恩佐和我不理她。他把書擺到架子上，和電腦操作手冊放在一起，我們談起我接到的邀請，我即將啟程的旅行。

93

大致上來說，敵意在這段期間已經出現，但有時候表面上還是顯得很親暱，且樂意幫忙。例如，莉拉還是高高興興地照顧我女兒，然而講話的語氣裡有一絲絲弦外之音，讓我覺得自己欠她人情，她彷彿在說：你是什麼人，看你變成什麼樣子了，多虧我犧牲奉獻，才能成就你。只要一聽到她有這樣的口吻，我就臉色一沉，說想找保姆。但她和恩佐都覺得我很無禮，這件事好像連提都不該提。有天早上我需要她幫忙，她隱隱提到讓她備感壓力的種種問題，於是我冷冷地說我可以想其他辦法解決。她就很不高興：我說我不幫你嗎？要是你需要我，我就想辦法安排：你的女兒可曾抱怨過我忽視她們？所以我讓自己相信，她只是要表現自己不可或缺而已，所以我真心感激地承認，如果她沒幫這麼多忙，我根本不可能參加這麼多公開活動。於是我決定不再擔心。

在出版社公關室的努力下，每天都有報紙報導，有幾次甚至還上了電視。我很興奮，但也極度緊張，我喜歡越來越受到關注，但也怕說錯話。在最焦慮的時刻，我不知道該去請教誰，所以徵詢莉拉的意見：

「要是他們問我梭拉朗兄弟的事情怎麼辦？」

「你心裡想什麼就說什麼啊。」

「要是梭拉朗兄弟生氣怎麼辦？」

「在目前啊，比起他們對你的威脅，你對他們來說還比較危險呢。」

「我很擔心，米凱爾好像越來越瘋狂了。」

「書之所以要寫出來，就是因為要讓人聽見作者想說的話，否則保持沉默就好啦。」

事實上，我總是盡量謹慎行事。當時選舉正進行得如火如荼，我在受訪時總是很小心，不涉入政治，不提起梭拉朗兄弟，因為大家知道他們為五個主政政黨拉票。我談得比較多的是街坊的生活情況，在地震之後更加惡化的景況，貧困、非法走私與組織犯罪等等。然後——要視受訪時的提問與突然冒出的念頭而定——我會談起自己，談起我所受的教育，我為繼續唸書所付出的努力，師範大學對女性的歧視，談起我媽媽、我女兒，以及女性主義的思想。對文學市場來說，那是個複雜的時刻，和我同齡的作家都在前衛與傳統敘事方式之間徘徊不定，奮力想界定自己，樹立自己的風格。但我有優勢。我的第一本書在六〇年代末期出版，而在第二本書裡，我展現了更為堅實的學術素養與廣泛的興趣，所以我是少數幾個曾經出過書、甚至有些粉絲的作家。電話越來越常響起。但是我得坦白說，記者打電話來很少是要問有關於文學問題的看法或評論。他們問的主要是社會現象所反映的問題，以及我對那不勒斯當前情勢的看法。我很樂於回答。很快的，我就為《晨報》撰寫一系列多種主題的專文，在《我們女性》雜誌上開設專欄，有人邀我去介紹書我就去，同時也因應不同聽眾的需求修改我的演講內容。發生在我身上的事情，簡直讓我難以置信。之前的那兩本書反應也不錯，但和這本完全不能比。有幾位我之前沒機會認識的知名作家打電話給我。一位鼎鼎大名的導演想和我見面，他想把我的小說改編成電影。每一天我都得到消息，說這個或那個外國出版社要請我去辦朗讀會。我越來越滿足。

但有兩通出乎意料的電話格外讓我覺得心滿意足。一通是璦黛兒打來的。她非常親切，問起孫女的情況，說她都透過彼耶特洛得知她們的消息，也看過她們的照片，她們長得好漂亮。我靜靜聽她說，只客客氣氣地回答幾句。對於這本書，她說：我又讀了一遍，寫得非常好，你修訂得很好。在說再見之前，她要我承諾，要是我到熱內亞辦新書活動，一定要通知她。我應該帶女兒一起去，讓她們和她待一段時間。我答應，但我根本沒打算履行承諾。

幾天之後，尼諾打電話來。他說我的小說棒透了（在義大利簡直是不可思議的寫作方式），他想要見我的三個女兒。我邀他吃午飯。他對小璦、艾莎和伊瑪使出渾身解數，當然，也談了很多他自己的事。他現在待在那不勒斯的時間不多，多半都住在羅馬，和吉鐸有很多合作，他負有重責大任。他一再說：事情進行得很順利，義大利終於邁向現代化的道路了。但他突然眼睛盯著我，嚷著說：我們還是在一起吧。我噗嗤笑出聲來：你想見伊瑪的時候就打電話來，但我們兩個之間已經沒有什麼別的好說的了。我覺得我好像是和鬼魂懷上這個孩子的，你當時肯定不在床上。他悶悶不樂地離開，再也沒有出現。他忘了我們——小瑷、艾莎、伊瑪和我——很長一段時間，我們都不在他心裡了。我一把門在他背後關上，他八成就已經忘掉我們了。

94

在那時，我還能要求什麼別的呢？我的名字，原本沒沒無聞的名字，成為舉足輕重的名字。這是瑷黛兒．艾羅塔之所以打電話像是要對我致歉，以及尼諾．薩拉托爾之所以想要得到原諒、回到我床上的原因。當然也是我應邀到各地去的主要原因。和孩子們分開，不能好好當她們的媽媽（儘管只有幾天），向來都讓我很為難。但是就連這樣的拉扯都變得習以為常。給大眾留下好印象的必要性，很快就凌駕了罪惡感。我腦袋裡充斥著無數的東西，那不勒斯和街坊失去了實質的重要性。其他地方的風光在我眼前招展，我到我從未見過的美麗城市，我覺得我會想要住在那些地方。我見到吸引我的人，讓我覺得自己很重要、讓我覺得很開心的人。僅僅幾個鐘頭，許許多多的可能性就展現在我面前。而母職的枷鎖逐漸變得無足輕重，有時候我會忘記打電話給莉拉，和女兒道晚安。只有在發現自己沒有她們竟然也可以活下去的時候，我才會恢復理智，才覺得懊悔。

接著是一段特別難受的時間。我啟程到南部進行新書巡迴活動，離開了一個星期，但是伊瑪覺得不舒服，心情不好，罹患重感冒。是我的錯，我不能生莉拉的氣，她非常照顧她們，但她自己有無數的事情要做，孩子們到處跑的時候，她沒辦法時時盯著她們看是不是流汗，是不是有穿堂風灌進來。我離開之前向出版社的公關室要了下榻旅館的電話，留給莉拉，以防萬一。我堅持說，要是有任何問題就打電話給我，我馬上回來。

我啟程了。起初我滿腦子都是伊瑪和她的病，只要一有機會就打電話回去。後來我就拋開了。到了一個地方，受到熱忱的歡迎，面對為我準備的滿檔節目，我想辦法表現得盡如人意，應邀參加沒完沒了的晚宴。有一回我想到要打電話，但電話沒人接，我就放棄了。有一次是恩佐接的電話，以他慣常的省話風格說：你做你該做的事吧，別擔心。有一次我和小璦講電話，她用大人的口吻說，我們很好，媽媽，再見，好好玩吧。但回到家之後，我才發現伊瑪已經因為肺炎住院三天了。莉拉陪著她，放下所有的事情，連蒂娜都不顧了，待在醫院陪我女兒。我很絕望，抗議說我一直被蒙在鼓裡。但她不肯讓步，儘管我已經回來了，她還是覺得自己對孩子有責任。走吧，她說，你一直東奔西跑的，去休息吧。

我是真的很累，但更重要的是，我茫然失措。我很懊悔沒陪在女兒身邊，在她需要媽媽的時候，卻讓她沒有媽媽的陪伴。因為如今我不知道她吃了多少苦頭，受了什麼樣的罪。相反的，莉拉卻一一記得我女兒發病的每一個階段，她的呼吸困難，她的痛苦，她的急奔醫院。在醫院的長廊裡，我看著莉拉，她似乎比我還疲累。她用自己的身體給了伊瑪永恆且憐愛的接觸。她已經好幾天沒回家了，幾乎也都沒睡，因為筋疲力竭而目光呆滯。而我，儘管非我所願，但心裡發光發亮，說不定連外表也容光煥發。直到得知女兒病情的此時，我心裡依舊很滿意自己的成就，很開心自己享受自由，在義大利四處旅行，彷彿我身上沒有過去，一切都是嶄新的開始。

女兒一出院，我就對莉拉吐露我的心理狀態。我希望能在因歉疚與自豪交織的混亂情緒中重新找出秩序，我希望告訴她我有多感激，也希望聽她詳盡告訴我，因為我沒在伊瑪身邊，她對伊瑪付出了多少。但莉拉只惱怒地回答說：小琳，算了，都過去了，你女兒沒事，現在有更大的問題。我想了幾秒鐘，以為她說的是工作上的問題，但不是，是和我有關的問題。在伊瑪生病之前，她發現有人把我告上法庭。告我的人是卡門。

95

我嚇了一跳，心情低落。卡門？卡門對我做這種事？

令我心醉神迷的成功階段就到此為止。在短短幾秒鐘之內，原本為忽略伊瑪而產生的罪疚心情，又再添加了恐懼，怕我所擁有的一切透過法律途徑給奪走：喜悅、地位、金錢，全都會被剝奪。我為自己的行為，為我的自負覺得羞愧。我對莉拉說，我想馬上找卡門談談，她建議我不要這麼做。但我覺得她沒說出她知道的全部內情，所以我還是去找卡門。

我先是到加油站去，但她不在那裡。羅伯托看到我，顯得很尷尬。他沒提起訴訟的事，只說他妻子帶孩子到吉葛里亞諾去看親戚，會在那裡待一陣子。我拋下站在那裡的他，到他們家去看看他說的是不是實話。但卡門若不是真的到吉葛里亞諾去了，就是不肯開門。那天很熱。我走一段路讓心情平靜下來，然後去找安東尼奧，我確信他一定知道點什麼。我以為會很難找到他，因為他一天到晚出門。但他妻子告訴我說他去理髮，我可以在那裡找到他。我問他有沒有聽說我被告的事，但他沒回答，反而開始抱怨學校，說老師不喜歡他的小孩，罵他們講德文或講方言，可是他們又不肯教小孩義大利文。接著，突如其來的，他以近乎耳語的聲音說：

「讓我利用這個機會說再見吧。」

「你要去那裡？」

「我要回德國。」

「什麼時候？」

「我還不知道。」

「那為什麼現在就說再見？」

「你老是不在，我們很少見面。」

「是你不來看我的。」

「你也沒來看我啊。」

「你為什麼要走？」

「我的家人在這裡不開心。」

「是米凱爾打發你走的？」

「他下命令，我就照辦。」

「所以是他不想要你繼續待在街坊的。」

他低頭看自己的手，翻來覆去地看。

「我的精神崩潰不時發作。」他說，開始談起他媽媽玫利娜，她腦袋不太對勁。

「你把她交給艾達？」

「我會帶她走。」他喃喃說，「艾達的麻煩已經夠多的了。我的毛病和我媽一樣，我要盯著她，看看我以後會變成什麼樣子。」

「她一直都住在這裡，去德國會很難受的。」

「到哪裡都不會好受的。你想要聽我的意見嗎？」

從他看我的樣子，我知道他決定要說重點了。

「說來聽聽。」

「你也離開這裡吧。」

「為什麼？」

「因為莉娜相信你們倆所向無敵，但其實不是這樣的。我沒辦法再幫你們了。」

「幫我們什麼？」

他很難過地搖搖頭。

「梭拉朗兄弟很火大。你知道街坊投票的情況嗎？」

「不知道。」

「他們以前可以控制的選票，現在控制不了了。」

「所以呢？」

「莉娜想辦法把很多選票轉給共產黨。」

「那和我有什麼關係？」

「馬歇羅和米凱爾認為莉娜在幕後操縱一切，特別是操縱你。你被告上法庭，卡門的律師就是他們的律師。」

96

我回家，沒去找莉拉。我想選舉、選票的事情她都知道，她也知道梭拉朗兄弟很生氣，躲在卡門的訴訟後面等待伏擊。她一次只告訴我一點點事情，都是為了她自己的目的。我打電話到出版社，把法律訴訟和安東尼奧告訴我的事情說給總編輯聽。到目前為止還只是謠傳，我說，但是我很擔心。他努力安撫我，保證會要司法部去調查，一打探到結果就打電話給我。最後他說：你為什麼這麼激動，這對書的行銷有幫助啊。但對我不是，我想，我大錯特錯了，我不應該回這裡來住的。

日子一天天過去，出版社沒有回音，但是訴訟通知送達我家，像給我捅了一刀。我看過內容之後，非常無言。卡門要求編輯和我收回流通的書，外加給她媽媽姬塞琵娜鉅額的金錢補償。我從沒有看過像這樣的文件，用信頭名號、用專業的文字、用兼有裝飾功能的章印、用具公證效力的封條具體彰顯了一封信的法律權力。在我少女、甚至少婦時代未曾想過的事情，如今令我驚恐。這一次我急忙去找莉拉。我還來不及告訴她這是什麼，她就開始嘲笑我：

「你想要法律，這會兒法律就來了。」

「我該怎麼辦？」

「鬧大一點。」

「什麼意思？」

「告訴報紙，你碰上什麼事了。」

「你瘋啦。安東尼奧說在卡門背後出主意的是梭拉朗兄弟的律師，別說你不知道。」

「我當然知道。」

「那你為什麼沒告訴我？」

「因為你沒看見你有多緊張嗎？可是你別緊張。你怕法律訴訟，梭拉朗兄弟怕你的書。」

「我怕他們那麼有錢，會毀掉我。」

「正因為他們很有錢，所以你才要那麼做。動筆去寫。你把他們的齷齪勾當寫得越多，對他們生意的破壞力就越大。」

我心一沉，莉拉是這樣想的？這是她的計畫？這時我才清楚意會到，她賦予我的，是我們童年時代賦予《小婦人》作者的那種力量。這是她不計代價要我回到街坊的原因嗎？我一句話也沒說就離開了。我回家，再次打電話給出版社。我希望他們已經在運作，也希望能從他們那裡得到一些消息，讓我可以冷靜下來。但是我沒找到編輯。他隔天打電話給我，說《晚郵報》上有一篇他親手寫的專文，敘述了這樁法律訴訟的事。去買份報紙吧，讓我知道你有什麼想法。

97

我到報攤，心情比以往更焦急不安。報上同樣登了我和蒂娜的那張照片，只是這次是黑白的。版頭標題就是法律訴訟，說這是企圖逼迫少數有勇氣的作家噤口不語，諸如此類的。內文並沒有提及我們這個街坊，也沒有提到梭拉朗兄弟。非常有技巧，把這場風波界定成各地都可能發生的衝突：「妨礙國家現代化的中世紀殘餘勢力，與無可阻擋（就連在南方也不例外）的政治文化更新進步力量之間的衝突。」這篇專文很短，但立論極強，特別是在結論，強調文學有權利擺脫所謂的「非常可悲的地方衝突」。

我如釋重負，覺得自己得到保護了。我打電話，稱讚這篇專文，然後拿報紙去給莉拉看。我期待她也覺得興奮。我覺得這應該就是她想要的：善加利用她所賦予我的力量。結果她卻冷冷地說：

「你為什麼讓這個人寫這篇東西？」

「有什麼問題嗎？出版社支持我，他們願意蹚渾水，這是好事啊。」

「這都只是嘴巴說說而已，小琳，這傢伙只在意書能不能大賣。」

「這樣不好嗎？」

「是很好，但是這文章應該你自己來寫的。」

我緊張起來，不知道她心裡揣著什麼念頭。

「為什麼？」

「因為你很聰明，你很了解情況。你還記得你寫的那篇批判布魯諾．蘇卡佛的文章嗎？」

她提到這件事沒有讓我高興，反而讓我難過。布魯諾死了，我不想回憶我自己寫的東西。他不太聰明，落入梭拉朗兄弟掌心，既然他們殺了他，天曉得其他還有多少人。我以前是很氣他沒錯，但這讓我很難過。

「莉拉，」我說，「那篇文章並不是針對布魯諾，是討論工廠的工作。」

「我知道，但這篇呢？你當時讓他們付出代價，如今你是更重要的人物了，你可以做得更好。梭拉朗兄弟不應該躲在卡門背後。你必須把梭拉朗兄弟拉到陽光下，他們不應該再繼續躲在幕後指揮。」

我了解她為什麼這麼看不起編輯的這篇專文。她一點都不在乎什麼言論自由，或是退步與現代化之間的戰爭。她有興趣的就只是可悲的地方衝突。她想要我在此時此地，和真實的人們，和我們從小就認識以及後來成為現今模樣的人們，一起投入戰鬥。我說：

「莉拉，《晚郵報》才不在乎被收買的卡門或收買她的梭拉朗兄弟。他們是大報，刊出的文章必須有廣泛的意義，否則就不會登了。」

她臉色一垮。

「卡門沒出賣自己，」她說：「她還是你的朋友，她之所以會對你提出告訴，只有一個原因：他們強迫她。」

「我不懂，解釋一下。」

她對我微笑，輕蔑的微笑。她真的很生氣。

「我才不要對你解釋任何事情咧。你寫了書，要解釋的人是你。我只知道我們沒有米蘭的出版社可以保護我們，沒有人會替我們在大報上寫文章。我們只是地方小事，我們只能盡自己的力量想辦法搞定：要是你願意幫我們，很好，要是你不願意，我們就自己來。」

98

我回去找羅伯托，逼他給我吉葛里亞諾親戚的地址，然後帶著伊瑪開車去找卡門。天氣熱得像要窒息。那位親戚住在城郊，我花了一番功夫才找到地方。來開門的是個大塊頭的女人，粗聲粗氣地說卡門已經回那不勒斯了。我不太相信，但還是帶著伊瑪離開。伊瑪走了不到一百公尺，就喊著說她累了。我一轉過街角，回到車子旁邊，就碰到卡門了。她扛著重重的購物袋，一看見我就哭了出來。我擁抱她，伊瑪也想抱她。然後我們去一家咖啡館，在遮陽傘下找到位子，叫伊瑪靜靜地和娃娃玩，讓卡門開始說明情況。她只說莉拉告訴我的事：她被迫對我提出訴訟。她也告訴我原因：馬歇羅讓她相信，他知道帕斯蓋躲在哪裡。

「這有可能嗎？」
「有可能。」
「你知道他躲在哪裡？」
她遲疑一下，點點頭。
「他們說只要他們想，隨時都可以殺了他。」
我想要安撫她。我告訴她說，如果梭拉朗兄弟真的知道殺害他們媽媽凶手的下落，老早之前就逮住他了。
「所以你認為他們不知道？」
「也不是說他們不知道。但是眼前為了你哥哥好，你只有一條路可以走。」
「什麼？」
我告訴她，如果想救帕斯蓋一命，她應該要對憲兵供出他的下落。卡門對這個建議的反應很負面。她整個人一懍，我拚命解釋這是唯一能保護他免受梭拉朗兄弟傷害的方法，但沒有用，我發現我的提議在她聽來像是最惡劣的背叛，比她對我的背叛更嚴重。
「你這樣會讓他留在他們手裡，」我說，「這次他們要求你告我，下次也可以要求你做別的事。」
「我是他妹妹啊。」她嚷著說。
「這不是兄妹之情的問題，」我說，「在眼前的這個情況下，你對他的兄妹之情不只傷害我，也肯定救不了他，更可能毀了你自己。」

但沒有辦法說服她，事實上我講得越多，就越是混亂。她很快就又哭了起來：前一分鐘為她對我做的事情覺得抱歉，要我原諒她；下一分鐘就為他們對她哥哥做的事情覺得難過，絕望到奮不顧身。我想起她年輕時候的模樣，當時我絕對想像不到她會這麼固執愚忠。我沒再逼她，因為我沒辦法安撫她，因為伊瑪渾身是汗，我擔心她又再次生病。另一方面也是因為我越來越不知道我期待卡門做什麼。我要她破壞她和帕斯蓋長期以來的共謀嗎？為什麼我相信這樣做是對的？我要她把哥哥交給當局？為什麼？為了讓她離開梭拉朗兄弟，讓她撤回告訴？這比她自身的苦惱更重要？我對她說：

「你覺得怎麼做最好，就怎麼做吧。但記住，無論如何，我都沒生你的氣。」

但卡門這時眼中出現了我始料未及的怒火：

「你憑什麼生我的氣？你有什麼損失？你上了報紙，你有了名氣，你可以賣出更多書。不，小琳，你不應該這麼說，你竟然建議我把帕斯蓋交給憲兵，你錯了。」

我離開的時候心情很惡劣，回程路上已經開始懷疑來見她是不是好主意了。我想像她已經去找梭拉朗兄弟，在《晚郵報》刊出編輯的那篇文章之後，他們會逼她採取其他的行動來對付我。

99

好幾天的時間，我等待其他大禍臨頭，但什麼事也沒有。那篇專文造成某種程度的轟動，那不勒斯報紙也接續報導，並加以擴大，我收到支持的電話和信件。過了幾個星期，對於挨告這件事情，我開始適應。我發現很多和我做同樣事情的人也有同樣的經歷，有些甚至比我遭遇更大的危險。日常生活就是這樣。有一陣子，我避開莉拉。我格外謹慎，不讓自己做出錯誤的舉動。

書持續熱銷。八月，我到卡斯特拉巴特的聖瑪麗亞去度假，莉拉和恩佐本來也要在海邊租房子的，但工作太多走不開，所以就把蒂娜交給我。在那段時間無止境的困難和工作裡（叫這個，罵那個，排解爭吵，採購，煮飯），唯一讓我覺得愉快的是，看見兩名讀者坐在各自的陽傘底下，手裡捧著我的書。

秋天，情況開始好轉。我贏得一個相當重要的獎項，附帶一筆為數不少的獎金。我覺得自己在公共關係上手腕靈巧高超，收入也越來越讓我滿意。但我再也沒有成功初期的那種喜悅和驚奇了。日復一日，我覺得光線彷彿越來越模糊，周圍越來越莫名的不安。有一段時間，恩佐幾乎天天晚上都拉高嗓音對傑納諾講話，這是以前很罕見的事。我到Basic Sight的時候，發現莉拉和埃爾范索不知道在策劃什麼，要是我想走近，她就用漫不經心的手勢要我等等。她和回到街坊的卡門講話時也一樣，或是和不知為什麼一直拖著不知何時才要回德國的安東尼奧講話時也是。

很明顯的，莉拉周遭的情況越來越糟，但她瞞著我，而我也寧可置身事外。這時有兩個可怕的時刻接連出現。莉拉偶然發現傑納諾手臂上布滿針孔。我聽見她發出前所未有的慘叫聲。她鼓動恩佐，要他狠狠揍她兒子一頓。他們兩個都很健壯，扭打成一團。隔天她把她哥哥黎諾趕出Basic Sight，雖然傑納諾哀求她不要開除舅舅，他發誓說讓他開始打海洛因的不是黎諾。這個慘劇讓女孩們深受震撼，特別是小瑷。

「莉拉阿姨為什麼要這樣對待自己的兒子？」

「因為他做了不該做的事。」

「他是大人，他想做什麼都可以。」

「但是不該做會要了他命的事。」

「為什麼？這是他的人生，他有權利做他想做的事。你不懂自由是什麼，莉娜阿姨也不懂。」

小瑷、艾莎和伊瑪彷彿被樓下莉娜阿姨家傳來的哭喊咒罵給嚇到了。傑納諾被關在家裡，整天大吼大叫。他的舅舅黎諾搗毀非常昂貴的機器之後，就不再在Basic Sight出現，整個街坊都聽得見他的咒罵。有天晚上，琵露希雅帶著孩子來哀求莉拉重新雇用她老公，還把婆婆也帶來了。莉拉對她媽媽和嫂嫂很不客氣，咆哮和辱罵清清楚楚傳到我家。你這是把我們交給梭拉朗兄弟啊，她絕望哭喊。莉拉回答說：你們活該，我他媽的受夠了，整天替你們做牛做馬，卻一點感激都得不到。

但和幾個星期之後發生的事情比起來，這又顯得小事一樁。情況無法平靜下來，因為莉拉開始和埃爾范索吵架。如今對Basic Sight的運作來說，埃爾范索是不可或缺的人物，但他卻也變得越來越不可靠。他常錯過重要的公務約會，記得去開會的時候又讓人很尷尬，濃妝豔抹，講起話來把自己當女人。他臉上已經看不見莉拉的痕跡了，雖然他並不想，但身上卻重新出現陽剛的氣息。他的鼻子、額頭、眼睛都有點像父親阿基里閣下，這讓他自己覺得很討厭。結果，他似乎越來越不想理會自己那體重不斷增加的身體，有時好幾天音訊全無。再出現時，幾無例外的，總有挨揍的痕跡。他回來工作，但無精打采。

然後有一天，他永遠消失了。莉拉和恩佐到處找他，沒有結果。幾天之後，他的屍體在科羅葛里歐海灘被發現。他在其他地方被毆打致死，然後丟進海裡。我簡直無法相信。等我明白這殘酷的事情確是事實，哀慟到久久難以平復。我眼前又出現學生時代的他，溫文爾雅，關心別人，被瑪麗莎所愛，被藥房家的兒子季諾霸凌。有時候我甚至想起他暑假被迫去做他不喜歡的工作，站在雜貨店櫃檯後面的情景。但他其餘的生活和我沒有交集，我所知甚少，我覺得很不解。我無法想像他後來的模樣，最近會面的場景淡去，我甚至想不起來他在馬提尼廣場鞋店工作的情形。是莉拉的錯，我在事件正火熱的當頭想：她喜歡用混淆所有事情的方式逼其他人，也因此征服了他。她暗中利用他，然後把他一腳踢開。

但我幾乎馬上就改變念頭。莉拉幾個鐘頭前得知消息。她知道埃爾范索死了，但她甩不開幾天以來累積的怒氣，忿忿不平地繼續罵說他這人很不可靠。但就這樣激動地講著講著，她突然倒在我家地板上，悲慟得難以自抑。從這一刻的情況看來，她似乎比我更愛他，甚至也比瑪麗莎更愛，而且——誠如埃爾范索常告訴我的——她對他的幫助比其他人都多得多。接下來幾個鐘頭，她騷擾不安，不再工作，對傑納諾失去興趣，把蒂娜留給我照顧。在她和埃爾范索之間，必定有超乎我想像的複雜關係。她看著他必定像照鏡子一樣，在他身上看見了她自己，想在他身上畫出她自己的輪廓。我很不安地想，恰恰和我在第二本書裡寫的相反。莉拉的作法想必讓埃爾范索很高興，他把自己像活生生的材料那樣呈獻給她，讓她加以塑造。最起碼我在那短短的時間裡是這麼想的，這個想法讓我可以把發生的一切理出頭緒，並讓自己冷靜下來。但是，到頭來並不是這麼回事，這只是我自己曖昧模糊的想法罷了。事實上，她從沒告訴我他們之間的關係，當時沒有，之後也沒有。她非常痛苦，心裡藏著天曉得是什麼樣的感覺，整個人變得麻木，直到葬禮舉行的那天。

100

參加葬禮的只有我們幾個人。埃爾范索在馬提尼廣場的朋友沒來，他的親戚也沒來。我最詫異的是，他母親瑪麗亞沒現身，他的兄妹也都沒來，琵露希雅和斯岱方諾沒來，瑪麗莎和孩子們（或許是他的，也或許不是他的子女）全都沒來。令人意外的是，梭拉朗兄弟反倒是來了。米凱爾沉著臉，非常瘦，一雙眼神像瘋子一樣，不停四下張望。另一方面，馬歇羅表現得一副很後悔的樣子，那態度和他從頭到腳一身豪華的裝扮形成強烈對比。他們不只參加了告別式，還開車到墓園，參加下葬典禮。我從頭到尾一直納悶，他們為什麼會來參加儀式。我想搜尋莉拉的眼神，但她一次也沒看我，只注意他們，用挑釁的目光瞪著他們，她抓緊我的手臂，非常忿怒。

「跟我來。」

「去哪裡？」

「找他們兩個講話。」

「我有小孩。」

「恩佐會照顧她們的。」

我遲疑了一下，想要抗拒，說：

「算了吧。」

「那我就自己去。」

我咕噥抱怨，每次都是這樣：我不答應和她一起去，她就拋下我。我對恩佐點點頭，要他照顧女孩們——他一副沒注意到梭拉朗兄弟的樣子。我就像當年和她一起爬上樓梯到阿基里閣下家，或和男生丟石子戰那樣，跟著她穿過羅列著墓龕的慘白建築。

莉拉不理會馬歇羅，走到米凱爾面前：

「你來幹嘛？你覺得懊悔嗎？」

「別煩我，莉娜。」

「你們兩個完了，你們必須離開街坊。」

「最好是你走，趁你還有時間，快走。」

「你這是在威脅我？」

「是的。」

「你別給我動傑納諾。別給我動恩佐。米凱爾，你聽清楚了嗎？記住，我知道得很多，多到足夠毀了你們，你和另一個禽獸。」

「你什麼都不知道，你手裡什麼也沒有，更重要的是，你什麼也不明白。你這麼聰明，怎麼可能不知道我現在根本甩都不甩你？」

馬歇羅拉他的手臂，用方言說：

「走吧，米凱爾，在這裡是在浪費時間。」

米凱爾用力甩開他的手，轉頭對莉拉說：

「你以為琳諾希亞經常上報，所以就能嚇得了我嗎？你是這麼想的嗎？我怕一個寫小說的？在這裡一文不值啊。你是個重要的人，你的影子也比其他有血有肉的人強。但是你永遠不會明白，真是太慘了。我會奪走你擁有的一切。」

說出最後一句話的時候，他好像突然想吐，接著，彷彿因為身體疼痛帶來的反應，他哥哥還來不及制止他，他就用力揍了莉拉的臉，把她打倒在地。

101

這想都想不到的動作讓我嚇得一動也不動。就連莉拉也沒想到。我們在此之前一直都以為米凱爾不會碰她，而且會宰了任何敢碰她的人。我連驚叫都叫不出來，喉嚨發不出聲音。

馬歇羅把弟弟拖走，但又拖又拉的時候，莉拉吐出一口口的血和連串的髒話（我要宰了你，老天在上，你們兩個都死定了）。他用親暱挖苦的口吻說：把這寫進你的下一本小說裡吧，小琳，然後告訴莉娜，要是她還不明白的話就請你告訴她，我弟弟和我真的都不再愛她了。

很難說服恩佐相信莉拉浮腫的臉是自己摔傷撞的。我們告訴他說她是因為突然昏倒，所以撞到地上。我幾乎可以肯定，他根本就不相信，第一是因為我的說法——我當時很激動——聽起來不知所云，其次是因為莉拉自己也沒想辦法讓他信服。但是恩佐想反駁的時候，莉拉突然厲聲說這是真的，於是他就不再討論了。奠定他倆關係的基礎想法是：莉拉說的才是唯一的真相，就算她擺明了說謊也不例外。

我帶著女兒回家。小璦很害怕，艾莎不敢相信，而伊瑪則一直問問題，諸如：鼻子裡有血嗎？我很茫然，也很生氣，不時下樓查看莉拉的情況，想帶蒂娜離開。但是小女孩因為媽媽的狀況而有所警覺，更想要幫她。她不肯離開媽媽身邊，一下下都不肯：她靈巧地幫媽媽擦藥膏，把金屬物品貼在媽媽額頭上讓她降低體溫，減輕頭痛。我帶女兒下樓，想引誘蒂娜和我回家，結果卻讓情況變得更複雜。伊瑪想盡辦法要參與這個照顧病人的遊戲，但是蒂娜不肯讓步，拚命尖叫，就連小璦和艾莎都奪不走她的權利。這個生病的媽媽是她的，她不想讓給任何人。最後莉拉把大家趕走，包括我在內，她的這個氣力讓我覺得她身體的情況好像已經好多了。

事實上，她迅速康復。而我沒有。我的惱火變成暴怒，最後更變成對我自己的蔑視。我不能原諒自己，面對暴力竟然僵住了，什麼反應都沒有。我對自己說：你變成什麼樣子了；要是你沒辦法應付這兩個人渣，又為什麼要回來這裡住呢；你太好心了，想扮演和勞工階級混在一起的民主派女士，喜歡對報紙發言；我住在我出生的地方，我不想失去和現實的接觸、但你太荒謬了，你很久以前就已經失去接觸了，這惡臭、嘔吐物、鮮血的氣味讓你昏厥。我心裡盤旋著這樣的想法，同時腦海浮現一幅幅畫面，是我毫不留情地對付米凱爾。我打他，抓他，咬他，心臟狂跳。接著，這暴力的欲望平息了，我對自己說：莉拉是對的，寫作所能寫的實在不多，寫作所能施加的痛苦，只對自己希望受苦的人才有用。文字的痛苦和拳打腳踢的痛苦，以及促成死亡的手段來說，或許不多，但也夠了。當然，她心中懷抱著我們童年時期的夢想。她以為我們若能透過寫作得到名氣、金錢和權力，就可以成為以文句為雷電劈天闢地的人。但我很早以前就知道，其實沒有這麼神奇。一本書，一篇文章，或許可以掀起眾聲喧嘩，但是如果沒有伴隨真正的實力或難以衡量的暴力，就只不過是一場表演而已。然而我還是希望可以彌補，希望我發出的聲音能造成傷害。有天早上我下樓，問她：你手上有什麼把柄是可以真正讓梭拉朗害怕的。

她好奇地看著我，不情願地兜了一會兒圈子，回答說：我替米凱爾工作的時候，看過很多文件，我仔細研究過，有些東西還是他自己給我的。她的臉突然生氣蓬勃起來，裝出痛苦的鬼臉，用最粗俗的方言補上一句：如果有個男人想要幹你，他非常非常想，想到沒辦法開口說我要，這時就算你叫他把他的命根子伸進滾燙的油鍋裡，他也會照做。她雙手托住頭，用力搖，彷彿那是個裝有骰子的錫杯。我明白，此時的她也很看不起自己。她不喜歡她不得不對待傑納諾的方式，不喜歡她侮辱埃爾范索、以及把自己哥哥趕出去的方式。她不喜歡自己此時講出口的每一個下流字彙。她受不了自己，受不了一切。但後來她一定感覺到我們有相同的心情，於是問我：

「要是我給你材料寫，你就會寫？」

「是的。」

「只要你寫了，就會登出來？」

「或許吧，我不知道。」

「有什麼條件嗎？」

「我必須確定那會傷害梭拉朗兄弟，但不會傷害我和女兒。」

她看著我，沒辦法下定決心。然後她說：幫我照顧蒂娜十分鐘，就走了。半個鐘頭之後她回來，帶著一個花卉圖案的提袋，裝滿文件。

我們坐在廚房的餐桌旁，蒂娜和伊瑪小聲聊天，在地板上玩娃娃和馬，拉著小車子滿屋子轉。莉拉拿出很多文件，她寫的筆記，還有兩本封面有點髒的紅色筆記本。我馬上就興沖沖地翻看：方格紙上寫滿像小學時代的筆跡：是帳冊，小字寫的註記文法錯誤錯誤連篇，每一頁都簽著「M.S.」。我立時明白，這就是街坊傳說中的曼紐拉．梭拉朗的紅色帳簿。「紅色帳簿」這個名詞在我們童年與少女時代揮之不去，既難以忘懷，又充滿脅迫，也或許是因為充滿脅迫才難以忘懷吧。但是無論那個名詞如何轉換——比方，可能改稱為「登記簿」——也不管顏色是不是紅色的，一想到曼紐拉的小冊子讓我們覺得很刺激，就像是某樁血腥歷險的核心事物。然而，這本子就在眼前。就只是像我眼前這兩本一模一樣的學校筆記本：髒兮兮，很普通的筆記本，頁緣下方還像波浪一樣捲了起來。我驀然醒悟，回憶早就成為文學了，或許莉拉說的沒錯：我的書——儘管這麼成功——其實寫得很糟，因為這書的結構太有系統，遣詞用字太過謹慎，因為這些毫不連貫、毫無美感、毫無邏輯、無以名狀的日常瑣務，我完全模仿不來。

孩子們玩耍的時候——只要一聽見有吵架的跡象，我們就馬上大吼一聲叫她們安靜——莉拉把她手中的資料一一攤在我面前，解釋其中的意涵。我們加以組織，加以摘要。我們已經很久沒這樣在一起工作了。她好像很高興，我知道這是她所希望的，也是她期待我能做的。那一天結束時，她又提著袋子消失，我回家研讀筆記。接下來幾天，她要我到Basic Sight和她碰面。我們把自己關在她的辦公室裡，坐在電腦前面。這部電腦很像附有鍵盤的電視機，和她之前給我和孩子們看的那種電腦大不相同。她壓下開關鍵，把一個個黑色的長方形滑進灰色的方塊裡。我很不解地等待。螢幕出現一閃一閃的光點。莉拉開始在鍵盤上打字，我目瞪口呆，說不出話來。打字機完全比不上，連電動打字機也不例外。她用指尖輕拂灰色的按鍵，文字就安靜無聲地出現在螢幕上，是綠色的，宛如新冒芽的綠草。天曉得她的大腦皮質裡有什麼東西，讓這些文字奇蹟也似的從她的腦袋裡不停冒出來，一一填滿空白的螢幕。這是一種電力，儘管看起來只像是一種動作，但還是一種電力，是立時可以轉化成亮光的電力。在我看來，上帝在西奈山寫下十誡時，應該就是像這樣，觸摸不著，卻又極度震撼，同時展現了極其純粹的具體效應。太厲害了，我說。我會教你的，她說。她教我，那閃閃發光催眠也似的片段文字開始拉長，我說的句子，她說的句子，我們來來回回的討論全都出現在黑黑的螢幕上，像是船駛過之後留下的尾跡，只是沒有泡沫而已。莉拉寫下來，我再重新思索。然後她壓下一個鍵刪除，或用另一個鍵讓整段消失，然後一會兒之後整段又提到上方或調到下方。但之後，莉拉馬上又改變心意，所有的東西在瞬間全部改變：無影無蹤的突然移動，原本在這裡的文字，全都不見了，不在這裡，也不在其他地方了。不需要鋼筆、鉛筆，也不需要在打字機上另換一張紙。紙頁就是螢幕，獨一無二，沒有再次思索的痕跡，永遠都乾乾淨淨的。而且文字一絲不苟，每一行都是完美筆直，散發出一種潔淨的氣味，儘管我們這時所做的是把梭拉朗兄弟的齷齪行徑加到黑幫的半數齷齪行徑裡。

我們忙了很多天。這宛如天賜的文字透過嗡嗡叫的印表機降臨塵世，由一個個黑色的細點在紙張上組合而成。莉拉一發現有不恰當的地方，我們就拿起筆忙著修正。她動不動就生氣。她對我有更多的期待，以為我可以回答她的每一個問題。她生氣，因為她一心相信我是口取之不竭的知識之井，結果在每一行都找到我對本地地理的無知，對官僚體系細節的不了解，我不懂地方議會的運作，不知道銀行的組織架構，對罪行和懲罰也一無所知。然而，矛盾的是，我已經很久沒有感受到她像現在這麼以我為榮，以我們的友情為傲。我們一定要摧毀他們，小琳，要是這樣還不夠，我就宰了他們。我們腦力激盪——如今想來是最後一次了——互相碰撞，然後融而為一。最後我們不得不承認我們已經完成了，能做的都已經做了的沉悶時期開始了。她再次印出來，我擺進信封裡，寄給出版社，要編輯拿給律師看。我需要知道——我在電話上解釋——這些資料是不是足以把梭拉朗兄弟送進大牢。

102

過了一個星期，又一個星期。有天早上編輯打電話給我，讚不絕口。

「你現在的狀態光芒四射。」他說。

「我是和一位朋友合作的。」

「這充分展現了你的好文筆，內文非常精采。幫我一個忙：拿給薩拉托爾教授看看，他一定知道要如何改寫得更熱情洋溢。」

「我沒和尼諾在一起了。」

「或許這就是你現在表現得這麼好的原因。」

我沒笑。我迫切需要知道律師怎麼說。答案讓我很失望。沒有足夠的資料，編輯說，要讓他們蹲一天大牢都很難。你可以得到一些賠償，但梭拉朗兄弟不會入獄，特別是，如果你還記得的話，他們和當地政治根源極深，而且有錢收買他們想要收買的任何一個人。我覺得渾身虛弱，雙腿發軟，失去信心，心想：莉拉一定會很生氣。我消沉地說：他們比我形容得還要惡劣。編輯察覺到我的失望，想要鼓勵我，又回頭讚美我在文章裡展現的熱情。但結論還是一樣：光靠這個，你們無法摧毀他們。然後，讓我很意外的是，他堅持要我別放棄這篇文章，拿去刊登。我會打電話給《快報週刊》，他建議，如果現在你發表一篇像這樣的東西，會是很重要的舉動，不只對你自己，對你的讀者，對每一個人來說都是，你會讓大家知道，我們所居住的這個義大利遠比我們所談論的要來得更糟糕。他徵詢我的同意，把這篇文章再交給律師查核一次，看看會不會對我造成什麼法律風險，我應該透露什麼，保留什麼。我想起當年要傷害布魯諾．蘇卡佛的時候有多麼簡單，我這次堅定拒絕。我說，這樣一來我肯定又要落到挨告的下場，會發現自己莫名其妙惹上麻煩。我不得不認為——我為了孩子向來不願意這麼想的——法律對怕它的人才有用，對違抗它的人一點用都沒有。

我等了一陣子，才鼓起勇氣把一切告訴莉拉，一字不改地說。她很冷靜，打開電腦，檢視文章，但我不覺得她是真的把內文重看一遍。她盯著螢幕，思索著，然後用略帶敵意的口吻問我：

「你相信這位編輯嗎？」

「相信，他是很聰明的人。」

「那你為什麼不發表這篇文章？」

「有什麼用嗎？」

「可以澄清真相。」

「現在已經很清楚了。」

「對誰來說很清楚？對你，對我，還是對編輯？」

她搖搖頭，很不高興，冷冷地說她還有工作要做。

我說：「慢著。」

「我很忙。少了埃爾范索，工作變得更複雜了。走吧，拜託，走吧。」

「你幹嘛生我的氣？」

「走吧。」

接下來我們有一段時間沒碰面。早上，她叫蒂娜自己上樓來找我，傍晚不是恩佐來接，就是莉拉在樓梯口喊她說：蒂娜，到媽媽這裡來。大概過了兩三個星期，編輯打電話給我，口氣非常開心。

「真有你的，我很高興你終於拿定主意了。」

我不明白，他解釋說他《快報週刊》的朋友打電話給他，急著要我的地址。他從這位朋友那裡得知，探討梭拉朗兄弟的那篇專文會略加裁剪之後，在這個星期刊出。你應該告訴我說你改變心意了，他說。

我渾身冒冷汗，不知道該說什麼。我假裝沒什麼不對勁。但我花了一晌才搞清楚，是莉拉把文章寄給週刊的。我跑去找她抗議，非常火大，但她卻格外親熱，非常開心。

「既然你沒辦法下定決心，那就我來拿主意啦。」

「我決定不發表的。」

「我可沒這麼想。」

「那你就用你的名字發表啊。」

「什麼意思？你才是作家耶。」

根本不可能讓她了解我的反對與苦惱，我的每一句批判，一碰上她的興高采烈就沒輒了。這篇專文滿滿六頁，非常醒目，署名的當然只有一個：就是我。

一看見這篇文章，我們就吵架了。我很生氣地對她說：

「我不懂你幹嘛這樣做。」

「我懂就好。」

她臉上還留有那天米凱爾動手揍她的痕跡，但是，她之所以不放上自己的名字，當然不是因為害怕的緣故。她怕的是其他的事情，我知道，她甩都不甩梭拉朗兄弟。但我覺得很憤慨，所以還是狠狠罵她——你不登你自己的名字，是因爲你喜歡躲在幕後，因爲丟完石頭就藏起手比較方便，我已經厭煩你的陰謀了——她開始大笑，似乎覺得我的指控很沒道理。我不喜歡你這樣想，她說。她臉色暗了下來，嘟嘟囔囔說，她把文章寄給《快報週刊》，只寫了我的名字，是因為她的名字無足輕重，因為我才是唸過很多書的人，因為我很有名，因為如今我可以一無所懼地出手打人。她的這段話印證了我的想法：她過度高估我的角色了，我也這樣告訴她。但她很不高興，說我了解自己的能耐，所以她希望我能扛起更重的責任，表現得更好，獲得更大的成功，她希望我的所有成就都能廣獲認可。你一定會看到的，她嚷著說，梭拉朗兄弟會有什麼下場。

我心情消沉地回家。我懷疑她是在利用我，就像馬歇羅說的那樣，這個念頭在我心裡甩也甩不掉。她讓我去冒所有的風險，希望靠著我的名氣為她贏得戰爭，完成她的報復，平息她所有的罪惡感。

103

事實上，以我的名字發表那篇文章，對我來說是又往前邁進一大步。因為週刊發行量很大，讀者甚多，我過去的一點一滴都被拼湊起來。我證明自己不僅僅是個職業小說家，而且過去也曾涉入工會鬥爭，爭取改善婦女處境，致力讓家鄉不走向衰敗惡化。我在六〇年代末期贏得的一小群粉絲，和我在人生起伏不定的七〇年代培養的粉絲，和如今為數更眾的一群粉絲全結合在一起。這也有助於我前兩本著作的銷售再版，甚至讓持續熱賣的第三本書改編電影的計畫變得更為具體。

當然這篇文章也帶來不少麻煩。我被憲兵找去問話。我被財政警察監聽，地方小報毀謗我，給我貼上諸如離婚女人、女性主義者、共產黨、恐怖主義同情者等等的標籤。我接到匿名電話，用下流的方言威脅我和我女兒。儘管我活在焦慮裡——現在這種焦慮狀態對我來說，似乎是寫作必然會帶來的後果——但我並不像《視野雜誌》刊出那篇報導和卡門要對我提出告訴時那麼激動。這是我的工作，我正努力學著要做得更好。而且我覺得自己有了護身符，出版社會提供我法律支援，左派報紙對我大力支持，我在公開場合表現得越來越好，而且我覺得自己的行動是正確的。

但是，如果我夠誠實，就會承認事情並不只是這樣。我之所以能冷靜下來，主要是我覺得情況很明顯，梭拉朗兄弟不能拿我怎麼樣。我的能見度逼得他們必須盡可能避人耳目。馬歇羅和米凱爾不只沒有提起第二次告訴，甚至完全安靜無聲，而且從頭到尾，就連在執法官面前和我碰面時，都還冷淡但尊敬地和我打招呼。於是洪水退去。唯一具體可見的是許多調查行動開始展開，同時也進行許多檔案的清查工作。但是，就像出版社律師之前預測的，調查行動很快就停止了，而檔案清查因為——我想是——壓在其他成千上萬的檔案之下，所以也終止了。梭拉朗兄弟逍遙法外。這篇文章唯一造成的傷害是情感上的：我妹妹，我外甥席威歐，甚至我父親都和我斷絕關係，不只是不講話，而是真的斷絕往來。只有馬歇羅繼續對我客客氣氣的。有天下午我在通衢大道碰見他，我轉開頭。但他在我面前停下腳步，說：小琳，我知道你要是可以自己做主，絕對不會這麼做的，我不會生你的氣，這不是你的錯。所以記得，我家的門永遠為你敞開。我回答說：

艾莉莎昨天才掛我電話。他微笑說：你妹妹是老闆，我還能怎麼樣呢？

104

這事本質上雖然平靜下來，但莉拉為這個結果心情頹喪。她不掩飾自己的失望，然而也沒說出口。她就這樣撐著，假裝什麼問題都沒有：她把蒂娜丟在我家，自己關在辦公室裡。但有時候她在床上躺一整天，說她頭痛得快要裂開，開始打盹。

我很小心，不提醒她是她自己決定要把那篇文章拿去發表的。我沒說：我警告過你，梭拉朗兄弟會毫髮無傷地脫身，出版社早就告訴我了，你現在覺得難過，一點道理都沒有。但讓她覺得丟臉的，也是因為懊悔自己估算錯誤。在那幾個星期裡她覺得備受羞辱，因為她一直以來賦予重要權力的，竟然是在當前階級體制之下無足輕重的東西：字母、寫作、書。如今想來，直到此時，表面上看來如此不抱幻想、如此成熟的她才真正告別了童年。

她不再幫我。她越來越常要我照顧她女兒，有時候——雖然次數並不多——還要我看著傑納諾，逼他到我家來。然而我的生活越來越忙，我不知道如何應付。有天早上我要她幫忙照顧小孩的時候，她很不高興地說：打電話給我媽，叫她來幫你。這真是前所未有的事，我很尷尬地讓步，乖乖照辦。所以倫吉雅來到我家，她年歲已高，唯命事從，很不自在，但手腳俐落，就像當年打理伊斯基亞島那幢房子一樣。

我家的兩個大女孩馬上就對她很不客氣，特別是小璦，她正值青春期，完全不講禮貌。她臉色泛紅，身體腫脹到看不出身材，離她原來的樣貌一天比一天更遠，她覺得自己很醜，變得尖酸刻薄。我們開始吵架：

「我們為什麼要和這個老太太在一起？她煮的菜好噁心，你應該自己煮的。」

「別這樣。」

「她講話的時候會噴口水，你看見沒，她沒有牙齒？」

「我不想再聽到這些話，夠了。」

「我們都已經像住在廁所裡了，現在還要和那個人一起待在家？你不在的時候，我不要她睡在這裡。」

「小璦，我說了，夠了。」

艾莎也好不到哪裡去，只是方式不一樣而已：她一本正經，裝出一副支持我的樣子，但分明是明褒暗貶：

「我喜歡她，媽媽，你請她來是對的。她味道很好聞，很像屍體。」

「我要打你耳光。你知不知道她聽得見你說的？」

馬上就喜歡上莉拉媽媽的是伊瑪：她是蒂娜的奴隸，所以什麼都模仿她，就連她黏外婆也是。倫吉雅在公寓裡忙著的時候，她倆跟著她到處轉，喊她姥姥。但是姥姥疾言厲色，特別是對伊瑪。她寵愛親外孫女，偶爾講話和動作都還變得溫柔許多，默默工作，假裝外孫女需要她的關注。但我也發現她有些煩心的事。第一個星期結束時，她低著頭說：小琳，我們一直沒談到你要給我多少錢。我覺得很受傷：我竟然呆頭呆腦地以為她之所以來，是因為女兒要求她來；要是知道需要付錢，那我就會找個年輕人，找個我女兒喜歡，而且我可以要求她做我需要的事情的人。但是我還是克制自己，和她討論酬勞，訂了一個價錢。這時倫吉雅才顯得高興一些。談判結束之後，她覺得需要為自己辯護：我老公病了，她說，沒工作了，然後莉娜瘋了，她開除黎諾，我們一毛錢都沒有。我喃喃說我了解，我叫她要對伊瑪好一點。她答應。自此而後，儘管她比較喜歡蒂娜，也還是想辦法對我女兒好一點。

然而，她對莉拉的態度始終沒變。不管是來或離開的時候，倫吉雅都不覺得有必要到女兒家一趟，雖然這工作是莉拉幫她找的。就算在樓梯上碰到了，也不打招呼。但是我也不得不說，莉娜這人很難搞，而且越來越慘。

105

她對我總是很不屑的樣子，沒有任何道理的。格外讓我惱火的是，她表現得一副我女兒的事都和我沒關係似的。

「小璦罵髒話。」

「她對你說的？」

「是啊，你不在。」

「你是不是當著她的面講過這樣的話？」

「我應該講什麼樣的話？」

「比較不那麼下流的話。」

「你知道你兩個女兒是怎麼和彼此講話的？你有沒有聽過她們講到我媽媽的事？」

我不喜歡她的這種口吻。她從過去就表現得很喜歡小璦、艾莎和伊瑪，似乎下定決心要把她們從我身邊奪走。她把握每一個機會讓我知道，因為我總是在義大利各處旅行，忽視她們，對她們的成長造成嚴重後果。她開始數落我沒發現伊瑪問題的時候，我格外心煩意亂。

「怎麼回事？」我問她。

「她有隻眼睛抽搐。」

「發生的次數不多。」

「我看過很多次。」

「你覺得那是怎麼回事？」

「我不知道。我只知道她覺得自己沒有爸爸，也不確定是不是有媽媽。」

我不想理她，但是很難。就像我之前提到的，伊瑪總是讓我有點擔心，就算如今活力和蒂娜不相上下，卻總還是像缺少了什麼。而且，不久之前，我在她臉上看到肖似我的神情，那是我不喜歡的。她逆來順受，但之所以屈服，是因為害怕，而不是心甘情願，所以每次讓步都讓她心情沮喪。我寧可她遺傳尼諾勇於勾引的魅力，他不假思索的活力，但她完全不是這樣。伊瑪雖然很乖，卻很不開心，她明明什麼都想要，卻假裝什麼都不要。我說孩子都是偶然的結果，但伊瑪完全沒遺傳到父親。莉拉不同意，她總是有辦法暗暗指出我女兒和尼諾的相似之處，只是她不認為這是正面的，講得一副是大缺點似的。然後她說了一遍又一遍：我告訴你這些事，是因為我愛她們，所以很擔心。

我試著想對自己解釋她對我女兒態度突然逆轉的原因。我想，因為我讓她失望，所以她想利用疏遠她們，來拉開和我的距離。我想，因為我的小說越來越受歡迎，我離開她而自立，完全違反她原本的判斷，為了懲罰我，所以她貶低我的女兒，也貶低我善盡母職的能力。但這些假設都無法讓我滿意，所以我就有了第三個假設：莉拉確實看見了我身為母親無法得知或不想看見的事情，她既然格外批評伊瑪，那我最好仔細觀察看她的評論是不是有根據。

所以我開始觀察小女兒，不久就相信她的確飽受折磨。蒂娜愉快開朗，有能力口若懸河，更能引起大家的關心、讚賞和憐愛，特別是我的注意。而伊瑪完全被她比了下去。雖然我女兒漂亮聰明，但站在蒂娜身邊就顯得遲鈍失色，美好的特質消失了，而且她自己也知道。有一天我親耳聽見她倆的談話，用很流利的義大利文交談。蒂娜的發音非常精確，伊瑪卻還是偶爾漏掉幾個音節。她們在畫動物的著色畫，蒂娜決定給犀牛塗上綠色，而伊瑪則隨心所欲給一隻貓塗上各種顏色。蒂娜說：

「塗灰色或黑色吧。」

「你不能命令我塗什麼顏色。」

「這不是命令，這是建議。」

伊瑪警覺地看著她。她不知道命令和建議之間的區別。她說：

「我也不想聽你的建議。」

「那就別聽。」

伊瑪的下唇發抖。

「好吧，」她說，「我聽你的，可是我不喜歡。」

我想多關心她一點。首先，我不再對蒂娜所做的一切事情都顯得興奮激動，而想辦法加強伊瑪的技巧。我讚美她，無論是再小的事情都不例外。但我很快就明白，這樣並不夠。這兩個小女孩彼此相愛。兩人的互動可以幫助她們成長。伊瑪可以在蒂娜身上看見自己，多餘的假意稱讚並不能讓伊瑪免於傷害，而她身上的傷害當然也不是她朋友造成的。

這時我開始反覆思索莉拉說的話：她沒有爸爸，甚至也不確定自己是不是有媽媽。我想起《視野雜誌》寫錯的圖說。那個圖說，再加上小璦和艾莎的刻薄玩笑（你不屬於這個家庭，你姓薩拉托爾，不姓艾羅塔），肯定讓她受到很大的傷害。但這真的是問題的核心嗎？我想不是。在我看來，爸爸不在身邊這件事比較嚴重，我確信她所受的痛苦源自於此。

一旦開始朝著這個思路發展，我就注意到伊瑪有多用力尋求彼耶特洛的注意。他打電話給女兒的時候，她坐在角落裡，聽他們講話。要是兩個姊姊聊得很開心，她就假裝自己也很快樂，等他們聊完，姊姊們一一與父親道別時，伊瑪就大聲喊道：再見。通常彼耶特洛一聽到她的聲音，就會對小璦說：叫伊瑪過來，我要和她打聲招呼。但是在這樣的時候，她不是變得很害羞地跑開，就是拿著聽筒不講話。他到那不勒斯來的時候，她也是這樣。彼耶特洛從不忘帶小禮物給她，伊瑪在他身邊繞來繞去，假裝是他的女兒，要是他稱讚她或抱起她，她就很開心。我前夫來接小璦和艾莎走的時候，伊瑪難過的情緒就更加明顯，他離開的時候會說：摟摟她吧，姊姊們離開，她留下來，會很傷心的。

這讓我更加煩惱，我對自己說，我必須做點什麼，我想到要找恩佐談談，請他更常出現在伊瑪的生活裡。但他本來就已經很關心伊瑪了。他把女兒扛在肩上，通常過一會兒就會放下，換扛起我的女兒不放。要是他給蒂娜一個玩具，就會給她一個一模一樣的。要是女兒聰明的問題讓他高興得幾近感動，他也總不會忘記對我女兒乏味得多的問題表現出熱情的反應。但我還是找他談，有時候蒂娜霸占舞台，不肯留空間給伊瑪，他就會罵蒂娜。我不喜歡這樣，這不是那孩子的錯。在那樣的時候，蒂娜會愣住，她的活力彷彿突然被蓋子壓住了，像是受到不該受的懲罰。她不理解為什麼魔咒突然被打破了，拚命努力想贏回爸爸的疼愛。這時我會把她拉到跟前，陪她一起玩。

換句話說，事情進行得並不太順利。有天早上，我和莉拉在辦公室裡，我要她教我用電腦寫作。伊瑪和蒂娜在桌子底下玩，蒂娜以她非凡的才智描述著她想像的地方和人物。怪獸追著她的娃娃，勇敢的王子正要來解救。但我聽到女兒突然生氣大叫：

「我不要。」

「你不要？」

「我救不了我自己。」

「你不必救你自己，王子會救你。」

「我沒有王子。」

「那我的王子會救你。」

「我說不要。」

儘管蒂娜想要拉她繼續玩，但伊瑪丟下娃娃跳起來，這讓我很難過。而也因為害我分心，所以莉拉很生氣，她說：

「孩子們，你們不安靜一點，就到外面去玩。」

106

我寫了一封長信給尼諾，一一列舉我認為會讓我們女兒生活變得更加複雜的問題：她姊姊有關愛她們的父親，而她沒有；她的玩伴，也就是莉拉的女兒，有個很愛她的父親，而伊瑪沒有；因為工作的關係，我不時離家出城，常常必須離開她。換句話說，伊瑪在成長的過程裡，很可能會越來越覺得自己不如別人。我寄出信，等待他的回音。他沒回信，所以我決定打電話到他家。伊蓮諾拉接的電話。

「他不在，」她不安地說，「他在羅馬。」

「能不能請你告訴他，我女兒需要他？」

她聲音哽咽，過了一會兒才恢復鎮靜。

「我的孩子也至少六個月沒見過父親了。」

「他離開你了？」

「沒有，他從來就沒離開任何人。除非你有勇氣離開他，要是你能那麼做就太聰明了，我敬佩你。否則他就是來來去去，消失，再出現，他就喜歡這樣。」

「請你告訴他說我來過電話，如果他不來見我女兒，我就去找他，無論他在哪裡，我都會去把他抓來。」

我掛掉電話。

過了好一段時間，尼諾才下定決心打電話來。一如既往，他表現得好像我們幾個鐘頭前才剛見過面似的。他活力充沛，心情愉快，滿嘴讚美。我打斷他，問：

「你收到我的信了嗎？」

「收到了。」

「那你為什麼不回信？」

「我沒有時間。」

「那就盡快找時間，伊瑪情況不太好。」

他很不情願地說他週末會回那不勒斯，我堅持要他星期天中午來吃飯。堅持要他別和我講話，別和小璦、艾莎談笑，整天專心陪伊瑪。我說，這樣的探訪必須成為定例：如果你能每個星期來一次就太好了，但我不會這樣要求，我對你沒有這樣的期待：然而，一個月一次應該是必要的。他用嚴肅的語氣說他會每個星期來，他保證，在那一刻，他極其真心。

我不記得電話是哪一天打的，但是尼諾一身優雅打扮，開著嶄新豪華的轎車，在上午十點鐘出現在街坊的那一天，我永遠不會忘記。那是一九八四年九月十六日。莉拉和我剛滿四十歲。蒂娜和伊瑪就快要四歲了。

107

我告訴莉拉說，尼諾要到我家來吃飯。我說：是我強迫他來的，我希望他能陪伊瑪一整天。我希望她可以理解，至少那天不能把蒂娜帶到我家來。但她若非不理解，就是不願意。她表現得一副樂於協助的模樣，說：我叫我媽煮飯給大家吃，也許可以在我家吃飯，因為空間比較大。我很意外，也很不高興。她討厭尼諾，這會兒又來多事幹嘛？我拒絕，說：我自己做飯，而且再說一遍，那一天是要留給伊瑪的，沒時間也不可能做別的事。但是隔天早上九點整，蒂娜帶著她的玩具上樓來，敲我家的門。她整個人乾乾淨淨的，一頭黑髮紮成整齊光亮的辮子，眼睛閃著惹人愛的光芒。

我請她進來，但馬上就得和伊瑪奮戰，因為她穿著睡衣，睡眼惺忪，還沒吃早餐，就想開始玩了。她不肯聽我的話，不時做鬼臉，和她的朋友哈哈大笑，我氣得不得了，最後只好把蒂娜關進房間裡，叫她自己玩。蒂娜被我的口氣嚇壞了。我叫伊瑪去漱洗。我不要，她尖叫說。我告訴她：你得換衣服了，爸爸就要來了。這個消息我已經講了好幾天，但她一聽到這句話就更不肯乖乖聽話。告誡她說他就要來了，反而使我自己更焦慮。伊瑪扭動尖叫：我不要爸爸，彷彿爸爸是某種可憎的機器。我不認為她是忘了尼諾，她並不是表達對他這個人的抗拒。我想：我要他來說不定是錯的。伊瑪說她不要爸爸，意思是她不想要任何人，她想要的是恩佐，她想要的是彼耶特洛，她想要姊姊和蒂娜所擁有的人。

這時我想起另一個孩子。她沒抗議，沒探頭出來。我對自己的行為覺得很羞愧。這天的緊張氣氛並不是蒂娜的錯。我憐愛地喊她，她從房間出來，開開心心坐在浴室牆角的凳子上，給我建議，說應該給伊瑪梳什麼髮型。我女兒心情好起來，不再抗拒，讓我替她換衣服。最後她倆一起去玩，我去喊小璦和艾莎起床。艾莎非常開心地跳起來，她很高興能再見到尼諾，馬上就準備停當。但小璦花了沒完沒了的時間梳洗，直到我開始吼叫才從浴室出來。她不肯接受自己外型的轉變。我很討人厭，她說，眼睛帶淚。她把自己關在臥房裡哭，說她誰也不想見。

我匆匆給自己做好準備。我不在乎尼諾，但我不希望他覺得我邋遢，變老。我也怕莉拉會出現。我很清楚，只要她願意，絕對可以讓男人的目光只聚焦在她一個人身上。我心情激動，但同時又無精打采。

108

尼諾極度準時，一分不差地帶著禮物爬上樓梯。艾莎跑到樓梯口去等他，後面跟著蒂娜，以及怯怯小心的伊瑪。我看見她右眼眼皮在跳。爸爸來了，我告訴她，她有氣無力地搖頭。

但尼諾表現得很好。人還在樓梯上，他就嚷著：我的小伊瑪呢？我要親她三下，咬她一口。爬到平台上時，他對艾莎說嗨，漫不經心地拉拉蒂娜的一條小辮子，然後抓起女兒，拚命親她，說他從沒看過這麼漂亮的頭髮，讚美她的衣服，她的鞋子，身上的一切。他甚至沒和我打招呼，就這樣進屋裡來。他盤腿坐在地板上，把伊瑪抱到腿上，這時才給艾莎正面的回應，親切和小璦打招呼（天哪，你長這麼大了，太不可思議了），小璦帶著羞怯的微笑走近她。

我看見蒂娜一臉迷惑。幾無例外的，陌生人只要看見她就會被她吸引，過來抱她，但是尼諾開始發禮物，卻無視她的存在。她用她親暱稚嫩的嗓音對他說話，想挨著伊瑪一起坐在他腿上，但沒辦法，只能倚在他的手臂上，無力地把頭靠在他肩上。尼諾給小璦和艾莎各一本書，但注意力全都在自己女兒身上。他給她各式各樣的東西，她拆開一個禮物，他馬上就又遞上另一個。伊瑪似乎被迷住了，很感動。她看著眼前的這個男人，彷彿是個只來對她一個人施放魔咒的巫師，蒂娜伸手想要拿禮物的時候，她大叫：這是我的。蒂娜馬上就縮回來，下唇顫抖。我把她抱起來說：走，和阿姨來。這時尼諾似乎才發現自己做得過頭了，從口袋裡掏出一支看起來很昂貴的筆，說：這送給你。我把蒂娜放到地板上，她接過筆，輕聲說謝謝，他這才彷彿第一次看見她。

我聽見他嘖嘖稱奇：

「你長得和你媽好像啊。」

「要我寫我的名字給你看嗎？」蒂娜一本正經地問。

「你已經會寫字了？」

「是啊。」

尼諾從口袋拿出一張折起來的紙，她攤開在地板上，寫「蒂娜」兩個字。非常好！他稱讚她。但一會兒之後，他轉頭看我，怕挨我罵，為了彌補，他又對女兒說：我知道你也很棒。伊瑪想表現給他看，從朋友手裡搶過筆，很專心地在紙上塗寫。他用力讚嘆，雖然艾莎罵妹妹（誰看得懂啊，你根本就不會寫）。蒂娜想把筆要回去，卻沒有辦法，說：我還會寫別的字喔。最後尼諾打斷她們，帶著女兒站起來，說：我們去看看世界上最漂亮的車。他帶她們一起，把伊瑪抱在懷裡，蒂娜想要他拉她的手，小瑷扯開她，自己挨近，艾莎則以貪婪的動作把那支昂貴的筆據為己有。

109

他們出門。門關上。我聽見樓梯傳來尼諾渾厚的嗓音——他答應要買糖果，要帶她們開車出去兜風——小瑷、艾莎和兩個小女孩興奮叫嚷。我想像莉拉在我的樓下，關在自己公寓裡，也像我一樣聽到同樣的聲音。分隔我們的不只是一層樓，而是隨著她的心情、便利或心緒波動任意拉遠或縮小的距離。偏偏她的心情又像大海那樣，隨著月亮的引力而潮汐起落。我收拾家裡，煮飯，我想人在樓下的莉拉也在做同樣的事。我們都等著再次聽見自己女兒的聲音，以及我們所愛的那個男人的腳步聲。我突然想到，她必定有無數次在伊瑪的臉上認出尼諾的樣貌，就像他剛才在蒂娜臉上認出她的容貌一樣。這麼多年來，她是不是始終覺得很厭惡，又或者她對這孩子的關愛是因為和尼諾容貌相仿的緣故？她是不是暗地裡還喜歡著尼諾？她是不是在窗前看著他？蒂娜想要他拉她手的時候，她是不是看著在這個瘦高男子身邊的女兒，心想：要是情況有所不同，這就會是他的女兒。她在盤算什麼？她是不是會馬上到我家來講些惡毒的話傷害我？或者她會在他帶著四個女孩回來經過她家的時候打開門，請他進去，然後從樓下喊我，所以我就不得不邀請她和恩佐也來吃飯？

公寓非常安靜，但外面有週日慣有的各式各樣的聲響：白晝午間的鐘聲，攤販的叫賣聲，駛過鐵道支線的火車，一整個星期每天忙碌穿梭駛往各個工地的卡車。尼諾肯定會讓孩子們填滿一肚子的甜食，想都沒想過這樣會害她們待會兒吃不下午飯。我太了解他了：他什麼要求都會答應，眼睛眨也不眨地什麼都買，他總是做得太過火。午餐準備好，餐具擺好，我望著窗外的通衢大道。我很想喊他們說該回來吃飯了。但是攤販遮住了我的視線，我只能看見路的另一邊，馬歇羅和我妹妹，旁邊帶著席威歐。從樓上往下看通衢大道，讓我有種厭惡的感覺。對我來說，星期天向來是遮掩腐朽面貌的漆彩，但這天，這樣的印象更形強烈。我在這裡幹什麼，我明明有足夠的錢，想去哪裡都可以，為什麼還要住在這裡。我給莉拉太多的繩子，讓她在心頭重新打了太多結，而我卻讓自己相信，重新擁抱我的出身，可以讓我寫得更好。在我眼裡，一切都顯得醜惡，我甚至厭惡自己準備的菜餚。但我打起精神，梳好頭頭髮，確認自己看起來很好，才走出去。經過莉拉家門口時，簡直是躡手躡腳的，不希望她聽見我的聲音，決定和我一起出門。

屋外有烤杏仁的濃烈氣味，我四下張望。我先看見小璦和艾莎，一面吃棉花糖，一面看著賣便宜雜貨的攤子：手鍊、耳環、項鍊、髮夾。我看見尼諾在不遠處，站在街角。但一瞬之後，我才發現他在和莉拉講話。莉拉就像她樂意顯露美貌時那麼美麗，而恩佐則蹙起眉頭。

她抱著伊瑪，伊瑪拉著她的耳朵。伊瑪每回覺得自己不受注意的時候，也會這樣拉我的耳朵。莉拉任由孩子用力扭拉她的耳朵，沒制止，顯然非常專心聽尼諾講話。尼諾以他一貫的愉悅態度，面帶微笑，揮著他修長的手臂和雙手。

我很生氣。這是他之所以出門，不見人影的原因。看看他是怎麼照顧女兒的。我喊他，他沒聽見。小瑷轉頭，和艾莎一起衝著我微弱的聲音笑。每次我扯開喉嚨喊叫，她們就這樣笑我。我又喊了一次。我希望尼諾馬上回來，回到家裡，自己一個，自己一個帶著我的女兒回家。但是花生攤的哨聲震耳欲聾，還有卡車駛過，整輛車匡噹匡啷響，捲起一團團塵土。我咕噥抱怨，走向他們。為什麼莉拉抱著我的女兒，有這個必要嗎？為什麼伊瑪沒和蒂娜一起玩？我沒打招呼，逕自對伊瑪說：你幹嘛要人抱，你是大女生了，下來，我把她從莉拉身邊拉開。然後我轉頭對尼諾說：孩子們該吃飯了，飯菜都準備好了。這時我發現女兒拉著我的裙子，沒離開我身邊去找她的朋友。我四下看看，問莉拉：蒂娜呢？

她臉上還是親切贊同的表情，是頃刻之前聽著尼諾講話的神情。她一定是和小瑷與艾莎在一起，她說。我回答說：並沒有。我要她去找她女兒，和恩佐一起去，不要在我女兒的父親唯一能擠得出來的這一天裡，卡在我女兒和她父親之間。但是恩佐去找蒂娜時，莉拉繼續和尼諾講話。她告訴他說傑納諾失蹤好幾次，笑著說：有天早上他不見了，大家都去上學，但他沒去，我嚇壞了，想像到最壞的情況，結果他卻安安靜靜坐在花園裡。但就在回想起這段往事的時候，她臉色突然發白，眼神空洞，語氣丕變，問恩佐：

「你找到她了嗎，她人呢？」

110

我們沿著通衢大道找蒂娜，然後穿過整個街坊，後來又再找過一遍通衢大道。很多人和我們一起找。安東尼奧來了，卡門來了，卡門的丈夫羅伯托來了，甚至連馬歇羅‧梭拉朗也動員了幾個手下，並親自走過大街小巷，一直找到深夜。莉拉這時看起來像玫利娜，沒來由地東奔西跑。但是恩佐比她更狂亂。他驚聲喊叫，對街頭小販發脾氣，出言恐嚇，要查看他們的轎車、廂型車和手推車。憲兵不得不出動，叫他冷靜下來。

每回一聽到好像找到蒂娜的消息時，大家就如釋重負地嘆氣。每個人都認識這女孩，每個人都發誓今天曾經看見她站在這個攤子前面或在那個角落，再不然就是在院子或花園，在隧道前面和一個高大的男人或矮小的男人在一起。但是每一個目擊的說法最後都證明只是幻象，大家都失去信心與善念了。

到了傍晚，謠言開始出現，然後傳開了。那孩子在人行道上追一顆藍色的球。但就在這時，有輛卡車經過。那輛車車身全是泥濘，快速駛過，因為通衢大道的坑洞而蹦蹦跳跳，匡噹匡啷。沒有人看見其他的事情，但是有人聽見了碰撞聲，只有碰撞聲，這個故事就這樣直接跳接到聽見這聲音的人的回憶。卡車沒煞車，甚至也沒試圖煞車，帶著蒂娜的身體、蒂娜的辮子消失在通衢大道盡頭。柏油路面上沒留下一滴血跡，沒有，什麼都沒有。就在什麼都沒有之中，那輛車消失了，那孩子永遠消失了。

晚年

嫌隙的故事

1

最後我在一九九五年離開那不勒斯，在每個人都說這個城市重新復甦的時刻。但我不再相信它復原的彈性了。年復一年，我看見新火車站的出現，諾瓦拉路上摩天大樓的單調高塔，斯坎皮亞高聳的建築，亞瑞納吉亞、塔多塞薩路和國家廣場上越來越多的閃亮高樓。這些建築都是孕育自法國或日本，聳立於波提切利和波吉奧萊亞之間，一如既往地延宕時日，傾頹毀壞，很快就失去了原本的榮光，變成絕望者的棲身之所。所以哪有什麼復原？就只是塗脂抹粉而已，在這城市毀壞的面容隨意撲上現代化的脂粉。

這事情周而復始發生。重生的騙局燃起希望，然後又粉碎，成為舊傷痂上的又一層痂。因此，在有義務留在這個城市，支持前共黨所領導的復興工程時，我決定搬到杜林，因為有可能在那裡經營一家當時充滿前景的出版社。年過四十，時間開始飛轉。我趕不上。真正的年月被合約期限所取代，一年年的光陰從這個出版品跳到下一個出版品。想給關係到我和女兒的事件記住日期，實在很費神，所以我用耗費我越來越多時間的作品來取代日期。這件事或那件事是什麼時候發生的？我都是用作品出版的日期來標記。

如今我已出版過不少書，贏得了權威、聲望，以及舒適的生活。隨著時光流逝，女兒造成的負擔大部分都已經消失了。在彼耶特洛的鼓勵下，小璦和艾莎先後到波士頓唸書，因為他已經在哈佛大學擔任教授七、八年了。她們和父親處得很好。她們的來信除了抱怨波士頓的嚴酷天氣和波士頓人的愛賣弄學問之外，對其餘的一切都很滿意，不只對她們自己，也對她們得以避開過去被我逼著不得不面對的選擇很滿意。事到如今，既然伊瑪一心想追隨姊姊的腳步，我還留在街坊做什麼呢？如果說一開始，這個作家形象——明明可以住在任何其他地方，卻寧可為了繼續涵養作品的真實性而留在危險的街坊——對我來說很有用，如今也有許多知識份子因為做同樣的事情而沾沾自喜了。我的作品已經有了不同的取向，街坊的素材已被拋在一旁了。因此，就為了有某些聲望，甚至是某些優勢，繼續住在這個只紀錄了我弟弟妹妹、朋友、他們的子女與孫子女，甚至我女兒墮落經歷的地方，是不是沽名釣譽的偽善呢？

這時伊瑪十四歲，我什麼都給她，她很用功讀書。但只要有必要，她就講很粗俗的方言，也有一些我很不喜歡的同學，所以晚上通常待在家的她如果在晚餐後出門，我就會很擔心。我待在城裡的時候，生活也非常單調。我偶爾和那不勒斯文化圈的朋友碰面，讓人追求，也有過幾段感情關係，但從不持久。就算是最聰明的男人，遲早也都會讓我夢想破滅，為殘酷的命運，為他們機敏才智背後隱藏的惡意而忿怒。偶爾，我會覺得，他們之所以想和我在一起，主要是因為希望我讀他們的書稿，問我電視或電影的事，有時候甚至還借錢但從來不還。我盡量利用我的優勢，讓自己過著有社交、有感情的生活。但夜裡盛裝打扮出門，其實並不愉快，反而招來煩惱。有一回我剛出門，還來不及關上臨街的大門，就被兩個不到十三歲的男生打了一頓，把錢搶去。而在門口等待的計程車司機，連頭都沒探出車窗。所以在一九九五年夏天，我帶著伊瑪離開那不勒斯。

我在波河畔租了一間公寓，靠近伊莎貝拉橋，我和小女兒的生活立時獲得改善。在這裡，回想那不勒斯、書寫那不勒斯比較簡單，同時也可以讓我用比較透澈清晰的筆法來加以描述。我愛我出身的城市，但我一方面讓自己連根拔起，另一方面卻又盡責地為她辯護。我深刻感受到愛逞早會結束的苦惱，也確信我們都是透過這個苦惱來觀看整個西方世界。那不勒斯是個偉大的歐洲大城，對於科技、對於科學、對於經濟發展、對於良善天性、對於有必要追求進步的歷史、對於民主，都具有無比的信念，但最後都證明完全沒有根據。出生在這個城市——我有一次甚至動筆寫過，陳述的不是我自己的想法，而是莉拉的樂觀——只有一個好處：我們可以近乎本能的知道，每一個人在今天都開始說：幻想著追求無止境的進步，事實上是充滿殘暴與死亡的夢魘。

二〇〇一年，伊瑪到巴黎去唸書，家裡只剩我一個人。我努力勸她沒有必要，但她許多同學都決定要去，所以她也不想留下。起初我並不覺得有什麼問題，因為我自己的生活很忙碌。但不到幾年，我就開始覺得自己老了，彷彿隨著我為自己所打造的世界一起慢慢隱褪，消失。雖然我有好幾次以不同作品贏得重要的獎項，但我的書現在已經賣得不太好。例如，二〇〇三年，我出版的十三本小說和兩本散文集總共只賺進兩千三百二十三歐元，而且還是稅前的收入。這時我不得不承認，我的讀者對我已經沒有期待了，而年輕的讀者——更精確來說，是年輕的女讀者，因為打從開始，讀我書的人主要就是女性——有了其他的作品，其他的興趣。報紙也不再是收入的來源。他們對我沒有興趣，很少向我邀稿，付我的錢少得可憐，甚至不付。至於電視，繼九〇年代的一些成功經驗之後，我嘗試在下午時段開設探討希臘與拉丁文學的節目，但這個想法之所以被接受，只因為有朋友幫忙，其中包括亞曼多．嘉利亞尼，他在第五頻道有節目，但和公共電視關係也很好。這無疑是一次慘敗，我再也沒有其他機會。我經營多年的出版社情況也惡化了。二〇〇四年秋天，我被一個年紀三十不到的年輕人掃地出門，變成外部顧問。我已六十歲，覺得自己的人生旅途就要結束了。杜林冬天太冷，夏天又太熱，文化圈很不友善。我覺得焦慮，睡得不好。男人不再注意我。我站在陽台眺望波河，看著划船的人，看著山丘，非常無聊。

我開始更常回那不勒斯，但不想見朋友或親戚，朋友和親戚也不想見我。我只見莉拉，但我經常決定連她都不見。最近以來，她似乎對這個城市投注了更多幾近盲目的愛國心，所以我寧可沿著卡拉西歐洛街散步，爬上佛莫洛，或穿過特里布納利。也就是在這樣的情境下，二〇〇六年春天，連日下雨，我關在維多里歐．艾曼紐大道的旅館裡，為了打發時間，用幾天的功夫，寫了一篇以街坊為背景，有關蒂娜的故事，短短不到八十頁。我寫得很快，不讓自己有機會去加油添醋。這篇故事情節很緊湊，很直接，只有結局是出於想像。

二〇〇七年秋天，我出版了這本名為《友誼》的書，大受好評，到今天都還很暢銷，老師們都推薦為學生的暑期讀物。

但我很討厭這本書。

僅僅兩年前，姬利歐拉陳屍在花園裡。她死於心臟病發，孤身一人，淒涼至極的慘死。莉拉要我保證絕對不寫她的事。然而，我還是寫了，而且還是用最直接的方式下筆。有幾個月的時間，我相信自己寫出了我此生最好的作品，而我身為作家的聲望也再度急遽升高。我已經有很長一段時間沒這麼成功了。但到了二〇〇七年底——在聖誕季期間——在馬提尼廣場的費崔里涅利辦《友誼》的分享會時，我突然覺得羞愧，很怕莉拉出現在聽眾裡，說不定會在前排，準備打斷我，找我的麻煩。但那天晚上進行得很順利，我大受歡迎。回到旅館之後，我覺得比較有信心了，想要打電話給她，先是打家裡的電話，後來打行動電話，最後又打家裡電話。她沒接，自此而後，她沒再接我的電話。

2

我不知道如何詳述莉拉的哀慟。發生在她身上的不幸，或許一直都潛伏在她人生裡等待她。不是女兒的死於疾病、意外或暴力行為，而是女兒的突然失蹤。這哀慟沒有任何具體的東西可以攀附。她沒有一具了無生息的軀體來宣洩她的絕望，沒有對象可以舉行葬禮，她面前沒有一具原本可以走、可以跑、可以講話、可以擁抱，如今卻支離破碎的屍體來讓她不忍離去。我覺得，莉拉的感覺必定像是前一刻還是身體一部分的手腳，在沒有受到任何創傷的情況下，突然失去了形體和本質。但我不知道這痛苦有多深，甚至也無法想像。

失去蒂娜之後的十年裡，儘管我繼續住在同一幢樓，雖然我每天都見到莉拉，但我從沒見到她哭，從沒見到她絕望失措。在街坊奔走尋找一天一夜之後，她就彷彿太過疲累而放棄了。她坐在廚房窗邊，很長一段時間動也不動，雖然從那裡只能看見一小段鐵軌和一小片天空。然後她打起精神，開始恢復正常生活，但沒有聽天由命。經過歲月洗禮，她刻薄的個性變得更惡劣，散播不安與恐懼，不時尖聲叫喊吵架。剛開始的時候，不管何時何地，不管碰到什麼人，她都不時提到蒂娜，把那孩子的名字掛在嘴邊，彷彿只要說出口，就能把她帶回來。但後來只要她在場，誰也不能提起這件事，就連我也不例外，只要我一提到，她馬上粗魯地把我趕走。她似乎只感謝彼耶特洛寫給她的信，我想主要是因為他寫給她一封充滿關愛的信，但完全沒有提到蒂娜。直到一九九五年我搬走之前，除了極少數的場合之外，她都表現得像沒有任何事情發生一樣。有一回琵露希雅提到那孩子像小天使照看我們。莉拉對她說：滾出去。

3

街坊裡沒有人相信法律或新聞記者的力量。男人、女人，甚至一幫小孩都花了好多天，好幾個星期的時間尋找蒂娜，完全不理會警察與電視台。所有的親戚，所有的朋友，全部都動員了。唯一一個只出現一、兩次，其他時候就只打電話來不斷重申：「我沒有責任」的人，就是尼諾。但我不意外，他本來就是這種人。就是那種陪小孩一起玩，小孩跌倒膝蓋破皮的時候，就表現得像是小孩自己的錯，生怕有人會說：是你害他跌倒的。此外，沒有人覺得他有什麼重要性，我們有好幾個鐘頭的時間都忘了他的存在。恩佐和莉拉最信任的是安東尼奧。他再次推遲回德國的時間，追查蒂娜的下落。他這麼做是出於友誼，但就像他自己說的，也是因為米凱爾．梭拉朗的命令。這倒是讓我很意外。

梭拉朗兄弟投入這起孩童失蹤事件的心力比誰都多，而且我不得不說，他們也刻意高調，讓大家都看見。儘管知道肯定會碰一鼻子灰，但他們有天晚上到莉拉家，一副可以代表全街坊發言的模樣，誓言要盡一切可能讓蒂娜平平安安、毫髮無傷回到父母身邊。莉拉從頭到尾都瞪著他們，彷彿看見他們，卻沒聽見他們講話。恩佐一臉慘白，聽了幾分鐘，然後嚷著說就是他們帶走他女兒的。他不只這一次這麼說，後來在許多場合也都這麼說，他到處咆哮說是梭拉朗兄弟把蒂娜從他們身邊帶走，因為他和莉拉不肯讓他們在Basic Sight抽成。他希望有人反駁，這樣他就可以動手宰了他們。但是當著他的面，沒有任何人反駁。就連那對兄弟也沒反駁。

「我們理解你的傷痛。」馬歇羅說，「要是有人帶走席威歐，我也會像你一樣抓狂。」他們等著有人來安撫恩佐，然後離去。隔天，他們派妻子姬俐歐拉和艾莉莎登門致意，雖然沒有人熱情歡迎她們，但大家對她們比較客氣。後來他們的行動加倍積極。策劃圍捕行動，把週日和假日常出現在街坊的攤販和附近的吉普賽人驅趕在一起的，很可能是梭拉朗兄弟。警笛高響的警車抵達時，也是他們帶頭忿怒發動攻擊。警察逮捕斯岱方諾，害他第一次心臟病發作，最後住進醫院。黎諾也被逮捕，幾天之後獲釋。而傑納諾則哭了好幾個鐘頭，說他愛妹妹遠勝過天底下的任何人，絕對不會傷害她。監視小學的行動肯定也和他們脫離不了關係。在此之前都被認為只是幻想產物的「誘拐孩童同性戀」變成具體的事實。有個年約三十的纖瘦男子雖然沒有小孩要接送，卻在上學時間出現在校園入口，放學時間出現在校園出口，他被狠狠揍了一頓想逃，卻被一群凶惡的人一路追到花園裡。若不是他拚命解釋自己不是他們認為的誘拐犯，而是《晨報》追新聞的實習生，肯定會慘遭殺害。

在這場風波之後，街坊開始沉靜下來，人們慢慢回復日常生活正軌。蒂娜既無跡可尋，她被卡車撞的謠言也就顯得更加可信。對搜尋行動不耐煩的人很認真看待這個說法，包括警察和新聞記者。注意力轉到附近的工地，持續了好長一段時間。也就是在這時，我見到亞曼多，我高中老師嘉利亞妮的兒子。他放棄行醫，投入一九八三年的國會選舉，但敗選，如今拜本地一家落沒的電視台所賜，他開始從事激進的新聞業。我知道他父親在一年多前過世，母親住在法國，但身體也不太好。他請我帶他去看莉拉。我說莉拉情況不太好。他堅持，所以我打了電話。莉拉費了一番功夫才想起亞曼多，想起來之後，在此之前始終不肯和記者講話的她答應見他。亞曼多解釋說他一直在調查地震後的發展，走訪各處工地，聽說有輛卡車匆匆拆毀，因為捲入某樁可怕的事件。莉拉讓他說完，才說：

「這根本是你捏造的。」

「我只是說出我知道的事情。」

「你才不在乎什麼卡車、工地，或我女兒的事。」

「你這是在侮辱我。」

「不，我現在才要開始侮辱你。你以前當醫生的時候很討人厭，當革命份子的時候討人厭，現在當記者更討人厭。滾出我家去。」

亞曼多蹙起眉頭，對恩佐點頭道再見就離開了。走到街上時，他看起來很煩惱。他說：遭遇這樣的傷心事，讓她改變了，告訴她，我想要幫忙。然後他開始採訪我，談了好久才道別。他親切的態度，他關愛的言詞，讓我很驚訝。娜迪雅做出決定，以及他與妻子分手的時候，必定都讓他受了很多苦。不過，他現在看起來很好。他以前那種無所不知、嚴格遵守反資本主義路線的態度，已經變成苦澀的憤世嫉俗了。

「義大利已經變成一個大糞坑了。」他忿忿不平地說，「我們最後都掉到這裡面來。要是你到處旅行，見過值得敬重的人，就肯定會懂。太可憐了，艾琳娜，太可惜了。工黨有太多正直的人，卻因為沒有希望而離開。」

「你為什麼開始做這個工作？」

「和你做你的工作同樣的理由。」

「什麼？」

「一旦沒辦法躲在任何東西後面，我就發現自己很虛榮。」

「誰說我很虛榮？」

「這是比較的問題：你朋友就不是這樣。但我很替她難過，虛榮其實也是一種資源。如果你自負，就會關心你自己和自己的事。莉娜不虛榮，所以失去了她的女兒。」

我關注他的工作好一陣子，他似乎做得得心應手。他追查到龐帝羅西街坊一輛焚毀的舊車殘骸，把這和蒂娜的失蹤事件連結在一起。這則新聞掀起波瀾，全國性的報紙也報導了，一連幾天占據新聞版面。最後查明這輛焚毀的車和蒂娜失蹤並沒有可能的關聯。莉拉對我說：

「蒂娜還活著。我絕對不要再見那個王八蛋。」

4

我不知道有多長的時間，她一直相信女兒還活著。恩佐越是因為淚水和忿怒而絕望疲憊，莉拉就越是說：你看著好了，他們會讓她回來的。她當然不肯相信卡車肇事逃逸的事，她說否則她就會馬上注意到，早在任何人聽見撞擊聲或者是尖叫聲之前就注意到了。在我看來，她似乎從不支持恩佐的論點，也絕不提及梭拉朗兄弟的涉案。相反的，有很長一段時間，她相信是她的一個客戶綁走蒂娜，一個知道Basic Sight很賺錢，想要脅他們給錢贖回女兒的人。這也是安東尼奧的理論，但很難說有什麼具體的事實當根據。警方當然也對這個可能性感興趣，但既然從來沒有人打電話來要贖金，他們最後也就放棄了。

街坊很快就分成兩派。大多數人相信蒂娜死了，少數人認為她還活著，被監禁在某個地方。深愛莉拉的我們都屬於少數派。卡門深信不移，不停對每個人說，但如果有人隨著時光流逝轉而相信蒂娜死了，就變成她的敵人。我有一次聽她輕聲對恩佐說：告訴莉娜，帕斯蓋的心和你在一起，他覺得我們終有一天會找到那孩子的。但大部分人的看法占上風，而在他們看來，繼續找蒂娜的人不是發蠢，就是偽善。大家也認為，莉拉雖然聰明，但在這件事上完全沒有用上腦袋。

第一個直覺發現，在蒂娜失蹤之前對這位朋友的敬重，以及在蒂娜失蹤之後所表現出來的團結，全都只是表面的人是卡門。街坊久遠以前對莉拉的厭惡悄悄再次爬出心底。看哪，卡門對我說，他們以前當她是聖母似的，現在走過她身邊卻連正眼都不瞧上一眼。我開始注意，發現這是真的。人們在心底深處想：你失去蒂娜，我們很難過，但是你如果真的像我們過去以來始終相信的那樣，應該沒有任何人或任何事情可以撼動得了你才對。我和她一起走在路上時，大家開始和我打招呼，而不理會她。她臉上苦惱的表情和身上瀰漫的不幸雲霧，讓他們敬而遠之。換句話說，街坊那些原本把莉拉捧成可以取代梭拉朗兄弟的人，如今失望退縮了。

不只這樣。有件事情開始進行，起初看來似乎是好意，後來卻變成惡意。最初的幾個星期，鮮花和情感洋溢的短箋寄給莉拉，甚至是蒂娜，家門口和Basic Sight門口出現從學校課本抄下來的詩句，接著是媽媽、祖母和孩子們送來的舊玩具。然後是髮夾、彩色髮帶和舊鞋子。最後出現了手工縫製的布偶，有醜惡的冷笑表情，點點紅斑，以及用髒破布裹著的動物屍體。莉拉冷靜地把東西一一拎起，丟進垃圾桶，但突然發出尖叫，以可怕的髒話咒罵任何經過的人，特別是躲在遠處觀察她的小孩們，她從一個惹人憐憫的母親變成散播驚恐的瘋婆子。有個女孩拿鉛筆在門口寫道：「死人吃掉蒂娜。」她對這女孩大發雷霆，後來這女孩得了重病，古老的傳聞加上新的謠言，讓大家開始避開莉拉，彷彿光是看她一眼就會惹來災禍。

然而她好像並不明白。她確信蒂娜還活著，這信念完全占據了她的心，我想，這也是她之所以親近伊瑪的原因。剛開始的那幾個月，我想減少她和我小女兒之間的接觸，很怕因為看見伊瑪而惹她傷心。但莉拉似乎很喜歡有伊瑪在身邊，所以我就讓她去陪莉拉，甚至在她家睡覺。有天早上我去接她的時候，莉拉家的門半敞著，我走了進去。我女兒正在追問蒂娜的事。在那個可怕的星期天之後，為了安撫她，我都告訴她蒂娜去亞維里諾的恩佐親戚家住一陣子，但她一直問蒂娜什麼時候回來。這時她直接問莉拉，但莉拉彷彿沒聽見伊瑪的聲音，仔細訴說蒂娜出生時的種種，說起她的第一個玩具，說她是怎麼緊緊黏在她胸口不肯放，諸如此類的。我在門口停了幾秒鐘，聽見伊瑪很不耐煩地打斷她：

「可是她什麼時候要回來啊？」

「你覺得孤單嗎？」

「我不知道要找誰一起玩。」

「我也不知道。」

「那她到底什麼時候回來？」

莉拉沉默良久，然後罵她：

「這不關你的事，閉嘴。」

這句話是用方言講的，很粗魯，很嚴厲，很不恰當，讓我心生警覺。我和她講了幾句話，就帶女兒回家。

對莉拉過分的言行舉止，我總是寬恕以待，而在如今的情況下，我比以往更願意原諒她。她經常做得太過分，但我總是竭盡所能讓她講理。警察偵訊斯岱方諾的時候，她馬上就確信是他帶走蒂娜的——我讓她冷靜下來，一起去看他。還好有我在，警方偵訊她哥哥的時候，她才沒動手打他。傑納諾被叫去警察局的那個悲慘日子，回到家覺得自己被安上罪名的時候，也是我盡力排紛解難。他們大吵一架，傑納諾搬去父親家住，罵莉拉說她不只永遠失去蒂娜，也永遠失去他了。換言之，情況很慘，我能理解她為什麼和所有的人吵架，甚至包括我。但不許她這樣對待伊瑪，我絕不容許。我思索著，想找出解決辦法。

但沒什麼可做的。她的哀慟千絲萬縷纏結不清，而伊瑪有段時間也糾纏在裡面。在我們陷入的混亂之中，莉拉儘管疲累，卻還是不斷告訴我，我女兒的種種小毛病，就像她之前讓我不得不堅持要尼諾來看女兒的時候那樣。我覺得生氣，但也試著往好的方面去想：她的母愛慢慢轉向伊瑪，我想。她對我說：你運氣很好，還有女兒在身邊，所以你應該好好把握，多注意她，給她你以前所沒給她的照顧。

但這只是事情的表面而已。我很快就有了不同的看法：更深入來說，伊瑪本身——她的身體——必定是罪孽的象徵。我經常想到蒂娜消失那天的場景。尼諾把蒂娜交給莉拉，但莉拉沒照顧她。她對自己的女兒說：在這裡等著，然後牽起我的女兒，跟阿姨來吧。她這麼做的原因或許是要讓伊瑪在父親面前有所表現，讓他讚美她，或惹起他的憐愛，誰曉得。但蒂娜很活潑，又或者只是覺得被忽視，不高興，所以自己走開了。結果莉拉的痛苦編成了一個巢，承載了我女兒的身體在她懷中的重量，承載了她倆的肌膚接觸，承載了仍舊散放的生命暖意。但我女兒很脆弱，很遲緩，和光彩奪目、生氣活潑的蒂娜完全不同。伊瑪不可能成為蒂娜的替身，只能挽留住時光。換句話說，我想像著莉拉把她帶在身邊，是為了停留在那個恐怖的星期天，同時想：蒂娜就在這裡，她馬上就會來拉我的裙角，馬上就會喊我，然後我會把她抱在懷裡，一切都會回復正常。這也就是為什麼她不要這個孩子破壞一切。小女孩不停追問朋友的下落，光只是提醒莉拉女兒已經不在的事實時，莉拉對她的態度就一百八十度大轉變，變得像對我們大人一樣粗魯。但我無法接受。她一來找伊瑪，我就馬上找藉口叫小璦或艾莎看著她。要是當著我的面，她都會用這種口吻講話，帶著伊瑪離開家好幾個鐘頭的時間裡，她會怎麼對待我的女兒呢？

5

我不時逃離公寓，逃離連接我家到她家的樓梯，逃離花園，逃離通衢大道，離家去工作。在這樣的時候，我會如釋重負地嘆氣：我化好妝，換上入時的衣著，就連懷孕時期留下的輕微跛足都是令人愉快的個人特徵。儘管我常嘲諷文學圈和藝術家脾氣暴躁，但是和出版、電影、電視——任何形式的美學表演——有關的東西，在我看來都還是充滿夢幻的領域，能參與其中讓我覺得很不可思議。我喜歡出席大型集會、大型會議、大型劇場演出、大型展覽、大製作電影、大製作歌劇的奢華節慶活動，不時坐在前排保留席，和知名人士坐在一起，觀察大小權力運作的情形，讓我覺得受寵若驚。而莉拉則窩在她驚恐的角落裡，沒有任何事情可以讓她分散注意力。有一回我受邀到聖卡羅斯聽歌劇。那是個非常富麗堂皇的地方，連我都沒去過。我堅持要帶她一起去，她不肯，說服卡門代替她去。她唯一允許自己分散注意力的事——如果這是恰當的形容詞的話——就是讓自己找到另一個理由受更大的折磨。新的痛苦在她身上的作用，宛如某種解毒劑。她變得凶狠好鬥，決心堅定，彷彿知道自己就要溺斃，卻還是不由自主揮動臂腿讓自己浮在水面上的人。

有天晚上她發現兒子又開始注射毒品。她一句話都沒說，甚至沒告訴恩佐，就到他父親家裡去找他。這幢位在新社區的房子，就是多年前她新婚時住的那幢房子。但他不在家。傑納諾和父親也鬧翻了，幾天前搬到舅舅黎諾家裡去了。如今同居在一起的斯岱方諾和瑪麗莎對她很不客氣。這個原本俊朗的男人瘦得皮包骨，面容慘白，衣服大了好幾個尺碼。心臟病發擊垮了他，他嚇壞了，幾乎吃不下飯，喝不下水，再也不抽菸，而且因為心臟不好，也不可以心情不佳。但這天他心情卻非常不好，也說不上來是為什麼。因為生病，所以他關了雜貨店。艾達問他要錢，給她和他們的女兒。他妹妹琵露希雅和他媽媽瑪麗亞找他要錢。瑪麗莎為了自己和她的子女也向他要錢。莉拉馬上就知道斯岱方諾想拿傑納諾當藉口，問她要錢。他雖然把兒子趕出家門，卻還是要錢。他這麼說，而且瑪麗莎也支持他的說法：傑納諾的治療要花很多錢。莉拉回答說她不會給任何人一分錢，不管是親戚、朋友或街坊的任何一個人，她都不會給，所以他們就吵了起來，吵得很激烈。斯岱方諾眼眶帶淚地一一列舉這些年來他所失去的——從雜貨店到他住的房子——而且他也隱隱把失去這些東西的過錯全怪到莉拉頭上。而最惡劣的是瑪麗莎，她對著莉拉吼道：斯岱方諾毀了，全都是因為你，你毀了我們每一個人，你比梭拉朗兄弟更壞，不管是誰偷了你的女兒，都是做好事。

這時莉拉沉默下來，四下張望，想找張椅子坐下。她找不到，於是靠在客廳牆面，許多年以前，這裡曾經是她的客廳，當時整個房間是白色的，傢俱嶄新，還沒遭到在這裡長大的孩子與粗心大意的大人蹂躪。我們走吧，斯岱方諾或許是知道瑪麗莎說得太過分了，對莉拉說，我們去找傑納諾吧。他們一起出門，他抓著她的手臂，一起到黎諾家。

一走出大門，莉拉就回過神來，甩開他。他們一道走，但莉拉走在他前面幾步。她哥哥住在卡拉西家的舊房子，和岳母、琵露希雅與孩子一起住。傑納諾在那裡，一看見爸媽，就開始咆哮。所以又是一場爭吵，先是爸爸和兒子，接著是媽媽和兒子。有一會兒黎諾沉默不語，接著眼神一黯，開始叨唸妹妹打從小時候就開始對他造成的傷害。斯岱方諾一出聲干預，黎諾就對他發火，辱罵他，說之所以惹出這麼多麻煩，都是因為他想讓大家以為他是個重要人物，結果他什麼都不是，先是被莉拉騙，接著又被梭拉朗兄弟騙。他們差點就要打起來，琵露希雅不得不拉住丈夫，低聲說，你講的沒錯，但是冷靜一點，這不是吵架的時候；而老太太瑪麗亞拉住斯岱方諾，氣喘吁吁地說：夠了，兒子，假裝沒聽見就好了，黎諾病得比你還重。這時莉拉用力抓住兒子的手臂，把他帶走。

但是黎諾跟在他們後面，追到馬路上。他們聽見他一跛一跛的腳步聲。他想要錢，他無論如何都想要，馬上就要。他說：要是你這樣丟下我，就是要了我的命。莉拉繼續往前走，他推她，大笑，呻吟，抓住她的手臂。傑納諾開始大喊，對著她吼：你有錢，媽，給他吧。但是莉拉拖走兒子，帶他回家，罵他說：你想要這樣嗎，你想要最後落到像你舅舅這樣的下場嗎？

6

傑納諾回來之後，樓下的公寓就變成更可怕的煉獄。有時候我不得不下樓去，因為擔心他們會殺了彼此。莉拉打開門，冷冷地說：你要幹嘛。我也冷冷地說：你做得太過分了，小璦在哭，她想叫警察，艾莎也嚇壞了。她回答說：待在你自己家裡吧，要是你女兒不愛聽，就叫她們塞上耳塞啊。

這段期間，她對我兩個女兒越來越沒有興趣，用再明顯不過的挖苦語氣叫她們小姐。但我女兒對她的態度也變了。特別是小璦，不再為她著迷了，彷彿因為蒂娜的失蹤，也從她眼中帶走了莉拉的權威。有天晚上她問我：

「如果莉娜阿姨不想再要一個孩子，為什麼後來又了生一個？」

「你怎麼知道她不想要？」

「她告訴伊瑪的。」

「伊瑪？」

「是啊，我親耳聽到她對伊瑪說的，好像伊瑪不是個小孩子似的。我想她是精神有問題。」

「這不是精神有問題，小璦，是哀慟。」

「她一滴淚也沒掉。」

「眼淚不代表哀慟。」

「沒錯，可是沒有眼淚，你如何確認有哀慟存在？」

「哀慟還是在，而且像這樣的哀慟往往是更大的痛苦。」

「她才不是這樣呢。你想知道我是怎麼想的嗎？」

「說吧。」

「她是故意失去蒂娜的。現在她也想失去傑納諾。更別提恩佐叔叔了，你看見她是怎麼對他的吧？莉娜阿姨就像艾莎一樣，她誰也不愛。」

小璦這人就是這樣，她想當個比任何人都感覺敏銳的人，而且喜歡講別人不愛聽的話。我禁止她當著莉拉的面再講這些話，也努力向她解釋，不是所有的人反應都會相同。莉拉和艾莎的情感表露方式和她不一樣。

「就拿你妹妹來說吧，」我說，「因應情感的方式就和你不一樣，她覺得感情用事太過荒謬，所以總是避開來。」

「但是一避開，就失去了敏銳度。」

「你為什麼這麼不喜歡艾莎？」

「因為她就像莉娜阿姨一樣。」

這是個惡性循環：莉拉做得不對，因為她就像艾莎一樣；艾莎做得不對，因為她就像莉拉一樣。事實上，這個負面評價的中心問題是傑納諾。根據小瑷的說法，在眼前這個殘酷的情況之下，艾莎和莉拉做了同樣的錯誤評估，也表現出同樣的情感失調。對莉拉來說，甚至對艾莎也是，傑納諾比動物還不如。她妹妹──小瑷對我說──經常為了惹她生氣而告訴她，只要傑納諾想溜出家門，莉拉和恩佐就揍他是對的。只有像你這麼蠢的人──她罵小瑷──對男人一無所知的人，才會為這個渾身髒兮兮、一點智慧都沒有的人癡迷。小瑷回答說：只有像你這樣的賤人，才會這樣形容人類。

她倆都讀過很多書，所以連吵架都引經據典，只要她們不要突然用最粗俗的方言來互罵，我通常都會帶著近乎欣賞的態度聽她們爭吵。這樣的衝突也有正面的好處，也就是小瑷對我的敵意消失了，但負面的效應則讓我更加擔心：她妹妹和莉拉變成她投射所有惡意仇視的對象。小瑷不時打小報告，告訴我艾莎的各種惡形惡狀：學校同學很討厭她，因為她認為自己最棒，老是羞辱別人；她誇耀自己和成年人有關係；她逃學，在請假單上偽造我的簽名。至於莉拉，小瑷說：她是法西斯份子，你怎麼能和她當朋友呢？而對傑納諾，她明明白白表現出支持的態度。在她看來，吸毒是情感敏銳的人面對壓迫力量的反叛行為。她發誓，她遲早會找辦法把黎諾——她向來叫傑納諾為黎諾，這樣才能讓我們也習慣這樣叫他——從他媽媽監禁他的牢籠裡救出來。

只要有機會，我就潑她冷水。我譴責艾莎，捍衛莉拉。但有時候很難替莉拉辯護。她那痛苦哀傷的高峰期每每令我驚恐。但另一方面，我也擔心舊事重演，怕她身體撐不住，所以儘管我喜歡小瑷清晰且熱情洋溢的積極態度，儘管我覺得艾莎古怪的傲慢無理很有趣，但我還是很小心，不讓兩個女兒因為出言不遜而惹禍上身（我知道小瑷有能耐說出口：莉娜阿姨，我們就打開天窗說亮話吧，你希望失去蒂娜，這事不是偶然發生的）。但我每天都擔心最慘的情況發生。莉拉口中的這兩位小姐，雖然已經融入街坊的生活，但強烈感覺到自己和其他人不同。特別是從佛羅倫斯回來的時候，她們會覺得自己高人一等，也竭力表現出來。小瑷在高中功課很好，她有位老師是很有教養的人，年紀頂多四十歲，一聽到艾羅塔這個姓就肅然起敬。他問小瑷問題的時候，不是怕小瑷答不出來，反倒像是怕自己問錯問題似的。艾莎的課業表現沒那麼好，期中成績普遍不佳，但最讓人受不了的是到了學期末，她竟然輕輕鬆鬆魚目混珠，讓自己躋身優異學生之列。我知道她們缺乏安全感，內心驚恐，感覺得出來她們是心懷恐懼的女孩，所以我並不太相信跋扈的態度是她們的本性。問題是其他人都相信，而且從外人的眼光看來，她們必定很可恨。例如，艾莎在班上和外面都隨便給別人取不雅的綽號，從不尊重任何人。她叫恩佐是沉默的南瓜；叫莉拉是毒蛾；叫傑納諾是大笑的鱷魚。但她特別討厭的是安東尼奧。他幾乎每天都來找莉拉，不是到家裡，就是到辦公室，一到就和恩佐、莉拉關進房間裡不知偷偷商量什麼。在蒂娜的意外發生之後，安東尼奧變得很難相處。只要我在場，他就找個藉口離開；如果是我女兒去，他就關上門把她們趕走。熟知愛倫坡作品的艾莎叫他是「黃死病的面具」[6]，因為安東尼奧天生臉色暗黃。因此我理當擔心她們會闖出什麼禍來。而結果也真的發生了。

我當時在米蘭。莉拉衝進院子裡，小璦在唸書，艾莎在和朋友講話，伊瑪在玩。她們都不是小孩子了。小璦十六歲，艾莎快滿十三歲，只有伊瑪還小，才五歲。但是莉拉對待她們的態度，好像她們三個完全無法自立一樣。她不由分說地拖她們進屋，沒給任何理由（她們習慣做什麼事情都要解釋理由的），只喊著說在外面很危險。我的大女兒覺得她的行為很難忍受，她說：

「媽媽把妹妹交給我，應該是由我來決定她們要不要進屋去。」

「你們的媽媽不在時，我就是你們的媽媽。」

「爛媽媽。」小璦用方言回答說，「你失去蒂娜的時候，連一滴眼淚都沒掉。」

莉拉打她耳光，打得她跌在地上。艾莎護著姊姊，也回打莉拉耳光。伊瑪哭了起來。你們不能出去，我這個朋友還是上氣不接下氣地說，外面很危險，去外面你們會死翹翹。她把她們關在家裡好幾天，直到我回來。

我一回來，小璦就把事情說給我聽，而且向來很誠實的她，也把自己的惡形惡狀據實以告。我要她知道，她說的話很可惡，也嚴厲罵她：我警告過你別這樣的。艾莎幫著姊姊，說莉娜阿姨瘋了，她一心只想著要避開危險就得關在家裡。我很難說服女兒，這不是莉拉的錯，而是蘇維埃帝國的問題。有個叫車諾比的地方，發生核電廠爆炸，散布危險的輻射線，因為地球很小，所以任何人都會受到輻射線影響。莉娜阿姨是要保護你們，我說。但艾莎馬上高聲說：才怪，她打我們，唯一的好事是她只給我們吃冷凍食品。伊瑪說：我一直哭，我不喜歡冷凍食品。小璦說：她對我們比對黎諾還惡劣。我說：莉娜阿姨對蒂娜也會這樣的，想想看，她保護你們的時候心裡有多難過，她女兒在別的地方，沒有人照顧她。但是我不該在伊瑪面前這樣說的。小璦和艾莎一臉懷疑，而伊瑪心情很壞，跑開去玩。

幾天之後，莉拉開門見山地質問我：

「是你告訴你女兒，說我失去蒂娜的時候一滴眼淚都沒掉？」

「別胡說，你覺得我會說這種話嗎？」

「小璦說我是爛媽媽。」

「她還是個孩子。」

「她是個很粗魯的孩子。」

這時我犯了和我女兒一樣嚴重的錯誤。我說：

「冷靜一點，我知道你以前有多愛蒂娜。別悶在心裡，你應該發洩出來，你應該把心裡的話全說出來。我知道生產有多難，但你不應該描述得那麼詳細。」

我搞砸一切了：用過去式說「你以前有多愛」，提到生產，語氣愚昧。她很不客氣地叫我管自己的事情就好。然後她把伊瑪當大人似的，對我吼著說：教教你女兒吧，要是有人告訴她什麼事情，叫她別到處去講。

6 改自愛倫坡小說《紅死病的面具》（The Masque of Red Death）。

7

有天早上——我想應該是一九八六年六月吧——又發生了一起失蹤案，讓情況更形惡化。倫吉雅來的時候態度比平常更嚴肅，說黎諾前一天晚上沒回家，琵露希雅在街坊到處找他。她告訴我的時候，看都沒看我一眼，彷彿告訴我只是為了讓莉拉知道。

我下樓去告訴莉拉。莉拉馬上叫來傑納諾。她理所當然認為他應該知道舅舅的下落。傑納諾抗拒，不肯透露任何事情，免得媽媽態度更凶惡。但過了一整天，黎諾還是不見蹤影，他就決定合作了。隔天早上，他不讓莉拉或恩佐陪他去找，但答應讓他父親同行。斯岱方諾上氣不接下氣地趕來，為了大舅子給他惹來的又一樁麻煩而緊張，但也擔心自己的健康，頂著一張慘灰的臉，摸著喉嚨說：我喘不過氣來了。最後這對父子——兒子壯碩，而父親瘦得像根掛著過大衣服的棍子——往鐵路走去。

他們越過換軌場，沿著散落廢棄車廂的舊鐵軌往下走。他們在一節舊車廂裡找到黎諾，他坐著，眼睛張開，鼻子看起來非常之大，沒刮的黑鬍子遮住大半張臉，直長到顴骨，活像長得過度茂密的植物。斯岱方諾看見大舅子，忘了自己的健康問題，發起脾氣來。他對著屍體大聲咒罵，還想伸腳去踢。你從年輕時候就是個混蛋——他高聲罵著——到現在還是混蛋。你活該這樣慘死，死得也像個混蛋。他很生氣，因為黎諾毀了他妹妹琵露希雅，因為黎諾毀了他外甥，因為黎諾毀了他兒子。看，他對傑納諾說，看看你會有什麼下場。傑納諾從背後抓住他，不讓他去踢打舅舅。斯岱方諾拚命想掙脫。

這時天色還很早，但溫度已經開始升高了。車廂裡有屎尿的臭味，座椅破爛，窗戶髒得看不見外面。斯岱方諾不斷掙扎咆哮，所以傑納諾發起脾氣，對爸爸出言不遜。他說他很痛恨當他兒子，整個街坊他只尊敬他媽媽和恩佐。這時斯岱方諾開始哭。他們在黎諾屍體旁邊坐了好一會兒，不是為了看顧他，只是為了冷靜下來。他們帶著這個噩耗回家。

8

只有倫吉雅和費南多為黎諾的死而難過。琵露希雅對丈夫的哀悼僅止於不得不然的程度，之後就宛若重生。兩個星期之後，她出現在我家，問她可不可以代替婆婆來工作。因為倫吉雅被哀慟擊垮了，再也不想工作。她可以幫我打掃房子，煮飯，我不在家的時候替我照顧女兒，只要收同樣的工資。她的效率沒有倫吉雅高，但比較愛講話，而且更重要的是，更討小璦、艾莎和伊瑪歡心。她對她們三個讚不絕口，對我也是。你好漂亮啊，她說，是高貴的淑女，我看見你櫃子裡有漂亮的衣服和很多鞋子，你一定是大人物，也和大人物出去，他們真的要把你的書拍成電影嗎？

起初她一副寡婦模樣，但後來就問我有沒有不穿的衣服可以給她，雖然她塊頭比較大，衣服根本不合身。我會改大一點，她說，所以我挑了一些給她。她手很巧，改得很細心，來上工的時候穿得像赴宴似的，在大廳走來走去，讓女孩和我可以給她意見。她非常感激我，有時候太過心滿意足，只想聊天而不工作，回憶起在伊斯基亞島的日子。她常提及布魯諾．蘇卡佛，變得多愁善感，壓低嗓音說：他的下場真是慘。有幾次，她講了一句應該是讓她很得意的話：我守寡兩次。有天早上她對我吐露，黎諾只有幾年的時間是她真正的丈夫，其餘時候都像個小男生似的，就連在床上也不例外，一分鐘就撤退了，有時候甚至不到一分鐘。啊哈，是啊，他太不成熟了。他是個吹牛大王，是個騙子，但也很自大，像莉娜那樣自大。這是瑟魯羅家遺傳的個性，她越講越氣，他們全都是大嘴巴，而且沒有感情。然後她開始講莉拉的壞話，說她竊占了她哥哥所有心血勞力的結晶。我回答說：才不是這樣，莉娜很愛黎諾，是他不斷剝削她。琵露希雅惡狠狠地看著我，突如其來地開始稱讚頌她丈夫。瑟魯羅鞋業，她朗聲說，是他創立的，但被莉娜占了便宜。她欺騙斯岱方諾，要他娶她，她偷了很多錢——爸爸的遺產讓我們成為百萬富翁耶——然後她又和米凱爾．梭拉朗談好交易，毀了我們每一個人。琵露希雅又補上一句：別護著她，你心知肚明。

這不是真的，當然。我知道完全不同的內情，琵露希雅這麼說是出於舊怨。然而莉拉對哥哥之死的反應，卻正好印證了這許許多多的謊言。我很久以前就知道，人都是基於自己的需要而重新組織記憶，但我發現自己也是這樣的時候，還是會覺得很意外。但最讓我意外的是，有人竟然可以把事實重新編造到完全違反自己利益的地步。莉拉幾乎立即開始把製鞋生意的所有功勞都歸功於黎諾。她說她哥哥從小就有超乎尋常的想像力與技術，要是梭拉朗兄弟沒有橫加介入，他很可能會超越製鞋名牌菲拉格慕。但她竭力讓黎諾的人生定格在他父親鞋鋪轉型成小工廠的那一刻，其餘的一切——他所做的，以及他對她做的一切——她都抹去了形跡。她只保留了那個活生生的男孩形象，當年保護她對抗暴力父親，容忍她追求才華發揮的那個男孩。

對她來說，這必定可以彌補她的哀慟，因為就在這段期間，她恢復元氣了，對蒂娜的事情也開始採取同樣的態度。她不再耗費時日等待，彷彿女兒隨時會回來似的。她開始用電腦程式產生的發亮小形影填補屋子和她自己身上的空洞。蒂娜變成某種立體投影，在，也不在。莉拉不是懷念她，而是把她叫出來。她給我看她覺得最棒的幾張照片，給我聽恩佐有一年——大概是蒂娜兩、三歲的時候吧——幫她錄下的聲音，或是引述她提出過的好玩問題，格外有意思的答案，只要提到她，用的都是現在式：蒂娜這樣說，蒂娜那樣做。

理所當然的，她並沒有因此得到撫慰，事實上，她還比往常更常大吼大叫。她罵兒子，罵顧客，罵我，罵琵露希雅，罵小瑷和艾莎，有時候還罵伊瑪。她也罵恩佐，特別是他上班工作，做著做著突然哭起來的時候。但有時候她坐下來，就像事情剛發生過後沒多久的時候那樣，對伊瑪談起黎諾，談起蒂娜，彷彿他們不知為何一起離開了。要是小女孩問他們什麼時候回來，她就會心平氣和地回答：等他們想回來的時候就會回來。但這樣的情況也越來越少。我們為了女兒吵過架之後，她好像不再需要伊瑪了。事實上，她漸漸的也很少來帶伊瑪了，而且對待她的態度越來越像對待她姊姊，雖然還是比較疼愛她一些。有天晚上，我們剛踏進我們這幢公寓破敗的大門口，艾莎抱怨說她看見一隻蟑螂，小瑷覺得很噁心，而伊瑪要我抱她。莉拉當我不在場似的，對她們三個說：你們是高貴淑女的女兒，在這裡幹嘛呢，勸你們媽媽帶你們離開吧。

9

黎諾死後，她的情況顯然是改進了。她不再警覺地瞇起眼睛。她臉頰的皮膚像一塊船帆，被強風吹得塌扁而柔軟了。但這只是暫時的。皺紋很快就出現了，在她額頭，在她眼角，甚至在她臉頰，看起來很像假的皺褶。接著她全身開始衰老，背駄了，肚子鼓了。

卡門有天露出她慣有的表情，憂心地說：蒂娜還窩在她身體裡面，我們得把她弄出來。她說的沒錯，我們得想辦法把這孩子的故事挖掉。但莉拉不肯，她女兒的一切都固定不動。我覺得她身上有些事情改變了，非常之痛苦的事，只有安東尼奧和恩佐知道，但出於必要而保持隱密。後來安東尼奧突然離開，帶著他的金髮妻兒和如今已經年邁的瘋媽媽玫利娜，沒對任何人道再見就走了。所以莉拉再也拿不到他向她做的神祕報告。她就只能把氣發在恩佐和傑納諾身上，這兩個人也常常互槓。其餘時候，她的心思常飄得遠遠的，彷彿在等待著什麼。

我每天都去看她，就算截稿期限在即，我也還是想盡辦法恢復我們之間的親密情誼。因為她老是無所事事，所以有一回我問她：

「你還喜歡你的工作嗎？」

「我從來就不喜歡。」

「你騙人，我記得你以前很喜歡的。」

「不，你什麼也不記得。恩佐喜歡，所以我也只好喜歡。」

「那就找點別的事情做。」

「我現在這樣很好啊。恩佐腦筋一團混亂，要是我不幫忙，我們就要被淘汰出局了。」

「你們倆都需要從傷痛裡走出來。」

「什麼傷痛啊，小琳，我們得要從我們的忿怒裡走出來。」

「那就從忿怒裡走出來啊。」

「我們盡量。」

「要更堅定一點。蒂娜不應該有這種遭遇的。」

「別提蒂娜，為你自己女兒打算就好。」

「我是在為她們打算啊。」

「不夠。」

那些年裡，她總是可以見縫插針地逆轉形勢，強迫我正視小璦、艾莎和伊瑪的缺點。你忽略她們，她說。我接受她的批評，這話有憑有據，我過度追求自己的生活，忽略她們的生活。但我也等待機會把對話轉回到她和蒂娜身上。後來，我開始擔心她不健康的臉色。

「你太蒼白了。」

「而你太紅潤了：看，你都快變成紫色了。」

「我是在講你：怎麼回事？」

「貧血。」

「什麼貧血。」

「我的月經想來就來，來了就不停。」

「從什麼時候開始？」

「一直都這樣。」

「告訴我實話，莉拉。」

「這是實話啊。」

我逼問她，通常我一刺激她，她會有反應，但從來不會到失控的地步就放棄了。

我突然想到這是個語言學的問題。她把義大利文當成某種路障，我想逼她講方言，講我們可以敞開心懷暢所欲言的語言。但就像她講的義大利文是從方言轉譯過來的一樣，我的方言也越來越常要從義大利文轉譯過來，所以我們兩個講的都不是自己慣用的語言。她需要讓自己爆裂開來，用失控的語言來宣洩心緒。我希望她用我們孩提時期的那不勒斯口語說：你他媽的想幹什麼，小琳，我這樣是因為我失去了女兒。她也許還活著，也許死了，但不管是哪一種可能性，我都受不了。因為她要是還活著，也是離我遠遠的，住在一個會有可怕事情發生在她身上的地方，我清清楚楚看見，不管白天黑夜，都清清楚楚的，彷彿是在我眼前發生；但如果她死了，那我也死了，我的心死了，這是比真正的死亡更難以忍受的死亡。真正的死亡是沒有感覺的死亡，而這種死亡卻強迫你去感覺一切，每一天，醒來，梳洗，著衣，吃喝，工作，和你這個不了解或不想了解的人講話，我光是看到你，打扮得光鮮亮麗，剛從美容院出來，帶著你那對在學校表現優異、做什麼都完美無缺的女兒，她們什麼都好，連這個鬼地方都毀不了她們，甚至還對她們很合適——讓她們更有自信，甚至更高傲，更確信她們有權利奪走一切——所有的這些都讓原本就很火大的我更加火大。所以，走吧，走吧，讓我靜一靜。蒂娜比你們哪一個都好，可是他們卻帶走了她。我沒有辦法再忍受了。

我很希望能誘導她講出這樣的話來，混雜狂亂。我覺得她只要下定決心，就能從糾纏混雜的腦袋裡抽出這些話來。但這並沒有發生。事實上，如今回想起來，在這個階段，她比我們相處的任何一個階段都來得消極許多。或許我所希望的情緒爆發只是我自己的想像，因此讓我看不見真正的情況，也讓莉拉更加閃躲。有時候我會納悶，她心裡是不是有某些難以言說的東西，是我連想像都無法想像的。

10

最慘的是星期天。莉拉留在家裡，沒去工作，屋外傳來假日的談笑聲。我下樓，說：我們出去吧，我們散步到市中心去，我們去看海。她不肯，要是我太堅持，她還會生氣。所以，為了彌補她的粗魯無禮，恩佐說：我去，我們走吧。她馬上咆叫：好啊，去吧，讓我清靜一點。我要去洗澡，洗頭，讓自己好好呼吸。

於是我們出門，我的女兒一起去，有時候傑納諾也跟我們一道。在莉拉的哥哥死後，我們都改叫傑納諾為黎諾。在散步的時候，恩佐會以他慣有的省話，甚至有些含糊的風格，對我講些心裡的話。他說沒了蒂娜，他不知道賺錢有什麼意義。他說偷拐小孩，讓父母受苦，代表了悲慘的時代就要來臨。他說女兒出生之後，他腦袋裡彷彿有一盞燈亮了起來，如今燈熄了。他說：你還記得就在這裡，在這條街上，我把她扛在肩膀上嗎？他說：謝謝你，小琳，謝謝你給我們的幫忙，別生莉娜的氣，這是痛苦的時期，但是你比我更了解她，她遲早會恢復的。

我靜靜聽，問他：她非常蒼白，身體怎麼回事？我的意思是：我知道她受哀慟折磨，但告訴我，她身體還好嗎，你有沒有注意到什麼值得擔心的症狀？但說到「身體」，恩佐就覺得尷尬。他對莉拉的身體幾乎一無所知。他對待她就像對待偶像一樣，小心翼翼，充滿敬意。他不太有信心地回答：很好。然後他緊張起來，急著想回家，說：我們至少勸她在街坊稍微散一下步吧。

沒用。只有非常稀少的機會，我才能在星期天勸得動她出門。但這也不是什麼好點子。她走得很快，衣著隨便，頭髮散亂，不修邊幅，眼神閃著怒火。我和女兒蹣跚跟在她背後，支持著她，像是長得比女主人漂亮、也穿得比女主人高貴的女傭。每個人都認識她，就連路邊小販也都還記得蒂娜失蹤給他們惹來的麻煩，很怕會再有其他問題，所以都離她遠遠的。在每個人眼裡，她都是個可怕的女人，被極大的災厄襲擊，災厄的力量如影隨形，無論走到哪裡，就散播到哪裡。莉拉沿著通衢大道，眼神淩厲，走向花園，所有的人都垂下目光，看著其他方向。但就算有人和她打招呼，她也沒注意，毫不理會。看她走路的那個模樣，好像有急迫的目標。事實是，她忙著奔離兩年前那個星期天的回憶。

我們一起出門的時候，不可避免的會碰到梭拉朗兄弟。最近以來，他們不太離開街坊。那不勒斯有一大串的人被謀殺，最起碼在星期天，他們寧可平平安安地留在童年的街道，對他們來說，這裡像堡壘那麼安全。這兩家人總是做同樣的事。他們去望彌撒，他們逛攤販，他們帶孩子到街坊的圖書館。打從莉拉和我小時候開始，圖書館就都是在星期天開門。我想一定是艾莉莎或姬俐歐拉搞出這有文化色彩的儀式來，但有一回我停下來和他們聊了幾句，才發現竟然是米凱爾的主意。他的孩子從小就很聽話，顯然是因為怕他，他們對媽媽就一點都不尊敬。他指著孩子們說：

「他們知道，要是他們每個月沒至少把一本書從頭到尾讀完，我就一毛錢都不給他們。我這樣做是對的吧，呃，小琳？」

我不知道他們是不是真的借了書，他們家的錢夠買下整座國家圖書館。但不管他們這麼做是基於真的需要或只是表演，這都已經變成習慣了：他們走上台階，進去，待不到十分鐘，然後就離開。

只有我和女兒在的時候，馬歇羅、米凱爾、姬俐歐拉，甚至她兒子，都對我們很親切，唯一冷漠待我們的人是我妹妹。但如果莉拉也在，情況就複雜了，我很擔心緊張的情勢會擦槍走火。但在僅有的幾次週日散步時，她都當他們是空氣。梭拉朗兄弟也一樣，而既然我和莉拉走在一起，所以也就連我一起視而不見。然而，有個星期天早上，莉拉決定不遵循這個不成文規定，帶著紅心皇后似的態度，和米凱爾與姬俐歐拉的孩子打招呼，他們很不安地回應。結果，那天雖然很冷，但我們不得不停下來好幾分鐘。梭拉朗兄弟假裝有緊急的事情忙著彼此討論，我和姬俐歐拉、女孩、男孩講話，伊瑪仔細打量表哥席威歐，因為我們很少見到他。唯獨米凱爾停下和哥哥的對話，轉頭用嘲諷的口氣對我說話，明明提及她，但眼睛也還是不看她：

「小琳，我們現在要去圖書館裡看看，然後去吃飯，你們要一道去嗎？」

「不了，謝謝你。」我說，「我們得走了。下一回吧，一定。」

「好吧，那告訴男生們什麼書該唸，什麼書不該唸。你們是我們的榜樣，你和你的女兒。我們看見你從街上走過，總是說：以前琳諾希亞也是和我們一樣，但是看看她現在的樣子。她不知道什麼叫驕傲，她很民主，她和我們一起住在這裡，就像我們一樣，雖然她已經是個重要人物了。啊，沒錯，唸書的人會變得優秀。現在每個人都去上學，每個人眼睛都盯著書，所以未來我們一定會有很多好事，多得不得了的好事。但如果你不看書，不學習，發生在莉拉身上的事，也會發生在我們身上。我們會有壞心眼，而壞心眼很惡劣。你說是不是啊，小琳？」

他抓住我的手腕，眼睛閃閃發亮，又挖苦地再說一遍：你說是不是啊？我點點頭，但用力甩開手腕，我媽的手鍊在他手裡。

「噢，」他喊著，這一次他想找尋莉拉的目光，但找不到。他假裝遺憾地說：「對不起，我會修好。」

「沒關係。」

「當然有關係，這是我的責任。我會把它像新的一樣還給你。馬歇羅，你會經過珠寶店嗎？」

馬歇羅點點頭。

大家從旁邊經過，垂下目光，差不多是吃午飯的時間了。我們想辦法擺脫這對兄弟之後，莉拉對我說：

「你比以前還更沒有自衛能力。你再也見不到那條手鍊了。」

11

我很確信她就要哭了。我看見她無力，苦惱，彷彿期待有什麼不可控制的力量把大樓，把公寓，把她自己劈成兩半。好幾天的時間，我因為感冒臥病，一直沒見到她。小璦也咳嗽發燒，我想病毒很快就會傳染給艾莎和伊瑪。我手邊還有一篇很急的文稿要寫（有家雜誌要做一期探討女性身體的專刊，我要替他們寫稿），我沒有力氣，也沒有欲望動筆。

外面颳起寒風，吹得窗戶顫顫搖晃，如刀般鋒利的寒意穿過鬆脫的窗框透進來。星期五，恩佐來告訴我說他要去亞維里諾，因為有位老姑媽病了。而黎諾週六和週日要待在斯岱方諾家，幫忙拆下雜貨店的一些配備，送去給一個願意買的人。所以莉拉獨自在家，恩佐說她有點消沉，他希望我能陪她。但我很累，簡直沒有時間集中思緒，因為一會兒小璦叫我，一會兒伊瑪需要我，一會兒艾莎又抗議，所以我根本沒想到她。琵露希雅來打掃房子的時候，我交代她準備多一些飯菜，夠週六和週日吃，然後把自己關在臥房裡，才能專心寫稿。

隔天，因為沒有莉拉的消息，所以我下樓去找她來吃午飯。她穿著拖鞋來開門，睡衣外面罩上綠色的舊浴袍，頭髮亂七八糟。但讓我驚訝的是，她的眼睛和嘴巴都上了濃妝。屋裡凌亂不堪，還有一股臭味。她說：要是風再強一點，整個街坊就要被吹跑了。這只不過是個被用濫的誇張形容詞，但我還是心生警覺：她講得一副相信街坊就要從地基整個掀起，吹得四分五裂，直飛到龐堤羅西附近。她一發現我覺得她講話很怪，就勉強露出微笑，輕聲說：我是開玩笑的。我點點頭，細數午飯有哪些好菜。她變得興奮起來，態度很誇張，但一會兒之後，她情緒突然又變了，說：把午飯端下來給我吧，我不想去你家，你女兒讓我很緊張。

我帶了午餐給她，還有晚餐。樓梯間很冷，我覺得不太舒服，不想上上下下，就只為聽她講我不愛聽的話。但這一次我發現她格外親切，說：等等，陪我坐一會兒。她拉我到她的浴室，一面細心梳頭髮，一面溫柔地講起我的女兒，滿口讚美，彷彿是要說服我相信，她之前說的話並不是真心的。

「以前啊，」她把頭髮分成兩股，眼睛盯著鏡子，開始打辮子，「小瑷很像你，現在卻變得比較像爸爸。艾莎恰恰相反，她以前像爸爸，現在卻開始像你了。所有的東西都會流動變化。希望，夢想，都流動得比血液還快。」

「我不懂。」

「你還記得我以前認為傑納諾是尼諾的兒子嗎？」

「記得。」

「在我看來，他真的很像是尼諾的兒子，因為他以前和尼諾簡直是一個模子刻出來的。」

「你的意思是，欲望可以強烈到變成真的？」

「不，我的意思是，有幾年的時間，傑納諾眞的是尼諾的兒子。」

「別誇張了。」

她很不屑地瞪了我一會兒，在浴室裡走了幾步，稍稍跛著腿，有點虛情假意地哈哈大笑。

「所以你覺得我很誇張？」

我有點惱火地意識到，她是在模仿我走路的姿勢。

「別取笑我。我臀部痛。」

「才不痛咧，小琳。你之前假裝跛腳，只是為了不讓你媽媽徹徹底底死掉，如今你卻真的跛了，我研究過你，這很適合你。梭拉朗兄弟拿走你的手鍊，而你什麼都沒說，你不難過，不擔心。當時我以為是因為你不知道如何反抗，現在我知道不是這樣的。你隨著年紀增長變老了。你覺得自己變得強大，你不再是個女兒，你真的成為一個母親了。」

我覺得很不安，又說：

「是真的很痛。」

「就連痛都讓你覺得好過。你只需要稍微跛腳，那麼你媽媽就會悄悄留在你身體裡面。她的腿很高興你跛腳，而你自己也很高興。是不是這樣的啊？」

「不是。」

她諷刺地看我一眼，表明她不相信我說的話，那雙化了濃妝的眼睛瞇成一條縫，說：

「你想，蒂娜四十二歲的時候，會像這個樣子嗎？」

我盯著她看。她一臉挑釁的表情，雙手拉緊辮子。我說：

「很可能，是啊，大概吧。」

12

我女兒得自己照顧自己，我留下來陪莉拉吃飯，儘管我覺得很冷，冷到骨子裡去了。我們一直談外貌的相像，我努力想了解她心裡在想什麼。但我也提到我正在做的工作。和你聊聊很有幫助，我這麼說是為了給她信心，你讓我開始思考。

這個想法似乎鼓舞了她，她說：知道我對你有用，讓我覺得好多了。之後，因為想要對我有所幫助，她開始講些扭曲、沒有邏輯的論點。她撲了好多粉想掩飾蒼白的臉色，但似乎不知道自己宛如戴了一張有著嫣紅臉頰的嘉年華面具。有時候，我意興盎然地聽她說；但有時候，我卻只看見如今我已熟知的病徵，而心生警覺。例如，她笑著說，我有段時間養育尼諾的兒子，就像你養育伊瑪一樣，是個活生生的孩子。但是那孩子變成斯岱方諾的兒子之後，尼諾的兒子哪裡去了呢？傑納諾的身體裡面還有他的存在，我還擁有他嗎？諸如此類的話：她整個人茫然失常了。她突然開始讚美我的廚藝，說她吃得好開心，她已經好久沒這麼享受了。我說這不是我煮的，是琵露希雅煮的，她臉色一沉，嘟囔說她不要吃琵露希雅煮的東西。這時艾莎在樓梯口叫我，說我必須馬上回家，因為發燒的小璦比健康的小璦更難搞。我叫莉拉需要我的時候就打電話給我，我叫她休息，匆匆回我家去。

這天其餘的時間，我都想辦法要忘了她。我一直工作到晚上。女兒們從小就知道，我陷入水深火熱之時，她們必須照顧自己，不准吵我。事實上，她們也讓我安安靜靜做事，所以工作進度順利。一如既往，只要有莉拉的半句話就夠了，她的光環映進我的腦袋，讓我的腦力變得積極活躍，讓我自己的才智得以充分發揮。但現在我知道，我可以做得很好，特別是她光用幾個前後不連貫的句子就足以讓欠缺安全感的我知道我自己一點問題都沒有的時候。我把她離譜的怨言怨語組織得簡潔優雅。我寫到我的臀部疼痛，我的母親。如今我備受讚譽，所以能自在地承認，和她談話可以刺激靈感，讓我可以在完全不同的事物之間建立起連結。在我住樓上、她住樓下的那些年裡，這樣的情況常常發生。只要輕輕一推夠了，我空虛的心靈彷彿就豐滿生動起來。我把這歸功於她的某種遠見，我這輩子都這麼想，而且確實沒錯。我對自己說，變成成熟的大人，就是要承認我需要她的刺激。我以前或許會加以掩飾，甚至自欺欺人，不承認她注入我心靈的火花，但現在我引以為榮，甚至還寫在某篇文章裡。我就是我，所以我可以在自己心裡留出空間給她，賦予她持久不滅的形體。然而她卻不想成爲她自己，所以她沒辦法這麼做。蒂娜的悲劇，她衰弱的身體狀況，她轉動不休的大腦，肯定加重了她的危機。但這是她名之為「外廓消融」疾病的底層病因。我差不多三點上床睡覺，九點起床。

小瑷燒退了，但伊瑪卻開始咳嗽。我整理家裡，去探視莉拉的情況。我敲門敲了好久，她沒來開門。我拚命按門鈴，直到聽見她拖著腳步走來，用方言咕咕噥噥咒罵。她髮辮半鬆，臉上的妝糊了，比前一天更像一張表情痛苦的面具。

「琵露希雅給我下毒，」她堅決地說，「我沒辦法睡覺，我的肚子痛得像要裂開。」

我進屋，發現裡面很亂，很臭。水槽旁邊的地板上，有滲滿血的衛生紙。我說：

「我和你吃的一樣，可是我沒事啊。」

「那你說給我聽聽，我是怎麼回事。」

「月經？」

她抓狂了：

「我一直都有月經啊。」

「那你應該去檢查。」

「我才不要讓別人檢查我的肚子。」

「那你覺得是怎麼回事？」

「我知道是怎麼回事。」

「我去藥房幫你買止痛藥。」

「你家裡應該有吧？」

「我不需要止痛藥。」

「小瑷和艾莎呢？」

「她們也不需要。」

「噢，你們太棒了，什麼都不需要。」

我很惱火，又開始了。

「你想吵架？」

「是你想吵架，因為你說我有經痛。我又不是像你女兒那樣的小孩子，我分得出來是經痛還是別的。」

才怪，她對自己一無所知。談到身體的運作，她比小瑷和艾莎還不如。我發現她很痛苦，雙手壓著肚子。或許我錯了：她肯定痛苦得要死，但不是因為久遠以來的恐懼，她是真的病了。我幫她泡了洋甘菊茶，強迫她喝掉。我穿上外套，去看看藥房有沒有開。季諾的父親是很出色的藥師，肯定可以給我好建議。但我還沒走到通衢大道擁擠的週日攤販裡，就聽見爆炸聲——砰，砰，砰，砰——和小孩在聖誕節放鞭炮的聲音很像。四聲連發，最後又有一聲：砰。

我轉進藥房的那條街。大家似乎都很茫然，離聖誕節還有幾個星期，有些人快步走，有些甚至跑起來。

突然之間，警笛響起：警車，救護車。我問人說怎麼回事，他搖搖頭，一面罵他太太，因為她走很慢，兩人匆匆離開。這時我看見卡門和她丈夫，帶著兩個小孩。他們站在對街，我越過街。還來不及開口問問題，卡門就用方言說：「他們殺了梭拉朗兄弟。」

13

存在於我的生活邊緣、看似會永遠留在背景裡的某些時刻——帝國，政黨，信仰，紀念碑，但也包括一些存在於我們日常生活的人們——就在有其他無數事情壓在我們身上之時，以全然無法預期的方式崩塌。這個期間就是如此。日復一日，月復一月，一件苦差事疊著另一件苦差事，顫慄加上顫慄。很長一段時間以來，我覺得自己很像小說和繪畫裡的人物，直挺挺地站在懸崖上，或站在船首迎向暴風雨，危險嚇不倒他們，甚至也碰觸不到他們。我的電話響個不停。我住在梭拉朗王國的這個事實，讓我迫不得已要擠出許許多多的說法，不管是口頭或透過書寫。我妹妹艾莉莎在她丈夫死後，變得像受驚的孩童，日夜都需要我陪伴，一心相信殺人凶手會來殺她和她兒子。更重要的是，我必須照顧莉拉，就在那一個星期天，她突然被帶離街坊，帶離她的兒子，帶離恩佐，帶離工作，最後落到醫生的手裡，因為她身體太過虛弱，她看見似乎是真的，其實並不存在的東西，她在失血。他們發現她長了子宮纖維瘤，所以開刀取出來。還住在醫院裡的時候，她有一回突然醒來，嚷著說蒂娜又從她肚子裡出來了，現在要報復所有人，甚至對她。有那麼一瞬間，她確信殺梭拉朗兄弟的凶手就是她女兒。

14

馬歇羅和米凱爾死於一九八六年十二月的一個星期天，就在他們受洗的那座教堂外面。他們遇害才幾分鐘，所有的細節就傳遍街坊了。米凱爾身中兩槍，馬歇羅三槍。姬俐歐拉逃走，她兒子本能地跟著她跑。艾莉莎抓住席威歐，摟得緊緊的，背對凶手。米凱爾立刻身亡，馬歇羅沒有，他坐在台階上，想要扣上外套，卻沒辦法。

談到誰是真正殺死梭拉朗兄弟的凶手時，那些看來對凶手知之甚詳的人發現自己其實幾乎什麼都沒看見。開槍的只有一個人，之後冷靜地坐上一輛紅色福特嘉年華轎車離開。不，有兩個人。兩個男人。他們坐上一輛黃色的飛雅特147逃逸，開車的是個女人。才不是咧，凶手有三個，都是男的，臉上蒙著滑雪面罩，徒步離開。在某些版本裡，甚至沒有人開槍。例如卡門告訴我的故事是，梭拉朗兄弟、我妹妹、我外甥、姬俐歐拉和她小孩，在教堂前面突然騷動起來，彷佛遭遇什麼沒來由的打擊：米凱爾往後倒在地上，頭部重重撞上石頭；馬歇羅緩緩坐在台階上，因為沒辦法把外套扣在藍色套頭毛衣外面，所以罵了髒話，然後側著身體倒下。他倆的妻小毫髮無傷，幾秒鐘之後已經躲進教堂裡了。在場的每一個似乎都看著這兩個被害人，沒有人看著凶手的方向。

在這個情況下，亞曼多又來為他的電視台採訪我。他不是唯一的一個。當時我在很多不同地方講過、也寫過我所知道的一切。但在事發後的兩三天裡，我發現那不勒斯的記者知道的比我還多。不久之前還無跡可尋的事情突然之間就傳開了。一串長得驚人、我聽都沒聽過的犯罪集團被指為梭拉朗兄弟命案的主謀。同樣長得驚人的，是他們的資產清單。和這份在他們死後見諸報端的清單相較之下，莉拉和我在他們生前所寫、所發表的內容，簡直是小巫見大巫。另一方面，我醒悟到我知道其他的事情——沒有人知道、也沒有人（包括我）寫過的事情。我知道在少女時代，梭拉朗兄弟在我們眼中是很英俊的，開著他們的飛雅特１１００，宛如古代戰士駕著四輪戰車在街坊巡弋。有天晚上他們挺身而出，在馬提尼廣場擊退欺負我們的奇艾亞街富家子弟。馬歇羅原本想娶莉拉，最後卻娶了我妹妹艾莉莎，而米凱爾很久以前就已經了解我這位朋友優異非凡的特質，苦苦愛她好多年，愛到迷失了自己。就在我明白自己了解這些事情的時候，我發現這些事很重要。這些事情代表的意義是，我和那不勒斯各地無數個備受敬重的人都活在梭拉朗兄弟的世界裡，我們參與了他們所開創的生意，我們在他們的小酒館裡買糕點，我們慶賀他們的婚姻，買他們的鞋子，應邀到他們家裡作客，和他們同桌吃飯，直接或間接拿他們的錢，因他們的暴力而受苦卻假裝沒事。不管我們喜歡或不喜歡，馬歇羅和米凱爾都是我們的一份子，就像帕斯蓋一樣。但我們和帕斯蓋的關係，儘管有無數的不同點，卻可以立即畫出一條清楚的界線。但是在那不勒斯，在全義大利，和梭拉朗兄弟之間的那條區別界線卻很模糊。越是驚恐地向後躍開，我們就越肯定自己是在那條線後面。

我們這個每況愈下且熟悉過度的街坊確確實實是在那條界線後面，這無可撼動的事實讓我覺得沮喪。有些人朝我身上丟泥巴，在報導中披露我和梭拉朗兄弟有親戚關係，有一陣子，我躲著沒去看我妹妹和外甥。我甚至躲著莉拉。當然，她過去一直都是那對兄弟最棘手的敵人，但她難道不是因為替米凱爾工作賺錢，甚至可能偷了他的錢，才能開創自己事業的嗎？我思索這些問題好一陣子。時間流逝，梭拉朗兄弟也隨之淡去了，加上每天都有人遇害，慢慢的，我們開始擔心有其他比較陌生但更為暴力的人取代他們的位置。我忘了他們的存在，甚至連有個快遞小弟送來蒙特珊多珠寶店的包裹時，都沒立刻想起裡面是什麼東西。包裹裡的紅色盒子讓我驚嘆，信封上寫的收信人是艾琳娜．格瑞柯夫人。我讀過短箋才知道這是什麼。馬歇羅費力的字跡只寫上三個字「對不起」，然後簽上一個歪歪扭扭的「M」字，像我們小學時代學寫字那樣。盒子裡是我的手鍊，擦得晶亮，彷彿是新的。

15

我告訴莉拉包裹的事，給她看那條晶亮的手鍊，她說：別戴，甚至也別給你女兒戴。她回家時身體很虛弱，爬樓梯的時候都可以聽見她胸口費力的喘氣聲。她吃藥，給自己打針，但臉色非常蒼白，看起來彷彿置身死亡帝國，而她講起手鍊的口氣，也彷彿確定手鍊是從冥界來的。

梭拉朗兄弟遇害和她緊急住院恰好同一時間，而在那個混亂不堪的星期天裡，我甚至覺得她流的血也和他們的血混在一起了。但是無論何時，只要我想提起在教堂前面的那個行刑式謀殺時，她就很激動，講什麼：他們是人渣，小琳，誰甩他們啊。我很替你妹難過，但如果她稍微聰明一點，就不該嫁給馬歇羅，誰都知道像他那樣的人，最後都會落到被殺的下場。

有時候我想要她也感受到當時讓我有些尷尬、無法置身事外的感覺。我覺得她應該有比我更強烈的感覺才對。我會說：

「打從小時候，我們就認識他們了。」

「誰沒有過小時候。」

「他們給你工作。」

「那對他們來說很方便，對我來說也很方便。」

「米凱爾肯定是個混蛋，但你有時候也是。」

「我應該要更惡劣一點才對。」

她努力只讓自己表現出不屑的樣子，但是她臉上的表情充滿惡意，手指交纏，抓得緊緊的，指關節都變白了。我發現在她這些惡狠的言語背後，還有更惡狠的話，雖然沒說出口，但已經在她心裡成形了。我在她的臉上讀到，我聽見它們的狂叫：如果是梭拉朗兄弟把蒂娜從我身邊奪走，那他們的報應還不夠慘，他們應該被丟進水裡溺死，應該大卸八塊，應該挖出他們的心臟、腸子，丟到街上。如果蒂娜不是他們帶走的，謀殺他們的人還是做了好事，他們罪有應得，甚至應該要有更慘的下場。要是暗殺的人吹起哨聲，我一定跑去幫忙。

但她從來沒這麼說。從舉止上看來，這兩兄弟的突然退場，對她似乎沒有什麼影響。只鼓勵她更常在出門在街坊散步，因為不會再有碰到他們的可能了。她從沒提到要回復蒂娜失蹤之前的活動；也沒重拾工作與家庭生活。她讓自己的恢復期持續了一個星期又一個星期，在隧道，在通衢大道，在花園裡漫遊。她低著頭走，不和任何人講話，而且一方面也因為她疏於打理的外表，讓她看起來一副危險人物的模樣，不管是對她自己或對別人來說都是如此，所以也沒有人要和她打交道。

有時候她堅持要我陪她一起走，我很難拒絕。我們常常經過的那間兼賣糕點的小酒館，貼著「喪期暫休」的告示。但喪期始終沒有結束，這店沒再開張，梭拉朗兄弟的時代結束了。但是莉拉每次看著拉下的門板，褪色的招牌，就很滿意地說：還關著呢。這在她看來是件好事，我們經過的時候，她甚至還會笑幾聲，彷彿這關門不營業本身有點好笑。

只有一次我們停在街角，彷彿要仔細感受這裡的醜惡，因為如今已經沒有舊酒館可以來妝點門面了。以前這裡有桌子和彩色的椅子，有糕點和咖啡的香味，有來來往往的人們，祕密走私，正直與腐敗的交易。現在只剩下斑駁的灰牆。他們家祖父死的時候，莉拉說，以及他們媽媽遇害之後，馬歇羅和米凱爾在街坊到處布置了十字架和聖母像，營造了無止境的哀傷氣氛。如今他們真的死了，卻什麼都沒有了。然後她想起她還在醫院的時候，我把大家流傳的話說給她聽，說殺死梭拉朗兄弟的子彈並不是任何人開的槍。沒有人殺了他們——她微笑——沒有人為他們落淚。她停下來，沉默了幾秒鐘。接著，沒來由的，她告訴我說她不想再工作了。

16

這不像是一時心情不好的隨口說說，她肯定思索了很長的時間，說不定從出院就開始想了。她說：

「要是恩佐自己一個人做得來，很好，要是做不來，我們就賣掉公司。」

「你想放棄Basic Sight？那你以後要做什麼？」

「人一定非做什麼不可嗎？」

「你總得要善加利用你的生命啊。」

「你是這樣的？」

「為什麼不？」

她笑起來，嘆口氣：

「我想要浪費時間。」

「你有傑納諾，你有恩佐，你必須替他們想。」

「傑納諾已經二十三歲，我在他身上耗的時間已經夠了。而且我必須讓恩佐離開我。」

「為什麼？」

「我想要再自己一個人睡覺。」

「自己一個人睡覺很可怕。」

「你覺得害怕，真的？」

「我沒有男人。」

「那我為什麼就該有？」

「你不再喜歡恩佐？」

「我喜歡，但我不再對他有欲望。我老了，睡覺的時候不該有人打擾。」

「去看醫生吧。」

「我看夠醫生了。」

「我陪你一起去，這是可以解決的問題。」

她一臉嚴肅。

「不，我這樣很好。」

「誰這樣會很好。」

「我啊。大家都把上床看得太重要了。」

「我說的是愛啊。」

「我心裡有別的事。你已經忘了蒂娜，但我沒有。」

我聽到恩佐和她越來越常吵架。應該說，我只聽見恩佐渾厚的嗓音，語氣比平常更強烈一些，而莉拉什麼都沒說，就只是尖叫。只有幾個句子會穿透樓板，從樓下傳到我耳朵裡。他並不生氣——他從不對莉拉生氣——他很絕望。基本上，他說一切都變得更糟了——蒂娜、工作、他們的關係——但她不願意做任何事情去改善情況，卻只希望情況越來越糟。你來評評理，他有一次對我說。我回答說這沒用的，她只是需要更多時間去找回平衡。恩佐有史以來第一次粗聲粗氣地回答：莉拉身上從來就沒有所謂的平衡。

這不是真的。只要願意，莉拉可以很鎮靜，深思熟慮，就算在極度緊張的階段也不例外。她照顧我和我女兒，她問起我的旅程，問起我寫的東西，我見的人。她聽著——經常意興盎然，但有時也義憤填膺——小璦、艾莎，甚至伊瑪談學校的爛事，瘋狂的老師，吵架，愛。她很慷慨。有天下午，在傑納諾的協助下，她扛來一部舊電腦給我。她教我怎麼用，說：這送給你。

隔天我開始用電腦寫作。我很快就習慣了，雖然我不時擔心一停電就會讓我幾個鐘頭的心血化為烏有。除此之外，這部機器倒是讓我非常興奮。我當著莉拉的面告訴我女兒：想想看，我當初學會用鋼筆寫字，接著進化到原子筆，然後是打字機——包括電動打字機——最後竟然有了電腦，敲著鍵盤，文字就一個個奇蹟也似地出現。這真是太帥了，我永遠回不去了，我已經和筆說掰掰了。我會永遠用電腦寫作，過來，摸摸我食指上的這個繭，看有多硬啊。我手指上的這個繭一直都在，但以後再也不會有了。

我的滿意讓莉拉很高興，臉上露出欣喜的表情，就像送了一份很受歡迎的禮物一樣。然而她說，你們媽媽什麼都不懂，才這麼熱情興奮。她把孩子們趕走，讓我可以工作。雖然她知道她失去了她們的信任，但心情好的時候，她還是會帶她們到辦公室，讓她們看看最新型的機器有什麼功能，是基於什麼原理運作的。她為了贏回她們的信心，說：艾琳娜．格瑞柯小姐，我不知道你們認不認識她，她動作慢得像在沼澤裡打盹的河馬，不像你們女生那麼敏捷。但她無法贏回她們的喜愛，特別是小璦和艾莎。女兒對我說：我們根本不可能了解她心裡在想什麼，媽媽，她先是逼我們學，然後又說這些機器很有用，可以取代過去所有賺錢的方法，賺進很多錢來。雖然我只知道這部機器可以用來寫作，但是我女兒，很快就學會足以讓我驕傲的知識和技能，就連伊瑪也學會了一些。我只要碰上問題，就靠她們解決，特別是艾莎，她總是知道該怎麼做，然後對莉娜阿姨吹噓：我修好了這個那個，你怎麼說，我很聰明吧？

小璦開始讓黎諾和她們一起之後，情況變得更好了。他過去從來不肯碰恩佐和莉拉的東西，現在開始有了一些興趣，只為了不讓女孩們譴責她。有天早上，莉拉笑著對我說：

「小璦改變了傑納諾。」

我回答說：

「黎諾只是需要一點信心。」

她用誇張粗俗的語氣說：

「我知道他需要的是哪一種信心。」

17

那是段好時光。但很快的，壞時光就來了。她忽而熱，忽而冷，臉色變黃，突然發脾氣，大吼大叫，東要求西要求，渾身冒汗，然後和卡門吵架，罵她很蠢，滿腹牢騷。開刀之後，她身體的狀況似乎更混亂了。她會突然變得一點都不親切，覺得艾莎難以忍受，責罵小璦，對伊瑪很兇。我對她講話的時候，她會突然轉身走開。在這樣的黑暗時期，她受不了待在家裡，更受不了辦公室。她搭上公車或地鐵，就這樣走了。

「你在幹嘛？」我問。

「我在遊覽那不勒斯。」

「是喔，到哪裡去呢？」

「我得要向你報告我的行蹤嗎？」

任何場合都可以成為吵架的藉口，反正又不算什麼。她主要是和兒子吵架，原因卻是在於他們對小璦和艾莎的看法不同。事實上，她是對的。我的大女兒很開心地和黎諾在一起，而她妹妹為了不覺得被排擠，努力接受他，經常和他們在一起。結果她倆都對黎諾永遠逆來順受，雖然在她倆來說只不過是口頭上講講熱情好聽的話而已，但卻讓黎諾養成雜亂無章，任性東拉西扯的態度，讓莉拉很受不了。她罵兒子，那兩個女孩很聰明，但你卻只會學人家講一些莫名其妙的話，活像鸚鵡。在那段日子裡，她什麼都受不了，無法忍受陳腔濫調、傷感的表達方式、任何多愁善感的形式，尤其是服膺老舊口號而產生的反叛精神。然而在時機恰當時，她也會表現出裝模作樣的無政府主義姿態，讓我覺得渾身不對勁。一九八七年選舉將近時，我們聽說娜笛雅・嘉利亞妮在齊亞索被補的消息，產生了嚴重的衝突。

卡門衝到我家來，驚惶得不知所措。她沒辦法思考，她說：現在他們會逮到帕斯蓋，你們等著看好了，他逃過梭拉朗兄弟的毒手，但是憲兵會殺了他。莉拉回答說：憲兵沒逮捕娜笛雅，她是自首去交換減刑的。我覺得這個假設很合理。報上只有幾行的報導，但沒提起追緝、開槍、逮捕。為了安撫卡門，我又建議她：帕斯蓋也可以自首，你知道我是怎麼想的。這引爆了一場大災難，莉拉暴跳如雷，開始大吼大叫：

「去向誰自首？」

「向政府啊。」

「向政府？」

她列出一長串清單，是一九四五年到現在，所有的部長、國會議員、警察、法官、情報人員和竊盜罪犯的勾結，證明她比我想像得更消息靈通。她吼著說：

「這就是政府，你他媽的幹嘛要把帕斯蓋塞給他們？」然後她催我，「我們打賭，娜笛雅只要在牢裡待幾個月就會出來，但他們要是逮到帕斯蓋，肯定會把他關在大牢裡，把鑰匙丟掉。」她整個人幾乎欺在我身上，惡狠狠地再說一遍：「你敢賭嗎？」

我沒回答。我很擔心，這樣的對話對卡門很不好。梭拉朗兄弟死後，她馬上就撤回對我的告訴，為我做了很多貼心的事，只要我女兒需要，她隨時有空，儘管她自己也有許多的責任與煩惱。我覺得很對不起她，原本是要安慰她，卻變成折磨她。她渾身發抖，雖然是對著我說，但卻訴諸莉拉的權威：要是娜笛雅自首，小琳，就表示她後悔了，現在她會把所有的過錯都推到帕斯蓋身上，讓自己脫身。是不是這樣啊，莉娜？她痛苦地對莉拉說，但這時卻訴諸我的權威：這不再是原則問題，莉娜，我們必須想想怎麼樣做對帕斯蓋才對。我們必須讓他知道，活著坐牢比被殺死好。是不是這樣啊，小琳？

這時莉拉不停咒罵我們，雖然我們是在她家，她卻甩上門走了。

18

對莉拉來說，出門到處走，成了她奮力對抗任何緊張情況與問題的解決方法。她經常早上出門，傍晚回來，丟下根本不知道如何應付客戶的恩佐，也不理會黎諾或她對我的承諾。她答應過的，我出遠門的時候，她會替我照顧女兒。如今她變得不可靠，只要有一點小小的挫折，她就丟下一切，完全不考慮後果。

卡門堅持說，莉拉是躲在杜加尼拉的舊墓園，她挑了一個小孩的墳墓來思念沒有墳墓的蒂娜，然後沿著樹蔭掩映的小徑走，走在植物和舊墓龕之間，停在褪色褪得最嚴重的照片前面。死者——卡門告訴我——是很確切的，有墓碑，有出生與死亡的日期，而她女兒沒有，她女兒永遠都只有出生日期，這很可怕，這可憐的孩子永遠沒有結論，沒有一個固定不動的地點可以讓她母親坐下來，平靜以待。但卡門向來對死亡抱有幻想，所以我沒太把她的話當真。我想像莉拉徒步穿過整個城市，什麼都沒注意，只麻木地沉浸在經過這麼多年仍然毒害著她的哀慟情緒裡。我暗想，她或許真的以她慣有的極端行事風格，決定再也不關注任何事情或任何人了。而我既然知道她內心深處所需要的恰恰相反，所以也很擔心她會精神崩潰，會對著恩佐宣洩情緒，對著黎諾，對著我，對著我女兒，對著惹她不高興的路人，對著任何一個多看她一眼的人。在家裡我可以和她吵架，要她冷靜下來，控制住她。但在街頭呢？每回她一出門，我就擔心她惹上麻煩。可是常常在忙的時候，聽見樓下的門關上，她的腳步聲踏下樓梯，走到街上，我就會鬆一口氣。她不會來找我，她不會來對我講些氣人的話，她不會用盡各種方法來傷害我。

我不停思索，該是離開的時候了。如今繼續留在街坊，對我，對小璦、艾莎和伊瑪來說都很沒有道理。況且，莉拉在住院開刀，身體失去平衡之後，也更常開始說她以前只是偶爾提到的事：走吧，小琳，你在這裡幹什麼，看看你，你留在這裡，好像只是對聖母立過誓似的。她想要提醒我，我沒能達到她的期望，我住在街坊只是一種知識份子的惺惺作態。事實上對她，對我們生長的這個地方來說，讀了這麼多書、寫了這麼多書的我一點用處都沒有。我一點用處都沒有。我很生氣，心想：她對我的這個態度，簡直像是要開除某個表現不佳的員工。

19

這段期間，我開始不停思索該怎麼做。我的女兒需要穩定，我得更用心讓她們的父親關注她們。問題比較大的還是尼諾。他偶爾打電話來，對伊瑪講些甜言蜜語，而她就只是回答是或不是。只有這樣。最近他開始積極採取行動，完全可想而知的，是和他自己的野心有關：他出現在社會黨的候選人名單裡。他寄給我一封信，要我投票支持他，也要幫他拉票。在信的結尾，還寫上：也請告訴莉娜！他在信裡附上傳單，上面有張他英俊的照片，以及背景資料。他在一行文字下面畫線，告訴選民說他有三個子女：亞伯提諾、麗狄雅和伊瑪。旁邊寫著：把這唸給孩子聽。

我沒投票，也沒替他拉票，但我把傳單給伊瑪看，她問說她可不可以保存。她父親當選之後，我簡短地解釋了人民、選舉、代表制與國會的意思。現在尼諾會在羅馬定居。勝選之後，他只和我們聯絡過一次，一封匆匆寫就、志得意滿的信，要求我唸給他女兒和小璦、艾莎聽。沒有電話號碼，沒有地址，只有文字的堆砌，說他會在遠方保護我們（請相信，我會照顧你們）。但伊瑪也想保存這封信，當成是她父親存在的證據。在艾莎罵她很無聊，說所以她姓薩拉托爾，而不是艾羅塔的時候，她似乎沒那麼不知所措了，也不再那麼擔心自己的姓和姊姊不一樣。有一天老師問她，你是薩拉托爾閣下的女兒嗎，隔天她就帶她保存下來的那張傳單去當證據。她能覺得自豪，讓我很高興，也打算想辦法讓她繼續保持。尼諾的生活還是像往常一樣忙碌混亂嗎？好吧。但她女兒可不是一枚用來裝飾的玫瑰彩帶，用完之後就收在抽屜裡，等待下回再登場。

最近幾年來，我和彼耶特洛相安無事。他定期支付女兒的生活費（從尼諾那裡，我從來沒收到過一毛錢），而且盡量當個稱職的父親。但不久之前，他和朵麗安娜分手，厭倦了佛羅倫斯，所以想去美國。頑固如他，當然也就決定這樣做了。這讓我心生警覺。我對他說：你要放拋棄你女兒了，他回答說：眼前看起來像拋棄，但你很快就會明白，這是有好處的，特別是對她們來說。他說的也許沒錯，但他的話和尼諾有幾分相仿（請相信，我會照顧你們）。事實上，小璦和艾莎因此也將過著沒有父親的生活。伊瑪的生活裡向來就沒有父親，但小璦和艾莎依賴彼耶特洛，只要有需要，她們就找他求援。他的離去會讓她們難過，也限制了她們的生活，我相信。當然，她們年紀已經夠大了，小璦十八歲，艾莎快滿十四歲。她們上很好的學校，都有很好的老師。但這夠嗎？她們從來就沒有融入環境，從來沒有親近的同學與朋友，似乎只有和黎諾在一起的時候才覺得自在。但是她們和這個年紀比她們大一截，卻比她們幼稚許多的大男孩真的有共同點嗎？

不，我必須離開那不勒斯。我可以搬到羅馬住，比方說，為了伊瑪好，和尼諾重新建立關係，當然是只有朋友層次的關係。或者回到佛羅倫斯，如此一來彼耶特洛就可以和女兒更親近，不會遠渡重洋。這決定後來顯得更為迫切，因為有天晚上莉拉上樓來，一臉準備吵架的表情，情緒顯然很不好，問我說：

「你真的叫小璦不要再和傑納諾見面？」

我很尷尬。我只是告訴女兒說她不該整天黏著他。

「見面？她想什麼時候見他都行啊。我只是擔心傑納諾會很煩，因為他是大人，而她還是個孩子。」

「小琳，說清楚。你覺得我兒子配不上你女兒？」

我很不解地瞪著她。

「什麼配不配？」

「你心知肚明，她在戀愛。」

我噗嗤笑出來。

「小璦？黎諾？」

「幹嘛，你覺得你的女兒不可能為了我兒子而沖昏頭？」

20

在此之前，我並沒有太注意小璦的感情問題。她妹妹艾莎的追求者一個換過一個，每個月都不一樣，但小璦從來沒有炫耀、甚至表露過熱情。我認為她這種退縮的態度，一方面是因為覺得自己不漂亮，另一方面也是因為她個性的嚴苛，我不時嘲弄她：你們學校裡就沒有半個有魅力的男生啊？她是個從不原諒別人輕佻行為的人，特別是她自己，但也格外針對我。只要在她面前，我絕對不會對男人調情、甚至說笑，呃，我甚至也不會向送她回家的男生講幾句客氣歡迎的話。她不以為然的態度表現得很明顯，幾個月之前，在一個不太愉快的場合，她甚至用很難聽的方言罵我，惹得我很生氣。

但或許問題並不在於她對輕佻行為的態度。莉拉提到這件事之後，我開始觀察小璦，發現她對莉拉兒子的保護態度，並不能像我之前一直以為的，簡化成淵遠流長的童年情誼，或是想挺身捍衛受辱的人的青春期熱情。我醒悟到，她之所以不和其他異性往來，其實是源自於她從小就和黎諾建立起來的密切且排他的關係。這讓我驚駭。我想起我對尼諾長期的愛戀，我警覺地對自己說：小璦走上了和我相同的道路，但是比我當時的麻煩更大，因為尼諾是個出色的男生，後來也成為英俊、聰明、成功的男人。而黎諾卻是個缺乏安全感，沒受過良好教育的年輕人，欠缺魅力，沒有未來，如果我再仔細想想，他外表與其說像父親斯岱方諾，倒不如說更像祖父阿基里閣下。

我決定找小璦談談。離她的期末考還有幾個月，她非常忙，她大可以告訴我：我有很多事要忙，我們以後再說。但是小璦和艾莎不一樣。艾莎可以假裝，可以拒絕我。但我這個大女兒，只要我開口，不管是什麼時候，也不管她在做什麼，都會極度坦白回答我的問題。我問：

「你愛黎諾？」

「是的。」

「他呢？」

「我不知道。」

「你從什麼時候開始有這種感覺？」

「一直都有。」

「但如果他對你沒有相同的感覺呢？」

「我的人生就不再有意義了。」

「你想要怎麼做？」

「我考完試之後會告訴你。」

「現在就告訴我。」

「如果他要我，我們就一起離開。」

「去哪裡？」

「我不知道，但肯定會離開這裡。」

「他也討厭那不勒斯？」

「是啊，他想去波隆那。」

「為什麼？」

「那是個自由的地方。」

我憐愛地看著她。

「小瑷，你知道你父親和我都不會讓你去的。」

「我不需要你們批准。我會去，就這樣。」

「那錢的問題呢？」

「我會去工作。」

「那你妹妹呢？我呢？」

「總有一天，媽媽，我們都必須離開的。」

這對話讓我渾身乏力。雖然她井井有條說明的，分明是毫無道理的事，但我還是努力表現得像她說得很有道理似的。

後來，我煩心地思索該怎麼做。小瑷只是個談戀愛的青少女，我總有辦法讓她聽我的話。問題在莉拉，我很怕她，我想都不想就知道和她的爭吵勢必會很慘烈。她已經失去蒂娜，黎諾是她唯一的孩子。她和恩佐用非常嚴厲的手段讓他戒了毒癮，她不會接受我帶給他的痛苦。有我兩個女兒的陪伴，他的情況好轉了，甚至可以和恩佐一起做些工作，和她倆分開，很可能又會讓他重蹈覆轍。況且，黎諾情況只要有一絲絲惡化的可能，都會讓我擔心。我很喜歡他，他向來是個不快樂的兒童，不快樂的少年。他當然一直愛著小瑷，放棄她肯定會讓他受不了。但該怎麼做，我對他更加憐愛，不希望有任何誤解：我很看重他，我會在各方面想辦法幫助他，只要他開口就行了。但是任何人都看得出來，他對小瑷格外不同，他們的關係無論如何解決，在短期之內都會是一場大災難。於是我開始著手進行，而黎諾也變得更加和氣善良，他修好破損的百葉窗，漏水的水龍頭，還請三姊妹當助手。但莉拉不喜歡她兒子隨傳隨到。要是他在我家待太久，她就會不耐煩地喊他回去。

21

我不只獨力採取策略。我打電話給彼耶特洛。他已下定決心，正準備搬到波士頓。他很氣朵麗安娜，忿忿地說她是個不值得信任的人，完全沒有道德可言。然後他專心聽我說。他認識黎諾，他記得他小時候的事，也知道他長成什麼樣的年輕人。他反覆問了幾次，不想搞錯我的意思。他沒有吸毒的問題？只有一次。他有工作嗎？最後他說，這太荒謬了。我們倆都同意，既然我們女兒那麼的敏感，他倆之間就連調情都不應該出現的。

我很高興我們有同樣的看法，我要他到那不勒斯來找小璦談談。他答應會來，但因為有很多事情要處理，直到小璦快考試的時候才來，主要是在赴美國之前和女兒道別。我們已經好長一段時間沒見面了。他還是一臉心不在焉的表情，頭髮變得毛絨絨的，體型更胖了。自從蒂娜失蹤之後，他就沒見過莉拉和恩佐。過去這段時間，他來看女兒的時候都只待幾個鐘頭，再不然就是帶她們出門旅行。這次他特別關心莉拉與恩佐。彼耶特洛是個和善的人，小心翼翼地不讓他身為教授的崇隆地位帶來尷尬。他和他們聊了好久，臉上是那種嚴肅但充滿同情的表情。他的這個表情我很熟悉，過去常讓我很惱火，但現在我卻很感激，因為他是發乎真心，並非假裝，對小璦當然也是這樣。我不知道他是怎麼提起蒂娜的，恩佐面無表情，但莉拉卻高興起來，謝謝他幾年前寫的那封好棒的信，說那對她幫助很大。這時我才知道彼耶特洛曾經寫信安慰她，而莉拉真誠的感激也讓我意外。他很謙虛，她則完全把恩佐排除在對話之外，開始和我前夫聊起那不勒斯的種種。她一直談瑟拉梅爾宮，這個地方我一無所知，只知道是在艾奇亞上方，而我發現她對這幢建築，包括歷史和珍藏都知之甚詳。彼耶特洛聽得意興盎然。我很不高興，我希望他和女兒多聊聊，特別是和小璦。

莉拉終於放他走之後，彼耶特洛又陪了艾莎和伊瑪一會兒，然後帶著小璦出門，父女倆平心靜氣地談了很久。他們在通衢大道上來回走，我站在窗邊看他們。讓我很詫異的是，我頭一次發現他們外形如此相像。小璦沒有爸爸的濃密頭髮，但有他的大骨架，走起路來也有點像他那般笨拙。她是十八歲的女孩，她有女性的溫婉，但是每一個動作，每一個步伐，都像進出彼耶特洛的身體，彷彿那是她理想的居所。我站在窗邊，被眼前的情景催眠了。時間繼續拉長，他們談了好久，艾莎和伊瑪都開始騷動不安了。「我也有事情要告訴爸爸，」艾莎說，「要是他離開了，我什麼時候可以告訴他呢？」伊瑪嘟囔說：「他說他也要和我講話的。」

最後彼耶特洛和小璦回來，心情似乎都很好。傍晚，三個女孩圍在一起聽他講話。他說他要去一棟很大、很漂亮的紅磚大樓工作，那裡的入口有一座雕像。那雕像是個男人，臉和衣服都黑漆漆的，只有一隻鞋是亮的，因為每天都有學生摸那隻鞋祈求好運，所以就變得亮晶晶的，在太陽底下亮得像金子似的。他們相處愉快，把我排除在外。每次在這樣的場合，我總是想：他現在不必每天扮演父親的角色，所以成為非常好的父親，就連伊瑪都喜歡他。或許和男人在一起就是這樣：住在一起一段時間，生小孩，然後他們就走人了。膚淺的人，比如尼諾，會不帶任何責任感地離開；認真的人，例如彼耶特洛，不會忽視自己的任何義務，只要有必要，就會竭盡所能。反正，恆久不變的忠實關係，無論對男人或對女人來說，都已經不復存在了。那為什麼我們會把又名黎諾的傑納諾當成是一種威脅呢？小璦可以活在她的熱情裡，等燃燒殆盡之後，繼續走她的路。她不時會再見到他，他們會親切交談幾句。這過程就是這樣，而我為什麼要期待我女兒有所不同呢？

這問題讓我為難，我用最具權威的語氣宣布，該上床睡覺了。艾莎才剛發誓，只要一拿到高中畢業證書，她就要到美國和爸爸一起生活。而伊瑪拉拉彼耶特洛的手臂，想得到他的注意，她無疑也想要問她可不可以一起去。小璦坐在那裡，沉默不語，很沒有把握。我心想，事情說不定已經解決了，黎諾已經被撇到一旁，現在她對艾莎說：「你還得要等四年呢，我再一個月就高中畢業，我要去找爸爸。」

22

但彼耶特洛和我一獨處，我就從他臉上的表情看出他很擔心。他說：

「沒有辦法了。」

「什麼意思？」

「小璦很死腦筋。」

「她怎麼對你說的？」

「她說什麼並不重要，重要的是她想做什麼。」

「她要和他上床？」

「是的。她有很完整的計畫，每一個階段都規劃得好好的。她考完試之後，會對黎諾宣布，說她要失去她的處子之身，他們要一起離開這裡，靠乞討為生，不理會什麼工作倫理。」

「別開玩笑了。」

「我沒開玩笑。我只是把她的計畫原封不動說給你聽。」

「你這樣冷嘲熱諷還真輕鬆，因為你可以躲得遠遠的，讓我扮演壞媽媽的角色。」

「她是想指望我。她說只要那男孩同意，她就會和他一起到波士頓找我。」

「我會打斷她的腿。」

「說不定是他們倆打斷你的腿喔。」

我們談到深夜，起初談小瑷，接著也談艾莎和伊瑪，最後什麼都談：政治，文學，我正在寫的書，報紙專文，他正在寫的一篇新論文。我們已經很久沒聊這麼多了。他好心情地嘲笑說我總是採取中間立場，至少在他看來是如此。他取笑我是半調子的女性主義者，半調子的傅柯主義者，半調子的顛覆主義者。只有對我，他用微微嚴厲的語氣說，你絕對不會半調子。他嘆口氣說：我不管怎麼做，你都不滿意，我做的一切都不得體。另一個人才完美。可是如今呢？他一副嚴格自勵的模樣，最後卻加入社會主義那幫人的行列。艾琳娜，艾琳娜，你把我折磨得有多慘啊。就連那次有個孩子拿槍指著我，你都還生我的氣。你把你小時候的朋友，也就是那兩個凶手，帶到我們家來。你還記得嗎？但是又能怎樣，你是艾琳娜，我這麼愛你，我們有兩個女兒，而我當然到現在還愛著你。

我任由他說。然後我承認，我有時候很不講理。我甚至承認，他對尼諾的看法是正確的，那人只會帶來最大的失望。我想要把話題轉回小瑷和黎諾身上。我很擔心，我不知道該怎麼處理這個問題。我說不准那男孩接近我們女兒，會惹來我和莉拉的又一樁糾紛，而且我會覺得歉疚，我知道她會認為這是一種侮辱。他點點頭。

「你得幫她。」

「我不知道該怎麼幫。」

「她想盡各種辦法要讓心情平靜，走出哀慟，但做不到。」

「才不是這樣呢。她以前是，但如今甚至不肯去上班，什麼也不肯做。」

「你錯了。」

莉拉告訴他說，她整天都在國家圖書館，她想要盡量了解那不勒斯的一切。我懷疑地看著他，莉拉又上圖書館了，而且不是五〇年代的街坊圖書館，是聲望崇隆但效率奇差的國家圖書館？這是她離開街坊的時候做的事？這是她新的狂熱？她為什麼不肯告訴我？或者她告訴彼耶特洛，是為了讓他告訴我？

「她瞞著你？」

「她需要告訴我的時候就會說。」

「督促她繼續去做。這麼有天分的人只唸到五年級就不上學，真是讓人無法接受。」

「莉拉只做她喜歡做的事。」

「你是這麼看她的。」

「我從她六歲就認識她了。」

「說不定她因此而恨你。」

「她不恨我。」

「這很難說，你每天都是自由的，而她卻一直都關在牢籠裡。如果有所謂的煉獄存在，那就是在她無法滿足的心裡。我連一秒鐘都不想踏進去的煉獄。」

彼耶特洛確實用了「踏進去」這三個字，而且他的語氣有著驚恐，有著嚮往，有著悲憫。我又說：

「莉拉一點都不恨我。」

他笑起來。

「好吧，隨便你怎麼想。」

「我們睡覺吧。」

他有點不太肯定地看著我，我沒像平常那樣把小床整理好。

「一起？」

我們已經十二年沒有碰觸彼此了。一整夜我都擔心女兒會醒來，發現我們躺在同一張床上。我躺在幽微的燈光裡，看著這個沒刮鬍子的大塊頭男人，微微發出鼾聲。我們還有婚姻關係的時候，他很少在我身邊睡這麼長的時間。他通常都用他的性器和難以忍受的高潮折磨我許久，睡著，然後又起床，到書房去看書。這一次的性愛很愉悅，是道別之前的擁抱，我們都知道這不會再發生，所以覺得很好。從朵麗安娜身上，彼耶特洛學會我無法或不願教他的事，他竭盡所能，讓我可以注意到。

大約六點鐘，我叫醒他，說：你該走了。我陪他一起走到車子旁邊，他再次敦促我要照顧好女兒，特別是小璦。我們握手，親吻彼此的臉頰。他離去。

我緩緩走向報攤，老闆正打開成綑的報紙。一如既往，我帶著三份日報回家，只看看標題就丟開。我一面做早餐，一面想著彼耶特洛，想著我們的對話。我們的每一個話題——他溫和的譴責，小璦，他對莉拉有些過於輕率的心理分析——都讓我回味。然而我們的心理迴路不知何時建立起了某種神祕連結，迎來了即將衝擊我們的風波。他形容帕斯蓋和娜笛雅——他硬要說他們是我的童年好友——是「凶手」，這句話一直在我心裡盤旋不去。對於娜笛雅，我知道，我已經用上「凶手」這個名詞了，但是對帕斯蓋，當然沒有，我還是抗拒。然而就在我再次自問的時候，電話響了。是莉拉從樓下打來的。她聽到我陪彼耶特洛出門，也聽到我回來了。她要知道我有沒有買報紙。她剛在收音機上聽到，帕斯蓋被捕了。

23

這個消息有好幾個星期的時間完全盤據我們的心思。我承認，我擔心我們這個朋友，更甚於小瑷的考試。莉拉和我匆匆趕到卡門家，但她已經得知一切，至少是主要的梗概，顯得很平靜。帕斯蓋是在艾維里尼斯的塞林諾山被捕的。憲兵包圍他藏身的農舍，他表現得很理性，沒有暴力反抗，沒有企圖逃脫。如今——卡門說——我只希望他們別讓他像爸爸那樣死在牢裡。她還是覺得哥哥是個好人，事實上，隨著她的思緒起伏，她甚至說我們三個——她、莉拉和我——心裡都有某種程度的邪惡，比他還邪惡。我們只能照料自己的事情——她嘟囔說，迸出淚水——不管帕斯蓋了，帕斯蓋一路遵循我們爸爸的教誨長大。

卡門講得錐心刺骨，或許是打從我們認識以來第一次讓莉拉和我動容。例如莉拉就沒有反駁，而我對她講的話深感不安。帕斯蓋的其他弟弟妹妹，向來在我的生活裡都只是模模糊糊的存在，此時卻讓我很困惑。我絕對不認為他們那位木匠父親會像法蘭柯教小璦的那樣，要他們去挑戰麥尼涅斯．阿格里帕的道德寓言，但他們兩兄妹——卡門少一點，而帕斯蓋多一點——始終都知道，若是肚子裡沒有食物，四肢是得不到營養的，讓你相信那些鬼話的人遲早會得到報應。雖然在各方面都大不相同的他們以自己過往的經歷築起了一道區隔他們和我、和莉拉之間的障礙，但另一方面我卻也無法疏遠他們。所以或許某一天我對卡門說：你應該要放心的，因為帕斯蓋如今落在法律的手裡，我們比較知道該如何幫助他，但隔天我就又完全贊同莉拉的看法，對莉拉說：法律和保障一文不值——在監獄裡，他們會殺了他。偶爾，和她倆在一起的時候我甚至承認，雖然我們從小所經歷的暴力讓我憎惡，但是，為了應付我們所生存的這個野蠻世界，適度的暴力還是需要的。就在這樣困惑的思緒裡，我竭盡所能為帕斯蓋做所有能做的事。我不希望他覺得——他不像同伴娜笛雅，她得到極多的照顧——自己是無人在乎的渺小人物。

24

我找可靠的律師，甚至決定透過電話去找尼諾，因為他是我唯一認識的國會議員。我沒能和他通上電話，只能和他的祕書經過冗長交涉，才敲定與他的會面。「告訴他，」我冷冷地說，「我會帶我們女兒一起來。」電話另一端出現一晌漫長的遲疑，我會轉告他的，那女人最後說。

幾分鐘之後，電話響了。又是那位祕書：薩拉托爾閣下很樂意在里索吉曼托廣場與您見面。

但接下來幾天，會晤的時間和地點不斷改變：議員閣下不在；議員閣下回來了，但很忙；議員閣下在國會有很多會議要開。我簡直難以置信，要直接接觸這位人民的代表竟然這麼難——儘管我也算小有名氣，儘管我也有記者身分，儘管我還是他女兒的母親。一切終告敲定時——地點不是別的地方，就在國會裡——伊瑪和我著裝打扮，啟程赴羅馬。她問說可不可以帶上她那張珍貴的選舉傳單，我說可以。在火車上，她一直看著傳單，彷彿準備要比較照片和本尊之間的差別。到了首都，我們搭計程車，抵達國會。在每一道關卡，我都出示我們的文件，為了讓伊瑪聽見，還朗聲說：薩拉托爾議員在等我們，這是他的女兒伊瑪，伊瑪・薩拉托爾。

我們等了很久，有一度伊瑪還很擔心地問：要是別人拖住他怎麼辦？我要她放心：不會有人拖住他的。最後尼諾終於出現了，身邊跟著祕書，一名非常迷人的年輕女子。他穿著考究，容光煥發，歡喜地摟抱親吻女兒，把她抱起來，一直沒放下，彷彿她還是個小小孩。但最讓我意外的是，伊瑪馬上就黏著他，摟著他的脖子，攤開那張傳單，開心地對他說：你比照片還帥，你知道我們老師投票給你嗎？

尼諾對她很好，要她講學校的事情、朋友、最喜歡的課程給他聽。他沒怎麼注意我，如今我已經屬於另一種生活——遠遠不如他的生活——他沒必要浪費精力。我提起帕斯蓋，他聽我說，但注意力還是在女兒身上，對祕書點點頭要她記下來。我講完之後，他很嚴肅地說：

「你希望我怎麼做？」

「打聽看看他情況好不好，是不是得到法律的充分保障。」

「他和當局合作嗎？」

「不，我想他不會合作。」

「他最好是合作。」

「就像娜笛雅那樣？」

他發出幾聲尷尬的笑聲。

「娜笛雅做的是唯一可行的事，如果她不打算終此一生都待在牢裡的話。」

「娜笛雅是被寵壞的女生，帕斯蓋不是。」

他沒馬上回答，壓壓伊瑪的鼻子，好像壓下按鈕似的，然後模仿鈴聲。他們一起大笑，最後他說：

「我會看看你朋友的情況，我在這裡就是要保護每一個人的權利。但是我會告訴他，那些被害人的親屬也有權利。你不能當個叛亂份子，造成流血事件，然後大喊：我們有權利。你明白嗎，伊瑪？」

「明白。」

「明白，爸爸。」

「要是老師對你不好，就打電話給我。」

我說：

「要是老師對她不好，她會想辦法自己應付。」

「就像帕斯蓋．佩盧索那樣應付？」

「帕斯蓋從沒要求任何人保護他。」

「所以就證明他是對的？」

「不，只是伊瑪必須要爭取自己的權利，你不應該告訴她：打電話給我。」

「為了你的朋友帕斯蓋，你不就打電話給我了嗎？」

我覺得很緊張，很不高興，但為了伊瑪還是忍耐，這是她七個年頭的人生裡最重要的一天。日子一天天過去。我覺得完全是浪費時間，但尼諾是真的說到做到，他去查看帕斯蓋的情況。後來從他那裡，我得知律師不知道或沒告訴我們的事。我們這位朋友之所以和憲兵視為眼中釘的政治凶案扯上關係，是因為有娜笛雅那份詳盡的自白。但這是我們早就知道的事。新的情報是，現在她打算把所有的罪過都推到他身上，就為了她自己的利益。於是帕斯蓋一長串的罪名就包括季諾的凶案、布魯諾·蘇卡佛的命案、曼紐拉·梭拉朗的遇害，最後甚至還包括馬歇羅和米凱爾的死。

「你這位前女友是和憲兵達成什麼協議啦？」我最後一次見到尼諾時問他。

「我不知道。」

「娜笛雅講的全是謊言。」

「我不排除這個可能性。我很確定：她毀了很多自以為很安全的人。所以叫莉娜小心一點，娜笛雅向來都恨她。」

25

都已經過了這麼多年，尼諾一有機會還是會提起莉拉，表示他人在遠方也還是惦念她。我和他在一起，我曾經愛過他，在我身邊舔著巧克力冰淇淋的，是我和他的女兒。但他只當我是他年少時代的朋友，可以顯示他走過的獨特路徑，從高中課桌來到國會議席。我們最後一次碰面的時候，他最大的禮遇就是讓我和他站在同樣的梯級上。我不記得他當時談到的是什麼話題，只記得他說：我們爬得非常之高。但儘管他嘴巴講出這恭維的話，我還是從他的目光裡看見，他覺得宣稱自己和我平等是一種羞恥。他認為自己比我好得多，證據是，儘管我寫過好幾本成功的書，站在他面前仍然只是個請願者。他的眼睛對我親切微笑，彷彿在說：看看，你因為失去我而失去了什麼。

我匆匆帶著女兒離去。我深深相信，如果出現在他面前的是莉拉，他肯定會有迥然不同的態度。他會喃喃低語，會感覺到神祕的迷戀，甚至還會有點荒謬地精雕細琢，打理自己。我們走到我停車的停車場時——我這次開車到羅馬來——有個念頭第一次浮現在我心裡：只有莉拉，才能讓尼諾甘冒失去政治前途的風險。在伊斯基亞島，以及接下來的那一年，他投入了一段可能讓他一無所有、只有麻煩的戀情。在他的生命歷程裡，這是很異乎尋常的。當時他就已經頗有名氣，也是個前途看好的大學生。他挑上娜笛雅——我如今很清楚——因為她是嘉利亞妮老師的女兒，因為她就是一把鑰匙，可以打開在當時的我們眼中堪稱上流階級的世界。他的選擇向來都和野心同步並進。他難道不是因為自身的利益才愛上伊蓮諾拉的嗎？而我自己，為了他而離開彼耶特洛的我，難道不是個人脈甚廣的女人，一個略有成就的作家，和重要的出版社有往來——簡言之，就是對他的未來有用？而所有幫助過他的其他女人，難道不也都是基於相同的邏輯嗎？尼諾愛女人，當然，但他更想要的是培養有用的人脈。若是沒有他從年輕時就綿密編織的網絡，光靠他的才智絕對無法有足夠的能量可以彰顯自己。那麼莉拉呢？她只唸到五年級，很年輕就嫁給雜貨店老闆，要是斯岱方諾知道他倆的關係，肯定會宰了他們兩個。在這樣的情況下，尼諾為什麼還會賭上自己全部的未來呢？

我抱伊瑪上車，罵她把冰淇淋滴到特別為這個場合而買的新洋裝。我發動車子，離開羅馬。或許吸引尼諾的是他在莉拉身上所找到，他原本以為自己也有，後來相較之下才發現自己並沒有的那種特質。她有才華，非但沒有加以利用，反而還白白浪費，宛如視世間所有財寶為俗氣象徵的貴婦。吸引尼諾的必定就是這個：莉拉無價的才華。她在眾人之間顯得突出，是因為她天生自然，沒接受任何訓練，沒作任何利用，沒有任何目的。而我們透過嘗試、失敗、成功的過程而表現的屈從與順服，反而貶抑了我們自己。只有莉拉，一無所求的莉拉，沒有人能貶抑她。就算經過了這些年，她變得和所有人一樣蠢，一樣麻煩，我們在她身上看見的特質還是保留原貌，甚至還可能更形彰顯了。儘管我們討厭她，但最後還是尊敬她，怕她。這並不讓我意外，我思索這個問題的時候，也想起娜笛雅，雖然她只見過莉拉幾次，卻討厭她，想傷害她。莉拉從她身邊奪走尼諾。莉拉用她的革命信念羞辱她。莉拉很尖酸刻薄，可以在被打之前先出手打人。莉拉出身無產階級，但拒絕接受任何解放。換句話說，莉拉是個可敬的敵人，傷害她可以得到純粹的滿足，不像傷害帕斯蓋那樣的受害者所可能帶來的罪惡感。娜笛雅很可能就是這樣想的。這些年來，一切變得多麼庸俗啊：嘉利亞妮老師，她那幢有海景的豪宅，她滿屋子的書籍，她的繪畫，她有教養的應對進退，亞曼多，以及娜笛雅。她這麼漂亮，成長的環境這麼優渥，我看見她當年站在尼諾身邊，在學校外面，在她家那幢漂亮房子的宴會上歡迎我。在她以理念剝奪己身特權時，她在那個激進的新世界裡，還是有著一身更為閃亮眩目的服裝，還是有著無可匹敵的優勢。但如今呢？剝奪自身特權的高貴理由都已消失。只剩下莫名的驚恐與邪惡的行徑，一方面愚蠢地遍灑無數鮮血，一方面又邪惡地把所有的罪過歸咎到在她眼中曾經是人道急先鋒的前建築工人和其他人身上，好讓自己的罪責減輕到幾近於零。

我很難過。開車回那不勒斯途中，我想到小璦。我覺得她就要犯下和娜笛雅類似的錯誤了，那是會讓你永遠偏離人生道路的錯誤。當時是七月底。前一天，小璦在畢業考得了第一名。她是艾羅塔家的人，她是我的女兒，她出色的聰明才智永遠只會有最頂尖的表現。她很快就會比我出色，甚至比她父親出色。我靠著勤奮和諸多運氣所得到的一切，她從過去到未來都會輕輕鬆鬆就取得，彷彿是與生俱來的權利。然而，她卻做了什麼計畫？宣布她對黎諾的愛。和他一起沉淪，剝奪自己的所有優勢，不再心心念念想和我們一樣，只因為她在那男孩的喃喃低語聲中聽見了不同凡響的心聲，只因為她想和他站在一起，追求所謂的公平正義。我突然看著後照鏡，問伊瑪：

「你喜歡黎諾嗎？」

「不喜歡，但是小璦喜歡他。」

「你怎麼知道？」

「艾莎告訴我的。」

「誰告訴艾莎的？」

「小璦。」

「你為什麼不喜歡黎諾？」

「因為他很醜。」

「那你喜歡誰？」

「爸爸。」

我在她眼中看見了，在這一瞬間，她看見自己父親周遭熾烈明亮的火光。一道光，我心想，如果他和莉拉一起沉淪，絕對不會有的一道光；這也是娜笛雅和帕斯蓋一起沉淪，永遠失去的一道光。若是小璦跟著黎諾走，她也將失去這道光。突然之間，我覺得很羞愧，因為我能理解也能諒解嘉利亞妮老師看見女兒坐在帕斯蓋腿上時的忿怒；我能理解也能諒解尼諾後來的離開莉拉；同時，我也能理解並諒解璦黛兒當初必須竭盡努力安排好一切，接受我將成為她兒媳的事實。

26

一回到街坊，我就按莉拉家的門鈴。她有氣無力，心不在焉，但這是她如今的常態，所以我也不太擔心。我詳細說明尼諾告訴我的一切，一直到最後才提起對她有威脅的那句話。我問：

「老實說，娜笛雅有可能傷害你嗎？」

她露出憂鬱的表情。

「你只有愛某個人的時候，才可能被傷害。但我誰都不愛。」

「黎諾呢？」

「黎諾走了。」

我馬上想到小瑷和她的計畫。我嚇了一跳。

「去哪裡？」

她從桌上拿起一張紙，交給我，嘴裡嘟囔說：

「他小時候字寫得好漂亮，但現在，你看看，活像個文盲。」

我讀了那張紙條。黎諾很費力地寫，說他厭倦這一切，痛罵恩佐，說要去波隆那找一個當兵時認識的朋友。總共六行。沒提到小瑷。我的心在胸口狂跳。這筆跡，這字彙，這語法，和我女兒有什麼關係？就連他媽媽都認為他沒有希望，是個大挫敗，甚至還可能是個預言：看看，要是蒂娜沒被帶走，會有多大的成就？

「他自己一個人走？」我問。

「不然還能和誰一起走？」

我沒把握地搖搖頭，她在我眼中讀到我之所以擔心的原因，微笑說：

「你怕他帶小瑷一起走？」

27

我匆匆回家，伊瑪跟在我後面。我進門，喊小璦，喊艾莎。沒有人回答。我衝進大女兒睡覺唸書的房間，看見小璦躺在床上，眼睛泛著淚水。我如釋重負。我想她已經對黎諾告白，而他拒絕了她。

我還來不及開口，伊瑪可能不明白姊姊的狀況，開始熱烈地談起她爸爸。但小璦用方言罵她，叫她閉嘴，然後坐起來，哭了出來。我對伊瑪點點頭，要她別生氣，然後對大女兒輕聲說：我知道這很可怕，我非常了解，但會過去的。她的反應非常激烈。我輕輕摸著她的頭髮，她將頭猛然甩開，嘶吼說：你在講什麼，你什麼也不知道，你什麼也不懂，你只想到你自己，只想到你寫的垃圾。她交給我一張紙，呃，應該說是丟到我臉上吧，然後就跑開了。

伊瑪一發現姊姊心情很壞，就開始掉眼淚。我輕聲轉移她的注意力：去找艾莎，看她在哪裡。我拿起那張紙。那是一頁筆記紙，我馬上就認出我二女兒娟秀的筆跡。艾莎寫了長長的一封信向小璦解釋。她說感情是無法控制的，黎諾已經愛她很久了，而她也慢慢地愛上了他。她當然知道自己讓姊姊痛苦了，覺得很抱歉，但她也知道拋棄心愛的人於事無補。接著她用近乎逗趣的語氣對我說明。她寫道，她決定休學，我對學業的膜拜，在她看來簡直愚蠢，讓人變得優秀的不是書，而是優秀的人才能寫出優秀的書。她強調說，她父親很優秀，寫了非常優秀的書。書、人與優秀之間的關係僅止於此：她沒提到我的書。她很親暱地道別，要我別太生氣：小璦和伊瑪會帶給我她永遠無法給我的滿足。至於么妹，她則畫了一顆有翅膀的心給她。

我非常光火。我很氣小璦，她竟然沒像平常一樣，發現妹妹打算偷走她最珍愛的人。你應該知道的呀，我罵她，你應該制止她的，你這麼聰明，你讓自己被那個狡猾邪惡的小女生騙了。然後我下樓告訴莉拉：

「你兒子不是自己一個人走的，你兒子帶艾莎一起走。」

她看著我，很茫然：

「艾莎？」

「是啊。艾莎未成年，黎諾大她九歲。我發誓，我一定要報警，告他。」

她哈哈大笑。這不是刻薄的笑，而是不可置信的笑聲。她笑著提到兒子：

「他竟然搞出這麼大的麻煩啊，我太低估他了。他讓兩位小姐沖昏了頭，我真不敢相信。小琳，過來，冷靜一點，坐下吧。仔細想想，這件事是該笑而不該哭啊。」

我用方言說我不覺得有什麼好笑，黎諾做的事情非常嚴重，我真的要去報警。這時她語氣丕變，指著門說：

「那去找警察啊，去啊，你還在等什麼？」

我離開她家，但馬上就放棄找警察的念頭。我回家，兩步併一步。我對著小璦吼：我要知道他媽的他們去了哪裡，馬上告訴我。她很害怕，伊瑪雙手掩住耳朵，但我繼續發飆，直到小璦承認黎諾那位波隆那的朋友來過街坊一次，艾莎見過他。

「你知道他叫什麼名字？」

「知道。」

「你有他的地址和電話號碼？」

她渾身發抖，眼看著就要把我想要的資料給我了。但是，雖然她恨妹妹更甚於黎諾，但必定覺得出賣她很可恥，所以沉默不語。我會自己找出來，我吼著說，開始翻找她的東西。我把整個屋子都翻遍了。這時我停了下來。就在我忙著找另一張紙，找學校日記之類的東西時，我發現有其他東西不見了。我平常擺在抽屜裡的錢全部不見了，我全部的珠寶不見了，甚至包括我媽的手鍊。艾莎向來就很愛那條手鍊。她以前半真半假地說，外婆如果寫了遺囑，一定會把手鍊留給她，而不是留給我。

28

這發現讓我更加下定決心，而小璦也終於給我那個朋友的地址和電話號碼。她下了決心，卻又很看不起自己竟然屈服了，所以對我咆哮說，我和艾莎一樣，不尊重任何事情，也不尊重任何人。我叫她住嘴，馬上去打電話。黎諾的朋友叫摩瑞諾，我威脅他。我告訴他說我知道他販賣海洛英，我會讓他惹上大麻煩，一輩子出不了獄。我一無所獲。他發誓說他對黎諾的事情一無所知。他說他記得小璦，但我提的這個女兒，艾莎，他從來沒見過。

我回去找莉拉。她打開門，這時恩佐在家，他請我坐下，對我很客氣。我說我想馬上到波隆那去，我要莉娜和我一起去。

「沒必要。」她說，「等著看吧，他們錢花光了就會回來。」

「黎諾拿了多少錢？」

「沒拿。他知道他就算只拿十里拉，我也會打斷他的骨頭。」

我覺得很丟臉，喃喃說：

「艾莎拿走我的錢和珠寶首飾。」

「因為你不知道該怎麼教育她。」

恩佐對她說：

「別講了。」

她馬上很凶地對他說：

「我愛說什麼就說什麼，我兒子有毒癮，我兒子不唸書，我兒子話說不好，字寫不好，什麼都不好，一身罪孽。但偷錢的是她女兒，背叛親姊姊的是艾莎。」

恩佐對我說：

「走吧，我和你一起去波隆那。」

我們開車去，連夜趕路。我才剛從羅馬回來，開車開得很累。傷心生氣耗掉了我身上僅餘的力氣，此刻緊張的情緒鬆懈下來，我覺得筋疲力盡。坐在恩佐旁邊，離開那不勒斯，開上高速公路，我擔心著丟下小璦，擔心艾莎可能出事，也為我讓伊瑪感到害怕，為我忘了黎諾是莉拉唯一的孩子，而用那種口氣對她講話，覺得很羞愧。我不知道是不是該打電話到美國給彼耶特洛，要他馬上回來，我不知道是不是真的該去報警。「我們可以自己解決的。」恩佐裝出很有自信的樣子說，「別擔心，沒有必要傷害那男孩。」

「我不想舉報黎諾。」我說：「我只想找到艾莎。」

這是真的。我喃喃說，我想找回我的女兒，回家，打包行李，不在那間公寓，不在街坊，不在那不勒斯多待一分鐘。這一點道理都沒有，我說，如今莉拉和我為了誰比較會教育小孩而吵架，彷彿發生的事情是我或她的錯——我受不了。

恩佐沉默地聽我說個不停，然後，雖然我覺得他也很氣莉拉，但他開始替她找藉口。他沒提到黎諾，也沒提到黎諾給他媽媽惹來的問題，但提到蒂娜。他說：要是一個才幾歲的孩子死了，那就是死了，一切結束，你遲早都會放棄的。但如果她失蹤了，如果你再也不知道她的下落，那就沒有任何東西可以取代她在你生命裡的位置。蒂娜是永遠不會回來，還是有一天會回來呢？要是她回來，是死了還是活著呢？每一時每一刻——他喃喃說——你都會問她在哪裡。她會是街頭的吉普賽人？她會在沒有子女的有錢人家裡？會有人要她做可怕的事情，拍下來賣照片和影片？會有人把她開膛剖肚，高價賣掉她的心臟，好移植到另一個孩子的胸腔裡？然後把其餘的部分埋到地下，或者火化掉？又或者她整個人完好無缺地入土，因為在被誘拐之後意外身亡？如果她沒被大地與火吞噬，天曉得她會在哪裡長大，天曉得她現在長什麼模樣，以後會變成什麼樣子，要是我們有一天在街頭碰見她，還認得出來嗎？要是我們認出她來，又有誰可以彌補她不在我們身邊的一切，彌補小蒂娜被拋棄、沒有我們陪伴所遭遇到的一切？

就在恩佐費勁講著這些激昂的字句時，我在車頭燈的光線裡看見他眼泛淚光。我知道他講的不僅僅是莉拉，他也努力想要表達自己內心的痛苦。和他一起的這趟路程很重要：我還是很難想像有比他更有感受力的男人。起初他告訴我，在那四年裡，每一日每一夜，莉拉是如何輕聲低語或如何大聲咆叫的。然後他要我聊聊我的書和我的不滿。我告訴他女兒的事，談起我的書，我的男人，我的怨恨，以及我渴望得到認同的需要。我提到我的寫作，如今已經成為某種義務，我日日夜夜奮鬥，希望能藉此感覺到自我的存在，不讓自己被邊緣化，努力不讓別人認為我只是個突然冒出頭、沒有天分的人：那些壓迫者——我喃喃說——唯一的目標就是讓我失去讀者，他們這樣做不是基於什麼高貴的動機，而只是為了享受讓我不再有發展的快感，或為了讓他們自己與他們的黨羽擁有傷害我的卑鄙力量。他任憑我發洩心緒，讚賞我對一切所投注的精力。他說，你看你現在過得多活躍。你付出努力讓自己安棲在你自己所選擇的世界裡，這給了你更廣闊也更細膩的專業能力，最重要的是，讓你可以寄託自己的感情。人生拉著你不斷前行，蒂娜對你來說只是個駭人聽聞的插曲，一想到就讓你傷心，但事到如今，卻也只是個遙遠的事實而已。然而對莉拉來說，這些年來，這世界宛如傳說般崩塌陷落，因女兒的失蹤而流失成一片空無，就像雨水流下排水管那樣。她和蒂娜一樣凍結在時光裡，任何還有生命、還在成長蓬勃的東西都讓她覺得厭恨。他說，當然啦，她很堅強，對我的態度很可怕，對你很生氣，老是講些很難聽的話。但你不知道有多少次，她在看起來平靜無事的時候竟然暈倒，例如洗碗，或瞪著窗外通衢大道的時候。

29

在波隆那，我們找不到黎諾和我女兒的蹤跡。摩瑞諾迫於恩佐凶狠的冷靜態度，帶著我們大街小巷跑，找了到好幾個住處，據他說，是他倆若真的來到這個城市，肯定可以獲邀留宿的地方。恩佐不時打電話給莉拉，我打給小瑷。我們都希望有好消息，但並沒有。這時我心裡又有了危機感，束手無策。我又說：

「我要去報警。」

恩佐搖搖頭。

「再等等。」

「黎諾已經毀了艾莎。」

「你不能這樣說。你必須努力看看自己女兒真正的面貌。」

「我是一直這樣做的啊。」

「你是這樣做沒錯，但做得不夠好。艾莎會做任何事情，只求能讓小瑷痛苦。而她們只有一個共同點，就是折磨伊瑪。」

「別逼我講這麼刻薄的話：這是莉拉對她們的看法。你只是把她講的話照說一遍給我聽。」

「莉拉愛你，欣賞你，也很喜歡你女兒。這樣想的人是我。我這麼說，是希望你能恢復理智。冷靜一點，等著好了，我們一定會找到他們的。」

我們沒找到他們，所以決定回那不勒斯。但就在快到佛羅倫斯的時候，恩佐決定打電話給莉拉，看有沒有任何消息。掛掉電話時，他有點迷惑：

「小璦有事要告訴你，但是莉拉不知道是什麼事。」

「她在你家？」

「沒有，她在你們家。」

我馬上打電話回去。我很擔心是伊瑪病了。小璦連讓我說話的機會都沒有，就說：

「我明天要去美國。我要去那裡唸書。」

我想辦法不咆哮：

「現在不是講這件事的時候吧，我一有時間就和爸爸談。」

「事情很清楚，媽媽，只有我離開，艾莎才會回到這個家裡來。」

「目前最要緊的是找出她的下落。」

她用方言對我吼著說：

「那個臭婆娘不久前打電話來，她在奶奶家。」

30

奶奶當然就是璦黛兒。我打電話到前婆家。吉鐸接的電話，很冷淡，讓妻子來和我講話。璦黛兒態度很客氣，她說艾莎在那裡，然後補上一句，不只她一個。

「那男孩也在？」

「是的。」

「我過去你家，可以嗎？」

「我們等你來。」

我要恩佐載我到佛羅倫斯火車站。這趟旅程很麻煩，時間延誤，等候，有各式各樣惱人的事。我思索著，這狡猾任性的艾莎怎麼最後會把璦黛兒扯進來。如果說小璦是個沒有能力扯謊的人，那麼艾莎就肯定是個最會說謊的人，為了保護自己、甚至讓自己贏，什麼策略都使得出來。很顯然的，她是設計好要當著祖母的面讓我和黎諾見面，因為她和她姊姊都知道，她這位祖母是非常不樂意接納我當媳婦的。整段車程，我都覺得如釋重負，因為我知道她很安全，但也很恨她置我於這樣的境地。

抵達熱內亞的時候，我已經準備好要迎接一場戰鬥了。但我發現璦黛兒很歡迎我，而吉鐸也很客氣，至於艾莎——穿得像要赴宴，化上濃妝，手上戴著我媽的手鍊，刻意炫耀著他父親多年前送給我的戒指。她表現得很親暱，很輕鬆，似乎覺得我不可能對她發飆。唯一沉默不語，目光始終低垂的是黎諾，所以我很替他難過，我氣自己女兒更甚於氣他。說不定恩佐是對的，這男孩在這個故事裡沒什麼重要性。因為媽媽的嚴厲，粗魯無禮，他顯得微不足道，是艾莎牽著他的鼻子，誘惑他，目的只是為了傷害小璦。他只有抬眼看了我幾次，像隻忠實的狗。

我很快就明白，璦黛兒接待艾莎和黎諾，把他們當成一對情侶：他們有自己的房間，有自己的毛巾，他們睡在一起。艾莎毫不客氣地誇耀他倆的親密關係得到奶奶認證，甚至還對我強調。

晚餐後，他倆手牽手離席之後，璦黛兒想要逼我承認我對黎諾的反感。她後來說，艾莎還是個孩子，我真的不知道她在這個年輕人身上看見了什麼，得要有人幫她結束這段關係。我試過了，我說：他是個好孩子，但就算他不是，她既愛上了，也就很難怎麼樣。我謝謝她寬大為懷地接納他們，然後就去睡了。

但我整夜都在思索這個情況。要是我說錯話，只要有一句話錯了，就可能一口氣毀了我兩個女兒。我不能明明白白地拆散艾莎和黎諾。我不能強迫兩姊妹在這個不可能的情況之下住在一起：發生的這樁事情很嚴重，未來的一段時間，她倆不可能住在同一個屋簷底下。想要搬到其他城市，只會讓問題更複雜。艾莎會說她有義務和黎諾待在一起。我很快就明白，如果我帶艾莎回家，要她唸完高中，那我就會失去小璦——事實上就是逼她去和父親一起生活。所以隔天，在璦黛兒建議的最佳時間（我發現她和兒子常常通電話），我打電話給彼耶特洛。他母親已經把發生的事情詳細告訴他，從他低落的心情看來，我猜璦黛兒真正的看法並不是像她告訴我的那樣。彼耶特洛沉重地說：

「我們得了解我們究竟是什麼樣的父母，我們讓女兒失望了。」

「你的意思是說我從以前到現在都不是個好媽媽？」

「我是說，她們需要持續不斷的關愛，而我們兩個都沒辦法讓小璦與艾莎擁有。」

我打斷他的話，說他有機會可以至少成為一個女兒的全職父親：小璦想即刻去找他，她會盡快啟程。

他並沒有很高興地接受這個消息。他先是沉默不語，然後支支吾吾，說他還在適應，需要時間。我回答說：你也知道小璦的個性，她和你很像，就算你叫她別去，她還是會去。

同一天，我一有機會和艾莎單獨談話，就不理會她的阿諛奉承，直接質問她。我要她把錢、珠寶首飾和我媽的手鍊還給我，我立即戴上手鍊，說：你永遠不准再碰我的東西。

她想安撫我，我不接受，我忿忿說我會毫不遲疑地控告黎諾，然後也控告她。她正想回答時，我就把她推到牆上，揚起手打她。我臉上的表情必定很可怕，她發出恐怖的哭聲。

「我恨你，」她哭著說，「我再也不要見你，我再也不要回去你逼我們住的那個爛地方。」

「很好。我讓你留在這裡住一個夏天，如果奶奶沒先把你趕出去的話。」

「然後呢？」

「然後到了九月你就會回家，乖乖去上學。你會唸書，和黎諾一起住在我們的公寓裡，直到有一天受夠了他。」

她瞪著我，說不出話來。她好長一會兒無法置信。我之所以講出這些話，是希望當成最可怕的懲罰，但她卻認為這是我豁然大度的意外舉動。

「真的？」

「真的。」

「我永遠不會受夠他。」

「等著瞧吧。」

「莉娜阿姨呢？」

「莉娜阿姨會同意。」

「我不想傷害小璦，媽媽，我愛黎諾，事情就這樣發生了。」
「這會繼續發生無數次。」
「才不會。」
「這樣更慘。這表示你會一輩子愛黎諾。」
「你這是在取笑我。」
我說不是，我只是覺得從小孩子嘴巴裡說出這樣的話很荒謬而已。

31

我回到街坊，把我對孩子們提出的辦法告訴莉拉。我們的交談很冷漠，簡直像談判：
「你要讓他們住在你家？」
「是的。」
「如果你覺得沒問題，那我也沒問題。」
「費用由我們共同分擔。」
「我可以負擔全部。」
「我現在還有錢。」
「我現在也還有錢。」

「那我們就同意嘍。」

「小璦覺得怎麼樣？」

「還好。她再幾個星期就要離開，她要去找她爸爸。」

「叫她來說再見。」

「我想她不會來的。」

「那就叫她替我向彼耶特洛打招呼。」

「我會的。」

我突然覺得很難過，說：

「僅僅幾天之內，我就失去了兩個女兒。」

「別講這種話：你沒失去女兒，反而還得到一個兒子。」

「是你把他往這個方向推的。」

她皺起眉頭，好像很困惑。

「我不知道你在說什麼。」

「你總是不時煽動他，推他，刺激他。」

「你現在也想把你女兒做的事怪到我頭上？」

我嘟囔著說我累了，就離開了。

事實上，好幾天，好幾個星期的時間，我都不停地想，莉拉受不了我生活裡的均衡，所以一心想加以顛覆。她向來如此，只是在蒂娜失蹤之後，更形惡化：她先採取一個行動，觀察後果，然後再繼續採取另一個行動。目標呢？她自己或許也不知道。這兩姊妹的關係當然是毀了，艾莎陷入可怕的麻煩裡，小璦就要離開。我會留在街坊，不知道要留多久。

32

我滿心想著的都是小璦即將離國他去。我偶爾會對她說：留下來吧，你這樣我會很不開心的。她回答說：你有這麼多事情要做，你甚至不會注意到我不在了。我堅持：伊瑪很愛你，艾莎也是，事情會釐清，會過去的。但是小璦不想聽到妹妹的名字，只要我一提到，她就露出憎惡的表情，走出去，甩上門。

離開前的某個晚上，我們正在吃飯的時候，她突然臉色發白，開始發抖，低聲喃喃說：我沒辦法呼吸。伊瑪立刻幫她倒了杯水。小璦啜了一小口，然後站起來，坐在我腿上。這是她之前從沒做過的事。她長得比我還高，還壯，很久以前就不肯再和我有肢體接觸了。就算偶爾不小心碰到，她也會立即退開，彷彿很排斥似的。她的重量令我意外，她的體溫，她豐滿的嘴唇，也都令我意外。我摟住她的腰，她攬住我的脖子，哭了起來。伊瑪也站起來，走過來，想和我們抱在一起。她一定以為姊姊不想離開，接下來那幾天她好開心，表現得好像什麼事情都搞定了。但小璦還是離開了，在那次的情緒崩潰之後，她變得更強悍，更堅決。她很寵愛伊瑪，親吻她幾千幾百次，說：我至少會一個星期寫一封信。她讓我擁抱親吻她，但沒有對我做同樣的動作。我陪在她身邊，想揣測她的每一個願望。但一點用都沒有。我埋怨她太冷淡，她說：誰都不可能和你有真正的關係，對你來說，只有工作和莉娜阿姨才重要，這兩件事情可以吞噬掉一切。對艾莎來說，留在這裡才是真正的懲罰。再見了，媽媽。

積極來看，她終於再次叫她妹妹的名字了。

33

一九八八年九月初，艾莎回家，我希望她的活力能趕走莉拉拚命想辦法帶給我的虛無空洞。但結果並沒有。黎諾在這個家裡，非但沒有帶來新的生命力，反而讓整個屋子顯得更陰冷荒涼。他是個可愛的年輕人，對艾莎和伊瑪言聽計從，她們把他當僕人使喚。而我承認，我也交付給他許多無聊的工作——主要是去大排長龍的郵局——讓我有更多時間可以寫作。但看見這個龐大緩慢的身軀在屋裡走動，隨時微微點頭，無精打采，總是讓我心情很不好。他一向很聽話，只是記不住一些基本規則，例如尿尿的時候要掀起馬桶坐墊，要保持浴缸乾淨，別把髒襪子和內衣丟在地板上。

艾莎想都沒想過要改善這個情況，甚至還刻意讓情況變得複雜。我不喜歡她當著伊瑪的面，對尼諾忸怩作態的樣子。更不喜歡她明明只是十五歲女孩，卻表現得像個恣意縱情的女人。最重要的是我受不了她現在和黎諾睡在以前和小璦共用的那間房間。她早上睡眼惺忪走出房間，隨便吃幾口早餐，就去上學。一會兒之後，黎諾出現，花一個鐘頭吃早餐，然後關在浴室裡至少半個鐘頭，換好衣服，混時間，然後出門接艾莎放學。兩人回到家，開開心心吃飯，然後就關進房間裡。

那房間像犯罪現場，艾莎不准我碰任何東西。但他倆連窗戶都懶得開，也不肯稍微整理一下。我在琵露希雅來之前先動手清理，我很討厭讓她聞到性愛的氣味，讓她發現他倆關係的蛛絲馬跡。

琵露希雅不喜歡這個狀況。談到衣服、鞋子、化妝、髮型，她都很讚嘆我的摩登，但是眼前的這個情況，她很快就讓我明白，我做的這個決定，不管從哪一方面來看都太過摩登了，這必定會影響整個街坊。有天早上我正努力工作的時候，發現她站在那裡，非常不高興，手裡用報紙包了一個用過的保險套。那套子打了結，免得精液流出來。我在床腳找到的，她一臉憎惡地說。我假裝若無其事。沒必要拿給我看，我說，繼續在電腦上打字，丟進垃圾桶吧。

事實上我是不知道自己該有什麼反應。起初我以為隨著時間過去，情況會有所改善。每天都和艾莎有衝突，但我因為小璦的離去而難過，不希望也失去她。所以我越來越常去找莉拉，對她說：告訴黎諾，他是個好孩子，但也請他稍微注意一下整潔。但她似乎等著我來發牢騷，好找我吵架。

「把他趕回來啊。」她有天早上發火說，「留在你家這荒唐事已經夠了，就這麼辦吧：這裡還有房間，你女兒想見他的時候就下樓來，敲門，她想睡在這裡也沒問題。」

我很惱火。我的女兒必須敲門，問可不可以和她的兒子上床？我嘟囔說：

「不，現在這樣很好。」

「要是現在這樣很好，我們是在講什麼？」

我火冒三丈。

「莉拉，我只是請你告訴黎諾：他二十四歲了，叫他表現得像個大人好不好。我不想天天和艾莎吵架，我就快發脾氣，把她掃地出門了。」

「那問題就在你女兒身上，和我兒子無關。」

在這樣的情況之下，緊張氣氛急遽升高，但沒失控。她冷嘲熱諷，我滿懷挫折回家。有天晚上吃飯的時候，我們聽見她在樓梯口喊個不停，要黎諾即刻下樓見她。他很生氣，艾莎說要陪他去。但莉拉一看見她就說：這是我家的事，你回去。我女兒氣呼呼地回來，這時樓下爆發激烈吵架。莉拉咆哮，恩佐咆哮，黎諾咆哮。我替艾莎覺得難過，她焦慮地絞著手，說：媽媽，想想辦法，怎麼回事，他們為什麼對他這樣？

我什麼都沒說，也什麼都沒做。爭吵停止了，過了一段時間，黎諾還是沒回來。艾莎堅持要我去看看是怎麼回事。我下樓，開門的是恩佐，不是莉拉。他很累，很沮喪，沒請我進去。他說：

「莉拉告訴我說那孩子表現不好，從現在開始，要留在家裡。」

「我和她談一下吧。」

我和莉拉談到深夜，恩佐沉著臉，把自己關在另一個房間裡。我馬上就明白，她希望我感謝她。她出手干預，帶回兒子，羞辱了他。如今她希望我對她說：你兒子就像我自己的兒子一樣，他住在我家，和艾莎上床，都沒有問題，我不會再來發牢騷了。我僵持了好一會兒，還是讓步了，把黎諾帶回我家。我們才一出門，就聽見她和恩佐開始吵架了。

34

黎諾很感激。

「我欠你太多了，小琳阿姨，你是我所認識最好的人，我會永遠愛你。」

「黎諾，我一點也不好。你欠我的只是需要隨時記住，我們家只有一間浴室，除了艾莎之外，伊瑪和我也都用這間浴室。」

「你說的沒錯，對不起，有時候我心不在焉的。我不會再這樣了。」

他不斷道歉，也不斷岔開話題。他講得挺真誠的。他一直說他要去找份工作，他希望分擔家計，他會很小心，不再給我惹任何麻煩，他對我尊敬得不得了。但他沒找工作，而生活呢，在最令人沮喪的日常生活層面，仍然和以前一樣，甚至還更糟。但無論如何，我都不再去找莉拉。我告訴她：一切都很好。

我很清楚地發現，她和恩佐之間的關係越來越緊張，我不希望成為他們爭吵的導火線。有一陣子，最讓我不安的是，他們爭吵的本質改變了。過去都是莉拉咆哮，恩佐大半沉默以對。但如今不同了。莉拉吼叫，我常聽到她提起蒂娜的名字，而她的聲音透過樓板傳來，像某種生病的哀嗚。然後恩佐突然就脾氣爆發。他咆哮再咆哮，一連串滔滔不絕的忿怒言詞，全是最不堪入耳的方言。而莉拉沉默，恩佐咆哮的時候，我聽不見莉拉的聲音。但他一沉默下來，就會聽到門砰一聲摔上。我豎起耳朵聆聽莉拉拖著腳步走下樓梯，走出大門。然後她的腳步聲消失在通衢大道的車流聲裡。

恩佐以前會追出去找她，但現在不會。我心想，也許我該下樓，和他聊聊，告訴他：你自己告訴我說莉拉一直很痛苦，請多體諒她一點。但我放棄這個念頭，希望她會很快回來。然而她整天都在外面，有時連晚上都不回來。她在幹嘛呢？我想像她待在某個圖書館裡，就像彼耶特洛告訴我的那樣，或者在那不勒斯到處遊蕩，注意每一幢建築，每一座教堂，每一個紀念碑，每一面紀念牌。或者她把兩件事情混而為一：她先探索這個城市，然後再沉浸在書本裡找尋資料。因為事情接二連三地發生，我沒有時間也沒有心情想提到她這個新染上的狂熱，而她也沒對我提起。但我知道，她對什麼事情有興趣的時候，可以變得多麼癡迷，而她會投入這麼多時間與精神，我也一點都不意外。唯一會讓我有點擔心的是，她在大吼大叫之後消失，蒂娜的影子隨著她一起消失在這座城市裡，甚至連晚上也不例外。驀然浮現心頭的，是這城市地下一條條的凝灰岩隧道，是那有著一排排亡者頭顱與變黑的銅牌，給煉獄教堂的憂鬱亡靈指路的地下墓穴。有時候我醒著沒入睡，等著聽見臨街的大門砰一聲關上，她的腳步聲走上樓梯。

就在像這樣的一個陰鬱日子裡，警察來了。之前發生一場爭吵，她跑掉了。我警覺地望向窗外，看見警察朝我們這棟公寓走來。我很害怕，我以為是莉拉出事了。我急忙衝到樓梯口。警察是來找恩佐的，他們逮捕他。我想要干涉，想要了解是怎麼回事。他們粗魯地叫我閉嘴，給他戴上手銬。走下樓梯時，恩佐用方言對我喊道：等莉娜回來，叫她別擔心，這根本是胡鬧。

35

有好長一段時間，無法得知他被指控的是什麼罪。莉拉不再氣他，打起精神，全心全意關注他的事。面對這個新考驗，她沉默但堅決。唯一讓她氣憤的是，因為她和恩佐沒有正式的關係，而且她也沒有和斯岱方諾離婚，所以無法取得相當於妻子的身分，結果也就不可能見他。她開始花很多錢，透過非正式的管道，讓他可以感覺到她在他身邊給他支持。

我又去找尼諾。我從瑪麗莎那裡得知，期待他幫忙根本沒用，他絕對不會為他父親、他母親、他兄弟姊妹動一根手指的。但對我，他馬上就準備提供協助，或許是為了給伊瑪留下好印象，也或許是因為這可以間接對莉拉展現他的權力。然而，就連他也不知道恩佐的確切情況，他有好幾次給我不同版本的說法，但自己也承認這些說法其實並不可靠。到底是怎麼回事？可以肯定的是，在娜笛雅哭哭啼啼的自白裡提到了恩佐的名字。她肯定回溯到恩佐和帕斯蓋常到特里布納利路參加勞工學生聯盟時期的事。她肯定也提到多年前他們都參加小型示威活動，抗議北約官員在曼佐尼路擁有官舍的事。可以肯定的是，警方的偵訊一定也想把恩佐扯進套在帕斯蓋頭上的一長串犯罪活動裡。但我們能確定的就只有這樣，其餘的就都只是揣測了。或許娜笛雅指控恩佐要求帕斯蓋進行與政治無關的犯罪行動。或許娜笛雅指控這些血腥行為——特別是布魯諾．蘇卡佛的謀殺案——是帕斯蓋執行，但是恩佐策劃的。或許娜笛雅說她從帕斯蓋嘴裡聽說，殺了梭拉朗兄弟的是三個人：他、安東尼奧．卡普西歐和恩佐．史坎諾，他們是從小一起長大的朋友，團結一心，而且對梭拉朗兄弟有同樣的仇恨，所以共同犯下罪行。

那幾年情勢很複雜。我們成長過程的那個世界，秩序正在崩解。透過長期研究與正確政治人脈所磨練出來的舊有技巧，瞬間變得完全沒道理了。無政府主義者，馬克斯主義者，葛蘭西主義者[7]，共產主義者，列寧主義者，托洛茨基主義者，毛澤東主義者，勞工很快就成為過時的標籤，甚至更慘，是殘酷的標誌。人對人的剝削，以及利潤的最大化，在過去被認為是令人憎惡的現象，如今在各地卻成為自由與民主的關鍵因素。同時，透過合法與非法的手段，在國家與革命組織中僅存的開放言論也被沉重的大手給壓制了。每個人都很容易就會死於非命或被捕下獄，普通百姓也開始驚慌逃竄。像尼諾——在國會有議員席次——或亞曼多——多虧電視，現在是知名人物——這樣的人，本能地察覺到社會氣象的轉變，立即適應新節氣。至於像娜笛雅這樣的人，顯然得到很好的建議，用告密來抹滅良知。但帕斯蓋和恩佐這樣的人不會。我想像他們還繼續用六〇和七〇年代所學到的口號去思考，去表達，去攻擊，去捍衛。事實上，就連在牢裡，帕斯蓋都還在奮戰，他沒對那些公務員講半句話，甚至也沒替自己辯護或澄清罪名。而相反的，恩佐肯定是開口了。他用平常那種費勁的講話方式，謹慎地遣詞用字，表達他身為共產黨員的感覺，但

7 葛蘭西主義者（Gramscain），指信奉安東尼奧．葛蘭西（Antonio Gramsci, 1891~1937）的理念。葛蘭西是義大利共產主義思想家，也是義大利共產黨的創始人之一，他的「文化霸權」理論影響深遠。

同時也否認他們控訴他的所有罪名。

莉拉則竭盡所能，以她的才智和壞脾氣，以及要價極度昂貴的律師，奮力拯救他脫離困境。恩佐是個陰謀家？好戰份子？他這麼多年來，每天日以繼夜在Basic Sight工作，哪來的時間？他怎麼和帕斯蓋、安東尼奧合力謀殺梭拉朗兄弟，如果他當時人在亞維里諾，而安東尼奧人在德國？更重要的是，就算認為有這個可能，這三名好朋友在街坊人盡皆識，不管有沒有戴滑雪面罩，每個人都認得出他們來。

但沒有什麼可做的，就像大家說的，司法之輪不停往前轉，後來我甚至擔心莉拉也會被捕。娜笛雅指出一個又一個名字。他們逮捕了幾個和特里布納利路活動有關的人——有一個在聯合國工作，一個在糧農組織工作，還有一個是銀行員工——最後甚至連亞曼多的前妻伊莎貝拉也在劫難逃，雖然她如今已是安分守己的家庭主婦，嫁給義大利國家電力公司的一名技術工程師。娜笛雅只放過兩個人：她哥哥，以及——儘管已經給她帶來極大的恐懼——莉拉。或許嘉利亞妮老師的這個女兒認為，把恩佐捲進來，已經給了她重重一擊。又或者她雖然恨莉拉，卻也尊敬她，所以在幾經遲疑之後，決定還是放她一馬。又或者她很怕莉拉，怕和她當面對質。但我寧可相信她知道蒂娜的事，憐憫她，甚至是認為如果任何一個母親遭遇過這樣的經驗，就再也沒有任何事情可以傷害得了她。

最後，起訴恩佐的罪名證明毫無實據，司法放鬆掌力，疲乏了。經過許多個月之後，真正取得的證據很少：他和帕斯蓋的舊誼，特杜西歐聖吉瓦尼時期在勞工學生聯盟的凶狠好鬥，帕斯蓋藏身的那間塞里諾山區破農舍是他在亞維里諾的熟人出面租的。隨著司法調查的進行，他的角色慢慢從殘酷罪行的危險領導人、策劃人與執行者，弱化成對武裝鬥爭的同情者。最後甚至連這樣的同情都證明只是口頭說說的意見，並沒有化成具體的犯罪行動。恩佐獲釋回家。

但這時距他被捕已經快兩年了。街坊給他貼上的標籤，說他是比帕斯蓋．佩盧索更可怕的恐怖份子，已經如影隨形撕不掉了。帕斯蓋——人們在街上和店鋪裡說——我們從他小時候就認識他，他總是努力工作，他唯一的罪行就是在柏林圍牆倒塌之後都還沒脫掉他父親為他縫製的共產主義制服，這讓他犯了其他的罪，永遠不屈服。但另一方面，恩佐——他們說——非常聰明，用沉默不語和Basic Sight的財富來偽裝，更重要的是，躲在他背後指揮他的是莉娜．瑟魯羅，那是他的闇黑靈魂，比他更聰明，也更危險。他們兩個，沒錯，他們兩個肯定做了可怕的事情。於是，隨著這卑鄙謠言的傳播，他們倆被當成殺人不眨眼，而且聰明地知道如何逃過懲罰的人。

在這個氛圍之下，他們的生意原本就因為莉拉的漠不關心，以及她花在請律師與其他事情上的大錢而有了麻煩，如今更是無以為繼。最後在他們兩人的同意之下，賣掉公司，雖然恩佐一直以為公司價值十億里拉，但他們最後卻只拿到兩億。一九九二年春天，他們不再吵架，不再是公司合夥人，也不再是生活伴侶。恩佐把大部分的錢留給莉拉，自己到米蘭去找工作。有天下午他對我說：請留在她身邊，她是個對自己覺得很不安的女人，她老了會很難熬。有段時間，他很勤於寫信，我也是。有幾次，他還打電話給我。然後就這樣結束了。

36

差不多就在同樣的時間，另一對情人分手了：艾莎和黎諾。他們的愛情與同聲一氣維持了五、六個月，這時我女兒把我拉到一旁，說她迷上了一位年輕的數學老師，那是另一班的老師，根本不知道她的存在。我問：

「那黎諾呢？」

她回答說：

「他是我的最愛。」

在她發出玩笑似的嘆息聲時，我明白她是把愛和迷戀看成是兩回事，對黎諾的愛並不影響她對數學老師的迷戀。

因為我通常壓力很大——寫得很多，發表很多，旅行很多——所以伊瑪成為艾莎和黎諾兩人吐露心聲的知己。我這小女兒很尊重他倆的感情，從兩人口中聽到實情，也成為我可靠的情報來源。我從她那裡得知，艾莎成功完成誘惑老師的計畫。也從她那裡得知，黎諾終於開始懷疑他和艾莎的感情並不順利。我從她那裡知道，艾莎放棄了老師，免得讓黎諾受苦。我從她那裡知道，才放棄一個月，艾莎就又故態復萌了。我從她那裡知道，黎諾痛苦了將近一年，最後找她對質，哭著哀求她告訴他是不是還愛他。我從她那裡知道，艾莎罵他：我不再愛你了，我愛的是別人。我從她那裡知道，黎諾打艾莎耳光，但只是指尖輕輕拂過，只是為了表現自己是個大男人。我從她那裡知道，艾莎衝進廚房，抓起掃帚，用力打他，但他一點都沒有反抗。

然而，從莉拉那裡，我聽說黎諾——我不在家的時候，艾莎放學後沒回家，一夜未歸——絕望地回去找她。她有天晚上對我說，多注意你女兒一點，了解她到底想要什麼。但她說得一副事不關己的樣子，對艾莎和黎諾的未來不以為意。她甚至還說：而且啊，看著好了，就算給了什麼承諾，但又什麼都沒做，也還是沒關係。然後她嘟囔說：我們又不是為小孩而活。我想回答說我覺得自己是個好媽媽，把自己累得半死，就只因為不想為了工作而忽略小瑷、艾莎和伊瑪。但我沒說，我覺得她這時並不是在生我或我女兒的氣，她只是想讓我知道，她對黎諾的漠不關心是很正常的。

艾莎離開老師之後，情況變了，她開始和同學一起出門去唸書，準備期末考。她馬上就告訴黎諾，讓他知道他們的關係結束了。趁著我人在杜林，莉拉還到樓上來，搞得場面很難看。你媽在你腦袋裡到底塞了什麼東西，她用方言說，你這人沒有感情，你傷害別人，卻一點都不自知。然後她罵艾莎：親愛的，你以為你自己很重要啊，其實就只不過是個賤貨。至少艾莎是這麼告訴我的，還有伊瑪證實。伊瑪對我說：是真的，媽媽，她罵她是賤貨。

無論莉拉是怎麼罵她的，都在我這個二女兒心裡留下了陰影。艾莎失去了平常的輕快。她拋開了和她一起唸書的同學，對黎諾很客氣，但讓他一個人睡，自己搬到伊瑪房間裡。考試結束後，她決定去看她爸爸和小瑷，雖然小瑷一點都沒有要和她和解的跡象。她赴波士頓，在彼耶特洛的協助之下，兩姊妹達成共識，愛上黎諾根本就是個錯誤。和解之後，兩人度過很愉快的時光，一起在美國旅行，艾莎回到那不勒斯時，心情好像也平靜了不少。但她沒和我待在一起多久。她主修物理學，再次變得輕佻刻薄，老是換男朋友。因為有很多人追她，包括同學、年輕的數學老師，當然還有黎諾，她沒去考試，回到幾個舊愛身邊，一面又和新歡糾纏不清，搞得一事無成。最後她再度赴美國，決定要在那裡唸書。她就像小瑷一樣，沒和莉拉道別就離開，但很意外的是，卻對她頗有好評。她說她了解我為什麼和莉拉能維持這麼久的友誼，而且不帶任何諷刺意味地說，莉拉是她所認識最好的人。

37

然而，黎諾並不這麼想。很令人意外的，艾莎離去後，他卻還是繼續和我住在一起。他絕望了好長一段時間，怕再一次跌入我拯救他脫離的那個身心罪惡淵藪。他非常敬佩我，感激我拯救他，也賦與我許多的美德。他繼續住在小瑷和艾莎的那個房間，當然也替我做很多事。我讓他開車載我去車站，幫我提行李，我從外地回來的時候，他也來載我，提行李。他變成我的司機，我的跑腿，我的管家兼雜工。需要錢的時候，他會很客氣地開口問，沒有絲毫良心不安。

偶爾他讓我緊張的時候，我會提醒他，他對自己媽媽也有義務。他了解，然後有段時間不見人影。但遲早會垂頭喪氣地回來，說莉拉老是不在家，那空蕩蕩的公寓讓他傷心，再不然就是抱怨說：她連招呼都不打，就只坐在電腦前面寫東西。

莉拉在寫東西？在寫什麼？

我的好奇心起先並不強烈，只是漫不經心地觀察而已。當時我將近五十歲，正在最成功的階段，一年出版兩本書，而且都很暢銷。閱讀和寫作變成我的職業，像所有的職業一樣，開始讓我覺得負擔沉重。我記得當時想：我如果是她，就坐在長椅上曬太陽，什麼都不做。然後我對自己說：如果寫作對她有益，那也很好。我繼續做自己的事，忘了這回事。

38

小璦和艾莎先後離家，讓我很哀傷。她倆到頭來都喜歡父親勝於我，更是讓我難過。她們當然愛我，當然想念我。我時常寫信，在心情低落的時候也打電話，完全不管電話費有多貴。我喜歡聽見小璦說：我常夢見你。艾莎若在信中寫：「我到處找你用的那種香水，我也想用。」總是讓我很感動。但事實是，她們離開了，我已經失去她們了。她們寫來的每一封信，打來的每一通電話都在在證明這個事實，儘管她們因為和我分離而受苦，但她們和父親不會有像和我發生的那種衝突，他是她們踏進真實世界的關鍵點。

有天早上，莉拉用很難以理解的口吻對我說：你讓伊瑪住在這個街坊很沒道理，把她送去羅馬給黎諾吧，她肯定也很想對她姊姊說，看吧，我也做到和你們一樣的事。這段話讓我很不高興。她一副冷靜給我建議的樣子，卻是想叫我把小女兒也送走。她彷彿在說：這樣對伊瑪和你都比較好。我回答說：要是伊瑪也離開我，我的人生就沒有意義了。但她露出微笑：誰規定人生就要有意義的？於是她開始批評我寫的東西。她嘲諷說：意義是一條黑黑的髒東西，活像昆蟲大便嗎？她要我休息一下，嚷著說：要這麼努力工作幹嘛。夠了。

我有很長一段時間都覺得不安。一方面我想：她希望我也失去伊瑪。但另一方面我對自己說：她說的沒錯，我應該讓伊瑪和她父親在一起。我不知道是應該繼續摟緊我這個唯一在身邊的女兒，還是為了她好，強化她與尼諾的關係。

要做到這一點並不容易，最近的這次選舉就是個證明。伊瑪才十一歲，但充滿政治熱情。我記得她寫信給父親，說她願意竭盡所有可能的方式幫他助選，也希望我幫忙。我比以前更痛恨社會黨。見到尼諾的時候，我總是說：看看你現在的模樣，我都認不得你了。我甚至有點誇張地說：我們都生長在貧困暴力的環境，梭拉朗兄弟是偷走一切的罪犯，但是你更惡劣，你是搶匪幫，創造法律來搶劫別人。他輕鬆地回答說：你對政治一無所知，你什麼都不了解，去玩你的文學吧，別談這些你根本不懂的事情。

但情勢急轉直下。長期的貪腐——這是在各個層級都被認為是不成文規則的普遍作風，但在最受尊敬的高層反而最為嚴重——因為司法體系突然硬起來，而浮出水面。原本認為這些手伸進收銀機裡被逮的貪腐高層都是沒有經驗的新人，也只是少數，但後來卻發現人數不斷倍增，揭開了整個國家管理階層的真面目。隨著選舉逼近，我發現尼諾的輕鬆態度逐漸消失。既然我小有名氣，也算有些聲望，他利用伊瑪來要求我公開挺他。我答應女兒，免得傷她心，但事實上我卻退縮了。伊瑪很生氣，她不斷重申對父親的支持，他要求她在選舉廣告上站在他身邊時，她簡直樂壞了。我很反感，也發現自己陷入左右為難的境地。一方面，伊瑪來請求我同意的時候我沒拒絕，因為一拒絕肯定就要和她絕裂。但另一方面，我又在電話上責備尼諾：放亞伯提諾的照片，放麗狄亞的照片啊，休想這樣利用我女兒。他先是堅持，接著猶豫，最後屈服。我強迫他告訴伊瑪說他問過孩子們，但他們不肯出現在廣告上。但她知道她之所以無法公開站在父親身邊，都是因為我，她說：你不愛我，媽媽，你讓小璦和艾莎去和彼耶特洛住在一起，而我甚至不能和爸爸在一起五分鐘。尼諾連任失敗，伊瑪哭了起來，一面哭一面說都是我的錯。

換句話說，情況非常複雜。尼諾很受傷，場面變得很難搞。有一陣子，他似乎是選舉唯一的受害者，但事實並非如此，整個政黨體系很快就崩解了，我們失去了他的蹤跡。選民對誰都生氣，氣舊人，氣新人，氣更新的人。以前人民害怕那些想要顛覆國家的人，如今他們更討厭的是假裝為國家服務，其實卻像蘋果裡的蟲囓食國家的人。躲藏在華麗誇張的權力運作與自負傲慢夸夸其言之下的一股黑潮變得越來越明顯，擴及義大利的每一個角落。我童年的這個街坊不是唯一一個未得上帝恩寵的地方，那不勒斯也不是唯一一個無可挽救的城市。有天早上我在樓梯碰到莉拉，她很開心，給我看她才剛買的《共和報》。上面有張吉鐸．艾羅塔的照片。攝影師是什麼時候拍的我並不知道，但捕捉到他驚恐的表情，讓我幾乎認不出是他來。這篇充滿傳聞與可能如何如何的文章，進一步印證假設，不要說是老謀深算的政治操作者，就算是聲望崇隆的學者也很快就會被法官傳喚，因為他們對義大利的腐敗內情知之甚詳。

39

吉鐸．艾羅塔並未被法官傳喚，但好幾天的時間，在報紙週刊所畫出來的貪腐地圖裡，他都占有一席之地。我很慶幸，在這個情況下，彼耶特洛人在美國，小璦和艾莎也在大西洋的另一端有了新生活。但我很擔心璦黛兒，我想我至少應該打電話給她。但我很遲疑，對自己說：她會覺得我幸災樂禍，很難讓她相信我是真心的。

後來我決定打給梅麗雅羅莎，這對我來說似乎比較容易。我已經好幾年沒見過她，也沒和她講過話，她接電話的態度冷淡，一副挖苦的口氣：你發展得多好啊，親愛的，現在你的文章到處都看得見，翻開任何一份報紙或雜誌，想不看到你的名字都很難。然後她詳盡說起自己的情況，這是她以前從來沒有過的。她提到書，提到文章，提到旅行，但最讓我吃驚的是，她離開了大學。

「為什麼？」我問。

「我覺得大學很討厭。」

「現在呢？」

「什麼現在？」

「你現在靠什麼過日子？」

「我家很有錢啊。」

但話一出口，她就後悔了，很不自在地笑起來。之後，是她主動提起她父親的。她說：這註定要發生的。她引述法蘭柯的話，說他老早就了解到，若是一切不改變，更艱難的時代就會來臨，而這社會也就沒有了希望。她很生氣：我爸爸以為你可以很有技巧地在這裡改變一點，在那裡改變一點。但如果這樣做，你幾乎什麼也沒改變，反而進入了謊言的體系裡，除非你像其他人那樣說謊，否則他們就會除掉你。我問她：

「吉鐸有罪，他拿了錢？」

她緊張地笑起來：

「沒錯。但他完全是無辜的。他這輩子從來沒把一毛非法的錢收進口袋裡。」

這時她再次把話題轉向我身上，但說起話來更加有戒心。她說：你寫得太多了，不再讓我覺得驚喜。雖然打電話來的人是我，但是說再見，掛掉電話的人是她。

梅麗雅羅莎對她父親相互矛盾的雙重判斷後來證明是真的。圍繞在吉鐸身邊的媒體風暴逐漸消退，他回到自己的研究工作裡，不過，他依舊是個肯定有罪的無辜者，或者如果你願意的話，也可以說他是肯定無辜的有罪之人。在我看來，這是可以打電話給瑷黛兒的時機。她語帶諷刺地謝謝我的關心，刻意表現她對小瑷和艾莎的課業與生活比我還了解，不時講著什麼：在我們這個國家，任何人都可能遭受辱罵，受敬重的人最好快點移民。我問說我可不可以和吉鐸打聲招呼時，她說：我會替你轉告，他正在休息。接著她很不滿地說：他唯一的罪就是身邊淨是些沒有道德的所謂新文化人，什麼事都做得出來的年輕機會主義者，人渣。

就在這天晚上，電視上出現了一個格外令人雀躍的畫面，是前社會黨副主席吉歐瓦尼·薩拉托爾——他當時已經不是個年輕人，五十歲了——他也加入了越來越擁擠的貪官污吏名單裡。

40

這個新聞讓伊瑪格外傷心。在她剛懂事的那幾年，很少見到父親，但把他當成偶像。她對同學，對老師吹噓自己的父親，拿報上登的那張他們手拉手一起站在國會門口的照片給每個人看。如果要想像未來結婚的對象，她會說：他一定要長得很高，皮膚黝黑，長相英俊。知道父親最後落得像街坊的凡夫俗子那樣鋃鐺入獄，她就失去了我竭盡所能想讓她擁有的平靜心態。她覺得那個地方很可怕，而且如今她長大了，可以用肯定的語彙說出她的恐懼。她的擔心顯得越來越有道理。她在睡夢裡哭泣，半夜醒來，想過來和我一起睡。

有一回我碰到瑪麗莎，疲累，邋遢，比平常怒氣沖沖。她一點都沒注意伊瑪，說：尼諾是自做自受，他永遠都只想著他自己，就像你知道的，他從來不願意給我們任何幫助，他平常一副正直高貴的樣子，卻只有對親人這個樣子，真是個混蛋。我女兒一個字都聽不下去，不理會站在通衢大道上的我們，逕自跑開了，我馬上對瑪麗莎道再見，追上伊瑪，想安撫她：別理她，你父親和他妹妹向來就處不好。但我不再在她面前批評尼諾。事實上，我不再在任何人面前批評尼諾。我想起我去找他打探帕斯蓋和恩佐的情況。在天堂裡，你總是需要守護聖徒來帶你航過晦暗不明的陰間。而尼諾雖然一點都不像聖徒，卻幫助了我。如今，聖徒已紛紛墜入地獄，我沒有對象可以打探他的情況。我得到的不可靠消息全是來自於他那一大群惡魔般的律師。

41

我不得不說，莉拉從來沒對尼諾的命運表現出絲毫興趣。對於他這個官司的大麻煩，她拿來當成是可以取笑的事情。她臉上的表情像是回想起某個足以解釋一切事情的細節，說：每回需要錢，他就去找布魯諾．蘇卡佛要，而他當然是不會還的。然後她又嘟囔說，發生在他身上的事，她早就想像得到。他微笑，他握手，他覺得自己最棒，他總是想表現自己在任何可能的情況裡都可以應付自如。他要是做錯了什麼，都是為了表現得更加討喜，表現得更加聰明而故意做的，他就這樣爬得越來越高。就是這樣。到後來，她一副當尼諾已經不存在似的。她以前對帕斯蓋和恩佐有多盡心，如今對這位前薩拉托爾閣下就有多漠視。看來她很關注報紙和電視上有關於尼諾的報導。他經常出現在電視上，臉色蒼白，頭髮突然灰白，臉上的表情很像孩子在說：我發誓，不是我。當然她從沒問過我，知不知道他的情況，沒問我是不是想辦法去見他，他想要什麼，他父親情況如何，他媽媽、他弟弟妹妹有什麼反應沒有。相反的，不知基於什麼理由，她對伊瑪的興趣重新點燃了，再次花時間和她在一起。

她把兒子黎諾像個布偶那樣丟給我，像有了新情人，不想要舊人似的，她再次和我女兒黏在一起，而向來對愛不嫌多的伊瑪，也又開始愛她了。我看見她們不時交談，常常一起出門。莉拉對我說：我帶她去植物園、博物館、卡波迪蒙特美術館。

在我們那不勒斯生活的最後一段期間，她帶伊瑪逛整座城市，把自己的興趣感染給她。莉娜阿姨懂得好多喔，伊瑪欣羨地說。我很高興，因為莉拉帶著她到處逛，減輕她許多煩惱，包括對父親的擔憂，包括同班同學因為家長煽動而對她的咒罵，以及老師因為她姓薩拉托爾而不再關心她。但不只是這樣。我從伊瑪告訴我的事情裡越來越清楚地知道，莉拉心裡盤算的是什麼，她低頭在電腦前面，花了一個鐘頭又一個鐘頭寫的報告，並不是這個或那個紀念碑，而是永恆的那不勒斯。這是她從未對我提及的偉大計畫。她想要讓我參與她熱情計畫的時機已經過了，她選擇了我的女兒當她的知己。她對伊瑪重新講述她所知的一切，拉她去看讓她自己興奮或入迷的一切。

42

伊瑪接受力很強，記東西也很快。是她教我關於馬提尼廣場的一切，那個過去對莉拉和我都如此重要的地方。我對那裡一無所知，但莉拉研讀過那裡的歷史，告訴了她。她就在廣場上把這些東西重新講給我聽，那是個早上，我們去那裡購物。我想，她的說法揉合了事實、她的幻想，以及莉拉的幻想。這裡，媽媽，在十八世紀還是鄉下喔。那裡有樹，那裡是農舍，別墅，還有一條路直直通到海邊，叫奇艾亞的聖凱特琳娜斜坡，是用角落的那座教堂命名的，那教堂很老，但是很醜。一八四八年五月十五日之後，就在這裡，很多爭取憲法和國會的愛國志士被殺死，波旁王朝國王斐迪南二世為了表示和平再次降臨，決定築一條和平大道，然後在這個廣場蓋一個頂端有聖母像的圓柱。但是那不勒斯併入義大利王國之後，波旁王朝就被驅逐了。市長斯提格利亞諾的吉瑟普·柯羅納要雕刻家安里柯·阿維諾把和平聖母圓柱改成紀念為爭取那不勒斯自由犧牲的烈士。所以安里柯．阿維諾在圓柱底部雕上四隻獅子，象徵那不勒斯革命的偉大時刻：一七九九之獅，受了致命重傷；一八二〇運動之獅，被劍刺穿，卻還是奮力不放棄；一八四八之獅，代表了被鎮壓但未屈服的志士；最後，一八五九之獅，脅迫復仇。然後，媽媽，在那上面，他沒放上和平聖母，而是個年輕美女的銅雕，那就是勝利女神，為世界帶來平衡：勝利女神左手舉劍，右手是送給那不勒斯市民、自由烈士的花環。這些自由烈士死在戰場或絞刑架上，用鮮血為人民復仇。諸如此類的。

我常隱隱覺得，莉拉是用過去的歷史來讓伊瑪跌宕起伏的現在變得正常。在她所描述的那不勒斯種種裡，總是有些東西原本很可怕，很混亂，但後來變成漂亮的建築、漂亮的街道或紀念碑，只為了遺忘過往，為了失去意義，為了衰敗，進步，再衰敗，依據的是本質上難以預測的潮汐起落，忽而波濤洶湧，忽而風平浪靜，忽而傾盆大雨，忽而瀑布奔流。在莉拉的計畫裡，最不可或缺的是提出問題。誰是殉道者，獅子代表的是什麼，戰鬥和絞刑是什麼時候發生的，和平大道，聖母瑪麗亞，勝利女神。這些故事是由以前、之後與當下所構成的。在極為富裕的奇艾亞區建立之前，教宗聖額我略曾在書信中提到這裡是低窪地，一片傾斜朝向海灘與大海的沼澤，野林密生，直長到佛莫洛山丘上。在十九世紀稱之為重建或大整理的城市改造，以及鐵路聯合營運之前，這裡是衛生環境很差的地方，每塊石頭都遭到污染，但也有不少燦爛奪目的紀念碑，假清理重建之名被瘋狂拆除了。有一塊被清理的地方，很長一段時間都被叫做瓦斯托。瓦斯托這個名字指的是卡普安納門和諾拉納門之間的地帶，但大清理之後，就保留了這個名字。莉拉再次唸這個名字——瓦斯托——她喜歡，而伊瑪也喜歡：瓦斯托和重建、廢棄物和衛生、排洩廢物、劫掠、毀壞、掏光內在的渴望，以及建設、整序、設計新街道與為舊街道命名的渴望，都是為了建造嶄新的世界，隱藏舊有的邪惡，然而，邪惡也永遠都準備好要索求報復。

事實上，在瓦斯托被叫做瓦斯托，成為一片荒地之前——莉娜阿姨說——這裡有別墅，有花園，有噴泉。就在這個地方，維科侯爵蓋了一座宮殿，有著花園，名為天堂。天堂花園有很多關於水的好玩機關，媽媽。最有名的是一棵白色的桑樹，裡面裝有肉眼幾乎看不見的小管子：水流過這些小管子，像雨水一樣從樹枝落下來，或者是像瀑布那樣嘩啦啦落在樹幹上。你聽懂了嗎？從維科侯爵的天堂花園到瓦斯托侯爵的瓦斯托，再到尼可拉．阿默爾市長的大清理，再變回到瓦斯托，到更進一步的清理重建，周而復始。

啊，這真是個奇妙的城市，莉娜阿姨對我女兒說，這真是一座輝煌燦爛的偉大城市：這裡的人講著各式各樣的語言，伊瑪，這裡可以建設起一切，也可以拆毀一切；這裡的人不信任言語，卻又喋喋不休；維蘇威火山日日提醒你，最有權勢之人的所作所為，最驚人的傑作，都可以在短短幾秒鐘之間，被火、被地震、被煙燼、被大海摧毀殆盡，絲毫不存。

我聽她說，但偶爾覺得很困惑。沒錯，伊瑪是得到安慰了，但原因是莉拉帶給她一連串的輝煌歷史與傳奇，在這循環不息的那不勒斯裡，所有的東西都令人嘆為觀止，灰暗蒙塵、沒有道理的一切，都會再次顯得燦爛奪目，就像一朵雲飄過，遮蔽了太陽，讓太陽身影黯淡，變成一個怯懦蒼白的圓盤，彷彿就要毀滅了，但是看啊，等雲一消散，太陽就再次燦燦發光，亮得讓你必須伸手遮住眼睛。在莉拉的故事裡，這些有著天堂花園的宅邸成為廢墟，荒草蔓生，有時候有仙女、精靈、樹神或羊男棲身其間，有時候是亡靈，有時候是上帝派到古堡或普通民宅的惡魔，好讓他們贖清自己的罪孽，或用來測試好心人，等死後給予他們報償。這些美麗、具體、迷人的故事都是從夜晚的想像裡移植而來，但也都像是陰影裡的故事。伊瑪告訴我，離大海僅有幾步距離的波西利波岬，就在嘉裘拉正對面，葛羅塔戴拉費特上去一點的地方，有一幢很有名的建築，住有幽靈。在維科聖曼達托和維科曼德拉戈恩的建築裡也都有幽靈。莉拉答應要帶她去聖塔露西亞的街道上找一個名叫法西歐內的幽靈。他叫這個名字，是因為有張大臉。他很危險，誰吵到他，就朝誰丟大石頭。而且，莉拉告訴她，很多死掉小孩的幽靈住在皮佐法爾康和其他地方。在諾拉納門附近，夜裡常常看見有個小孩的幽魂。他們是真的存在，還是不存在？莉娜阿姨說幽靈真的存在，但不是在這些地方，不在巷弄裡，也不在瓦斯托的古老大門附近。他們存在於人們的耳朵裡，存在於往內看而非往外看的眼睛裡，在即將脫口說出的聲音裡，在開始思考的腦袋裡，因為語言文字有滿滿的鬼魂，也有滿滿的意象。這是真的嗎，媽媽？

真的，我回答說，也許是真的：要是莉娜阿姨這麼說，就有可能是真的。這個城市什麼事情都有，不管是大事小事——莉拉告訴她——如果你到博物館，到畫廊去，甚至可以看得見幽靈。特別是到國家圖書館去的時候，因為書裡有很多的幽靈。例如你翻開一本，馬薩涅羅[9]就會跳出來。馬薩涅羅是個既有趣又可怕的幽靈，他會讓窮人發笑，讓富人發抖。伊瑪特別喜歡這個故事，說他拔出劍來不是去殺了馬達羅尼公爵或公爵的父親，而是他們的肖像，颯，颯，颯。伊瑪

9 馬薩涅羅（Tommaso Massaniello, 1622~1647），原為漁夫，一六四七年成為那不勒斯反抗西班牙哈布斯王朝統治的革命領袖。

覺得，最好笑的部分是馬薩涅羅砍了馬達羅尼公爵和公爵父親在肖像裡的頭，還把其他可惡貴族的肖像吊了起來。他砍掉肖像的頭，伊瑪不敢置信地哈哈大笑，還吊死肖像。在這些砍頭吊死的動作之後，馬薩涅羅穿上繡著銀線的藍色絲袍，脖子戴上黃金項圈，帽子別上一顆鑽石，走向市場。他的穿著打扮活像侯爵，公爵，甚至王子。但他其實是個勞工，是個漁夫，根本不識字更不會寫字。莉娜阿姨說，在那不勒斯就會發生這類的事情，可以光明正大地做，不需要假惺惺地通過法律，頒布施行，假裝情況會比以前更好。在那不勒斯，任何人都不需要任何藉口，誰都可以光明正大拿走一切，清清楚楚，完全滿足。

有個部長的故事讓她印象深刻。這和我們城裡的博物館與龐貝城有關。伊瑪用嚴肅的口吻告訴我：你知道嗎，媽媽，大約一百年前，有個教育部長納希從開鑿龐貝城的人手中接下一尊剛出土、很珍貴的小雕像？你知道嗎，他複製了龐貝最珍貴的藝術品，用來裝飾他在特拉帕尼的別墅？這個納希，媽媽，雖然是義大利王國政府的部長，卻任意行事。工人給他一尊漂亮的小雕像，他就收下，覺得那尊雕像擺在他家會很漂亮。有時候你會犯錯，但如果小時候沒有人教你什麼是公眾利益，你就不懂什麼是犯罪。

我不知道她說的最後這一段話，是轉述莉娜阿姨的話，還是她自己的結論。反正我不喜歡她這麼說，所以決定干預。我遣詞用字很謹慎，但很明確：莉娜阿姨告訴你很多很棒的事情，我很高興，她興奮起來的時候，沒有人擋得住她。但是對人們做出的可怕行為，你不能不以為意。你不能相信，伊瑪，特別是涉及國會議員和部長、銀行家和祕密結社黨員的事情。你不能相信這世界追著自己的尾巴打轉——這一刻情況很好，下一刻情況不好，但再下一刻又好轉了。我們的態度必須一以貫之，必須有紀律，一步一步，無論我們周遭的世界是如何運轉的，而且我們必須小心，不要犯錯，因為我們要為自己的錯誤付出代價。

伊瑪下唇顫抖，她問我：

「爸爸不會再進國會了？」

我不知道該怎麼說，但她明白。彷彿為了以正面的反應來鼓勵我似的，她說：

「莉娜阿姨是這麼想的，她說他會回來的。」

我遲疑一下，然後拿定主意。

「不，伊瑪，我想不會。但是爸爸並不一定得是個重要人物，你才能愛他啊。」

43

這是個錯得離譜的答案。尼諾以他慣有的能力，擺脫他所踏進的陷阱。伊瑪知道了，非常開心。她說要見他，但他消失了一段時間，很難找到他的下落。我們敲定時間，他帶我們到莫吉林納的披薩屋，但沒了平常的活力。他很緊張，心有旁騖，只對伊瑪說人絕對不能仰賴政治結盟。他形容自己是個並非真左派的左派受害者，他們比法西斯份子還惡劣啊，你等著看好了——他要她放心——爸爸會搞定一切的。

後來我讀到他一篇非常激進的文章，他又回頭擁抱他很久以前就擁戴的論點：法律力量必須臣服於行政力量。他寫得義憤填膺：法官怎麼可以前一天對抗想直搗國家心臟的人，隔天就要老百姓相信同一顆心臟病了，必須丟棄。他努力奮戰讓自己不出局。他在他原本的政黨裡找不到立足點，更進一步轉而加入右派，一九九四年，光芒四射地重新贏得國會席次。

伊瑪得知父親再度成為薩拉托爾閣下，而且在那不勒斯得票率極高，她非常高興。一聽到消息，就跑來告訴我：你寫書，但是你沒辦法像莉娜阿姨那樣預測未來。

44

我沒生她的氣，基本上，我女兒只是想對我指出，我太看不起她父親了，我不了解他有多偉大。但這些話（你寫書，但是你沒辦法像莉娜阿姨那樣預測未來）還是產生了始料未及的作用：這迫使我不得不注意到，在伊瑪眼中可以看見未來的莉拉，在年過五十的此時開始正式重拾閱讀、研習，甚至寫作。彼耶特洛覺得她透過這樣的決定，進行某種自我治療，對抗失去蒂娜的苦痛。但住在街坊的最後一年，我對彼耶特洛的感受或伊瑪的想法都不滿意。只要一逮到機會，我就提起這個話題，問問題。

「那不勒斯有這麼有趣啊？」

「這有什麼問題嗎？」

「沒有，是我嫉妒你。你為了自己的樂趣而研究，而我讀書寫作卻都是為了工作。」

「我沒在研究什麼啊。我只是看看建築，看看街道，看看紀念碑，也許還花一些時間找資料，就只有這樣。」

「這就是研究啊。」

「你這麼認為？」

她迴避我的問題，不想對我吐實。但有時候她變得很興奮，是她特有的那種興奮，開始談起我們的這座城市，彷彿這座由尋常街道、由普通市井所組合而成的城市，只對她一個人顯露祕密的光芒。僅僅幾句話，她就把這座城市變成天底下最值得紀念、最具有意義的地方，經過短暫的交談之後，我帶著滿腹怒火回去做我的事。生長在那不勒斯，卻從沒努力了解這個地方，真是太嚴重的輕忽大意了。我就要第二次離開這個地方了，這個我總共度過三十年光陰的地方，我生長的地方，但我卻還是對它一無所知。彼耶特洛曾經責備過我的無知，而今我譴責自己。我聽著莉拉說話，感覺到自己的飄緲無根。

而學來從不費功夫的她，此時卻似已能賦予每一個紀念碑，每一塊石頭豐富的意義，以及充滿絢麗幻想的重要性，讓我很樂於拋開我正在寫的胡言亂語，也開始去研究。但是這「胡言亂語」消耗了我所有的能量，也多虧這些「胡言亂語」，我才能過上舒適的生活。我常常工作到深夜。有時候在靜悄悄的公寓裡，我停下工作，心想，莉拉或許也還醒著，或許也像我這樣寫作，或許正在給她在圖書館看的書寫摘要，或許寫下她的省思，或許開始寫起她自己的故事，或許她對歷史真相不感興趣，只想尋找可以讓想像力開始遨遊的起點。

她肯定像平常那樣即興進行，對某些事情有著出乎意料的興趣，但過不久之後就變淡，消失了。就我記憶所及，她忽而關心的是皇宮附近的瓷器工廠，忽而蒐集聖彼得羅教堂的資料。接著，她又開始找外國遊客的看法，彷彿可以從中找到那不勒斯的迷人與厭人之處。每一個人，她說，一個世紀又一個世紀的每一個人，都讚嘆這裡的大港口，這裡的海洋，船舶，城堡，倨傲冒煙的黑色大山蘇維威火山，宛如露天劇院的城市，庭園，蘭花園，宮殿。但接著，一個世紀又一個世紀，他們開始埋怨這裡的效率低落，貪污腐敗，物質與道德的貧乏。在建築表面，在自負的名字與無數員工背後，沒有任何機構真正運轉。沒有可以理解的秩序，只有粗魯、難以控制的群眾擠在滿是攤販與各種商品的街道上，所有的人都扯開喉嚨講話，處處是頑童與乞丐。啊，沒有哪個城市像那不勒斯這麼混亂，這麼嘈雜。

她只有一次對我談起暴力。她說，我們相信這是我們街坊的特色。打從我們出生開始，暴力就包圍在我們身邊，時時提醒我們，在人生的各個階段都不放過我們。我們心想：是我們運氣不好。你還記得我們如何用言詞去造成別人的痛苦，以及我們創造過多少羞辱人的詞彙嗎？你還記得安東尼奧、恩佐、帕斯蓋、我哥、梭拉朗兄弟，甚至我和你，有過多少次挨揍、揍人嗎？你還記得我爸有一次把我丟出窗戶？我讀了一篇講卡波納瓦的聖喬瓦尼教堂的文章，裡面解釋了卡波納拉和卡波涅托的意思。我以為那裡以前有煤，是個煤礦。但不是，那裡是個垃圾場，每一個城市都有像這樣的地方。那裡叫卡波涅托溝，有髒水流過，動物屍體都往裡丟。自古以來，那不勒斯的卡波涅托溝就在聖喬瓦尼教堂如今所在的地方。在名叫卡波納拉廣場的區域，詩人維吉爾在他那個時代下令每年舉行卡波納拉演練，這是一種劍術競賽，但並不像後來那樣比到你死我活出人命——morte de bomini come de po è facto（她喜歡古義大利文，那會逗樂她，她總是很開心地唸給我聽）——目的只是讓人熟練武器的使用：li bomini ali facti de l’arme。然而，沒過多久，什麼演練或練習都不重要了。在他們丟棄動物屍體和垃圾的地方流了很多人的鮮血。丟石頭比賽好像就是在那裡發明的，就像我們小時候那樣丟石頭，你記得嗎，恩佐打中了我的額頭——我的傷疤還在——他還送了一串山梨給我。但她從石頭跳到武器，說在卡拉波納廣場變成人們爭鬥至死方休的地方，總要流乾最後一滴血才停止。乞丐、紳士、王公貴族都爭先恐後來看人們為復仇彼此殘殺。每當有個英俊的小夥子被劍刺中倒地身亡，乞丐、資產階級、國王和王后就立刻拍手鼓掌，聲音大得響徹雲霄。噢，這暴力：撕扯、殺戮、剝裂。既著迷又驚恐的莉拉夾雜著義大利文和方言，講出天曉得她從哪裡得知又熟記於胸的學術問題。她說，這整個星球，就是個龐大的卡波涅托溝。有時候我覺得她可以讓滿室觀眾為之瘋狂，但接著又覺得她不過爾爾。她是個五十歲的女人，幾乎沒受過什麼教育，不知道如何做研究，不知道檔案的真相是什麼：她讀書，她興奮。她混雜真偽虛實，她想像。就只有這樣。最讓她感到興奮，最吸引她注意力的，是所有的污穢、混亂，就在一座獻給聖喬瓦尼的教堂與一座擁有珍貴圖書館的聖奧古斯汀隱士修道院所在之地，當年遍地是破碎的肢體，被挖出的眼睛，被剖開的頭顱。啊，她笑著說，在這之下有著鮮血，而在這之上，天哪，是和平、祈禱與書籍。所以聖喬瓦尼和卡波涅托溝合而為一，成為卡拉波納的聖喬瓦尼，我們在這條路上走過千千萬萬遍，小琳，那裡很靠近車站，靠近佛塞拉和特里布納利。

我知道卡拉波納的聖喬瓦尼那條街在哪裡，我非常清楚，但我不知道她講的這些故事。她講得好長好長。她講這些是要讓我知道——我猜——她口頭告訴我的這些事情，她都已經寫下來了，而且是一個架構龐大、完全非我能掌控的大書。我尋思：她心裡在打什麼主意？她的意圖是什麼？她只是把自己漫遊與閱讀的心得整理起來，或者是準備寫一本那不勒斯尋奇的書，當然，她是永遠寫不完的，而既然如今不只蒂娜走了，恩佐走了，梭拉朗兄弟走了，連我也要帶著伊瑪走了，她可以日復一日持續不斷工作，對她來說很好，否則還有誰能幫助她活下去呢？

45

在啟程赴杜林前，我花了一些時間和她在一起，兩人好好道別。那是一九九五年的一個夏日。我們什麼都聊，聊了好幾個鐘頭，最後她把焦點放在伊瑪身上。伊瑪已經十四歲，長得漂亮，活潑，剛從中學畢業。她毫無惡意地讚美伊瑪，我聽著她的稱讚，謝謝她幫忙伊瑪度過困難時期。她很不解地看著我，糾正我說：

「我向來都很幫伊瑪，並不只有現在。」

「沒錯，但是尼諾惹上麻煩之後，你對她真的幫助很大。」

她也不喜歡我這樣說，她覺得很困惑。她不希望我把她對伊瑪的關心和尼諾扯在一起，她提醒我，她從一開始就很照顧我女兒，她說她之所以這樣做，是因為蒂娜很愛她，她又說：蒂娜可能比較愛伊瑪，而不是我。然後她又不以為然地搖搖頭。

「我不了解你。」她說。

「你不了解什麼？」

她緊張起來，心裡有話想告訴我，又說不出口。

「我不了解的是，這麼長的時間以來，你怎麼可能一次都沒想到。」

「沒想到什麼，莉拉？」

她沉默了幾秒鐘，然後垂下目光，開口說：

「你記得《視野週刊》的那張照片嗎？」

「哪一張？」

「和蒂娜的那張合照，上面說是你和你的女兒。」

「我當然記得。」

「我經常在想，蒂娜被帶走，說不定是因為那張照片。」

「什麼？」

「他們以為他們帶走的是你女兒，而不是我的女兒。」

她這麼說，而這天早晨我終於證明了這些年來始終折磨她的無窮假設、幻想和沉迷，直到今天都還在折磨她，而我竟然什麼都沒發覺。十年的時間不足以讓她冷靜下來，她的腦袋找不到一個安靜的角落可以安置女兒。她說：

「你總是上報，上電視，一頭金髮，漂亮，優雅，也許他們是想找你勒索錢，而不是我。誰知道，我什麼都不知道了，事情也許原本是這樣發展，但突然拐了方向。」

她說恩佐去找警察，她也和安東尼奧談過，但不管是警察或安東尼奧都沒把這個可能性當真。然而此刻她告訴我，彷彿確信這就是事情發生的經過。天曉得她心裡還有過多少想法，或現在還有什麼想法，是我想都沒想過的。她的蒂娜代替我的伊瑪被擄走？她女兒被綁架是因為我的成功招惹來的？她和伊瑪的親密關係是一種焦慮，一種保護，一種捍衛？她以為綁匪發現自己綁錯小孩，會回來綁走正確的這一個？或者還有什麼？她心裡還有過哪些念頭？她為什麼只對我提起這個想法？難道她是想在我心頭注射最後一劑毒針，懲罰我離開她？啊，我終於明白恩佐為何離開了。和她住在一起變得太過空虛了。

她知道我用關切的眼神看她，彷彿為了尋求安全庇護似的，開始談起她正在看的書。但她講得夾纏不清，臉部的表情因為不安而扭曲。她低聲呢喃，哈哈大笑說，邪惡會從你意料不到的地方襲來。你用教堂、修道院、書籍掩蓋——書好像很重要，她說，你耗了一輩子的心力在書本上——但邪惡會穿破地板，從你想像不到的地方冒出來。然後她冷靜下來，又開始談蒂娜、伊瑪和我，但以安撫的語氣，彷彿為她剛才對我說的話致歉。她說，在太過安靜的時候，會有很多念頭浮現在我心裡，我不想理會。只有在拙劣的小說裡，人們才會永遠思考對的事，講對的話，每個結果都有其因，有可能性高的，也有可能性低的，有好的，也有壞的，到頭來一切都可以讓你得到安慰。她輕聲說：說不定蒂娜今天晚上就回來了，誰管它是怎麼回事，最重要的是她又回到這裡來，原諒我的岔神分心。你也原諒我吧，她擁抱我說：去吧，放手去做，要做得比你截至目前所做的更好。我時時留在伊瑪身邊，是怕有人也會帶走她。此外，你女兒離開我兒子之後，你也還是真心愛我兒子。你忍受了他的多少問題，謝謝你。我也很慶幸，我們做了這麼多年的朋友，直到今天都還是朋友。

46

蒂娜是因為被誤認為我的女兒才被擄走的，這個想法讓我心情很低落，雖然我並不認為這個推論有任何根據。我想到的是引發這個念頭的各種糾纏曖昧的情緒，試著想梳理清楚：我甚至記得在過了這麼多年之後，基於純屬意外的理由——在這看似極微不足道的理由背後隱藏著一大片流沙——莉拉為她女兒取了我小時候那個心愛娃娃的名字，也就是被她丟進地窖裡的那個娃娃。我記得，那是我第一次覺得好奇，但沒持續太久。我探頭在漆黑的深井裡瞥見一抹光，但馬上就抽身後退。人與人之間的每一個親近關係都充滿陷阱，如果你想要讓關係持之久遠，就要學會避開陷阱。我當時就是這麼做的。但最後卻只再一次證明，我們的友誼燦爛輝煌，卻也暗影幢幢；證明莉拉的痛苦有多麼長久多麼複雜，持續到如今，也將持續到永遠。但我搬到杜林的時候，相信恩佐的說法是對的：莉拉給自己建造了一個牢籠，她的老年生活勢必也難以平靜。她留給我的最後一個影像是：看起來至少老了十歲的五十歲女人，一開口講話就渾身發熱，滿臉變得通紅。她脖子上也有一片片的紅斑，目光暗淡，雙手抓著洋裝的裙襬，給自己搧風，讓伊瑪和我看見她的內衣。

47

杜林已萬事俱備。我找到一間位在伊莎貝拉橋附近的公寓，加緊進度把我和伊瑪大部分的東西搬過去。我們啟程。我還記得，火車才剛離開那不勒斯，我女兒就坐到我對面，第一次對離開流露哀傷的情緒。我覺得很累，因為過去幾個月來回奔波，有千百件事情要安排，我完成了很多事情，也忘了很多事情還沒做。我累垮在座位上，看著窗外的城郊與維蘇威火山漸漸遠去。就在此時，我突然很肯定，莉拉除了寫那不勒斯，一定也寫了蒂娜，她的文章——因為是以努力表達難以表達的哀慟為養分——必定非常不凡。

這份確信不移在心裡扎了根，再也不曾削弱。在杜林的那些年，我經營了一家頗有前景的小出版社，覺得我比幾十年前自己眼中的瑷黛兒更受人敬重，事實上也更有權力，而我心中的這份肯定變成了期待，變成了希望。我很樂見莉拉某天來訪，說：我有份手稿，一本筆記，備忘錄，換句話說就是她寫的文章，我想讓你讀讀看，幫我安排一下。我會馬上給這份文稿換上恰當的格式，一段一段，最後通篇重寫。莉拉雖然有追求智識的活力，有超乎常人的記憶力，以及勢必維持了一輩子的閱讀習慣——偶爾會對我提起，但多半都瞞著我——但她絕對欠缺適當的基礎功夫，也沒有良好的敘事技巧。我很擔心那些好素材胡亂堆砌，無法流暢陳述，而原本應該出色奪目的東西也無法妥慎安排得宜。但我從來沒有想過——連一次也沒有——她或許寫了一個愚蠢的小故事，滿紙陳腔濫調，事實上，我百分之百確信，那會是值得一讀的文稿。在這段奮力整理更高規格編輯計畫的期間，我甚至迫切想去逼問不時出現在我家的黎諾。他常常不打電話就出現在我家，說我來打聲招呼，然後至少住上兩個星期。我問他：你媽媽還在寫作嗎？你有沒有可能瞄到一眼，看看她在寫什麼？他說有，但我不記得了，那是她的事，我不知道。我繼續追問。我幻想著可以給這份魅影手稿放進什麼系列裡，該怎麼讓這書有最大的能見度，讓我從中得到最高的聲望。偶爾我打電話給莉拉，問她情況好不好，用籠統的談話偷渡心中的疑問：你還是對那懷有熱情嗎，還在寫筆記嗎？她想也不想就回答：什麼熱情，什麼筆記，我是個老瘋婆子，像玫利娜一樣，你記得玫利娜吧，天曉得她是不是還活著。於是我放棄這個話題，我們改談其他事情。

48

在通電話的時候，我們越來越常談起死者，偶爾也會談起活著的人。她父親費南多過世了，幾個月之後，母親倫吉雅也過世了。於是莉拉和黎諾搬進她出生的那幢老房子，是很久以前她自己花錢買下的房子。但是，這時她的手足卻宣稱這是爸媽的遺產，說他們也可以分得一部分。

斯岱方諾又一次心臟病發，然後死了。這一次來不及叫救護車，他面朝下倒在地上。瑪麗莎帶著孩子離開街坊。尼諾終於為她做了些事。他不只幫她在克里斯皮路的律師事務所找到祕書工作，也給她錢資助她小孩上大學。

有個我沒見過，但大家都知道是我妹艾莉莎情人的男人死了。她離開街坊，但沒告訴我，連我爸和我弟也沒告訴我。我從莉拉那裡得知，她去了卡塞塔，找一位有市議員身分的律師再婚，但沒請我去參加她的婚禮。

我們就聊諸如此類的事情，她把所有的新消息告訴我。我則談起我的女兒，談彼耶特洛娶了大他五歲的同事，談我正在寫什麼，以及我的編輯工作進行得如何。只有一兩次，我明確問了對我來說真正重要的事情。

「假設說你寫了東西——假設啦——你會讓讓我看嗎？」

「什麼東西？」

「任何東西啊。黎諾說你在電腦上寫東西。」

「黎諾胡說八道。我是在上網。在找電子的新資訊。我坐在電腦前面就是在做這個啊。」

「真的？」

「當然。我從來沒回你的電子郵件？」

「沒有，你簡直讓我抓狂。我老是寫信給你，而你從來不寫。」

「看吧，我誰也不寫，甚至包括你在內。」

「好吧，可是你應該寫點東西的，讓我讀讀看，讓我出版？」

「你才是作家。」

「你沒回答我的問題。」

「我回答了，可是你假裝聽不懂。要投入寫作，是因為需要有可以拯救你的東西。我根本連活都不想活，從來就沒有像你那麼強的動機。要是在我們講話的此時此刻，可以抹去我自己的存在，我就太開心了。我怎麼可能開始寫作呢。」

她常常提到要抹去自己的存在。但是從九〇年代末期，特別是從二〇〇〇年起，這就成為某種嘲諷。這當然是一種隱喻。她喜歡這個說法，老是在各式各樣的場合引述，在我們這麼多年的友誼裡，我從來沒想到過——就算是在蒂娜失蹤之後那段可怕的時期——她有可能自殺。所謂抹去自己的存在是一種美學的計畫。我們不能再這樣下去，她說，電子資訊看起來乾乾淨淨，其實很髒，髒得驚人，讓你隨處留下痕跡，就像你隨時隨地大小便一樣。我什麼都不想留下，我最喜歡的一個鍵就是清除鍵。

這個渴望在某些時期格外真切，但在其他時候則顯得沒那麼明顯。我記得有一回因為我的名氣而惹來一篇充滿惡意的長篇大論。她說，哎，名氣是什麼啊，不管有名沒名，都只像是綁在袋子上的緞帶一樣，而隨便裝進袋子裡的有可能是血，是肉，是文字，是狗屎，是瑣碎的思想。她那次不斷諷刺我：我解開緞帶——也就是艾琳娜．格瑞柯的名號——把袋子丟在這裡，就只是一個袋子而已，無善也無惡，就丟在那裡直到破掉為止。在她心情最惡劣的日子，她會苦澀地笑著說：我想解開我的名字，讓名字從我身上離開，丟掉，忘記。但其他時候，她心情有時更為輕鬆。例如我打電話給她，想勸她談談她寫的東西，雖然她極力否認有這樣的東西存在，繼續迴避，但聽起來我的電話彷彿打斷了她正在進行的創作活動，讓她詫異。有天晚上，我發現她恍恍惚惚的，很開心。她又像平常那樣，對消滅所有的階級發表長篇大論——什麼這個有多偉大，那個有多好，全都是屁話，生來就擁有某些特質，算得上什麼美德，這簡直像你搖著賓果箱，搖出一個數字來的時候，竟然敬佩那個箱子——但她表達的想像力和精準的遣詞用字，讓我感受到創造意象的喜悅。啊，她怎麼能這樣隨心所欲地使用文字。她似乎守護著某個從其他的一切奪來的意義的祕密意義。或許就是這樣才開始讓我覺得難過。

49

危機發生在二〇〇二年的冬天。雖然經歷跌宕起伏，但當時我已經再度覺得心滿意足。小璦和艾莎每年從美國回來，有時候自己回來，有時候帶著當時的男朋友。老大從事的是和她父親一樣的研究，而老二則很早就在神祕的幾何領域拿到教授職。姊姊回來的時候，伊瑪甩開所有的事情，全心全意陪她們。一家人再次聚在一起，我們是住在杜林家裡的四個女人，或一起出城，至少快樂相聚一小段時間，互相關照，相親相愛。我看著她們，對自己說：我多麼幸運啊。

但二〇〇二年聖誕節，發生了一樁讓我意氣消沉的事。三個女兒都回來很長一段時間。小璦已經嫁給一位嚴肅的伊朗裔工程師，有個非常活潑好動的兩歲兒子，名叫哈密德。艾莎和一位波士頓的同事一起回來，他也是個數學家，更年輕，也更愛鬧。伊瑪從巴黎回來，她已經在那裡唸了兩年哲學，帶了一位同學回來，是個非常漂亮，沉默不語的高個頭法國人。那個十二月真是太開心了。我五十八歲，當上外婆，摟著哈密德。我記得那個平安夜，我和寶寶在角落裡，看著我年輕的女兒，渾身洋溢活力。她們都長得很像我，過著與我相去甚遠的生活，但我還是覺得她們是我不可分割的一部分。我心想：我完成了多麼大的成就，走了多麼漫長的旅程啊。每一步我都可以屈服讓步，但我並沒有。我離開街坊，回到街坊，然後又再離開。沒有，沒有什麼能把我往後拉，也不能拉住我所生的這三個女兒。我們很安全，我帶她們來到安全之境。噢，她們如今屬於別的地方，別的語言。她們認為義大利是這世界輝煌的一角，同時，又是個微不足道、沒有功能的偏鄉，只是短期度假住的地方。小璦常對我說：走吧，到我家去住，你在那裡也可以做你的工作啊。我說好，我遲早會去的。她們以我為榮，但我知道，她們無法忍耐我太久，就連如今的伊瑪也是。這世界急遽改變，越來越屬於她們，越來越不屬於我。但沒關係——我輕輕摸著哈密德，對自己說——到頭來真正重要的是，這幾個非常聰明的女孩不必面對我所遭遇的任何一個困難。她們有自己的習性，自己的聲音、條件、頭銜與自我意識，這都是我當年想都不敢想的。其他人沒有這樣的好運道。在比較富庶的國家，充斥著對世界其他地方的恐怖處境視而不見的平庸之輩。這些釋放暴力的恐怖行動觸及我們，影響我們的生活習性時，我們才會受驚，才會心生警覺。去年我擔心得要死，打電話給小璦、艾莎，甚至彼耶特洛，講了很久很久，因為我在電視上看見飛機撞進紐約塔樓，像輕輕劃了火柴頭那樣，忽然起火燃燒。在那之下的世界宛如煉獄。我女兒只透過文字才了解這一切，她們變得義憤填膺，趁著還來得及的時候，享受人生的喜悅。她們把自己的幸福和成就歸功於父親。但我——沒有這種天生優勢的我——是她們優勢的基礎。

就在我這樣想的時候，心情突然消沉起來。我想是因為我這三個女兒玩笑似地帶著那幾個男人到擺有我著作的書架前面。他們八成沒讀過任何一本，我之前當然也沒看到他們讀，他們甚至沒對我提起那些書。但現在他們翻著書，甚至大聲唸出來。那些書寫的是我當時生活的氛圍，我受的影響，讓我印象深刻的理念。我循著自己的人生，一步一步，創造故事，思索反省。我曾經指出邪惡之所在，我曾經讓邪惡活生生上演。無數次，我設想著救贖的變化，那些始終沒有發生的變化。我用日常的語言去描繪日常生活的種種。我強調某些主題：工作、階級衝突、女性主義、邊緣化。如今我聽到我寫的東西任意被挑選唸出，覺得很尷尬。艾莎——小璦對我比較尊重，伊瑪比較謹慎——用諷刺的語氣唸我的第一部小說，也唸了描述女人由男人創造的那個故事，以及其他得了許多獎的書。她唸得很有技巧，用太過喧嚷的語氣，刻意強調我當年奉之為無可辯駁真理的意識型態有多少缺陷，有多麼誇張。更重要的是，她唸到某些字彙的時候會停頓下來，反覆唸兩三遍，因為那些語彙已經過時，聽起來很蠢。我看見的是什麼？是對那不勒斯腔的親暱嘲弄——我女兒當年也曾學會這樣的講話口吻——然而，一句又一句唸下來，加上翻譯，似乎就只是為了顯示這些書的毫無價值？

艾莎的朋友，那位年輕的數學家，我想，似乎是唯一一個發現我女兒在傷害我的人，他打斷她，拿走那本書，問我很多關於那不勒斯的問題，彷彿那是座想像的城市，形同最大膽無畏的探險家所帶回來的消息。假期就這樣流逝。但我內心裡有個什麼東西改變了。偶爾我拿起一本自己的書，讀個幾頁，覺得內容脆弱不堪。我以前的不確定又更加強化了。我越來越懷疑自己作品的品質。莉拉那份假設存在的手稿，相較之下便有了無可限量的價值。若說我之前認為那會是我可以和她一起處理的原始素材，可以重塑成一本好書，由我的出版社出版，如今在我的想像裡卻已成為一部完整的作品，變成一個可能的試金石。我很意外地自問：她的檔案裡是否遲早會出現比我的作品好得多的故事呢？要是我這輩子根本沒寫出任何一部值得紀念的小說，而她，是她，這些年來卻把同一部小說翻來覆去寫了又寫呢？要是莉拉在童年時期透過《藍仙子》帶給奧麗維洛老師震撼所表現出來的天分，在年邁之時綻放了全部的力量呢？若是如此，她的書就會成為證明我失敗的證據——就算只對我一個人證明——讀了這本書，我就會知道自己原本應該如何下筆、但卻永遠做不到。屆時，我向來的堅決自律，奮力研究，成功出版的每一本書的每一行字都將消失無蹤，因為風暴降臨大海，碰撞浪濤洶湧的海平線，捲走一切。我從明亮之處所獲得的作家身分，所贏得的成功與敬重，都將露出本質虛空的真面目。我的心滿意足會消失：包括過著好生活的女兒，我的聲望，以及我最近交往的情人所帶來的滿足。我這位情人比我小八歲，是理工學院的教授，離過兩次婚，有個兒子，我一週一次到他位在山丘的家裡。我的整個人生會變成一場無謂的戰鬥，只為了改變我社會階級的戰鬥。

50

我壓抑自己的沮喪，很少再打電話給莉拉。我不再期望，不，應該說我很怕她會說：你想看看我寫的東西嗎，我已經寫了好多年，我用電子郵件寄給你。我很清楚，倘若發現她侵犯、掏空我的專業身分，我會有什麼反應。我肯定會羨慕，就像我看見《藍仙子》的時候。我會毫不遲疑地出版她的作品，我會投入所有的心力，竭盡所能讓這部作品大獲好評。但我已經不是那個必須去探索同學卓越才華的小孩了。我現在是個已有地位的成熟女人。我就像莉拉常常半開玩笑、半認真說的，是：艾琳娜．格瑞柯，是拉菲葉．瑟魯羅聰明出色的朋友。倘若有這出乎意料的命運逆轉，我將會徹底消滅於無形。

但在這個階段，我的情況還不錯。充實的生活，依舊年輕的外貌，有工作，有名望，讓我沒有太多時間想這些問題，頂多只有隱隱約約的不安。接下來就是不太好過的幾年。我的書不再暢銷。我在出版社不再有職位。我身材變胖，容貌變醜，我覺得自己很老，也怕老來窮苦，沒有名氣。我必須承認，雖然我繼續依據幾十年來的心靈運作方式工作，但一切都變了，包括我自己。

二〇〇五年，我到那不勒斯，見了莉拉。那天很不好受。她變得更多，想表現得善於交際，很神經質地和每個人打招呼，有點太多話。在街坊的任何角落看見非洲人、亞洲人，聞到不熟悉的異國料理氣味，她就興奮起來，說：我從來沒像你一樣到世界各地旅遊，但是你看，這世界自己到我面前來了。如今在杜林也一樣，我喜歡異國風情入侵，成為生活的日常。然而只有在那不勒斯街坊，我才明白人類的生活發展是如何產生改變的。舊有的方言依據既有的傳統，很快就接納了各種神祕的語言，同時也展現了不同的發音能力，有了以前看來非常遙不可及的語法與句型。建築物的灰色石塊上掛了料想不到的招牌，舊有的合法與非法走私融合成新的交易形式，暴力也有了新的文化。

就在這時，姬俐歐拉陳屍花園的消息傳開了。當時我們還不知道她是死於心臟病發。我以為她是被謀殺的。她仰躺在地上的屍體顯得非常龐大。她整個人都變形了，以前的她非常漂亮，擄獲了英俊的米凱爾．梭拉朗。我還活著——我想——但我不覺得自己和這具了無生息，以這污穢的方式，躺在污穢地方的龐大屍體有什麼兩樣。就是這樣。我也不再認得我自己了：我的動作更為猶疑，而外表也和過去幾十年不一樣了。年輕的時候，我覺得自己如此與眾不同，而今，我覺得我就像姬俐歐拉一樣。

另一方面，莉拉似乎沒注意到自己年華老去。她的動作還是活力四射，大吼大叫，用誇張的動作和每個人打招呼。我沒再問她可能寫的那本書。無論她怎麼回答，我相信都不會讓我得到安慰。我不知道如何擺脫這種消沉的情緒，如何撐下去。問題不再是莉拉的作品，或作品的品質，最起碼我不需要借助這個威脅來讓自己明白，我從六〇年代末以來所寫的東西都已失去分量與力量，不再像過去幾十年那樣對聽眾宣揚理念，不再有讀者。在這個陰鬱的死亡時刻，我發現我憂心煩惱的本質也改變了。如今我擔心的是我無法在時光之中留下任何足跡。幾十年來我的書快速出版，小有成就，讓我誤以為自己做的是有意義的工作。但突然之間這幻想破滅了，我不再相信自己作品的重要性。另一方面，對莉拉來說，一切也都過去了：她過著隱匿晦暗的生活，關在自己那間小公寓裡，在電腦上寫滿她的印象與思緒。然而我覺得，不管她的名字是不是布袋上的緞帶，都還是有可能在她已成為老婦人的今時今日，甚至在她死後，註定因為此生唯一的一部作品而變得舉足輕重。不是我寫的那些千千萬萬頁的文字，而是一本她自己無緣像我一樣享受成功滋味的作品，然而這本書會經歷時間的考驗存留下來，經過幾百年還是有人一讀再讀。莉拉有這個可能性，而我自己的可能性已經揮霍掉了。我的命運與姬俐歐拉並無不同，她的命運或許也與我並無二致。

51

有段時間，我讓自己鬆懈下來，我寫的非常之少，但再一次，出版社或任何人都沒要求我多寫一些。我誰也不見，只打長途電話給我女兒，要她們讓孩子來聽電話，我和他們咿咿呀呀說著寶寶的話。艾莎也有了孩子，名叫康拉德，而小璦給哈密德添了個妹妹，取名艾琳娜。

這些童稚卻發音清楚的嗓音，讓我再次想起蒂娜。在最黑暗的時候，我深信莉拉詳盡寫出她女兒的故事，融入那不勒斯的歷史，描述那些沒受過教育的人有多麼自大天真，或許正因為如此，所以得到毛骨悚然的下場。後來我發現這只是我自己的幻想。儘管不想，但我卻還是又愛又恨，同時也很嫉妒。莉拉沒有這類的野心，她從來就沒有野心。要進行任何讓自己成名的計畫，你首先必須要愛你自己，她曾經告訴過我，她不愛她自己，她對自己一點愛都沒有。有天傍晚，在極度消沉的情緒裡，我竟然想像她失去女兒是為了不想看見自己的複製品，不想在女兒身上看見她自己憎惡的東西，她所有惡意的反應，以及她沒有任何意義的聰慧才智。她希望抹去自己的存在，消滅自己的痕跡，因為她受不了自己。她這輩子都不斷這樣做，她把自己關在一個令人窒息的小空間裡，在這世界不斷泯滅界線的時候限制自己的活動。她從來沒搭過火車，甚至沒去過羅馬。她從沒搭過飛機。她的經驗極其有限，想到這件事的時候，我為她很難過，我笑了笑，站起來咕噥一聲，走到電腦前面，又寫了一封電子郵件，說：來找我吧，我們可以一起待一段時間。在這樣的時候，我理所當然認為以前沒有、未來也不會有莉拉書稿的存在。我總是高估她，她身上不會有什麼值得紀念的東西——這讓我很安心，但卻也讓我很喪氣。我愛莉拉。我希望她能持續待下來。但我也希望讓她持續待下來的人是我。我認為這是我的任務。我確信她從小就已經指派給我這個任務了。

52

我後來名之為《友誼》的故事發軔於這略微沮喪的時期——在那不勒斯，雨下不停的那一個星期。我當然知道我違反了和莉拉說好不寫的協議。我也知道她無法容忍。但我認為，如果結果是好的，最後她還是會說：很慶幸是你來寫，這是我連對自己都沒有勇氣說出來的事，你代替我說了。這只是推測，是覺得自己註定要投身藝術，特別是文學的人所做的假設：我們表現得像有人授予我們權利似的，事實上，沒有任何人授予我們任何東西，是我們授權自己當個作者，只要有人說：「你寫的這小東西我不感興趣，而且還讓我很厭煩，是誰給你這個權利的？」我們就忿忿不平。在幾天之內，我寫了多年來既希望又害怕莉拉寫的故事。我想像了所有的細節。我之所以這麼做，是因為一切都來自於她，或者應該說是我想呈獻給她，而對我來說，打從小時候起，這就遠比為我自己而寫來得更有意義，更有希望。

寫完第一份初稿的時候，我是在旅館房間的陽台上，可以眺望維蘇威火山和灰色的半圓形城市。我可以打行動電話給莉拉，對她說：我寫了我自己，寫了你，寫了蒂娜，寫了伊瑪，你想看嗎，只有八十頁，我可以到你家來，大聲唸給你聽。但因為恐懼，所以我沒這麼做。她不只明白禁止我寫她，也不准我利用街坊的人物和故事。要是我寫了，她總會想辦法告訴我——儘管很痛苦——那書寫得很爛。她說寫書的人要嘛必須有能力駕馭混亂，陳述真正發生過的事，要嘛就完全靠想像，創造情節，我這兩樣都做不到。所以我放棄了，冷靜下來，說：情況不會改變的，她不會喜歡這個故事，她會假裝無所謂，在幾年之內她就會讓我知道，或明明白白告訴我，我必須嘗試去爭取更大的成就。事實上，我想，要是書稿落到她手裡，我就永遠也別想出版了。

書出版了，我享受到很久沒有嘗到的成功滋味。我需要這樣的滋味，所以我很開心。《友誼》讓我不再被列入大家都以為已經過世，其實還活著的作家之列。我的舊書也又開始銷售，我重新點燃生活意趣，雖然年紀已大，但人生依舊充實。但我一開始認為是我畢生佳作的這本書，我後來卻很不喜歡。是莉拉讓我討厭這本書的，因為她每次只要見到我就詆譭這本書，不肯和我討論，甚至還辱罵我，打我。我不停打電話給她，我寫了無數的電子郵件，我會到街坊，找黎諾談。她永遠都不在。但她兒子從來沒說：我媽之所以這樣做，是因為不想見你。一如既往，他總是講得很含糊，吞吞吐吐說：你也知道她是什麼樣子，她老是出門，不是關掉行動電話，就是丟在家裡沒帶，有時候甚至不回家睡覺。所以我必須承認，我們的友誼完蛋了。

53

事實上，我不知道是哪裡得罪她了，是某個細節，或整個故事。在我看來，《友誼》是個依照時間順序發展的故事。整本書敘事精簡，有一些必要的掩飾，是我們人生的故事，從失去娃娃講到失去蒂娜。我到底是哪裡錯了？我想了很久，她之所以生氣是因為最後一部分，雖然想像的成分比其他部分更多，但我套用了一樁真人實事：莉拉讓尼諾更加重視伊瑪，但她在這個過程裡分了神，導致失去蒂娜。很顯然的，這個虛構的故事中最能打動讀者心靈深處的部分，在感覺到這故事反應了她真實人生故事的人眼中，卻是最可恨至極的部分。換句話說，我想了很久，這本書最成功的段落，其實也傷莉拉最重。

然而，後來我又改變看法了。我確信她之所以厭惡這部小說，是因為另一段情節，也就是我描寫娃娃的那一段故事。我精心誇張了娃娃墜入地窖，消失在黑暗之中的情景，強調了失落的創傷，同時還放大了其中一個娃娃與失蹤女孩同名的情感效應。這樣的編排讓讀者一步一步把童年失去假女兒的傷痛和成年之後失去真女兒的傷痛連結在一起。莉拉必定覺得這是一種挖苦，一種欺騙，我利用我們童年的一個重要時刻，利用她的女兒，利用她的傷痛來滿足我的讀者。

但這都只是我自己的假設，我必須面對她，聽她的抗議，為自己申辯。有時候我覺得有罪惡感，而且我理解她。有時候我很恨她，竟然在年紀已然老邁，正是需要親密與互助合作的此時，毅然決然與我斷絕關係。她總是這樣：若是我不屈服，就等著看她怎麼排拒我，懲罰我，徹底摧毀我寫完一本好書的樂趣。我很生氣。就連她安排讓自己消失無蹤，雖然讓我很擔心，卻也還是讓我很生氣。或許這和小蒂娜無關，甚至和她的鬼魂也無關。蒂娜的鬼魂始終在莉拉心中盤旋不去，既是不到四歲時的那個女孩形象，也是肖似伊瑪，如今年已三十的女人形象。這事情從頭到尾只和我們兩個有關：她希望我給她的，是她的天性與環境所無法給她的，而我無法給她她所需要的。她很氣我的無能為力，想要把我貶低到一文不值，就像她對自己一樣。我花了幾個月又好幾個月的時間不停地寫，給她一個外廓不曾消融的形影，用以擊潰她，安撫她，然後相對的，也安撫我自己。

後記

復歸

1

我自己都不敢相信。我寫完了這個我以為永遠也寫不完的故事。我不只寫完，還耐下性子讀了很多遍，希望提升文字的品質，也希望找出有沒有莉拉進入我的文本、決定和我一起完成寫作的任何蛛絲馬跡。但我必須承認，這本書從頭到尾都只是我一個人的。莉拉常威脅要做的——要侵入我的電腦——並沒有發生，說不定她根本就沒能力做，只是我常幻想她做得到而已。而她終究只是個老太太，對網路、電纜、連結、電子之類的東西完全沒經驗。莉拉並不在我的字裡行間。我也只能這麼說。除非，靠著想像她會寫什麼、怎麼寫，我已經再也不分清楚哪些是我寫的，哪些是她寫的了。

在寫作的這段期間，我常打電話給黎諾，問起他媽媽。他什麼也不知道，警方只傳喚他三、四次，給他看一些無名女屍——失蹤的女人還真多。有幾次我必須到那不勒斯的時候，曾到街坊的舊公寓見他，那個地方比以前更陰暗，更破舊。那裡真的沒有任何莉拉的痕跡，屬於她的一切全都不見了。至於這個兒子，看起來比平常更魂不守舍，彷彿媽媽完全離開他腦袋了。

我回到那不勒斯兩次，都是為了參加葬禮，第一次是我父親的葬禮，接著是麗狄亞，也就是尼諾母親的葬禮。我錯過唐納托的葬禮，不是因為心懷不滿，而是因為我人在國外。回去參加我父親葬禮的時候，街坊有場大騷動，因為有個年輕人在圖書館門口被殺。這讓我想到這類的故事或許會永遠持續發生，弱勢孩童靠著從圖書館舊書架拿下的書努力提升自己，就像年輕時候的莉拉和我一樣，但如今充滿誘惑力的閒聊、保證、欺騙，以及鮮血，讓我生長的城市，讓這個世界永遠無法真正進步。

麗狄亞舉行葬禮的那天是個陰天，整座城市顯得很平靜。我也很平靜。然後尼諾來了，他大聲講話，開玩笑，甚至大聲笑，渾然不像參加自己母親的葬禮。我發現他整個人變胖變腫了，一個頭髮稀少、臉色紅潤的大塊頭，不時沾沾自喜。葬禮之後，想擺脫他很難。我不想聽他講話，甚至不想看他。他讓我覺得浪費時間，白費力氣，我很怕這樣的印象會留在我心裡，擴散到我全身，擴散到一切。

參加這兩場葬禮的時候，我都事先安排時間去探視帕斯蓋。在那些年裡，我為他竭盡所能。他在牢裡唸很多書，拿到高中文憑，最近還拿到天文地理學的學位。

「如果我知道要拿到高中文憑和學士學位只需要空下時間，關在一個不需要擔心生計、很有紀律的地方，把書本一頁一頁地背下來就行，那我早就做了。」他有一回用自嘲的語氣說。

如今他已是老人，說起話來平心靜氣，比尼諾更含蓄。對我，他很少講方言。但小時候父親灌輸給他的理念，到現在也絲毫未改。參加完麗狄亞葬禮之後，我去見他，提到莉拉的事，他哈哈大笑。她一定在某個地方做她聰明又充滿想像力的事，他嘟囔說。這讓他想起在街坊圖書館的往事，當時老師頒獎給最勤奮借書的人，最認真的是莉拉，她還借用家人的借書證違規借書。啊，做鞋子的莉拉，模仿甘迺迪老婆的莉拉，藝術家兼設計師莉拉，勞工莉拉，程式設計師莉拉，莉拉永遠安於其位，也永遠不安其位。

「誰把蒂娜從她身邊帶走？」我問。

「梭拉朗兄弟。」

「當真？」

他微笑，露出一口壞牙。我明白他說的並非事實——說不定他根本不知道，也沒興趣知道——但他說出口的是他無可撼動的信念，基於不公不義的經驗，基於街坊生活的經驗，也就是說，儘管他讀了很多書，取得了學位，做過祕密工作，犯下或被指控犯下的罪行，但他還是堅信不移。他回答說：

「你也希望我告訴你是誰宰了那兩個人渣嗎？」

我突然在他的目光裡看見駭人的神色——無法熄滅的仇恨怒火——我說不想。他搖搖頭，繼續微笑。他說：

「你會知道莉拉決定怎麼做的。她會再出現。」

但她完全無影無蹤。在這兩次哀悼的場合，我穿過街坊，好奇地問：沒有人記得她，也或許他們只是假裝不記得。我甚至無法和卡門談起她。羅伯托死了，她離開加油站，搬去佛密亞和一個兒子住。

那麼，寫這些東西有什麼用呢？我企圖捕捉她，讓她再次回到我身邊，如今我到死都不會知道我是不是成功了。有時候我會懷疑她消失在什麼地方。在海底。穿過裂隙，或某個只有她知道的地底隧道。在灌滿強酸液的浴缸裡。在某個古老的垃圾坑，她曾經用許多詞彙形容陳述的那個地方。在山區某座廢棄教堂的地窖裡。在某個我們不知道、但莉拉知道的維度裡，如今她在那裡，和女兒在一起。

她會回來嗎？

她們會一起回來，莉拉是個老婦人，而蒂娜是個成熟的女人？

這天早上，坐在俯瞰波河的陽台上，我等待著。

2

每天早上，我七點吃早餐，和我最近開始養的拉布拉多一起到報攤，花大半個早晨的時間在瓦倫蒂諾公園和狗玩，翻看報紙。昨天，我回到家，在信箱裡看見一個用報紙草草包起來的包裹。我拿起來，很困惑，上面沒指名是給我或任何其他住戶。沒有字條，甚至也沒有用筆在任何地方寫上我的姓氏。

我小心翼翼打開包裝的一角，這就夠了。我還沒把東西從報紙裡拿出來，蒂娜和小努就已經從我的回憶裡跳出來了。我馬上就認得這兩個娃娃，將近六十年前在街坊被丟進──莉拉丟我的，我丟莉拉的──地窖裡。她們是始終未被找到的娃娃，雖然我們爬下樓梯到地下室找過。就因為她們，莉拉逼我去食人魔兼偷竊鬼的阿基里閣下家裡討回來，而阿基里閣下說他沒拿我們的娃娃，說不定他以為是兒子埃爾范索偷的，所以給我們錢去買新娃娃。但我們沒拿這筆錢去買娃娃──有誰能取代蒂娜和小努呢？──我們買了《小婦人》，這部小說引領莉拉寫了《藍仙子》，也讓我成為今日之我：寫了許多本書的作者，更重要的是，一本極為成功的作品《友誼》的作者。

大樓的門廳靜悄悄的，公寓裡沒傳出任何的交談聲或其他聲響。我焦急地四下張望。我希望莉拉會從A梯或B梯，或者從沒有人的門房房間裡出現，纖瘦，頭髮灰白，佝僂著背。這是我最大的渴望。比期待女兒帶著孩子無預期來訪更渴望。我期待她會像以前那樣帶著嘲諷語氣：你喜歡這個禮物嗎？但沒有，我的期待落空，我哭了出來。這就是她做得到的：她欺騙了我，她任意擺布我，從我們友誼的開端就是如此。我們這一輩子，她都在講一個屬於她的救贖故事，但用的是我活生生的軀體，我的存在。

又或者不是。或許這兩個娃娃跨越了半世紀的光陰，來到杜林，只為了告訴我說她很好，她很愛我，她打破了自己的禁錮，終於打算環遊這個不比她自己的世界更小的世界，活過年老的歲月，依循新的真理，過著年輕時她無法享受、也不肯讓自己享受的生活。

我坐上電梯，把自己關在公寓裡。我仔細翻看這兩個娃娃，聞到腐臭的霉味，把她們靠在我書本的書脊上。她們看起來好廉價，好醜陋，我覺得困惑。和故事不一樣的是，真實的人生流逝時，會變得晦暗不明，不再清晰。我心想：如今莉拉讓自己如此清楚地呈現在我眼前，我必定要接受事實，永遠再也見不到她了。

國家圖書館出版品預行編目（CIP）資料

那不勒斯故事. 4, 消失的孩子 / 艾琳娜.斐蘭德(Elena Ferrante)著
; 李靜宜譯. -- 初版. -- 臺北市 : 大塊文化, 2018.01
面； 公分. -- (to ; 92)
譯自 : Storia della bambina perduta
ISBN 978-986-213-852-6(平裝)

877.57 106022826

LOCUS

LOCUS

LOCUS

LOCUS